KB006349

AGATHA CHRISTIE EDITOR'S CHOICE

THE MURDER OF ROGER ACKROYD

AGATHA CHRISTIE EDITOR'S CHOICE

THE MURDER OF ROGER ACKROYD

애크로이드 살인 사건

애거서 크리스티 장편 소설 | 김남주 옮김

황금가지

THE MURDER OF ROGER ACKROYD

by Agatha Christie Mallowan

정식 한국어 판 출간에 부쳐

나는 한국에서 우리 할머니의 작품을 정식으로 출간한다는 소식을 듣고 무척 기뻤다. 할머니가 1920년부터 1970년 무렵까지 오랜 세월에 걸쳐 집필한 작품들은 21세기인 지금 읽어도 신선하고 재미있다. 등장 인물들이 워낙 자연스러워서 요즘 사람들과 다를 바 없고 이들이 등장하는 상황과 장소가 전 세계 사람들의 애정과 향수를 자극하기 때문이다. 한국 독자들은 이번에 새로 나온 정식 한국어 판을 통해 그 동안 접하지 못했던 애거서 크리스티의 일부 작품들을 읽을 수 있을 것이다. 덕분에 한국에 새로운 세대의 애거서 크리스티 팬들이 탄생할지도 모르겠다는 생각을 하면 가슴이 벅차다.

애거서 크리스티는 대표적인 두 명의 주인공으로 기억되는 작가이다. 14권의 작품에 등장하는 마플 양은 영국의 작은 시골 마을에서 평온한 나날을 보내며 뜨개질과 수다로 소일하는 미혼의 할머니이지만, 놀라운 기억력과 날카로운 두뇌 회전으로 주변에서 벌어진 살인 사건을 해결한다.

그리고 마플 양과 상반되는 성격을 지닌 에르퀼 푸아로는 자신만만하고 콧수염을 포함한 자신의 외모와 벨기에라는 국적에 대한 자부심이 상당하다. 그는 이집트와 이라크를 비롯한 세계 각지에서 수수께끼를 해결하며 『오리엔트 특급 살인*Murder On The Orient Express*』, 『나일 강의 죽음*Death On The Nile*』, 『애크로이드 살인 사건*The Murder Of Roger Ackroyd*』 등 애거서 크리스티의 여러 대표작에 모습을 드러낸다.

황금가지의 대담하고 참신한 표지와 전반적인 디자인 덕분에 작품의 성격이 잘 살아난 것 같아 기쁘다. 또한 한국 독자들이 할머니의 원작이 지닌 참된 묘미를 느낄 수 있도록 충실한 번역을 위해 애써 준 점도 높이 사고 싶다.

할머니의 작품이 20세기의 그 어떤 작가들보다 많이 팔리고 있는 이유는 나이와 국적에 상관없이 읽을 수 있는 재미와 감동을 갖추었기 때문이다. 모쪼록 한국 독자들도 황금가지에서 선보이는 애거서 크리스티 작품들을 즐겁게 감상하기를 바란다.

매튜 프리처드

애거서 크리스티의 손자

ACL 이사장

살인과 검시, 그리고 등장 인물 모두에게 차례로 혐의가 가는 조건을
모두 갖춘 정통 추리 소설을 좋아하는 펑키에게 이 책을 바친다.

차례

저자 서문

『애크로이드 살인 사건』은 내 책 중 가장 많이 알려진 작품인 것 같다. 이 책은 나의 초기 작품으로 다섯 번째인가 여섯 번째일 것이다. 내 생각에 이 책이 성공을 거둔 것은 그 중심 아이디어 덕분인 것 같다. 그것은 단 한 번만 쓸 수 있는 그런 종류의 아이디어로 독창적이고(이후 많은 모방작이 나오긴 했지만) 거의 언제나 읽는 사람을 깜짝 놀라게 만든다. 저자의 입장에서 보자면, 그것은 해 볼 만한 기교적 도전이었다. 몇몇 독자들은 결말을 알고는 분개해서 "이건 속임수잖아!"라고 외치기도 했다. 내가 조심스러운 단어 사용과 다양한 문장 구사를 동원해 독자들의 관심을 유도함으로써 독자로 하여금 진실을 보지 못하게 하면서 즐거워했다는 비난이다. 이 책은 내가 유쾌하게 써 내려간 작품이다. 또한 작중 인물 중 하나인 의사의 누이 캐롤라인에게서 커다란 즐거움을 얻기도 했다. 하지만 이 작품이 「알리바이」라는 제목의 희곡으로 개작되었을 때 호기심 많고 위압적인 중년의 캐롤라인은 돌연 사라져 버리고, 예쁘고 매력적이지만 개성이라고는 찾아볼 수 없는 젊은 여자로 바뀌고 말았다. 저자에게 이보다 더한 슬픔이 또 있으랴!

애거서 크리스티

아침 식탁에 앉은 셰퍼드 박사

페러스 부인은 9월 16일 목요일 밤에서 17일 새벽 사이에 죽었다. 나는 17일 금요일 아침 8시에 불려갔다. 할 수 있는 일은 없었다. 그녀가 죽은 지 이미 몇 시간이 지나 있었던 것이다.

내가 집에 돌아온 것은 9시가 조금 넘어서였다. 갖고 있던 열쇠로 현관문을 연 다음 이른 가을 아침의 한기에 대비해 입고 나갔던 가벼운 외투와 챙모자를 걸면서 일부러 현관에서 잠시 미적거렸다. 사실을 말하자면 나는 꽤 신경이 곤두서고 불안한 상태였다. 당시 내가 그 후 몇 주에 걸쳐 일어나게 될 일을 예견하고 있었노라고 주장할 생각은 없다. 분명 그렇지는 않았다. 하지만 내 본능은 내게 번거로운 일이 일어나리라는 것을 말해 주고 있었다.

왼편에 있는 식당에서 찻잔이 부딪히는 소리와 캐롤라인 누이의 밭은 기침 소리가 들려왔다.

"제임스, 너냐?"

그녀가 소리쳤다.

불필요한 질문이었다. 나 아니면 누구이겠는가? 사실을 말하자면, 내가 현관에서 잠시 지체한 것은 다름 아닌 누이 때문이었다. 시인 키플링이 말한 것처럼, 인도 산 족제비인 몽구스 가의 좌우명은 "가서 찾아내라."이다. 만약 캐롤라인 누이에게 맞는 문장(紋章)을 고르라면, 난 틀림없이 뒷발로 일어선 몽구스 형상을 권할 것이다. 앞에서 말한 좌우명의 첫 부분은 빼야 할지도 모르겠다. 누이는 집 안에 가만히 앉아서도 얼마든지 찾아낼 수 있었으니 말이다. 그녀가 어떻게 그럴 수 있는지는 모르지만, 사실이 그랬다. 마을의 하인과 배달원들이 정보원 역할을 해 주는 모양이었다. 누이가 집 밖으로 나가는 것은 정보를 수집하기 위해서가 아니라 퍼뜨리기 위해서였다. 그 점에서도 그녀는 감탄할 정도로 유능했다.

내가 결정을 내리지 못하고 고민한 것은 사실은 누이의 그런 버릇 때문이었다. 내가 페러스 부인이 죽었다고 지금 누이에게 말한다면, 1시간 30분 후에는 마을 사람 모두가 그 사실을 알게 될 터였다. 전문가로서 내가 신중하게 처신하려 애쓰는 건 당연했다. 그래서 나는 누이에게 가능한 한 정보를 흘리지 않으려는 습관을 갖게 되었다. 물론 대개의 경우 그녀는 내가 알고 있는 것과 똑같은 사실을 알아내고야 말지만, 나로서는 비난받을 일은 하지 않았다는 정신적인 만족감을 얻을 수 있는 것이다.

페러스 부인의 남편은 1년여 전에 죽었다. 그런데 캐롤라인 누이는 아무 근거도 없이 페러스 부인이 그를 독살한 것이라고 줄곧 말해 왔다.

페러스 씨가 습관적인 과음으로 인한 급성 위염으로 죽은 것이라는 나의 일관된 답변에 누이는 코웃음을 쳤다. 위염과 비소 중독이 비슷한 증세를 보인다는 것에는 나도 동의하지만, 캐롤라인의 비난은 전혀 다른 관점에서 나온 것이었다.

"넌 그 여자의 겉모습만 보고 있어."

그녀는 내게 줄곧 이렇게 말해 왔다.

페러스 부인은 젊지는 않았지만 상당히 매력적이었고, 의상은 단순했지만 언제나 잘 어울렸다. 하지만 파리에서 의상을 구입하는 모든 여자들이 그 때문에 남편을 독살하는 것은 아니잖은가.

이런 생각이 머릿속을 스치는 가운데 내가 현관에서 미적거리고 있자니 조금 더 날카로워진 누이의 목소리가 다시 들려왔다.

"도대체 거기서 뭘 하고 있는 거니, 제임스? 들어와서 아침을 먹지 그러니?"

"지금 가, 누나. 코트를 걸고 있는 중이야."

내가 서둘러 대답했다.

"그 시간이면 코트를 다섯 벌도 더 걸었을 거다."

그녀의 말이 맞았다. 그럴 만한 시간이었다.

나는 식당으로 가서 여느 때처럼 누이의 뺨에 가볍게 입맞춤을 하고 달걀과 베이컨이 놓인 식탁 앞에 앉았다. 베이컨은 식어 있었다.

"이른 아침에 전화가 오더구나."

캐롤라인 누이가 말했다.

"응. 킹스 패독에서 온 거였어. 페러스 부인 집 말이야."

"알고 있어."

"어떻게 알았어?"

"애니가 말해 주던데."

애니는 그 집 하녀였다. 좋은 아가씨지만 수다쟁이였다. 잠시 말이 끊겼다. 나는 달걀과 베이컨을 먹었다. 누이가 길고 날렵한 코를 실룩거렸다. 뭔가에 관심이 끌리거나 흥분했다는 증거였다.

"그래서?"

"슬픈 일이야. 할 수 있는 게 없었어. 자다가 죽은 모양이야."

"알아."

나는 이번에는 짜증이 나서 딱딱거리며 말했다.

"누나가 어떻게 알아? 그곳에 도착할 때까진 나도 몰랐고, 아직 누구한테도 말한 적이 없는데. 그 애니라는 아가씨가 알고 있었다면, 그 여잔 점쟁이일 거야."

"그 얘길 해 준 사람은 애니가 아니야. 우유 배달부가 말해 줬어. 페러스네 요리사에게서 들었다고 하던걸."

단언하는데, 누이는 정보를 얻으러 나갈 필요가 없다. 집 안에 앉아 있으면 정보가 그녀에게 온다.

누이가 말을 계속했다.

"사망 원인이 뭐니? 심장 마비?"

"우유 배달부가 그 얘긴 안 해 줘?"

내가 비꼬는 어조로 물었다. 비꼬기는 캐롤라인에게 통하지 않았다. 그 말을 곧이곧대로 받아들인 그녀가 대답했다.

"그건 모르던걸."

캐롤라인은 조만간 그 내용을 듣게 될 터였다. 내게 듣는다고 달라질 것은 없었다.

"수면제 과용이야. 최근에 잠이 안 와서 수면제를 복용했던 것 같아. 너무 많이 먹은 모양이야."

캐롤라인은 즉각 반박했다.

"말도 안 되는 소리. 일부러 먹은 거야. 바보 같은 소리 마!"

인정하고 싶진 않지만 은밀한 가운데 믿고 있는 어떤 사실을 누군가 다른 사람이 입 밖에 내면 이상하게도 화를 내며 그 말을 부정하게 된다. 즉각 분개한 나는 이야기를 시작했다.

"또 그러네. 아무 근거 없이 밀어붙이는 것 말이야. 도대체 페러스 부인이 자살해야 할 이유가 어디 있어? 아직 젊고 돈 많고 건강해서 인생을 즐기는 것밖에는 할 일이 없는 과부가 말이야. 그건 말도 안 돼."

"전혀 그렇지 않아. 그 여자가 최근에 얼마나 달라졌는지 너도 눈치 챘을 거야. 지난 6개월 동안 줄곧 그래 왔어. 그 여자는 악몽에 시달리고 있는 것 같았어. 너도 방금 그 여자가 잠을 이루지 못했다고 말했잖아."

"누나 생각엔 어떻게 된 것 같은데? 불행한 연애 사건이라도 있었다는 거야?"

내가 차갑게 물었다. 누이는 고개를 저었다.

"양심의 가책 때문이야."

그녀가 아주 흡족한 어조로 말했다.

"양심의 가책?"

"맞아. 그 여자가 자기 남편을 독살했다고 한 내 말을 넌 결코 믿지 않았지. 이제 그런 믿음이 더 강해지는걸."

"누나의 추론은 그다지 논리적인 것 같지 않은걸. 살인 같은 걸 저지른 여자라면 충분히 냉혹해서 양심의 가책 같은 나약한 감상 따위 없이 그 수확을 즐길 테니까 말야."

내가 반박했다.

캐롤라인은 고개를 저었다.

"그런 여자들도 있겠지. 하지만 페러스 부인은 그런 여자는 아니었어. 그녀는 신경이 예민했지. 주체할 수 없는 충동에 휩싸여 남편을 없앴어. 그 여잔 어떤 종류든 고통이란 걸 참을 수 없는 여자였는데, 애슐리 페러스 같은 남자의 아내로 산다는 건 무척 고통스러운 일이었을 테니까……."

내가 고개를 끄덕였다.

"그 후 자신이 저지른 일 때문에 줄곧 양심의 가책에 시달린 거야. 그 여잘 동정하지 않을 수가 없구나."

페러스 부인이 살아 있을 때 캐롤라인 누이는 그녀를 딱하게 여긴 적이 한 번도 없었던 것 같다. 아마도 이제 그 여자가 더 이상 파리의 의상을 걸칠 수 없는 곳으로 가고 나자 누이는 연민과 이해라는 훨씬 부드러운 감정에 빠질 채비가 된 것이다.

나는 그 모든 추론이 터무니없노라고 힘주어 말했다. 누이가 말한 것 중 적어도 일부에는 마음속으로 동의하고 있었던 만큼 내 어조는 더욱 단호했다. 하지만 누이처럼 그저 어림짐작만으로 사태를 판단하는 건 정말 잘못이다. 나는 그런 종류의 일을 부추기지 않을 터였다. 누이는 온 마을을 돌아다니며 자신의 견해를 떠들어 댈 것이고, 사람들은 그녀의 말이 내가 제공한 의학적 자료를 근거로 한 것이라고 생각할 터였다. 삶이란 정말이지 만만치가 않다.

내 단호한 말에 대한 누이의 대답은 이랬다.

"말도 안 되는 소리. 두고 보면 알아. 십중팔구 그 여잔 모든 걸 고백하는 유서를 남겼을걸."

"그 여잔 유서 같은 건 남기지 않았어."

그런 말이 어떤 결과를 낳을지 미처 생각하지 못하고 나는 날카로운 어조로 반박했다.

캐롤라인이 소리쳤다.

"오! 그러니까 너도 유서를 찾아보긴 했구나? 내 생각엔 제임스, 마음 깊숙한 곳에서는 너도 나처럼 생각하고 있는 거야. 넌 진짜 연기를 잘 한다니까."

"언제나 자살 가능성은 염두에 둬야 하거든."

내가 설득력 있게 말했다.

"검시가 있을까?"

"있을 거야. 거기에 모든 게 달렸지. 하지만 내가 우발적인 약물

과용이라는 진단을 내린다면 검시 같은 건 필요 없겠지."

"넌 그렇게 확신하니?"

누이가 기민하게 물었다.

나는 그 말에 대답하지 않고 식탁에서 몸을 일으켰다.

내가 누이에게 한 말과 누이에게서 들은 말에 대한 이야기를 계속하기 전에 우리 마을이 어떤 곳인지에 대해 필요한 설명을 하는 편이 좋을 것 같다. 우리 마을, 곧 킹스 애벗은 내 생각에 다른 마을과 아주 흡사하다. 가장 가까운 대도시는 15킬로미터 정도 떨어져 있는 크랜체스터다. 우리 마을에는 커다란 철도역과 작은 우체국과 두 개의 경쟁적인 '잡화점'이 있다. 건장한 청년들은 일찌감치 떠나버려 마을에는 결혼 못한 처녀들과 은퇴한 장교들이 많다. 우리 마을의 취미이자 오락은 '남 얘기 하기'라는 한마디로 요약될 수 있다.

킹스 애벗에서 중요하게 언급되는 저택은 단 둘뿐이다. 하나는 페러스 부인이 죽은 남편에게 물려받은 '킹스 패독', 또 하나는 로저 애크로이드가 소유하고 있는 '펀리 파크'이다. 전형적인 시골 대지주라고 할 수 있는 애크로이드는 언제나 내 관심을 끌었다. 그는 옛날에 유행하던, 녹음이 울창한 시골을 배경으로 한 뮤지컬 코미디 1막에 어김없이 등장해 런던으로 가겠다는 노래를 부르는 붉은 안색의 운동선수를 연상시키는 인물이다. 하지만 노래와 춤과 풍자가 뒤섞인 풍자극이 등장하자 그런 시골 대지주는 뮤지컬에서 퇴출되고 말았다.

로저 애크로이드는 물론 진짜 시골 대지주는 아니다. 내가 아는 바로는 그는 크게 성공한 마차 바퀴 회사 사장이다. 나이는 쉰 살 가량으로 붉은 안색에 매너가 좋았다. 그는 교구 목사와 매우 친했으며, 크리켓 시합과 청년단과 상이군인회를 돕기 위한 교구 기금에 많은 돈을 기부했다. 하지만 소문에 의하면 개인적인 지출에는 몹시 구두쇠였다. 사실상 그는 킹스 애벗이라는 평화로운 마을의 상징이라고 할 수 있다.

로저 애크로이드는 스물한 살이라는 젊은 나이에 자신보다 오륙 년 연상인 아름다운 여자와 사랑에 빠져 결혼했다. 그 여자의 이름은 페이턴으로 자식이 하나 딸린 과부였다. 그 결혼 생활은 짧고 고통스러웠다. 간단히 말해 애크로이드 부인은 알코올 중독자였다. 그녀는 결혼한 지 4년 만에 술 때문에 죽었다.

그 후 여러 해에 걸쳐 애크로이드는 두 번째 결혼이라는 모험에 뛰어들 의사를 내비치지 않았다. 그의 아내가 첫 결혼에서 얻은 아이는 그녀가 죽었을 때 겨우 일곱 살이었다. 이제 그 아이는 스물다섯 살이 되었다. 애크로이드는 줄곧 그 애를 친자식으로 여겼고, 그런 마음으로 그 애를 키웠지만, 아이는 성격이 거칠어 의붓아버지에게 끊임없는 걱정과 어려움을 야기했다. 하지만 킹스 애벗 사람들은 모두 랠프 페이턴을 좋아했다. 그는 정말 잘생긴 청년이었다.

앞서 말한 것처럼 우리 마을 사람들은 언제라도 남 얘기를 할 태세가 되어 있다. 애크로이드와 페러스 부인이 아주 절친한 사이가 되는 과정을 마을 사람들 모두 처음부터 지켜보았다. 페러스 씨가 죽은 후에는 그들이 친밀한 사이라는 사실이 더욱 눈에 띄었다. 그들이 거의 언제나 함께 있는 것이 눈에 띄었으므로, 페러스 부인이 탈상할 무렵이 되자 온갖 추측이 나돌았다. 페러스 부인이 로저 애크로이드 부인이 되리라는 것이었다. 물론 그런 추측에는 타당성이 있었다. 로저 애크로이드의 아내가 술 때문에 죽었다는 것이 일반적인 견해였다. 애슐리 페러스 역시 죽기 여러 해 전부터 술에 절어 살았다. 알코올 남용으로 피해를 본 이들 두 사람은 이전 배우자들 곁에서 당한 그 모든 고통을 벌충하기에 꼭 맞는 짝이었다.

페러스 부부가 이곳으로 이사 온 것은 1년여밖에 되지 않았지만, 애크로이드를 둘러싼 소문은 오랫동안 있어 왔다. 랠프 페이턴이 성장해 성인이 되기까지 애크로이드 저택에는 여러 명의 여자 관리인들이 들어왔고, 그들은 모두 차례로 캐롤라인 누이와 그 친구들의 열광적인 의심의 대상이 되었다. 적어도 15년 동안 마을 사람들 모두가 애크로이드가 자기 집 관리인들 중 하나와 결혼할 것이 분명하다고 생각해 왔다 해도 과언이 아닐 것이다. 현재의 관리인인 러셀 양은 5년 동안 잡음 없이 그 저택을 관리해 온 당찬 여자였다. 전임자 중 가장 오래 근무한 사람보다 두 배가 넘는 기간 동안 그 집에 있은 셈이었다. 페러스 부인과의 연애 사건이 없었다면, 애크로이드는 그녀에게서 벗어날 수 없었으리라. 그 사건과 또 다른 일, 그러니까 과부가 된 애크로이드의 제수가 딸을 데리고 캐나다에서 예기치 않게 찾아온 일만 없었다면 분명 그랬으리라. 하지만 펀리 파크에 거처를 정한 애크로이드의 가난뱅이 동생의 미망인 세실 애크로이드 부인은, 캐롤라인 누이의 말에 따르면 러셀 양을 그녀 본연의 자리로 되돌리는 데 성공했다.

'본연의 자리'라는 것이 정확히 어떤 것인지 나로서는 모르겠다. 그 말의 어감은 기묘하고 불쾌했다. 내가 아는 것은 다만 러셀 양이 꼭 다문 입술에 신랄하다고밖에는 달리 표현할 길 없는 기묘한 미소를 띠고 다니면서 '가엾은 애크로이드 부인'에게 극도의 동정을 표한다는 것뿐이었다. "자기 아주버님의 선심에 목을 매고 있는 셈이잖아요. 얻어먹는 빵이 오죽하겠어요, 안 그래요? 제 힘으로 벌어먹고 살 수 없다면 저 같으면 정말 비참할 거예요."

페러스 부인과의 연애 사건이 들먹여졌을 때 세실 애크로이드 부인이 어떤 생각을 했는지 나로서는 알 수 없다. 다만 애크로이드가 결혼하지 않고 있는 것이 그녀에게 유리한 것은 분명했다. 페러스 부인을 만날 때면 애크로이드 부인은 감정을 과장하는 것까지는 아니라도 언제나 호감을 표시했다. 캐롤라인의 말에 따르면 그게 다 뜻이 있어서 하는 일이라는 것이었다.

지난 몇 년 동안 킹스 애벗 사람들의 관심사는 이런 것들이었다. 사람들은 애크로이드와 그의 연애 사건을 온갖 관점에서 토론했다.

그리고 페러스 부인은 그런 도식에 딱 맞는 사람이었다.

그런데 이제 그런 상황에 변화가 생겼다. 경쾌하게 결혼 선물을 의논하던 우리들은 갑자기 비극의 한가운데에 놓이게 된 것이다.

이런 일들과 다른 잡다한 문제들을 생각하며 나는 기계적으로 왕진을 계속했다. 특별히 주의를 기울여야 할 환자가 없었기 때문에 내 생각이 거듭 페러스 부인의 죽음을 둘러싼 수수께끼로 돌아간 것인지도 모르겠다. 그녀는 스스로 목숨을 끊은 것일까? 만약 그랬다면, 자신이 왜 그런 일을 하려는지 밝히는 몇 마디 말을 남겨 놓았을 것이 아닌가? 내 경험상 여자들은 일단 자살해야겠다는 결정에 도달하면, 대개 자신이 어떤 마음에서 그런 치명적인 행동을 하게 되었는지 밝히고 싶어 한다. 여자란 주목을 끌고 싶어 하는 법이었다.

그녀를 마지막으로 본 게 언제였던가? 일주일도 채 안 되었을 것이다. 그때 그녀의 태도는 모든 면에서 지극히 정상적이었다.

그 순간 문득 그녀와 얘기를 나누지는 않았지만 바로 어제 그녀를 보았다는 것이 기억났다. 그녀는 랠프 페이턴과 함께 걷고 있었고, 나는 깜짝 놀랐다. 왜냐하면 랠프가 킹스 애벗에 와 있다는 걸 전혀 몰랐기 때문이었다. 물론 나는 그가 양아버지와 크게 싸웠다는 사실을 알고 있었다. 그런 일이 있은 후 그는 거의 6개월 동안 이곳에 코빼기도 보이지 않았다. 그런데 어제 그는 페러스 부인과 고개를 맞대고 나란히 걷고 있었고, 그녀는 아주 열심히 이야기를 하고 있었다.

불길한 예감이 처음으로 나를 휩쓸고 지나간 것은 바로 그 순간이었다고 할 수 있다. 그때까지는 그렇게 여길 만한 일이 일어나지 않았지만, 무슨 일인가 벌어지고 있다는 막연한 예감이 들었던 것이다. 페러스 부인과 랠프 페이턴의 열띤 '밀담'은 나에게 불유쾌한 충격이었다.

그런 생각을 하며 걷던 나는 로저 애크로이드와 부딪혔다.

"셰퍼드! 만나서 이야기하고 싶은 바로 그 사람을 만났군. 이건 끔찍한 일이야."

그가 소리쳤다.

"소식 들은 모양이군?"

그가 고개를 끄덕였다. 그가 두통에 시달리고 있음을 나는 알 수 있었다. 살집 좋은 그의 붉은 뺨이 푹 꺼진 것 같았다. 평소의 유쾌하고 건강한 모습은 찾아볼 수 없었다.

그가 나직하게 말했다.

"자네가 아는 것보다 사태가 더 끔찍하다네. 이것 보게, 셰퍼드. 자네와 얘기를 해야겠네. 지금 길을 되짚어 나와 함께 갈 수 있나?"

"그럴 수 없을 것 같네. 아직 왕진 환자 세 사람이 남아 있고, 12시까지는 병원으로 돌아가서 진료를 해야 한다네."

"그럼 오늘 오후는 어떤가? 아니 오늘 저녁 식사를 같이 하는 게 낫겠군. 7시 30분에. 괜찮겠나?"

"괜찮네. 그 시간이면 갈 수 있네. 무슨 일인가? 랠프 때문인가?"

내가 왜 그런 질문을 했는지 나로서도 잘 알 수 없다. 다만 랠프가 자주 문제를 일으켰다는 것밖에는. 내 말을 못 알아들은 것처럼 애크로이드는 멍한 눈길로 나를 응시했다. 나는 뭔가 지독하게 잘못되었다는 느낌이 들기 시작했다. 애크로이드가 그렇게 흥분해 있는 것을 여태까지 본 적이 없었다.

그가 애매하게 되물었다.

"랠프? 오! 아닐세. 랠프 때문이 아닐세. 랠프는 런던에 있다네. 빌어먹을! 노처녀 가넷 할머니가 이리로 오는군. 이 소름 끼치는 일을 저 여자한테 들려주고 싶진 않네. 저녁에 보세, 셰퍼드. 7시 30분일세."

내가 고개를 끄덕이자 그는 서둘러 걸음을 옮겼다. 그 자리에 남은 나는 어리둥절하지 않을 수 없었다. 랠프가 런던에 있다니? 어제 오후 그는 분명 킹스 애벗에 있지 않았던가. 어젯밤이나 오늘 아침 일찍 런던으로 돌아간 모양이었다. 하지만 애크로이드의 태도는 아주 다른 느낌을 주었다. 그는 랠프가 여러 달 동안 이 근처에 오지 않은 것처럼 말했던 것이다.

내게는 그 문제를 그 이상 파고들 시간이 없었다. 가넷 할머니가 새로운 정보에 목말라 하며 내게 다가왔던 것이다. 가넷 할머니는 캐롤라인 누이와 똑같은 성격적 특징을 갖고 있었다. 하지만 그녀에게는 비약적인 결론을 내릴 줄 아는 정확한 조준 능력이 결여되어 있었다. 그런 능력이야말로 캐롤라인 추리의 탁월한 점이었다. 가넷 할머니는 숨을 헐떡이며 질문을 퍼부어 댔다.

"가엾은 페러스 부인에게 슬픈 일이 일어났다면서요? 많은 사람들이 그녀가 여러 해 동안 약을 복용해 왔다고 하더군요. 돌아다니며 그런 얘기를 하다니 너무하잖아요. 그런데 가장 지독한 것은 대개 그런 엉터리 같은 이야기에 일말의 진실이 있다는 거죠. '아니 땐 굴뚝에 연기 나랴.'라는 말도 있잖아요! 애크로이드 씨가 그 사실을 알고 약혼을 파기했다는 말도 들리더군요. 전 그 증거를 갖고 있어요. 선생님께선 물론 이 사건에 대해 전부 알고 계시겠죠. 의사들은 언제나 다 알고 있잖아요. 하지만 줄곧 입을 다물고 계시는 거죠?"

이 모든 말과 함께 그녀는 그런 암시에 내가 어떤 반응을 보이는지 살피기 위해 날카롭고 반짝이는 작은 눈으로 나를 빤히 바라보았다. 다행히 오랫동안 누이에게 단련이 된 나는 태연한 표정을 유지할 수 있었고, 애매한 말로 대처할 대비가 되어 있었다.

이번 경우 나는 질 나쁜 험담에 동조하지 않는 데 대해 가넷 할머니를 치켜세웠다. 적절한 반격이 아닌가. 나의 반격에 그녀가 난감해하는 동안, 나는 그녀가 정신을 수습하기 전에 자리를 떴다.

생각에 잠긴 채 집에 돌아오자 환자 몇 사람이 진료실에서 나를 기다리고 있었다. 이윽고 마지막 환자를 내보낸 다음 점심을 먹기에 앞서 잠시 뜰을 내다보던 나는 환자가 한 사람 더 남아 있었다는 것을 깨달았다. 여자가 자리에서 일어나 내게 왔을 때 나는 조금 놀랐다.

왜 그런 생각이 드는지는 알 수 없지만 러셀 양에게서는 무쇠 같은 외양 외에도 질병이 힘을 쓸 수 없을 것 같은 무엇인가가 느껴졌다.

애크로이드의 관리인인 그녀는 키가 크고 훌륭한 외모의 소유자였지만 그 모습에는 사람을 가까이 하기 어렵게 만드는 무엇인가가 있었다. 그녀는 엄한 눈길을 하고 입술을 꼭 다물고 있었다. 혹시 내가 그런 사람 밑에서 일하고 있다면, 그녀가 다가오는 소리만 듣고도 걸음아 날 살려라 하고 달아날 터였다.

러셀 양이 말했다.

"안녕하세요, 셰퍼드 선생님. 제 무릎을 좀 봐 주셨으면 해서요."

나는 그녀의 무릎을 진찰했지만 솔직히 말하자면, 불필요한 일이었다. 애매한 통증에 대한 러셀 양의 설명은 너무 설득력이 없어서 그녀가 그렇게 성실한 여자가 아니었다면 꾸며 낸 말이 아닐까 의심했을 정도였다. 페러스 부인의 죽음에 관한 정보를 내게서 얻어내기 위해 무릎이 아프다고 고의로 꾸며 낸 것일지도 모른다는 생각이 한순간 뇌리를 스쳤다. 하지만 적어도 그 점에서는 내 판단이 틀렸음을 이내 깨닫지 않을 수 없었다. 그녀는 그 비극적인 사건에 대해 짤막하게 언급했을 뿐 더 이상 말이 없었다. 하지만 그런 다음에도 방을 나가지 않고 미적거리면서 나와 이야기를 하고 싶어 하는 듯했다. 그녀가 이윽고 말했다.

"그건 그렇고, 바르는 약을 주시다니 정말 고맙습니다. 이 약이 무슨 도움이 될 거라고 생각하진 않지만요."

나 역시 같은 생각이었지만 의무감에서 그녀의 말을 반박했다. 어쨌든 그 약이 해가 될 리는 없고, 사람이란 자기 밥그릇은 지켜야 하는 법이니까.

"전 이런 약들을 모두 믿지 않는답니다. 약은 많은 피해를 입히죠. 코카인 중독의 경우를 좀 보세요."

늘어선 약병들을 깔보는 눈길로 훑어보며 러셀 양이 말했다.

"물론 그런 것도 있지만……."

"코카인은 상류 사회에 널리 퍼져 있어요."

러셀 양은 분명 상류 사회에 대해 나보다 더 많이 알고 있을 터였다. 나는 그녀와 논쟁을 벌일 생각이 없었다.

"한 가지만 말해 주세요, 선생님. 약물에 중독되었을 경우 치료할 수 있는 방법이 있을까요?"

그렇게 뜬금없는 질문에는 제대로 대답할 수 없는 법이다. 내가 그 문제에 대해 짤막하게 대답하자 그녀는 관심 깊게 들었다. 나는 그녀가 페러스 부인에 대한 정보를 얻으러 온 것이 아닐까 하는 의심을 풀지 않고 있었다.

"그러니까 수면제를 예로 들면……."

나는 말을 시작했다.

하지만 이상하게도 그녀는 수면제에 대해 관심이 없는 것 같았다. 그 대신 그녀는 화제를 바꿔 검사에도 밝혀지지 않는 독약이 있는 게 사실인지 물었다.

"아! 추리 소설을 읽고 계신 모양이군요."

그녀는 그렇다고 대답했다. 나는 말을 이었다.

"추리 소설의 요체는 희귀한 독약을 손에 넣는 것에 있죠. 남아프리카의 어떤 원주민들은 아무도 들어 본 적이 없는 독약을 화살 끝에 바른다더군요. 그 화살을 맞으면 즉사하는데, 우리네 과학으로는 그걸 검출해 낼 수가 없답니다. 그런 걸 말씀하시는 건가요?"

"예, 정말 그런 게 있을까요?"

나는 유감스럽다는 듯이 고개를 내저었다.

"그런 건 없을 것 같은데요. 물론 마전속 식물의 즙으로 만든 쿠라레 같은 건 있지만."

나는 그녀에게 쿠라레에 관해 길게 이야기를 해 주었지만, 그녀는 또다시 흥미를 잃은 것 같았다. 그녀는 내가 갖고 있는 독약 중에 그런 게 있느냐고 물었다. 없다고 대답하면서 나는 그녀에게 점수를 잃은 것 같은 느낌이 들었다.

그녀는 가 봐야겠다고 말했다. 그녀가 진료실을 나가는 순간 점심 식사를 알리는 종이 울렸다.

러셀 양이 과연 추리 소설을 좋아할까 하는 의심을 품을 필요는 없는 일이었다. 그녀가 자기 방 밖으로 나와 잘못을 저지른 하녀를 야단친 다음, 다시 들어가 편안하게 앉아 『일곱 번째 죽음의 수수께끼』 같은 책을 집어 든다고 상상하자 나는 무척 기분이 좋았다.

호박을 키우는 사내

점심을 먹으면서 나는 오늘 저녁 식사를 펀리 파크에서 하게 될 거라고 캐롤라인에게 말했다. 누이는 반대하는 기색이 없었다. 오히려 그 반대였다.

"잘됐구나. 그 일에 대해 자초지종을 들을 수 있을 테니까. 그건 그렇고 랠프한테 무슨 문제가 있니?"

나는 놀라서 되물었다.

"랠프한테? 그럴 리가 없는데."

"그렇다면 그가 왜 '펀리 파크'가 아니라 '스리 보어스'에 묵고 있는 거지?"

나는 랠프 페이턴이 마을 여관에 묵고 있는 게 사실이냐고 되묻지 않았다. 캐롤라인이 그렇게 말했다면 그것은 사실이었던 것이다.

"애크로이드 말로는 랠프가 런던에 있다고 하던데."

내가 말했다. 놀란 나머지 결코 정보를 주지 않는다는 내 귀한 규칙을 순간적으로 어기고 만 것이다.

"이런!"

캐롤라인이 소리쳤다. 그렇게 말하는 순간 그녀가 코를 실룩거리는 것이 눈에 들어왔다.

"랠프는 어제 아침에 스리 보어스에 왔대. 그리고 지금도 거기 있어. 어제 저녁에는 어떤 아가씨와 데이트를 했다던데."

그것은 조금도 놀랄 일이 아니었다. 랠프는 거의 매일 밤 여자와 데이트를 했다. 하지만 그가 그런 유희를 즐길 장소로 흥겨운 대도시 대신 킹스 애벗을 택했다는 것이 의아하게 여겨졌다.

"술집 여자와 말이야?"

"아니, 문제는 바로 거기 있어. 그 애가 여자를 만나러 밖으로 나갔거든. 난 그게 누군지 모르겠어."

그런 사실을 인정해야 한다는 게 누이로서는 가슴 쓰린 일이었으리라.

"하지만 짐작은 가."

그렇다 해도 기운을 꺾이지 않고 누이가 말을 이었다.

나는 잠자코 그녀의 말을 기다렸다.

"그의 사촌이야."

"플로라 애크로이드란 말야?"

내가 놀라서 소리쳤다. 플로라 애크로이드는 랠프 페이턴과 실제로 피를 나눈 사이는 아니었지만, 랠프가 사실상 오랫동안 애크로이드의 친자식으로 여겨졌으므로 그들은 당연히 사촌지간이었다.

"그래, 플로라 애크로이드."

"하지만 랠프가 플로라를 만나고 싶었다면 어째서 펀리 파크로 가지 않은 거지?"

"두 사람은 남몰래 약혼을 했거든. 애크로이드 씨는 그런 얘기에 귀를 기울이려 하지 않을 거야. 그래서 그들은 그런 식으로 만날 수밖에 없었던 거지."

누이가 재미있어 죽겠다는 듯이 대답했다. 나는 누이의 추론에 허점이 많다고 생각했지만 지적하지 않았다. 그 대신 새로 이사 온 옆집 사내에 대한 이야기로 화제를 돌렸다.

옆집 '라치스'에 최근 낯선 사람이 이사를 왔다. 너무나 속상하게도 누이는 그에 대해 외국인이라는 것밖에는 아무것도 알아낼 수 없는 모양이었다. 그녀의 정보부도 믿을 수 없다는 것이 판명된 셈이었다. 그 사내 역시 다른 사람들과 마찬가지로 우유와 야채와 육류 그리고 이따금은 대구를 사들였지만, 그런 식료품들을 공급하는 이들 중 누구도 그에 대한 정보를 알아내지 못했다. 그는 '포로트 씨'로 알려져 있었다. 이상하게도 비현실적인 느낌을 불러일으키는 이름이었다. 우리가 그에 대해 알고 있는 것은 그가 호박을 키우는 데 관심이 있다는 것이었다. 하지만 누이가 알고 싶어 하는 것은 그런 종류의 정보가 아니었다. 그녀는 그가 어디 출신인지, 직업은 무엇인지, 자식은 두었는지, 그의 어머니의 처녀 적 이름은 무엇인지 같은 것들이 알고 싶을 터였다. 신분증의 항목을 선정한 이도 누이

같은 사람이었으리라.

"누나, 그 사람의 직업에 대해선 의심의 여지가 없어. 그는 은퇴한 미용사야. 그의 콧수염을 좀 봐."

캐롤라인은 내 말에 동의하지 않았다. 그 남자가 미용사였다면, 직모가 아니라 파마 머리였어야 한다는 것이었다. 미용사들은 다 그렇게 한다는 것이었다.

나는 개인적으로 알고 있는 미용사 중에서 파마를 하지 않은 이들의 이름을 몇 사람 댔지만, 누이는 설득되지 않았다.

"그 사람에게서는 아무것도 알아낼 수가 없어. 얼마 전 정원 손질용 도구들을 빌리러 갔는데, 그 사람의 태도는 더할 수 없이 친절했지만 아무 정보도 주지 않더라고. 결국 내가 단도직입적으로 혹시 프랑스 인이냐고 물었더니 아니라는 거야. 그런 다음에는 왠지 그 사람에게 더 이상 질문을 하면 안 될 것 같았어."

누이가 기분 상한 어조로 말했다.

나는 베일에 싸인 이웃집 사내에 대해 흥미가 가기 시작했다. 캐롤라인의 입을 다물게 하고 그녀를 시바의 여왕처럼 빈손으로 돌려보낼 수 있는 사내라면 대단한 인물임에 분명했다.

"내 생각에 그에게 최신형 진공청소기가 있는 것 같으니까……."

나는 그녀의 눈빛에서 일부러 물건을 빌리고 또 다른 질문을 던질 기회를 엿보고자 하는 의도를 읽을 수 있었다. 그 틈을 타 나는 뜰로 나왔다. 나는 뜰 가꾸기를 좋아한다. 내가 한창 민들레 뿌리를 뽑고 있는데 옆에서 조심하라는 외침이 들리더니 묵직한 것이 휙

하고 귓가를 스친 다음 퍽 하는 불쾌한 소리를 내며 발 앞에 떨어졌다. 호박이었다!

나는 화가 나서 위를 올려다보았다. 왼쪽에서 누군가 담 위로 얼굴을 내밀고 있었다. 검은 머리카락으로 수상쩍게 일부 가려진 달걀형 얼굴, 커다란 콧수염 그리고 조심스러운 눈길의 소유자였다. 바로 베일에 싸인 우리의 이웃 포로트 씨였다.

그는 즉각 사과의 말을 길게 늘어놓았다.

"뭐라 사과의 말을 드려야 좋을지 모르겠군요, 무슈. 변명의 여지가 없습니다. 전 지난 몇 달 동안 호박을 길러 왔습니다. 오늘 아침 이 호박들을 보니까 갑자기 화가 치밀더군요. 그것들을 풀어 주기로 했습니다. 아아! 생각 속에서만이 아니고 실제로도 말입니다. 전 제일 큰 놈을 잡았죠. 그놈을 담 너머로 집어던졌습니다. 무슈, 정말 부끄럽습니다. 정말 죄송합니다."

그런 진심 어린 사과의 말을 듣자 나는 마음을 풀지 않을 수 없었다. 어쨌든 그 불쾌한 호박에 얻어맞은 것은 아니니까. 하지만 나는 벽 너머로 무거운 야채를 집어던지는 것이 새로 이사 온 우리 이웃의 취미가 아니기를 간절히 바랐다. 그런 습관을 가진 사람을 이웃으로서 참아 줄 수 있을 것 같지 않았던 것이다. 그 낯선 작은 사내는 그런 내 생각을 읽은 모양이었다.

그가 소리쳤다.

"아! 아닙니다. 불안해하지 마십시오. 제가 이런 버릇을 갖고 있는 건 아닙니다. 그건 그렇고, 이런 걸 상상하실 수 있으시겠습니까,

무슈? 어떤 사내가 어떤 목표를 이루기 위해 일하고, 여가와 소일거리를 갖기 위해 땀과 노력을 기울입니다. 그러다가 결국에는 자신이 기뻐하며 떠나왔던 과거의 일과 분주했던 지난날을 그리워하고 있다는 사실을 깨닫게 되는 걸 말입니다."

"그럼요. 충분히 그럴 수 있죠. 저 자신이 그 예라고 할 수 있습니다. 1년 전 저는 유산을 물려받았죠. 꿈이 실현되었다고 여길 만한 액수의 돈을 말입니다. 전 언제나 여행을 하고 넓은 세상을 보고 싶었죠. 음, 그게 말씀드린 대로 1년 전입니다. 그런데 전 아직 여기 이러고 있답니다."

내가 느릿하게 대답했다. 자그마한 이웃 사내는 고개를 끄덕였다.

"습관이란 게 그런 거죠. 우리는 목표를 달성하기 위해 일하지만, 목표가 달성되고 나면 우리가 진짜 원한 것은 사실 매일의 노동임을 알게 되지요. 그리고 기억해 두세요, 무슈, 제 직업은 정말 흥미로운 일이었답니다. 세상의 여러가지 일들 중 가장 흥미로운 종류의 일이었지요."

"그러니까?"

내가 말을 계속하라는 듯이 말했다. 그 순간 캐롤라인의 기질이 내 안에서 강하게 작용한 모양이었다.

"바로 인간성에 대한 연구였답니다, 무슈!"

"아, 그랬군요."

내가 상냥하게 대답했다. 포로트 씨는 은퇴한 미용사가 틀림없었다. 미용사보다 인간성의 비밀을 더 잘 아는 사람이 어디 있겠는가?

"제겐 친구가 하나 있었습니다. 오랫동안 제 곁을 떠난 적이 없었던 친구였지요. 때때로 어리석은 행동으로 사람을 놀라게 하긴 했지만 제겐 정말 소중한 친구였죠. 생각해 보십시오. 지금은 그 친구의 바보 같은 행동까지 그립다니까요. 그의 순진함, 솔직한 표정, 저의 재능으로 그를 놀라게 하고 즐겁게 해 주면서 얻은 기쁨, 이런 모든 것들이 정말이지 그립습니다."

"그 친구 분이 죽었나요?"

내가 안됐다는 듯이 물었다.

"아닙니다. 그는 살아 있고 잘 지내고 있어요. 다만 지구 반대편에 있답니다. 지금 아르헨티나에 가 있거든요."

"아르헨티나에 가 있다고요."

내가 부럽다는 듯이 그의 말을 되풀이했다. 나는 언제나 남아메리카에 가 보고 싶었던 것이다. 한숨을 내쉬고 고개를 들어 보니 딱하다는 듯이 나를 지켜보고 있는 포로트 씨와 눈길이 마주쳤다. 그는 이해심 많은 사람 같았다. 그가 물었다.

"언젠가는 거기 가실 거죠?"

나는 한숨을 내쉬며 고개를 저었다.

"갈 수 있었습니다. 1년 전엔 말입니다. 하지만 전 그때 어리석었어요. 어리석었다는 말로는 부족하죠. 탐욕스러웠죠. 그림자를 잡으려다 알맹이를 놓쳤답니다."

"알 것 같군요. 그 돈을 위험한 데 투자하신 모양이죠?"

나는 서글프게 고개를 끄덕였다. 하지만 그런 기분과는 반대로 은근히 흥겨워지는 것을 느꼈다. 그 우스꽝스러운 작은 사내는 놀랄 정도로 성의 있게 관심을 보이고 있었다.

"투자하신 데가 포큐파인 유전 아닌가요?"

그가 불쑥 물었다. 나는 그를 빤히 쳐다보았다.

"사실은 거기에 투자할까 생각했죠. 하지만 마지막 순간에 오스트레일리아 서부의 한 금광으로 마음을 바꿨답니다."

이웃집 사내는 나로서는 가늠할 길 없는 기묘한 표정으로 한참 나를 바라보더니 이윽고 말했다.

"이건 운명이군요."

"뭐가 말입니까?"

내가 조바심을 치면서 물었다.

"포큐파인 유전 그리고 오스트레일리아 서부의 금광까지 투자 대상으로 진지하게 고려했던 분 옆집에 제가 살게 되다니 말입니다. 혹시 적갈색 머리카락을 좋아하십니까?"

나는 어이가 없어서 입을 벌린 채 물끄러미 그를 응시했다. 그러자 그가 웃음을 터뜨렸다.

"아뇨, 아닙니다. 제가 정신이 나가서 이러는 게 아니랍니다. 마음 놓으십시오. 그런 엉뚱한 질문을 드린 건 말입니다. 조금 전 말씀드린 제 친구가 바로 그렇거든요. 그는 여자라면 모두 고상하다고 여기는 젊은이지요. 하지만 선생님, 선생님께서는 우리네 인생에서 대부분의 것들이 공허하고 어리석다는 사실을 알고 있는 중년이시죠. 어쨌든 우린 이웃이 되었군요. 선생님의 누님께 제가 기른 호박 중 가장 좋은 놈을 갖다 주십시오."

그는 몸을 굽히고는 과장된 몸짓으로 커다란 호박 하나를 내밀었다. 물론 나는 그것을 받았다. 그 작은 사내는 경쾌한 어조로 말을 이었다.

"분명히 오늘 아침은 소득이 있군요. 멀리 떨어져 있는 친구와 어떤 점에서 닮은 분을 알게 되었으니 말입니다. 그건 그렇고 질문을 하나 드리고 싶습니다. 선생님은 이 작은 마을에 사는 사람들을 모두 알고 계시겠죠. 진한 갈색 머리카락과 밤색 눈을 지닌 잘생긴 청년이 누군가요? 고개를 뒤로 젖히고 입가에 편안한 미소를 띤 채 걷고 있더군요."

그 설명이 누구를 가리키는지는 분명했다.

"랠프 페이턴 대위를 말씀하시나 보군요."

내가 천천히 대답했다.

"전엔 본 적이 없는 것 같은데요?"

"그럴 겁니다. 한동안 이곳을 떠나 있었거든요. 하지만 그는 펀리 파크에 사는 애크로이드 씨의 아들, 그러니까 양아들이랍니다."

이웃집 사내는 좀 조바심을 내는 듯했다.

"당연히 그 사람인 줄 알아챘어야 했는데. 애크로이드 씨가 여러 차례 그 청년에 관한 이야기를 했답니다."

"선생님께선 애크로이드 씨를 아십니까?"

내가 좀 놀라서 물었다.

"애크로이드 씨와는 런던에서 알게 되었지요. 그러니까 제가 그곳에서 일을 하고 있을 때 말입니다. 이곳 사람들한테 제 직업에 대한 이야기를 하지 말아 달라고 그분께 부탁을 드렸지요."

"그랬군요."

나는 예상을 벗어나지 않는 이런 뻔한 젠체하는 태도에 유쾌한 기분을 느끼며 대답했다. 키 작은 사내는 과장된 미소를 지으며 말을 이었다.

"익명인 채로 남아 있는 게 더 좋은 법이죠. 전 유명해지고 싶은 생각이 없답니다. 제 이름을 가지고 지방마다 다르게 발음할 때에도 굳이 고치려 들지 않았지요."

"그러셨군요."

나는 무어라 말해야 할지 적당한 대답을 찾을 수 없었다. 사내가 생각에 잠긴 어조로 말했다.

"랠프 페이턴 대위라, 그러니까 그 청년은 애크로이드 씨의 조카인 저 매력적인 플로라 양과 약혼한 사이라죠?"

"누가 그러던가요?"

내가 깜짝 놀라 물었다.

"애크로이드 씨가 그러더군요. 한 일주일 전에 말입니다. 그 사실에 대해 그는 무척 기뻐하더군요. 오래전부터 그런 일이 일어나기를 바라 온 것 같았습니다. 그가 그 청년에게 그녀와 약혼하라고 압력을 넣었을지도 모른다는 생각까지 들더군요. 그런 일은 결코 현명한 게 아니죠. 젊은이란 자기가 좋아서 결혼해야 하니까요. 뭔가 바라는 게 있어 양아버지를 만족시키기 위해서가 아니라 말이죠."

나는 정신을 차릴 수가 없었다. 애크로이드 씨가 일개 미용사에게 속내를 털어놓고, 자기 조카와 양아들의 결혼 문제를 의논했다는 것을 믿을 수 없었던 것이다. 애크로이드는 아랫사람들에게 유난히 관대했지만, 자신의 위엄에도 크게 신경을 쓰는 사람이었다. 나는 포로트 씨가 미용사가 아닐지도 모른다는 생각이 들기 시작했다. 당혹감을 감추기 위해 나는 생각나는 대로 말했다.

"왜 랠프 페이턴을 눈여겨보게 되셨나요? 그가 잘생겨선가요?"

"아뇨, 그것 때문만은 아닙니다. 물론 그는 영국인치고는 드물게 멋진 외모를 갖고 있더군요. 영국의 여류 소설가들이 그리스 신 같다고 할 만한 그런 외모 말입니다. 아뇨, 그래서가 아니라 그 청년에게는 제가 이해할 수 없는 그 무엇인가가 있더군요."

그는 생각에 잠긴 어조로 마지막 문장을 마쳤다. 그런 태도에 나는 뭐라 설명할 수 없는 묘한 느낌을 받았다. 그는 마치 내가 알지 못하는 어떤 마음속의 지식에 비추어 그 젊은이를 판단하고 있는 듯했던 것이다. 그것이 그가 내게 남긴 인상이었다. 바로 그 순간 캐롤라인 누이가 집 안에서 나를 부르는 소리가 들려왔다.

나는 집 안으로 들어갔다. 누이는 모자를 쓰고 있었다. 외출에서 막 돌아온 것이 분명했다. 그녀는 곧장 본론으로 들어갔다.

"애크로이드 씨를 만났어."

"그래서?"

"물론 내가 그를 불러 세웠지. 그런데 몹시 급한 일이라도 있는 것처럼 얼른 자리를 뜨려고 애를 쓰더라고."

나는 그 상황을 분명히 떠올릴 수 있었다. 그는 내가 오늘 아침 가넷 양에게 느꼈던 것과 똑같은 감정을 느낀 것이리라. 아니 그 이상이었을지도 모른다. 캐롤라인은 떨쳐 버리기 훨씬 더 어려운 사람이니까.

"거두절미하고 랠프에 대해 물어봤지. 분명히 깜짝 놀란 것 같았어. 그 애가 이곳에 와 있다는 사실을 몰랐던 거야. 실제로 그 사람 말이 내가 잘못 본 게 분명하다고 하던걸. 내가! 세상에 내가 잘못 보다니, 원!"

"말도 안 되지. 그 친구 누나를 제대로 모르는군."

"그러고는 랠프와 플로라가 약혼했다고 말하더구나."

"나도 알아."

내가 약간의 우쭐함을 곁들여 그녀의 말허리를 잘랐다.

"누가 말해 줬는데?"

"새로 이사 온 이웃집 남자가."

룰렛 공이 두 개의 숫자 사이에서 수줍어하며 머뭇거리는 것처럼 누이의 몸이 눈에 띄게 잠깐 흔들렸다. 이윽고 그녀는 이웃집 남자에 관한 것으로 화제를 돌리고 싶은 유혹을 이겨 낸 모양이었다.

"내가 애크로이드 씨에게 랠프 페이턴이 스리 보어스에 묵고 있다고 말해 줬어."

"누나, 모든 걸 생각 없이 얘기하고 다니는 그런 버릇이 다른 사람들에게 큰 피해가 될 수도 있다는 생각은 안 해 봤어?"

"말도 안 되는 소리. 사람들은 사태가 어떻게 돌아가는지 알아야 해. 난 사람들에게 사실을 알리는 게 내 의무라고 생각해. 애크로이드 씨는 내게 무척 고마워하던걸."

"그래서?"

나는 다음 말을 재촉했다. 뭔가 더 할 말이 있는 게 분명했던 것이다.

"내 생각에 애크로이드 씨는 곧장 스리 보어스로 간 것 같아. 하지만 거기서 랠프를 만나지는 못했을 거야."

"못 만났을 거라고?"

"그래, 왜냐하면 내가 숲길을 가로질러 돌아오는데……."

"숲길을 가로질러 돌아왔다고?"

내가 누이의 말허리를 잘랐다. 캐롤라인에게도 얼굴을 붉힐 정도의 염치는 남아 있었다.

그녀는 감탄하는 어조로 말을 이었다.

"날씨가 얼마나 좋던지 산책을 좀 해야겠다 싶었거든. 매년 이맘때에는 가을빛으로 물든 숲이 정말 아름답잖아."

캐롤라인은 한 해의 어느 때든 간에 숲에는 관심이 없는 사람이었다. 보통 그녀는 숲을 발이나 젖게 하고 머리 위로는 온갖 성가신 것들이 떨어지는 곳으로 여겼다. 그랬다. 그녀의 발길을 우리 동네 숲으로 이끈 것은 앞서 말한 몽구스의 본능이었다. 그 숲은 킹스 애벗에서 마을 사람들의 눈에 띄지 않은 채 젊은 여자와 이야기할 수 있는 유일한 곳이었다. 또한 펀리 파크에서 가까웠다.

"그래서 계속해 봐."

“아까도 말했지만, 내가 숲속을 막 지나가는데 사람 목소리가 들려오더라고.”

누이는 잠시 말을 멈추었다.

“그래서?”

“하나는 랠프 페이턴의 목소리였어. 즉각 알겠더구나. 또 하나는 어떤 여자의 목소리였어. 물론 일부러 들은 건 아니지만…….”

“물론 아니겠지.”

나는 명백히 비꼬는 어조로 말허리를 잘랐다. 하지만 그런 지적이 누이에게는 아무 소용이 없었다.

“하지만 들리는 걸 어떡하겠어. 여자가 뭐라고 말하더라. 내용까지는 듣지 못했어. 그러더니 랠프가 대답을 하더라. 크게 화가 난 것 같았어. ‘이봐.’ 하고 말을 이었어. ‘틀림없이 그 노인네가 푼돈 몇 푼 쥐어 주고는 나를 내쫓으리라는 걸 모르겠어? 최근 몇 년간 나한테 충분히 질렸을 거야. 여기서 조금만 더하면 끝장이야. 하지만 우리에겐 돈이 필요하잖아. 그 노인네만 죽으면 난 정말 큰 부자가 될 거야. 인색하긴 하지만 정말이지 돈은 엄청나게 많거든. 노인네가 자기 유언장을 고치게 하고 싶진 않아. 당신은 나만 믿어. 걱정하지 마.’ 바로 이렇게 말했어. 난 완벽하게 기억하고 있어. 그런데 안타깝게도 그때 내가 마른 나뭇가지 같은 것을 밟아서 소리를 냈지 뭐야. 그랬더니 두 사람은 목소리를 낮추고는 가 버렸어. 물론 나로서는 그들 뒤를 쫓아갈 순 없었어. 그래서 그 여자가 누군지 알아낼 수 없었지.”

"정말 짜증났겠는걸. 하지만 누난 그 길로 스리 보어스로 달려갔겠지. 현기증을 느끼면서 말이야. 그러고는 바로 들어가 브랜디 한 잔을 시켜 놓고 그곳의 여급 둘이 모두 자리를 지키고 있는지 확인한 것 아냐?"

누이가 단호하게 말했다.

"그 여잔 여급은 아니었어. 실제로 난 그 여자가 플로라 애크로이드라고 생각할 뻔했어. 다만……."

"다만 그렇다면 말의 앞뒤가 안 맞는다는 거지?"

내가 그녀의 말을 수긍했다.

"하지만 플로라가 아니라면 도대체 누굴까?"

누이는 재빨리 마을의 처녀들을 차례로 열거하며 부합되는 이유와 안 되는 이유들을 주워섬겼다. 그녀가 숨을 고르기 위해 잠시 말을 멈추었을 때, 나는 환자 핑계를 대고 그 자리를 벗어났다. 스리 보어스로 갈 생각이었다. 지금쯤 랠프 페이턴이 돌아와 있을 터였다.

나는 랠프를 잘 알고 있었다. 킹스 애벗에서 나만큼 그를 잘 아는 사람도 없었다. 왜냐하면 나는 그의 어머니까지 알고 있었으므로, 다른 이들이라면 혼란스러워 할 그의 면모까지 이해할 수 있었다. 그는 어느 정도 가족력의 희생자였다. 자기 어머니의 치명적인 음주벽은 물려받지 않았지만, 그의 내부에는 나약한 성향이 자리 잡고 있었다. 오늘 아침 새로 알게 된 이웃집 사내가 말한 것처럼, 그는 정말이지 잘생긴 청년이었다. 183센티미터의 키에 완벽하게 균형 잡힌 몸매, 운동 선수처럼 자연스러운 태도, 어머니처럼 짙은 갈색의 머리카락, 언제라도 웃을 채비가 되어 있는, 햇볕에 그을린 잘 생긴 얼굴을 갖고 있었다. 랠프 페이턴은 별다른 수고 없이 쉽사리 사람을 매혹할 수 있는 능력을 타고난 그런 인물이었다. 그는 제멋대로인 데다가 낭비벽이 있고 이 세상 그 무엇도 존중하는 법이 없었지만, 그럼에도 사랑스러웠으므로 친구들은 모두 그에게 헌신적이었다.

내가 그 애를 위해 해 줄 일이 있을까? 있을 것 같았다.

스리 보어스에 가서 묻자 페이턴 대위가 막 돌아왔다는 것이었다. 나는 그의 방으로 올라가서는 노크도 없이 안으로 들어갔다. 보고 들은 것을 떠올리며 나는 그가 나를 어떻게 맞이할지 잠시 걱정스러웠다. 하지만 그런 염려는 할 필요가 없었다.

"이런, 셰퍼드 선생님! 정말 반갑습니다."

그는 얼굴을 밝히는 환한 미소를 띠면서 다가와 악수를 청했다.

"이 지옥 같은 곳에서 유일하게 제가 뵙고 싶은 분이 오셨군요."

나는 눈썹을 치켜 올렸다.

"이곳에 무슨 문제가 있나?"

그는 신경질적인 웃음을 터뜨렸다.

"얘기하자면 길어요. 저한텐 일이 잘 풀리지 않고 있거든요, 선생님. 그건 그렇고. 한잔하시는 거죠?"

"고맙네. 그렇게 하세."

그는 벨을 누르고 돌아와 의자에 털썩 주저앉았다. 그는 우울한 어조로 입을 열었다.

"있는 그대로 말하자면 전 지금 곤경에 빠져 있어요. 사실 이제 어떻게 해야 할지 도대체 모르겠어요."

"무슨 일인데?"

내가 걱정스럽게 물었다.

"제 빌어먹을 양아버지 문제예요."

"그 친구가 어쨌는데?"

"사실 아버지께서 이미 하신 일이 아니라 앞으로 하시려는 일이 문제예요."

급사가 오자 랠프는 마실 것을 주문했다. 급사가 돌아가자 그는 안락의자에 앉아 얼굴을 찌푸렸다.

"많이 심각한가?"

그가 고개를 끄덕였다.

"이번에는 정말 큰일 났어요."

그가 차분한 어조로 말했다.

그의 목소리에 담긴 평소와는 다른 심각성이 그의 말이 사실이라는 것을 알려 주고 있었다. 랠프가 심각해지다니 보통 일은 아니었다.

"사실 제 앞일을 예측할 수가 없어요. 제기랄."

"혹시 내가 도울 일이 있다면……."

내가 혹시 하는 어조로 물었다. 하지만 그는 단호하게 고개를 저었다.

"고마운 말씀입니다, 선생님. 하지만 이번엔 선생님을 끌어들일 수가 없어요. 저 혼자 처리해야 해요."

그는 잠시 입을 다물고 있더니 이윽고 약간 달라진 어조로 다시 한번 말했다.

"그래요, 저 혼자 처리해야 합니다……."

내가 펀리 파크의 대문 초인종을 누른 것은 7시 30분이 조금 못 되어서였다. 파커 집사가 놀랄 만큼 재빨리 문을 열어 주었다.

날씨가 좋았으므로 나는 집 안까지 걷기로 했다. 널찍한 정방형의 현관에 들어서자 파커가 내 외투를 받아 들었다. 그때 유쾌한 얼굴을 한 애크로이드의 비서 레이먼드 청년이 두 팔 가득 서류 더미를 안고 현관을 가로질러 애크로이드의 서재를 향해 가는 것이 보였다.

"안녕하세요, 선생님. 저녁 식사를 하러 오신 건가요? 아니면 왕진을 오신 건가요?"

마지막 말은 내가 참나무 서랍장 위에 내려놓은 검은 가방을 두고 하는 말이었다. 나는 누군가 언제라도 해산 때문에 날 부를 수 있으므로 비상 사태에 대비해 외출 준비를 했노라고 설명했다. 레이먼드는 고개를 끄덕이고는 걸음을 계속하면서 어깨 너머로 소리쳤다.

"응접실로 가세요. 어딘지 아시죠? 숙녀분들이 곧 내려오실 거예요. 전 이 서류들을 애크로이드 씨께 가져다 드려야 해요. 그분께 선생님이 오셨다고 말씀드릴게요."

레이먼드가 나타남과 동시에 파커가 사라졌으므로, 나는 현관에 혼자 남게 되었다. 나는 넥타이를 바로잡고 그곳에 걸린 커다란 거울에 비친 내 모습에 힐끗 눈길을 준 다음 정면에 있는 응접실 문을 향해 곧장 걸어갔다.

내가 문 손잡이를 막 돌리려는 순간 방 안에서 무슨 소리가 들려왔다. 나는 그것이 창문을 닫는 소리라고 생각했다. 당시 나는 기계적으로 그런 소리가 들린다는 것을 인식했을 뿐 전혀 중요하게 생각지 않았다.

나는 문을 열고 한 걸음 내딛었다. 순간 나는 밖으로 나오려는 러셀 양과 부딪힐 뻔했다. 우리는 서로 사과의 말을 나누었다.

처음으로 나는 애크로이드의 관리인인 그녀에게 경탄의 감정을 느꼈다. 그녀는 한때 틀림없이 미인이었을 터였다. 아니, 지금도 아름다웠다. 그녀의 진한 갈색 머리카락에는 흰머리 하나 섞여 있지 않았고, 얼굴에 홍조를 띠자 평소의 딱딱한 인상도 두드러져 보이지 않았다.

그녀가 밖에 나갔다 온 것이 아닐까 하는 생각이 거의 무의식적으로 들었다. 달려온 사람처럼 숨을 몰아쉬고 있었던 것이다. 내가 말했다.

"제가 너무 일찍 왔나 보군요."

"오! 아니에요. 벌써 7시 30분인걸요, 셰퍼드 선생님."

그녀는 잠시 말을 멈추었다가 다시 이었다.

"선생님께서 오늘 저녁 식사를 하러 오시는 줄 몰랐어요. 애크로이드 씨가 말씀을 하지 않으셨거든요."

나는 순간 내가 그곳에서 식사를 한다는 사실에 그녀가 불편해한다는 막연한 인상을 받았는데, 그 이유는 알 수 없었다.

"무릎은 좀 어떤가요?"

"크게 나아지지 않았어요. 하지만 고맙습니다, 선생님. 이제 가 봐야겠네요. 애크로이드 씨가 곧 내려오실 거예요. 제가 이 방에 온 건 꽃이 제대로 꽂혀 있는지 확인하기 위해서였어요."

그녀는 재빨리 방에서 나갔다. 나는 창문 쪽으로 걸어가면서 그녀가 굳이 자신이 그 방에 있었던 이유를 밝히려고 하다니 이상하다고 생각했다. 그 순간 신경을 썼더라면 이미 알아챘어야 할 한 가지 사실을 발견했다. 그 방의 창문은 테라스 쪽으로 난 긴 프랑스 식 창*이었으므로 내가 들은 소리는 창문 닫히는 소리일 수가 없었다.

특별한 이유가 있어서라기보다는 골치 아픈 문제들에서 벗어나 볼까 하는 막연한 생각에서 문제의 그 소리가 어디서 난 것인지를 추측해 보았다. 난로에 석탄이 떨어지는 소리였을까? 아니, 그런 종

---

* 뜰이나 발코니로 통하는 두 짝으로 된 유리문.

류의 소리는 결코 아니었다. 책상 서랍이 닫히는 소리? 아니, 그것도 아니었다.

다음 순간 내 눈길은 이른바 은제 탁자에 멈추었다. 거기에는 들어 올리게 되어 있는 뚜껑이 덮여 있었고, 그 유리 뚜껑을 통해 내용물을 볼 수 있었다. 나는 탁자로 다가가 내용물을 살펴보았다. 오래된 은제품이 한두 개, 찰스 1세가 아기 때 신었던 신발 한 짝, 중국산 옥인형 몇 개, 아프리카 산 연장들과 골동품이 몇 점 있었다. 옥인형 중의 하나를 자세히 보고 싶어 내가 뚜껑을 들어 올리는 순간 뚜껑이 내 손가락 사이로 미끄러졌다.

순간 나는 조금 전 들었던 그 소리를 다시 들을 수 있었다. 조금 전 소리는 바로 이 탁자의 뚜껑을 조심스럽게 가만히 닫는 소리였다. 나는 확신을 얻기 위해 같은 동작을 두세 차례 반복했다. 그런 다음 내용물을 좀 더 가까이서 들여다보기 위해 뚜껑을 들어 올렸다.

내가 그 은제 탁자의 뚜껑을 열어 두고 그 안을 들여다보고 있는데, 플로라 애크로이드가 방 안으로 들어왔다. 플로라 애크로이드를 좋아하지 않는 사람들은 꽤 많았지만, 그녀를 보고 감탄하지 않는 사람은 없었다. 그리고 친구들에게 그녀는 아주 매력 있는 존재였다. 그녀를 보고 첫 번째로 드는 생각은 눈부신 피부의 소유자라는 것이었다. 또한 그녀는 진짜 스칸디나비아 인 같은 연한 금발을 하고 있었다. 두 눈은 노르웨이 피오르드 해안의 물빛 같은 푸른빛이었고, 우윳빛 피부에 장밋빛 홍조를 띠고 있었다. 어깨는 소년처럼 각진 편이었고 엉덩이는 날씬했다. 온통 아픈 사람들만 대하는 데

질린 의사에게 그런 완벽한 건강체를 만난다는 건 무척이나 상쾌한 일이었다. 그녀는 단순하고 직선적인 영국 아가씨였다. 좀 구식일지도 모르지만, 진품은 시련을 견디고 살아남는다는 게 내 생각이다.

플로라는 내 곁으로 오더니 찰스 1세가 아기 때 신었다는 신발의 진위에 대해 의혹을 나타냈다.

"어쨌거나 누군가 그걸 신었거나 썼다는 이유로 한낱 물건을 가지고 이렇게 야단법석을 떤다는 것이 제게는 어이없는 일 같아요. 지금 현재 입거나 쓰는 것도 아니잖아요. 조지 엘리엇이 『플로스 강변의 물방앗간』을 쓸 때 사용했다는 저 펜은 그냥 하나의 펜일 뿐이에요. 조지 엘리엇을 좋아한다면 염가판 『플로스 강변의 물방앗간』을 사서 읽으면 되는 거죠."

"그런 한물간 책 같은 건 결코 읽지 않을 것 같은데, 플로라 양?"

"틀리셨어요, 셰퍼드 선생님. 전 『플로스 강변의 물방앗간』을 무척 좋아한답니다."

그 말에 나는 흐뭇했다. 요즘 젊은 여자들이 즐겨 읽는다는 책들은 나를 경악하게 만들었던 것이다.

"아직 제게 축하를 해 주지 않으셨죠, 셰퍼드 선생님. 소식 못 들으셨어요?"

그녀는 왼쪽 손을 내밀어 보였다. 가운뎃손가락에 정교하게 가공된 진주 반지가 끼워져 있었다.

"랠프와 전 결혼할 거예요. 큰아버지가 무척 기뻐하세요. 그럼으로써 전 계속 이 집의 가족이 되는 거죠."

나는 그녀의 두 손을 잡았다.

"플로라, 행복하길 빈다."

플로라는 특유의 냉정한 목소리로 말을 이었다.

"저희가 약혼한 건 한 달쯤 전이에요. 하지만 어제야 발표를 했죠. 큰아버지는 '크로스스톤스'를 수리해 저희에게 들어가 살라고 주실 거예요. 그러면 저희는 농장을 경영하는 흉내를 내게 되겠죠. 사실은 겨울 내내 사냥을 하다가 봄이 오면 도시로 돌아와 요트를 타고 바다로 나갈 테지만요. 전 바다가 좋아요. 그리고 물론 교구 일에도 관심을 기울이고 어머니회 같은 데도 빠지지 않고 참석할 거예요."

그때 애크로이드 부인이 서둘러 방 안으로 들어오며 늦은 데 대한 사과의 말을 장황히 늘어놓았다.

유감스럽게도 난 애크로이드 부인이 싫었다. 그녀는 목걸이와 치아와 뼈로 이루어진 사람 같았다. 정말이지 불쾌한 느낌을 주는 여자였다. 그녀의 냉혹해 보이는 작은 두 눈은 연한 푸른빛이었는데, 아무리 격정적으로 말하고 있을 때라도 두 눈만은 언제나 차갑게 생각에 잠겨 있었다.

나는 창가의 플로라 곁을 떠나 그녀에게 다가갔다. 그녀는 반지 여러 개를 낀 마디가 굵은 손을 내밀어 악수를 청하고는 수다를 늘어놓기 시작했다.

"플로라의 약혼 소식을 들으셨나요? 모든 점에서 정말 잘된 일이에요. 그 사랑스러운 두 사람은 첫눈에 사랑에 빠진 모양이에요. 진한 갈색 머리카락의 청년과 금발의 아가씨, 정말 잘 어울리는 한 쌍이죠. 어미인 저로서는 얼마나 마음이 놓이는지 말로 다할 수가 없답니다, 친애하는 셰퍼드 선생님."

애크로이드 부인은 한숨을 내쉬었다. 어미의 심정을 표시하는 것이었다. 하지만 그녀의 두 눈은 줄곧 날카롭게 나를 관찰하고 있었다.

"궁금한 게 있는데요. 선생님은 아주버님의 오랜 친구시잖아요. 우린 아주버님이 얼마나 선생님의 판단을 믿고 계시는지 잘 알고 있어요. 사실 가엾은 세실의 아내로서 제 처지는 무척 힘들답니다. 피곤한 일들이 정말 많지요. 재산 문제 같은 것들 말예요. 아주버님이 사랑스러운 플로라에게 한몫 만들어 줄 거라고 저는 굳게 믿고 있지만, 알다시피 아주버님은 돈 문제에는 좀 까다롭거든요. 사업을 꾸려 나가는 사람들이 흔히 그런 태도를 갖고 있다는 건 저도 들어서 알아요. 선생님께서 이 문제에 대해 아주버님이 어떻게 생각하고 있는지 슬쩍 알아봐 주실 수 없을까요. 플로라는 선생님을 참 좋아하죠. 선생님을 알게 된 지 겨우 2년밖에 되지 않았지만, 저희는 선생님이 오랜 친구처럼 느껴진답니다."

애크로이드 부인의 장황한 말은 응접실의 문이 다시 한 번 열리는 바람에 중단되었다. 나는 그런 방해가 반가웠다. 난 다른 사람의 일에 끼어들고 싶지 않았다. 플로라의 재산 문제에 대해 애크로이드와 승강이를 벌일 생각은 전혀 없었다. 대화가 계속되었다면 다음 순간 애크로이드 부인에게 그런 내 생각을 밝히지 않을 수 없었으리라.

"블런트 소령을 아시지요, 선생님?"

"그럼요, 알고말고요."

많은 이들이 헥터 블런트를 알고 있었다. 적어도 그의 명성만은 알고 있었다. 그는 전혀 뜻밖의 장소에서 야생 동물들을 사냥하는 데 그 누구보다도 뛰어났다. 그의 이야기가 나오면 사람들은 이렇게 되물었다.

"블런트라니, 그 거물 사냥꾼을 말씀하시는 건 아니겠죠?"

그와 애크로이드 사이의 우정은 나로서는 줄곧 이해하기 힘들었다. 그 두 사람은 완전히 달랐던 것이다. 헥터 블런트는 애크로이드보다 아마도 다섯 살 아래일 터였다. 그들은 젊은 시절 친구가 되었고, 서로의 길은 달랐지만 우정은 여전했다. 2년에 한 번가량 블런트는 편리 파크에서 2주간 머물곤 했다. 편리의 현관에 들어서는 사람을 흐릿한 눈빛으로 응시하는, 뿔이 여러 개 달린 거대한 동물의 머리는 그들의 우정을 줄곧 환기시켜 주는 기념물이었다.

블런트는 특유의 특이하고 침착하면서도 경쾌한 걸음걸이로 방 안으로 들어왔다. 그는 보통 키에 억세고 탄탄한 체격의 소유자였다. 얼굴은 거의 적갈색에 가까웠고 이상할 정도로 무표정했다. 그의 회색빛 두 눈은 아주 멀리서 일어나고 있는 무엇인가를 줄곧 지켜보고 있는 듯한 인상을 주었다. 그는 말수가 적었고, 가끔 하는 말도 마치 내키지 않는 말을 억지로 하는 것 같았다.

그는 평소처럼 내뱉듯이 말했다.

"안녕하시오, 셰퍼드?"

그런 다음 벽난로 앞에 떡 버티고 서서는 팀북투에서 벌어지는 흥미로운 해프닝을 구경하기라도 하는 것처럼 우리 머리 너머를 응시하기 시작했다.

"블런트 소령님, 소령님께서 이 아프리카 산 물건들에 대해 설명을 좀 해 주셨으면 하는데요. 이것들에 대해 소령님께서는 전부 알고 계시리라고 믿어요."

플로라가 말했다.

나는 헥터 블런트가 여자들을 싫어한다는 말을 들은 적이 있었다. 하지만 그는 민첩하다고까지 할 수 있는 걸음으로 은제 탁자 곁의 플로라에게 다가가서는 그녀와 함께 탁자 위로 몸을 기울였다.

나는 애크로이드 부인이 다시 재산 문제에 대해 이야기하기 시작할까 봐 걱정스러웠으므로, 서둘러 스위트피 신품종에 대한 얘기를 꺼냈다. 그날 아침 나는 《데일리 메일》을 보고 스위트피의 새 품종이 나왔다는 것을 알고 있었다. 애크로이드 부인은 원예에 대해 아무것도 몰랐지만, 그날의 화제에 대해 잘 알고 있는 것처럼 보이고 싶어 하는 여자였고, 그녀 역시 《데일리 메일》을 구독하고 있었다. 애크로이드와 그의 비서가 합류할 때까지, 나는 그녀와 상당히 지적인 대화를 나눌 수 있었다. 곧이어 파커 집사가 저녁 식사가 준비되었노라고 알려 왔다.

식탁에서 내 자리는 애크로이드 부인과 플로라 사이였다. 블런트는 애크로이드 부인의 맞은편에, 제프리 레이먼드가 블런트 옆에 앉았다.

저녁 식사의 분위기는 유쾌하지 않았다. 애크로이드는 무슨 생각엔가 골몰해 있는 것이 분명했다. 그는 정신이 어딘가에 팔려 있는 듯했고, 거의 아무것도 먹지 않았다. 애크로이드 부인과 레이먼드와 내가 대화를 끌어 나갔다. 플로라는 큰아버지의 침울한 태도에 영향을 받은 것 같았고, 블런트는 평소의 과묵함으로 돌아가 있었다.

II

저녁 식사가 끝나자마자 애크로이드는 내 팔을 끼고 나를 서재로 데려갔다.

"커피를 마신 다음에는 아무도 우리를 방해하지 않을 걸세. 아무도 우리를 방해하지 못하게 하라고 레이먼드에게 일러 두었다네."

나는 그가 눈치 채지 않게 가만히 그를 관찰했다. 그는 무엇인가에 크게 흥분하고 있음이 분명했다. 그는 잠시 동안 방 안을 이리저리 서성이더니, 파커가 커피를 쟁반에 받쳐 가지고 들어오자 벽난로 앞의 안락의자에 주저앉았다.

서재는 안락했다. 한쪽 벽면에는 책꽂이들이 세워져 있었다. 큼직한 의자들은 짙푸른 가죽으로 씌워져 있었다. 창가에 놓인 커다란 책상 위에는 꼬리표가 붙어 말끔히 정리된 서류들이 잔뜩 놓여 있었고, 둥근 탁자 위에는 각종 잡지와 스포츠 신문들이 쌓여 있었다.

"음식을 먹고 나면 속이 아픈 증상이 최근 다시 생겼다네. 자네가 지난번 준 알약을 좀 더 주게."

애크로이드가 직접 커피를 따르면서 차분한 어조로 말했다. 순간 나는 그가 다른 이들에게 우리가 그의 건강 문제 때문에 만났다는 인상을 주고 싶어 한다는 느낌이 들었다. 그래서 나는 그의 말에 장단을 맞추었다.

"그럴 줄 알았네. 약을 좀 가져왔다네."

"잘했군. 지금 주게."

"가방 속에 있는데 가방이 현관에 있다네. 가서 가져오겠네."

애크로이드가 나를 말렸다.

"수고롭게 그럴 것 없네. 파커가 갖다 줄 걸세. 선생님의 왕진 가방을 가져다 주겠나, 파커?"

"알겠습니다, 애크로이드 씨."

파커가 자리를 떴다. 내가 말을 꺼내려는 순간 애크로이드가 손을 들어 올렸다.

"아직은 안 되네. 기다리게. 지금 내가 나 자신을 통제할 수 없을 정도로 흥분한 상태라는 걸 모르겠나?"

나로서는 알고도 남음이 있었다. 그래서 무척 불안했다. 온갖 불길한 예감이 엄습했다. 애크로이드가 거의 사이를 두지 않은 채 다시 말했다.

"창문이 잘 닫혀 있는지 확인해 주겠나?"

약간 놀란 채 나는 자리에서 일어서서 창가로 갔다. 서재의 창은 프랑스 식 창이 아닌 보통 내리닫이 창이었다. 두툼한 푸른색 우단 커튼이 드리워져 있었지만, 위쪽 창문이 열려 있었다.

내가 창가에 서 있는데 파커가 왕진 가방을 갖고 방으로 들어왔다.

"창문은 잘 닫혀 있네."

내가 방 한가운데로 돌아오며 말했다.

"빗장을 질렀나?"

"그래, 그랬다네. 그런데 도대체 무슨 일인가, 애크로이드?"

파커가 나간 다음 문이 딸깍 하고 닫히는 소리가 들려왔다. 그 소리를 듣지 않았다면, 나는 그런 질문을 하지 않았을 것이다. 애크로이드는 잠깐 뜸을 들인 다음 대답했다.

"내 마음은 지금 지옥이라네. 그 빌어먹을 알약 얘기에는 신경 쓸 것 없네. 순전히 파커 때문에 한 말이네. 하인들이란 원래 호기심이 많지 않은가. 이리 와서 앉게. 방문도 잘 닫혔겠지?"

"그렇다네. 아무도 엿들을 수 없을 걸세. 불안해하지 말게."

"셰퍼드, 지난 24시간을 내가 어떻게 보냈는지 아무도 모를 거네. 집이 무너져 당사자를 덮치는 경우가 바로 지금 내 경우라네. 이 랠프 사건은 마지막 보루가 무너진 것과 다름없네. 하지만 지금은 그 얘긴 하지 않겠네. 문제는 다른 거라네. 다른 거란 말일세! 그 일을 도대체 어떻게 처리해야 좋을지 모르겠네. 그런데 곧 결정을 내려야 한다네."

"문제가 뭔가?"

애크로이드는 또다시 잠시 입을 다물었다. 이상하게도 말을 꺼내기를 내키지 않아 하는 것 같았다. 그가 입을 열고 던진 질문은 정말이지 놀라운 것이었다. 나로서는 전혀 예상치 못했던 질문이었다.

"셰퍼드, 자넨 애슐리 페러스가 마지막으로 병이 났을 때 그를 진찰했지?"

"그래, 그랬네."

그는 다음 질문을 하는 것이 처음보다 훨씬 어려운 듯했다.

"그때 자넨 혹시 그가 독살당했을 수도 있다고 의심해 본 적 없나? 그런 의혹이 머릿속에 떠오른 적이 없느냔 말일세."

나는 잠시 침묵을 지켰다. 그런 다음 어떤 대답을 해야 할지 마음을 정했다. 로저 애크로이드는 캐롤라인이 아니었던 것이다.

"사실을 말하자면 말일세. 당시엔 그 어떤 의심도 품지 않았네. 하지만 그 후로, 그러니까 누이가 무심하게 하는 말을 듣자 그런 생각이 머릿속에 떠올랐다네. 그 후로는 그런 생각을 떨쳐 버릴 수가 없었지. 하지만 내 말 잘 듣게. 그런 의혹은 전혀 근거가 없네."

"애슐리 페러스는 독살당했네."

애크로이드가 말했다. 그의 목소리는 음울하고 무거웠다.

"누구에게 말인가?"

내가 날카롭게 물었다.

"그의 부인이지."

"자네가 그걸 어떻게 아나?"

"페러스 부인이 직접 내게 그렇게 말했다네."

"언제?"

"어제라네! 맙소사! 어제라니! 마치 10년은 되는 것 같은데."

나는 잠시 기다렸다. 이윽고 그가 말을 이었다.

"자네도 알겠지만, 셰퍼드. 이 얘긴 우리끼리니까 하는 거야. 말이 새어 나가선 안 되네. 자네의 충고가 필요해. 나 혼자서는 이 모든 부담을 감당할 수가 없네. 조금 전에 말했듯이 어떻게 하면 좋을지 모르겠네."

"내게 모든 이야기를 다 해 줄 수 있나? 아직 무슨 얘긴지 알 수가 없군. 페러스 부인이 어떻게 자네에게 그런 고백을 할 수 있었던 건가?"

"이야기는 이렇다네. 석 달 전 난 페러스 부인에게 청혼을 했네. 그녀는 거절했지. 내가 다시 청혼하자 이번에는 그녀도 받아들였네. 하지만 탈상할 때까지 우리의 약혼 사실을 발표하지 못하게 했네. 어제 난 그녀를 만나서는, 이제 그녀의 남편이 죽은 지 1년하고도 3주가 지났다는 사실을 환기시키고, 따라서 우리의 약혼 사실을 공표하지 말아야 할 이유가 없다고 말했지. 난 최근 며칠간 그녀의 태도가 아주 이상하다는 것을 눈치 채고 있었네. 그런데 그녀가 느닷없이 울음을 터뜨렸네. 그녀는, 그러니까 내게 모든 걸 털어놓았네. 짐승 같은 자기 남편에 대한 증오심, 점점 커져 가는 나에 대한 사랑 그리고, 그리고 자신이 선택한 그 끔찍한 방법까지 말일세. 독약이라니! 맙소사! 그건 정말이지 냉혹한 살인이었네."

나는 애크로이드의 얼굴에 떠오른 혐오와 공포의 표정을 보았다. 페러스 부인 역시 그것을 보았을 터였다. 애크로이드는 사랑한다는 이유로 모든 것을 용서할 수 있는 위대한 연인형의 사내가 아니었다. 그는 근본적으로 법을 잘 지키는 시민이었다. 그녀가 사실을 밝히는 그 순간, 그의 안에 있는 상식적이고 건전하며 합법적인 기질이 그를 그녀로부터 완전히 돌려 놓았으리라.

그는 낮고 억양 없는 목소리로 말을 이었다.

"그렇다네. 그 여잔 모든 것을 고백했네. 그런데 누군가 처음부터 그 사실을 알고 있는 자가 있었던 것 같네. 그자는 엄청난 액수를 요구하며 그녀를 협박했네. 그녀는 긴장 때문에 거의 미칠 지경이 되었지."

"그자가 누군가?"

내 눈앞에 갑자기 나란히 걷고 있던 랠프 페이턴과 페러스 부인의 모습이 떠올랐다. 그들은 그렇게 머리를 맞대고 있지 않았던가. 불안 때문에 순간적으로 심장이 내려앉는 것 같았다. 혹시…… 이런! 하지만 그건 불가능했다. 오늘 오후에 나와 만났을 때 랠프가 아무렇지도 않게 인사했던 것이 생각났다. 그럴 리가 없었다!

애크로이드가 천천히 대답했다.

"그녀는 내게 그자의 이름은 말하지 않았네. 실제로 그녀는 그 사람이 꼭 남자라고 말하지도 않았다네. 하지만 당연히……."

나도 동의했다.

"당연히 남자겠지. 자네 짚이는 사람이 전혀 없나?"

애크로이드는 대답 대신 끙 소리를 내며 양손에 얼굴을 묻었다.

"그럴 리가 없어. 그런 생각만 해도 미칠 것 같아. 아니, 내 마음속을 스치고 지나간 그 어이없는 의심이 어떤 건지 입에 올릴 수조차 없네. 하지만 이것만은 분명히 말해 두겠네. 그녀가 한 말 중에 무엇인가가 나로 하여금 문제의 인물이 내 집안 사람일지도 모른다는 생각을 갖게 했다네. 하지만 그럴 순 없어. 내가 그녀의 말을 잘못 이해했을 거야."

"자넨 페러스 부인한테 뭐라고 했나?"

"내가 무슨 말을 할 수 있었겠나? 그녀는 물론 그것이 내게 커다란 충격이라는 것을 알아챘을 걸세. 그러니 남은 문제는 내가 그 문제에 대해 어떤 태도를 취해야 하느냐 하는 거였네. 알다시피 그녀는 날 사후 공범으로 만들어 버렸으니 말일세. 그녀는 그 모든 상황을 알아챈 모양이네. 나보다 빨리 말일세. 알다시피 그때 나는 정신을 차리지 못하고 있었네. 그녀는 내게 24시간만 여유를 달라고 했지. 그때까지는 아무 조치도 취하지 않기로 약속해 달라더군. 그러고는 자신을 협박해 온 악당의 이름을 고집스럽게 가르쳐 주지 않았네. 내가 한걸음에 달려가 그를 때려눕힐까 봐 두려웠던 것 같네. 그러면 그녀 입장에서는 불에 기름을 부은 격이 될 테니 말일세. 그녀는 24시간 내에 내게 연락이 갈 거라고 했네. 맙소사! 맹세코 말하는데, 셰퍼드, 그녀의 그 말이 무엇을 의미하는지 난 꿈에도 생각지 못했다네. 자살이라니! 내가 그녀를 자살로 몰아간 거야."

"아닐세, 아니고말고. 사태를 과장하지 말게. 그녀가 죽은 건 자네 책임이 아닐세."

"문제는, 이제 내가 뭘 해야 하는가 하는 걸세. 그 가엾은 여자는 죽었네. 새삼스럽게 과거의 문제를 들춰내야 할 이유가 뭐겠나?"

"나 역시 자네와 같은 생각이네."

"하지만 또 다른 관점도 있다네. 그녀를 직접 죽인 것과 다름없는, 그녀를 죽음으로 몰고 간 그 비열한 자를 어떻게 하면 잡을 수 있을까? 그자는 그녀의 범죄를 알아채고는, 잔인한 맹금처럼 그것을 물고 늘어졌네. 그 여잔 자기가 지은 죄의 대가를 치렀어. 그런데 그자는 버젓이 대로를 활보한단 말인가?"

내가 천천히 말했다.

"알겠네. 자넨 그자를 찾아내고 싶은 게 아닌가? 하지만 알다시피 그렇게 되면 이 일이 사람들에게 알려지게 될 걸세."

"그렇다네. 그 생각도 해 봤다네. 마음속으로 이 생각 저 생각 다 해 봤다네."

"그 비열한 인간이 벌을 받아야 한다는 점에서 난 자네와 같은 생각일세. 하지만 그 대가도 생각해야 한다네."

애크로이드는 자리에서 일어나 방 안을 왔다 갔다 했다. 이윽고 그는 다시 의자에 앉았다.

"이것 보게, 셰퍼드. 이렇게 처리하는 게 어떻겠나. 만약 그녀에게서 아무 소식이 없으면 지나간 일들을 그냥 덮어 두세."

"페러스 부인에게서 소식이 오다니 그게 무슨 말인가?"

내가 호기심을 느끼며 물었다.

"그녀가 어딘가에 또는 어떤 방법을 통해 내게 전갈을 남겼을 것 같은 느낌이 강하게 든다네. 죽기 전에 말일세. 논리적인 증거는 없지만 그럴 것 같네."

나는 고개를 저었다.

"페러스 부인은 어떤 종류든 간에 편지나 전갈 같은 건 남기지 않았잖은가?"

"셰퍼드, 나는 그녀가 뭔가 남겨 놓았으리라고 확신하네. 나아가 그녀가 의도적으로 죽음을 택함으로써 모든 것을 밝히고자 한 것 같은 느낌이 든다네. 오직 자신을 절망으로 몰고 간 그자에게 복수하기 위해 말이네. 만약 내가 그때 그녀 옆에 있었다면, 그녀는 내게 그자의 이름을 알려 주고 어떻게 해서든지 그를 잡아 달라고 했을 거네."

그는 나를 쳐다보았다.

"자넨 육감이란 걸 믿나?"

"오, 그럼. 믿지, 어떤 의미로는. 자네 생각대로 그녀에게서 전갈이 온다면……."

순간 나는 말을 멈추었다. 문이 소리 없이 열리더니 파커 집사가 들어왔다. 그의 손에는 우편물이 놓인 쟁반이 들려 있었다.

"저녁에 온 편지들입니다."

파커가 애크로이드에게 쟁반을 내밀며 말했다. 그런 다음 그는 커피 잔을 챙겨 들고 방에서 나갔다.

잠시 딴 곳에 가 있었던 나의 관심은 다시 애크로이드에게 돌아갔다. 그는 마치 돌로 변하기라도 한 것처럼 길쭉한 푸른 봉투를 응시하고 있었다. 다른 편지들은 바닥에 떨어져 있었다.

그가 속삭이듯 말했다.

"그녀의 필적이야. 지난 밤 이걸 들고 나가 부친 게 틀림없네. 그러니까, 그러니까 죽기 직전에……."

그는 봉투를 찢고 두툼한 내용물을 꺼냈다. 그런 다음 날카롭게 위를 올려다보았다.

"창문은 분명히 닫았겠지?"

내가 놀라서 대답했다.

"확실히 닫았다네. 왜 그러나?"

"오늘 저녁 내내 누군가 나를 지켜보고 있다는, 엿보고 있다는 기묘한 느낌이 든다네. 이게 무슨……."

애크로이드가 고개를 홱 돌렸다. 나도 고개를 돌렸다. 우리 둘 다 누군가가 문의 빗장을 살며시 놓는 소리를 들은 것 같았다. 나는 걸어가 문을 열어 보았다. 아무도 없었다.

"신경이 날카로워진 모양이야."

애크로이드가 혼잣말로 중얼거렸다. 그는 두툼한 편지지 뭉치를 펼치고는 낮은 목소리로 소리 내어 읽었다.

사랑하는, 진심으로 사랑하는 로저.

생명은 생명으로 대가를 치러야 하는 법이죠. 난 그 사실을 이제 알겠어요. 오늘 오후 당신 표정에서 그걸 알았답니다. 그래서 난 지금 나에게 열린 그 유일한 길을 가려고 해요. 지난 한 해 동안 내 삶을 지상의 지옥으로 만든 그자에 대한 처벌은 당신께 맡길게요. 오늘 오후엔 당신께 그자가 누군지 말하지 않았지만 지금은 말할게요. 내겐

자식도 없고 가까운 친척도 없으니, 내가 살인자라는 사실이 세상에 알려질 것을 두려워 마세요. 로저, 진심으로 사랑하는 로저. 가능하다면, 내가 당신께 저지르고자 했던 잘못을 용서해 주세요. 약속한 때가 되었어도 난 결국 그렇게 할 순 없었을…….

애크로이드는 손가락으로 편지지를 넘기려던 동작을 멈추었다.

"셰퍼드, 용서하게. 하지만 이건 나 혼자 읽어야겠네."

그는 불안정한 어조로 말을 이었다.

"이건 나에게 보낸, 나 혼자만 보라고 보낸 편지니 말일세."

그는 편지를 봉투 속에 넣어 탁자 위에 올려놓았다.

"나중에, 혼자 있을 때……."

내가 충동적으로 소리쳤다.

"그러지 말게. 지금 읽게."

애크로이드는 조금 놀란 듯 나를 물끄러미 쳐다보았다. 내가 얼굴을 붉히며 말했다.

"미안하네. 내 말은 소리 내어 읽으라는 뜻이 아니었네. 다만 내가 여기 있는 동안 끝까지 읽으란 걸세."

애크로이드는 고개를 저었다.

"아니, 나중에 읽겠네."

하지만 나는 스스로도 알 수 없는 어떤 이유에서 계속 그를 종용했다.

"최소한 그자 이름만이라도 읽게."

애크로이드는 원래 고집쟁이다. 어떤 일을 하라고 몰아대면 몰아댈수록 그 일을 하지 않겠다고 버틴다. 온갖 설득이 수포로 돌아갔다.

그 편지는 8시 40분에 그에게 전달되었다. 내가 그를 떠난 것은 정확히 8시 50분이었고, 편지는 여전히 읽히지 않은 채였다. 나는 문 손잡이를 잡은 채 잠시 망설이며 무슨 잊은 일은 없나 하고 뒤를 돌아보았다. 빠뜨린 건 아무것도 없는 듯했다. 나는 고개를 내저으며 방 밖으로 나와 문을 닫았다.

순간 나는 파커 집사가 아주 가까운 곳에 서 있는 것을 보고 깜짝 놀랐다. 그는 당황해하는 듯했다. 그것을 보자 그가 문 앞에서 엿듣고 있었는지도 모른다는 생각이 들었다. 얼마나 투실투실하고 새치름하며 기름기로 번들거리는 얼굴인가. 그리고 분명 그의 눈빛에는 의뭉스러운 무엇인가가 있었다.

"애크로이드 씨는 특별히 방해받지 않길 원하시네. 자네에게 그렇게 일러 두라고 하시더군."

내가 차갑게 말했다.

"알겠습니다, 선생님. 전, 전 종소리가 들려온 것 같아서요."

그것은 너무나 뻔한 거짓말이라 나는 대답할 필요도 느끼지 않았다. 파커는 나보다 앞서서 현관으로 나가서는 내가 외투 입는 것을 도와 주었다. 나는 밤의 어둠 속으로 나왔다. 달빛은 흐릿했고 모든 것이 몹시 어둡고 고요했다.

내가 저택의 대문을 나서는 순간, 마을의 교회 종이 9시를 알렸다. 마을을 향해 왼쪽으로 접어들었다. 순간 나는 하마터면 맞은편에서 오던 남자와 부딪힐 뻔했다.

"이리로 가면 펀리 파크가 나오나요, 선생님?"

낯선 사람이 거친 목소리로 물었다.

나는 그를 바라보았다. 사내는 모자를 눈 위까지 깊숙이 눌러쓰고 외투 깃을 세운 채였다. 얼굴을 거의, 아니 전혀 볼 수 없었지만 젊은 사람 같았다. 목소리는 거칠고 무식했다.

"여기가 바로 펀리 파크의 대문이라오."

"고맙습니다, 선생님."

그는 잠시 말을 멈추었다가 전혀 필요 없는 한마디를 덧붙였다.

"전 이 부근이 처음이거든요."

내가 그의 모습을 보기 위해 고개를 돌렸을 때, 그는 펀리 파크의 대문을 지나 계속 걸음을 재촉하고 있었다. 이상한 점은 그의 목소리가 내가 아는 누군가의 목소리를 떠오르게 한다는 것이었다. 하지만 그게 누군지는 생각나지 않았다.

10분 뒤 나는 다시 집에 돌아왔다. 누이는 내가 왜 그렇게 일찍 돌아왔는지 무척 궁금해했다. 나는 캐롤라인의 궁금증을 만족시키기 위해 그날 밤 일에 대해 이야기를 꾸며 내야 했다. 하지만 그녀가 내 거짓말을 훤히 꿰뚫어 보고 있다는 불편한 느낌이 들었다.

정각 10시에 내가 일어나 하품을 하고는 자러 가겠다고 하자 누이도 마지못해 동의했다.

금요일 밤이었다. 나는 금요일 밤마다 시계 태엽을 감는다. 여느 때처럼 내가 시계 태엽을 감는 동안 누이는 스스로를 안심시키기 위해 하인들이 부엌 문을 잘 잠갔는지 확인했다.

내가 2층으로 통하는 층계를 오른 것은 10시 15분이었다. 층계를 다 올라갔을 때 아래층 통로에서 전화 벨이 울렸다.

"베이츠 부인일 거야."

벨이 울리자마자 캐롤라인이 말했다.

"유감스럽게도 그렇겠군."

나는 기운 없이 대답했다. 나는 계단을 달려 내려가 수화기를 집어 들었다.

내가 소리쳤다.

"뭐라고? 뭐라고? 그럼, 당장 가겠네."

나는 2층으로 달려 올라가 가방을 집어 들고 붕대와 솜 같은 외과 처치에 필요한 물건들을 급하게 집어넣었다.

나는 캐롤라인에게 소리쳤다.

"파커가 건 전화야. 펀리 파크에서 온 거야. 로저 애크로이드가 살해된 채로 막 발견되었대."

살인

나는 지체 없이 차를 꺼내 펀리 파크를 향해 속력을 내어 달렸다. 차에서 뛰어내린 나는 초조하게 초인종을 잡아당겼다. 잠시 동안 대답이 없어서 다시 종을 울렸다.

이윽고 안전 걸쇠의 사슬이 덜그럭거리는 소리가 들려왔다. 열린 문 앞에는 파커 집사가 전혀 동요 없이 평소의 무덤덤한 태도로 서 있었다. 나는 그를 밀치고 안으로 들어갔다.

"어디 계신가?"

내가 날카롭게 물었다.

"뭐라고요, 선생님?"

"자네 주인, 애크로이드 씨 말일세. 거기 서서 날 바라보고만 있지 말게, 이 사람아. 경찰에는 알렸나?"

"경찰이라고요, 선생님? 경찰이라고 하셨나요?"

파커는 마치 내가 유령이라도 되는 듯이 나를 응시했다.

"도대체 어떻게 된 건가, 파커? 자네가 말한 대로 자네 주인님이 살해되셨다면……."

파커가 헉 하고 숨을 멈추는 소리가 들려왔다.

"주인님이요? 살해되셨다고요? 그럴 리가 없습니다, 선생님!"

이번에는 내가 그를 노려볼 차례였다.

"자네가 내게 전화로 말하지 않았나. 아직 5분도 지나지 않았네. 애크로이드 씨가 살해된 채로 발견되었다고 말일세."

"제가요, 선생님? 아이고, 절대 아닙니다, 선생님. 그런 일은 꿈에서도 있을 수 없습니다."

"그러면 이 모두가 장난이란 말인가? 애크로이드 씨께 아무 일도 없다는 거지?"

"실례지만 선생님, 전화를 건 사람이 제 이름을 대던가요?"

"내가 들은 그대로 말해 주지. '셰퍼드 선생님이십니까? 펀리 파크의 파커 집산데요. 당장 좀 와 주셔야겠습니다, 선생님. 애크로이드 씨가 살해당하셨어요.'."

파커와 나는 서로의 얼굴을 멍하니 응시했다.

파커가 마침내 충격을 받은 듯한 어조로 말했다.

"장난치고는 정말 심술궂군요, 선생님. 어떻게 그런 말을 할 수 있으시죠?"

"애크로이드 씨는 어디 계신가?"

내가 불쑥 물었다.

"아직 서재에 계시는 것 같은데요, 선생님. 숙녀 분들께선 침실로 올라가셨고, 블런트 소령님과 레이먼드 씨는 당구장에 계십니다."

"잠시 들어가 애크로이드 씨를 봐야 할 것 같네. 그 친구가 방해받지 않길 원하는 건 알지만, 이 고약한 장난이 아무래도 마음에 걸려서 말일세. 그 친구가 무사하다는 것만 확인하고 싶군."

"물론 그러시겠지요, 선생님. 저도 기분이 아주 이상합니다. 제가 방까지 따라가도 괜찮으시다면……."

"괜찮고말고. 같이 가세."

나는 오른쪽 문을 열고 들어갔고, 파커가 내 뒤를 따랐다. 나는 애크로이드의 침실로 통하는 작은 층계가 있는 좁은 통로를 가로질러 서재에 이르러 방문을 두드렸다. 아무 대답도 없었다. 손잡이를 돌려 보았지만 문은 잠겨 있었다.

"잠깐만요, 선생님?"

파커는 체격에 비해 날렵한 동작으로 한쪽 무릎을 굽히고 앉더니 열쇠 구멍에 눈을 갖다 댔다.

"열쇠가 구멍 안에 잘 꽂혀 있네요, 선생님."

그가 몸을 일으키며 말했다.

"안에서 말입니다. 애크로이드 씨께서 문을 잠그고 잠이 드셨나 봅니다."

몸을 굽히고 살펴본 나는 파커 집사의 말이 맞다는 걸 확인했다.

"별 문제 없는 것 같군. 하지만 그렇다 해도 파커, 난 이 친구를 깨워야겠네. 그의 입에서 무사하다는 말이 나오기 전에는 안심하고 집에 돌아갈 수가 없다네."

그렇게 말하면서 나는 문 손잡이를 이리저리 돌리며 소리쳤다.

"애크로이드, 애크로이드, 잠깐만 좀 보세."

하지만 여전히 대답이 없었다. 나는 어깨 너머로 파커를 돌아보았다.

"식구들을 놀라게 하고 싶지는 않은데……."

내가 머뭇거리며 말했다.

파커가 복도를 가로질러 조금 전에 우리가 들어온 통로로 통하는 문을 닫았다.

"이제 괜찮을 겁니다, 선생님. 당구실은 반대쪽이고 주방과 숙녀분들 침실도 마찬가지니까요."

나는 알겠다는 뜻으로 고개를 끄덕였다. 그런 다음 다시 한 번 요란하게 문을 두드리고는 몸을 구부려 열쇠 구멍에 대고 거의 고함을 지르다시피 했다.

"애크로이드, 애크로이드! 셰퍼드일세, 문 좀 열게."

그래도 여전히 조용했다. 잠긴 문 안쪽에서는 전혀 인기척이 없었다. 파커와 나는 눈길을 교환했다.

"이것 보게, 파커. 난, 이 문을 부숴야겠네. 아니, 우리 이 문을 부수세. 책임은 내가 지겠네."

"하는 수 없지요, 선생님……."

파커가 조금 머뭇거리며 대답했다.

"꼭 그래야겠네. 난 정말 애크로이드 씨가 걱정되는군."

나는 좁은 통로 주위를 둘러보고는 묵직한 참나무 의자를 집어 들었다. 파커와 나는 함께 의자를 들고 문을 향해 돌진했다. 한 차례, 두 차례, 세 차례, 우리는 의자에 힘을 실어 잠금 장치가 있는 쪽을 밀어붙였다. 세 번째 충격에 문이 열렸다. 우리는 휘청거리며 방 안으로 들어갔다.

애크로이드는 내가 그 방을 나오던 때와 같은 자세로 벽난로 앞에 놓인 안락의자에 앉아 있었다. 고개가 옆으로 떨궈져 있었고, 외투 깃 바로 아래에서 꼬아 만든 금속제 물건이 반짝이는 것을 똑똑히 알아볼 수 있었다.

파커와 나는 몸을 젖히고 앉아 있는 그의 얼굴을 내려다볼 수 있는 지점까지 다가갔다. 파커가 날카롭게 헉 하는 소리를 내며 숨을 들이마시는 소리가 들려왔다.

그가 중얼거렸다.

"뒤에서 칼로 찔리셨어요. 끔찍한 일이에요!"

그는 손수건으로 땀이 밴 이마를 닦고는 단검의 손잡이를 향해 조심스럽게 손을 뻗었다.

내가 날카롭게 외쳤다.

"그걸 만져선 안 되네! 당장 가서 경찰서에 전화를 걸어 무슨 일이 벌어졌는지 알리게. 그런 다음 레이먼드 씨와 블런트 소령님께도 알리게."

"잘 알겠습니다."

파커는 땀이 밴 이마를 줄곧 닦으며 서둘러 방을 나갔다.

나는 필요한 한두 가지 조치를 취했다. 시체의 위치를 건드리지 않고 단검의 손잡이에 절대 손이 닿지 않도록 조심했다. 단검 자루를 움직인다고 해서 얻어지는 것은 없었다. 애크로이드는 얼마 전이긴 하지만 이미 죽어 있었던 것이다.

이윽고 나는 방 밖에서 들려오는 믿을 수 없다는 듯한, 겁에 질린 듯한 레이먼드의 목소리를 들었다.

"무슨 말을 하는 겁니까? 오! 그럴 리가 없어요. 의사 선생님은 어디 계시죠?"

레이먼드가 황급히 문간에 모습을 나타내더니, 새하얗게 질린 얼굴로 그 자리에서 움직이지 못했다. 누군가의 손이 그를 한쪽으로 밀치나 했더니 헥터 블런트가 방 안으로 들어왔다.

"맙소사! 사실이잖아."

레이먼드가 블런트 뒤에서 중얼거렸다. 블런트는 시체가 앉아 있는 의자까지 똑바로 걸어왔다. 그는 시체 위로 몸을 굽혔다. 나는 그가 파커처럼 단검 손잡이를 잡으려고 한다고 생각했다. 나는 한 손으로 그를 제지했다.

"아무것도 움직여서는 안 됩니다. 경찰이 시체의 지금 상태 그대로를 봐야 합니다."

내가 설명했다.

블런트는 즉각 내 말을 알아듣고 고개를 끄덕였다. 그의 얼굴은 여느 때처럼 무표정했지만, 나는 그의 표정 없는 얼굴 이면에서 충격의 징후를 감지할 수 있었다. 제프리 레이먼드가 우리 곁으로 다가와 블런트의 어깨 너머로 시체를 내려다보고 있었다.

"정말 끔찍한 일이군요."

레이먼드가 나지막한 목소리로 말했다.

그는 평소의 태도를 되찾았지만, 늘 쓰고 다니던 코안경을 벗어 닦는 그의 손이 떨리고 있는 것이 보였다. 그가 말했다.

"강도가 든 것 같은데요. 그런데 놈이 어떻게 들어왔을까요? 창문으로 들어왔을까요? 도난당한 물건이 있나요?"

그가 책상 쪽으로 다가갔다.

"이게 강도의 짓이라고 생각합니까?"

내가 천천히 물었다.

"아니면 뭐겠습니까? 자살하실 리는 없지 않겠어요?"

내가 단호하게 말했다.

"누구도 스스로를 저런 식으로는 찌를 수 없습니다. 이건 틀림없는 살인입니다. 그런데 도대체 어떤 동기로?"

블런트가 조용히 말했다.

"로저에겐 적이라곤 없었소. 분명 강도의 짓일 거요. 그런데 도둑이 뭘 노렸을까? 모든 게 제자리에 있는 것 같지 않소?"

그는 방 안을 둘러보았다. 레이먼드는 줄곧 책상 위의 서류를 살펴보고 있었다.

"없어진 건 없는 것 같습니다. 책상 서랍들도 뒤진 흔적이 전혀 없고요."

비서 레이먼드가 마침내 결론 지었다.

"정말 이상한 일이군요"

블런트가 고개를 갸우뚱했다.

"여기 바닥에 편지들이 몇 통 떨어져 있군."

그가 말했다.

나는 바닥을 내려다보았다. 그날 저녁때 애크로이드가 떨어뜨린 편지 서너 통이 그대로 흩어져 있었다.

하지만 페러스 부인의 편지가 든 푸른 봉투는 사라지고 없었다. 내가 그 얘기를 하려는 순간, 현관 종소리가 집 안에 울려 퍼졌다. 통로에서 뭐라 사람들이 웅성거리는 소리가 들리더니, 이윽고 파커가 우리 마을 경찰서의 데이비스 경위와 경관 한 사람과 함께 모습을 나타냈다.

경위가 인사했다.

"안녕하십니까, 여러분. 이런 일이 벌어지다니 정말 유감스럽군요! 애크로이드 씨처럼 너그럽고 훌륭한 신사분께 말입니다. 집사 얘기로는 살인이라더군요. 사고나 자살일 가능성은 없습니까, 의사 선생님?"

"전혀 없습니다."

"이런! 고약한 일이군요."

경위가 다가와서 시체를 내려다보았다.

"시체를 움직이거나 하지는 않으셨겠지요?"

그가 날카롭게 물었다.

"숨이 끊어진 것만 확인했습니다. 쉽게 알 수 있었지요. 어떤 식으로든 시체는 건드리지 않았습니다."

"오호! 그렇다면 모든 정황으로 미루어 살인자는 이미 자취를 감춘 것 같군요. 지금으로선 말입니다. 자, 그럼 이 사태에 대한 이야기를 모두 들려주십시오. 시체를 발견한 사람은 누굽니까?"

나는 시체를 발견하게 된 상황을 조심스럽게 설명했다.

"그러니까 전화를 받으셨다는 거군요? 이 댁 집사에게서요?"

파커가 다급한 어조로 부인했다.

"저는 그런 전화를 건 적이 없는데요. 오늘 저녁 내내 전화기 근처에도 간 적이 없습니다. 제가 전화를 걸지 않았다는 건 다른 분들도 아실 겁니다."

"그거 정말 이상하군. 전화 건 사람이 파커 같던가요, 선생님?"

"글쎄요, 장담할 수는 없습니다. 당연히 그럴 거라고만 생각했거든요."

"당연하죠. 그래서 이곳에 도착해 방문을 부수고 들어와 보니 가엾은 애크로이드 씨가 이런 모습으로 죽어 있었군요. 죽은 지 얼마나 되었는지 말씀해 주실 수 있으십니까, 선생님?"

"적어도 30분은 된 것 같습니다. 어쩌면 더 되었을지도 모르겠습니다."

"문이 안쪽에서 잠겨 있었다고 하셨죠? 창문은 어떻던가요?"

"오늘 저녁에 애크로이드 씨의 요청으로 내 손으로 닫고 걸쇠를 걸어 놓았습니다."

경위는 창문 쪽으로 다가가 커튼을 젖혔다.

"으음, 지금은 어쨌든 열려 있군요."

사실이었다. 창문은 열려 있었다. 아래쪽 창유리가 완전히 위로 당겨져 올라가 있었다. 경위는 손전등을 꺼내 바깥쪽 창턱을 비추었다.

"그자는 바로 이곳으로 달아났군요. 여기로 들어와서 말입니다. 이걸 보십시오."

손전등의 환한 불빛 아래 뚜렷이 찍힌 여러 개의 발자국들을 알아볼 수 있었다. 고무창을 댄 신발 자국 같았다. 발자국 하나가 유난히 또렷하게 안쪽을 향해 나 있었고, 그 위에 살짝 겹쳐진 또 다른 발자국은 밖을 향하고 있었다.

"사태는 너무나 분명하군. 없어진 귀중품은 없습니까?"

경위가 물었다.

제프리 레이먼드가 고개를 저었다.

"우리가 알기론 없습니다. 애크로이드 씨는 이 방에 귀중품을 두지 않으셨습니다."

경위가 말을 이었다.

"흐음, 이자는 창문이 열린 것을 발견했습니다. 창문을 기어올라 안으로 들어와서는 애크로이드 씨가 저기 앉아 있는 것을 보았습니다. 애크로이드 씨는 아마 잠이 들어 있었겠죠. 이자는 뒤에서 단도로 애크로이드 씨를 찌르고는 겁이 나서 도망쳤습니다. 하지만 상당히 뚜렷하게 발자국을 남겼죠. '이자'를 잡는 건 별로 어렵지 않을 것 같습니다. 오늘 저녁 이 근처에서 서성이던 수상한 사람을 못

보셨나요?"

"이런!"

내가 갑자기 소리쳤다.

"뭡니까, 의사 선생님?"

"오늘 저녁 한 사내와 부딪혔답니다. 막 펀리 파크의 대문을 나가서 모퉁이를 돌았을 때였지요. 사내는 내게 펀리 파크로 가는 길을 묻더군요."

"그게 몇 시쯤이었습니까?"

"9시 정각이었습니다. 대문을 나서면서 9시를 알리는 종소리를 들었으니까요."

"그자의 인상착의를 말해 주실 수 있습니까?"

나는 최선을 다해 경위에게 설명했다.

경위는 파커에게 몸을 돌렸다.

"그런 모습의 남자한테 현관문을 열어 주었나?"

"아니요, 경위님. 오늘 저녁에는 특별히 아무도 찾아온 사람이 없었습니다."

"뒷문은 어떤가?"

"그쪽으로도 들어오지 않았을 것 같습니다, 경위님. 하지만 알아보겠습니다."

파커 집사는 문을 향해 걸어갔다. 하지만 경위는 한 손을 위로 치켜들었다.

"고맙지만 됐네. 내가 직접 조사하지. 자, 여러분, 우선 먼저 시간에 관한 걸 좀 더 확실하게 해 두고 싶습니다. 애크로이드 씨가 살아 있는 것을 마지막으로 본 것이 언제였습니까?"

"그 친구를 마지막으로 본 사람은 아마 날 겁니다. 내가 이 방을 떠난 것이, 그러니까 8시 50분쯤이었지요. 애크로이드는 내게 아무에게도 방해받고 싶지 않다고 하더군요. 그래서 내가 파커에게 그렇게 말했습니다."

"말씀 그대롭니다, 경위님."

파커가 정중하게 말했다.

그때 레이먼드가 끼어들었다.

"애크로이드 씨는 9시 30분까지는 분명히 살아 계셨습니다. 이 방 안에서 그분이 얘기하시는 걸 제가 들었거든요."

"애크로이드 씨가 누구하고 얘기하고 계셨습니까?"

"그건 모르죠. 물론 당시에는 애크로이드 씨와 함께 있는 사람이 당연히 셰퍼드 선생님일 거라고 생각했습니다. 살펴보고 있는 서류에 대해 질문을 하려고 왔었죠. 하지만 방 안의 말소리를 듣자 셰퍼드 선생님과 조용히 얘기를 하고 싶다던 말씀이 생각나 발길을 돌렸습니다. 그런데 이제 보니 그때 이미 선생님은 이 방에서 나가신 후였군요?"

나는 고개를 끄덕였다.

"9시 15분에 난 집에 도착해 있었습니다. 그리고 그 전화를 받기 전까진 다시 외출하지 않았지요."

"9시 30분에 애크로이드 씨와 같이 있었던 사람이 누굽니까? 당신은 아니십니까, 저……."

"블런트 소령님입니다."

내가 알려 주었다.

"헥터 블런트 소령님?"

그렇게 묻는 경위의 목소리에는 존경이 서려 있었다. 블런트는 그렇다는 뜻으로 고개를 끄덕였을 뿐이다.

"전에도 여기서 뵌 적이 있는 것 같습니다, 소령님. 제가 잠시 못 알아뵈었지만, 1년 전 그러니까 작년 5월에도 애크로이드 씨 댁에 머무셨지요?"

"6월이었소."

블런트가 정정했다.

"그렇습니다. 6월이었죠. 아까 말씀드린 대로 오늘 밤 9시 30분에 애크로이드 씨와 함께 있던 사람이 소령님 아니셨나요?"

블런트는 고개를 저었다.

"저녁 식사 후에는 그를 본 적이 없소."

블런트는 묻지도 않은 말을 덧붙였다. 경위는 다시 레이먼드 쪽으로 몸을 돌렸다.

"혹시 대화의 내용이 어떤 것이었는지 듣지 못하셨습니까, 레이먼드 씨?"

"한 토막만 들을 수 있었습니다. 당시 전 애크로이드 씨와 같이 있는 사람이 셰퍼드 선생님이라고 생각했기 때문에, 그 한마디가 아주 이상하게 여겨지더군요. 기억하는 대로 정확히 옮기면 이렇습니다. 애크로이드 씨는 이렇게 말씀하시더군요. '최근엔 지갑을 열 일이 무척 많았지.' 이건 애크로이드 씨가 하신 말 그대롭니다. '그래서 그 요청을 들어주는 게 불가능할 것 같네…….' 당연히 즉각 발길을 돌렸지요. 그래서 더 이상은 듣지 못했습니다. 하지만 이상하다고 생각했어요. 왜냐하면 셰퍼드 선생님이……."

"돈을 빌려 달라거나 기부금을 내라고 할 리는 없으니까요."

내가 레이먼드의 말을 마무리했다. 경위가 생각에 잠겨 중얼거렸다.

"돈을 요구했단 말이지요. 이 대목이 중요한 단서가 될지도 모르겠군요."

그는 집사에게 몸을 돌렸다.

"그러니까 파커, 오늘 저녁 누구에겐가 현관문을 열어 준 적이 없다는 건가?"

"바로 그렇습니다, 경위님."

"그렇다면 애크로이드 씨 자신이 이 미지의 인물에게 문을 열어 준 것이 분명하군. 그런데 이해할 수 없는 건……."

경위는 잠시 동안 생각에 잠긴 것 같았다. 이윽고 그가 혼자만의 생각에서 벗어나며 입을 열었다.

"한 가지는 분명하군요. 애크로이드 씨가 9시 30분에는 분명히 살아 있었다는 겁니다. 그 시각이 그가 살아 있다는 것이 마지막으로 확인된 때입니다."

그때 파커가 미안하다는 듯이 헛기침을 하자 경위는 즉각 그에게로 눈길을 돌렸다.

"무슨 일인가?"

경위가 날카로운 어조로 물었다.

"죄송합니다만, 경위님. 플로라 양이 그 후에도 애크로이드 씨를 보았습니다."

"플로라 양이?"

"그렇습니다, 경위님. 9시 45분쯤이었을 겁니다. 플로라 양이 오늘 밤 애크로이드 씨를 다시 방해해선 안 된다고 제게 말씀하시더군요."

"애크로이드 씨가 플로라 양을 자네에게 보내서 그런 말을 전하게 한 건가?"

"꼭 그런 건 아닙니다, 선생님. 제가 소다수와 위스키가 놓인 쟁반을 들고 가다가 이 방에서 나오던 플로라 양과 마주쳤지요. 플로라 양이 걸음을 멈추고는 저더러 애크로이드 씨가 방해받지 않길 원한다고 하시더군요."

경위는 이제까지보다 좀 더 치밀한 관심을 갖고 집사를 바라보았다.

"자넨 방해받고 싶지 않다는 애크로이드 씨의 말을 이미 듣지 않았나?"

파커가 말을 더듬기 시작했다. 그의 두 손이 떨렸다.

"그렇습니다, 경위님. 그렇습니다, 경위님. 맞습니다, 경위님."

"그런데도 그분을 방해하려 했단 말인가?"

"깜빡 잊었었거든요, 경위님. 그러니까 제 말은, 그 시각이면 언제나 저는 위스키와 소다수를 갖다 드렸다는 겁니다, 경위님. 그리고 더 시키실 일이 없는가 여쭤 보곤 했지요. 그러니까, 전 별 생각 없이 평소대로 행동한 겁니다."

파커가 의심을 불러일으킬 정도로 당황하고 있다는 생각이 들기 시작한 것은 그때였다. 그는 몸을 떨며 안절부절못하고 있었다.

"흠, 당장 플로라 양을 만나 봐야겠습니다. 지금으로서는 이 방을 건드리지 말고 그대로 둡시다. 플로라 양의 말을 들은 다음 다시 돌아오면 될 것 같습니다. 혹시 모르니까 창문을 닫고 빗장을 걸어 두지요."

그 일을 마치고 경위는 앞장서서 통로로 나갔고, 우리는 그의 뒤를 따랐다. 그는 잠시 걸음을 멈추고 작은 층계를 힐끗 올려다보더니 어깨 너머로 경관에게 일렀다.

"존스, 자네는 여기 남아 있는 게 좋겠네. 이 방에 아무도 들어가지 못하게 하게."

파커가 공손한 어조로 끼어들었다.

"죄송하지만 경위님, 중앙 통로로 통하는 문만 잠그면 아무도 이쪽으로 올 수 없습니다. 저 작은 층계는 애크로이드 씨의 침실과 화장실로만 통합니다. 저택의 다른 쪽과는 연결되어 있지 않습니다. 전에는 서로 통하는 문이 있었지만 애크로이드 씨가 막아 버리셨지요. 그분은 자신의 공간이 완전히 사적인 것이 되기를 바라셨거든요."

사태를 명확히 하고 건물의 배치를 설명하기 위해 저택의 오른쪽 부분을 대략 그려 놓은 그림을 첨부한다. 파커가 설명한 대로 작은 층계는 방 두 개를 터서 하나로 만든 커다란 침실 그리고 그에 딸린 욕실과 화장실로 통한다.

경위는 건물의 배치를 힐끗 살펴보고는 상황을 이해했다. 우리가 널찍한 통로로 나온 다음, 경위는 문을 잠그고 열쇠를 주머니에 넣었다. 그런 다음 그가 경관에게 나직한 어조로 몇 가지 지시를 내리자 경관은 떠날 채비를 했다.

경위가 설명했다.

"그 발자국에 대한 조사를 서둘러야 합니다. 하지만 제일 먼저 애크로이드 양과 얘기를 나눠야겠습니다. 그녀는 살아 있는 애크로이드 씨를 마지막으로 본 사람이니까요. 플로라 양은 애크로이드 씨가 돌아가신 걸 알고 있습니까?"

레이먼드가 고개를 저었다.

"그럼 잠시 동안 굳이 얘기할 필요가 없겠군요. 큰아버지가 실제로 어떻게 되었는지 알고 흥분하지 않은 상태여야만 제 질문에 더 잘 대답할 수 있을 테니까요. 그녀에게 도둑이 들었다고만 한 다음, 옷을 입고 내려와 한두 가지 질문에 대답해 줄 수 있는지 물어봐 주십시오."

그 일을 하기 위해 위층으로 올라간 사람은 레이먼드였다.

"플로라 애크로이드 양이 곧 내려올 겁니다. 경위님 말씀대로 전했습니다."

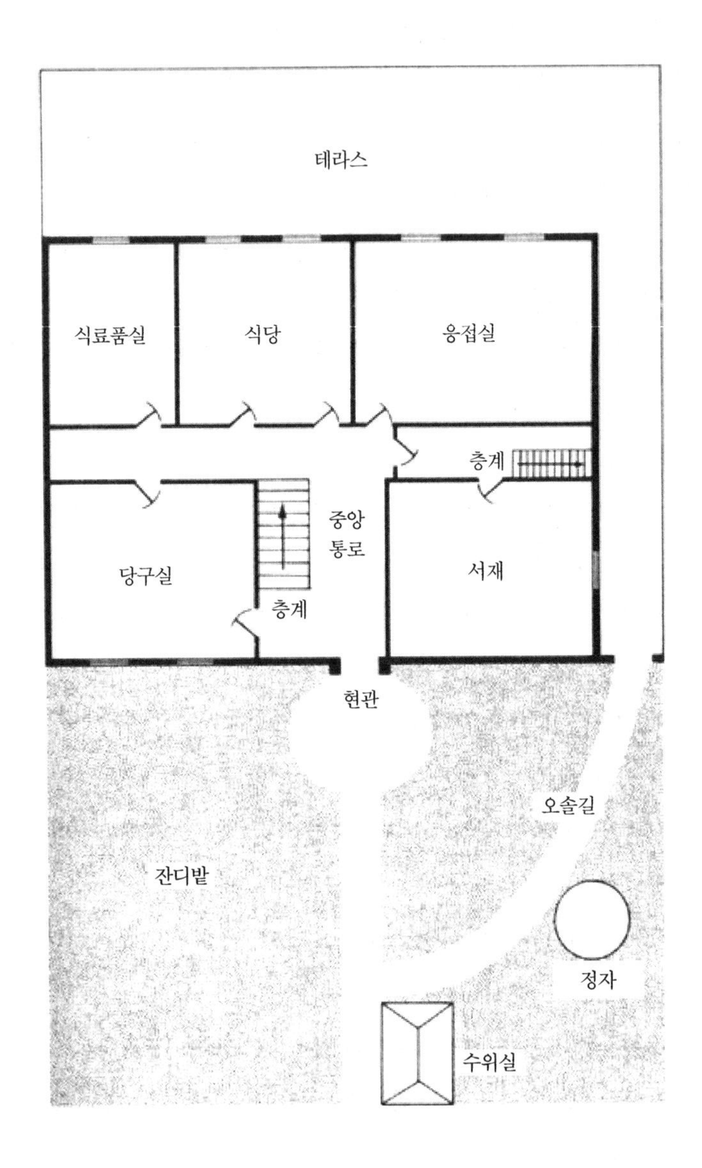
테라스
식료품실
식당
응접실
층계
중앙
통로
당구실
서재
층계
현관
오솔길
잔디밭
정자
수위실

레이먼드가 돌아와서 말했다.

5분도 채 안 되어 플로라가 층계를 내려왔다. 그녀는 연분홍 비단 가운 차림이었다. 불안하고 흥분한 모습이었다.

경위가 앞으로 나서며 정중하게 입을 열었다.

"안녕하십니까, 애크로이드 양. 유감스럽게도 댁에 도둑이 든 것 같습니다. 협조를 좀 해 주셔야겠습니다. 이 방은 무슨 방입니까, 당구실이라고요? 이리 들어와서 앉으시지요."

플로라는 당구실 한쪽 벽을 따라 놓인 널찍한 소파에 단정히 앉은 다음 경위를 쳐다보았다.

"무슨 일인지 이해가 잘 안 되는군요. 없어진 게 뭐죠? 제게 하시고 싶은 말씀은요?"

"이것만 대답해 주시면 됩니다, 애크로이드 양. 여기 파커 씨 말로는 당신은 오늘 밤 9시 45분에 애크로이드 씨의 서재에서 나왔다더군요. 맞나요?"

"맞아요. 큰아버지께 밤 인사를 했어요."

"그 시간도 정확합니까?"

"글쎄, 그 정도 되었을 거예요. 정확히는 말할 수가 없어요. 그보다 더 늦은 시각이었는지도 모르겠네요."

"애크로이드 씨는 혼자였나요, 아니면 누군가 다른 사람과 함께 있었나요?"

"혼자 계셨어요. 셰퍼드 선생님은 돌아가신 후였죠."

"혹시 그 방 창문이 열려 있었는지 어떤지 보셨습니까?"

플로라는 고개를 저었다.

"잘 모르겠어요. 커튼이 내려져 있더군요."

"그랬군요. 애크로이드 씨는 평소와 다름이 없으시던가요?"

"그랬던 것 같아요."

"두 분 사이에 정확히 무슨 말이 오갔는지 말씀해 주실 수 있으신지요?"

플로라는 기억을 더듬는 듯 잠시 말을 멈추었다.

"제가 방 안으로 들어가서 이렇게 말했죠. '안녕히 주무세요, 큰아버지. 전 이제 가서 자야겠어요. 오늘 밤은 피곤하네요.' 그러자 큰아버지는 끙 소리 같은 걸 내시더군요. 제가 다가가 입맞춤을 하자 큰아버지는 제가 입고 있던 드레스가 잘 어울린다고 몇 마디 하시더니 바쁘니까 어서 나가 보라고 하시더군요. 그래서 저는 방을 나왔어요."

"애크로이드 씨가 방해하지 말라고 특별히 청하셨나요?"

"아! 맞아요. 제가 잊었어요. 큰아버지는 이렇게 말씀하셨죠. '파커에게 내가 오늘 밤은 더 이상 아무것도 필요 없으니 방해하지 말라고 해 주렴.' 문 밖에서 바로 파커와 마주친 저는 큰아버지 말씀을 전했답니다."

"그랬군요."

"그런데 뭘 도둑맞았는지 말해 주시겠어요?"

"아직은 그렇게…… 확실치가 않습니다."

경위가 머뭇거리며 대답했다. 플로라의 눈이 경계의 빛을 띠며 휘둥그레졌다. 그녀는 벌떡 자리에서 일어섰다.

"무슨 일이죠? 제게 뭔가를 감추고 계시는군요?"

헥터 블런트가 평소처럼 조심스러운 태도로 플로라와 경위 사이에 끼어들었다. 플로라가 손을 조금 내밀자 블런트는 양손으로 그녀의 손을 잡고는 어린아이에게 하듯이 토닥여 주었다. 그러자 플로라는 바위처럼 한결같은 그의 태도가 평온과 안전을 약속해 주기라도 하는 것처럼 그에게 몸을 돌렸다.

블런트가 조용히 말했다.

"나쁜 소식이오, 플로라. 우리 모두에게 나쁜 소식이오. 그러니까 당신 큰아버지 로저가……."

"큰아버지가요?"

"당신에겐 큰 충격일 거요. 당연히 그렇겠지. 가엾게도 로저가 죽었다오."

공포로 두 눈이 휘둥그레지며 플로라가 그에게서 몸을 뺐다. 그녀가 속삭이듯 물었다.

"언제? 언제 말인가요?"

"당신이 서재에서 나간 직후인 것 같소."

블런트가 걱정스러운 어조로 대답했다. 플로라는 한 손을 목으로 가져가며 조그맣게 비명을 내질렀다. 나는 쓰러지는 그녀를 재빨리 받아 안았다. 의식을 잃은 그녀를 블런트와 내가 2층의 그녀 방으로 데려가 침대에 눕혔다. 그런 다음 나는 블런트에게 애크로이드 부인을 깨워 이 소식을 알려 줄 것을 부탁했다. 플로라는 곧 깨어났다.

나는 플로라의 어머니를 불러 그녀를 어떻게 돌보면 되는지 알려 주었다. 그런 다음 서둘러 다시 아래층으로 내려왔다.

튀니지 산 단도

나는 주방 쪽으로 통하는 문에서 막 나오던 경위와 마주쳤다.

"그 아가씬 좀 어떻습니까, 의사 선생님?"

"의식을 되찾았습니다. 그녀의 어머니가 돌보고 있지요."

"다행이군요. 하인들에게 질문을 하고 있는 중입니다. 오늘 밤 뒷문으로 들어온 사람이 없었다고 모두 말하고 있네요. 그 낯선 사람의 모습에 대한 선생님 설명이 좀 애매한데요. 판단 근거가 될 만한 좀 더 분명한 뭔가가 없을까요?"

"없는 것 같습니다. 아시다시피 캄캄한 밤이었고, 그 사내는 외투 깃을 올리고 모자를 눈 위까지 깊숙이 눌러쓰고 있었으니까요."

내가 안타깝다는 듯이 대답했다.

"흠, 얼굴을 감추려 한 것 같군요. 선생님이 아는 사람이 아니었던 건 분명합니까?"

나는 아니라고 대답했지만 완전히 확신할 수가 없었다. 그 낯선 사내의 목소리가 낯설지 않다는 인상을 받았던 것이 생각났다. 나는 조금 망설이며 경위에게 그 사실을 설명했다.

"거칠고 무식한 목소리였다고 하셨습니까?"

나는 그 말에 동의했지만, 그 거친 목소리가 과장해서 꾸며 낸 것 같았다는 생각이 들었다. 만약 경위의 생각대로 그 사내가 얼굴을 숨기려 했다면 목소리 역시 바꾸려 애썼을 것이다.

"저와 함께 다시 서재로 가 주시겠습니까, 의사 선생님? 한두 가지 여쭤 보고 싶은 게 있어서요."

나는 그의 제안에 응했다. 데이비스 경위는 통로로 통하는 문을 열쇠로 열어 나와 함께 들어간 다음 안에서 다시 잠갔다.

"방해받지 않고 이야기하고 싶어섭니다. 또 누가 엿들으면 곤란해서요. 도대체 그 협박에 관한 이야기는 뭡니까?"

경위가 딱딱하게 말했다.

"협박이라고요!"

내가 깜짝 놀라 소리치자 경위가 물었다.

"그 협박 얘기는 파커 집사의 상상의 산물입니까? 아니면 정말 그런 일이 있는 겁니까?"

나는 천천히 말했다.

"파커가 협박에 대해 알고 있다면 틀림없이 이 문 밖에서 열쇠 구멍에 귀를 갖다 대고 엿들은 겁니다."

데이비스 경위가 고개를 끄덕였다.

"분명히 그랬겠군요. 아시다시피 오늘 밤 전 이미 파커의 행동에 대해 한두 가지 조사를 시작한 참입니다. 솔직히 말하자면 그의 태도가 마음에 걸렸거든요. 그 친구는 뭔가 알고 있는 겁니다. 제가 질문을 하기 시작하자 소스라치더니 갑자기 앞뒤도 맞지 않는 협박 얘기를 꺼내더군요."

나는 순간적으로 결정을 내렸다.

"경위님이 그 문제를 꺼내 주셔서 오히려 다행입니다. 모든 걸 다 털어놓아야 할지 어떨지 생각하던 중이었지요. 사실 모든 걸 다 말하기로 이미 결심하긴 했지만 적당한 기회가 오기를 기다리고 있었습니다. 지금 얘기하는 편이 좋겠군요."

그런 다음 나는 그날 저녁 있었던 모든 일을 이야기해 주었다. 내가 앞서 말한 바로 그 내용이다. 경위는 이따금 질문을 던지면서 주의 깊게 내 얘기를 들었다. 내가 말을 마치자 그가 말했다.

"이렇게 놀라운 이야기는 처음 듣는군요. 그러니까 선생님 말씀은 그 편지가 감쪽같이 사라졌다는 거군요. 일이 심상치 않은데요. 정말이지 아주 고약한 것 같습니다. 이렇게 해서 우리가 찾고 있던 걸 찾은 셈이군요. 이 살인의 동기 말입니다."

내가 고개를 끄덕였다.

"아마도 그런 것 같습니다."

"애크로이드 씨가 집안 사람들 중 누군가가 이 일과 연관이 있지 않은가 하는 의심을 비쳤다고 하셨죠? 집안 사람이란 말은 생각하기에 따라 달라지는데요."

"우리가 찾고 있는 그자가 설마 파커일 거라고 생각하시는 건 아니겠죠?"

내가 슬쩍 물었다.

"충분히 그럴 수 있습니다. 파커는 선생님이 방에서 나오실 때 문 밖에서 엿듣고 있었던 게 분명합니다. 그리고 나중에 애크로이드 양은 서재로 가려던 파커와 마주쳤습니다. 애크로이드 양이 시야에서 사라진 다음 그가 다시 이곳으로 왔다고 해 보죠. 그는 애크로이드 씨를 칼로 찌르고 방문을 안에서 잠근 다음 창문을 열었습니다. 그런 다음 창을 통해 밖으로 나가 옆문으로 들어온 겁니다. 미리 열어 놓은 문으로 말입니다. 어떻습니까?"

내가 천천히 말을 이었다.

"그 추리에 단 한 가지 걸리는 게 있습니다. 애크로이드 씨가 생각했던 대로 내가 떠나자마자 편지를 읽어 내려갔다면, 여기 그냥 앉아서 생각을 곱씹으며 한 시간을 그냥 보냈을 리가 없습니다. 당장 파커를 방으로 불러 그 자리에서 다그쳤을 겁니다. 한바탕 소동이 일어났겠지요. 생각해 보십시오. 애크로이드는 쉽게 화를 내는 성격이지요."

경위가 암시적으로 말했다.

"그때 애크로이드 씨는 편지를 계속 읽어 내려갈 틈이 없었을 수도 있습니다. 우리가 아는 바에 따르면 오늘 밤 9시 30분에 애크로이드 씨는 누군가와 함께 있었습니다. 만일 그 방문객이 선생님이 떠나자마자 나타났고, 그가 간 다음 플로라 양이 밤 인사를 하기 위해 방에 들어왔다고 칩시다. 그렇다면 10시가 다 될 때까지 애크로이드 씨는 그 편지를 마저 읽을 시간이 없었을 겁니다."

"그러면 내게 걸려 온 전화는요?"

"파커가 건 게 맞는 거죠. 문이 안으로 잠겨 있고 창문이 열려 있다는 것에 생각이 미치기 전이겠지요. 그러고 나서는 마음이 바뀌었겠죠. 아니, 겁에 질렸을 겁니다. 그래서 모든 걸 부인하기로 결심했을 테고요. 바로 그렇습니다. 틀림없어요."

"그렇……군요."

내가 약간 회의적으로 그의 추리를 수긍했다.

"어쨌든 교환국에 알아보면 그 전화에 대한 건 알 수 있습니다. 만약 그 전화의 발신지가 이곳이라면 파커밖에는 걸 사람이 없다고 봅니다. 그렇다면 그는 우리 손안에 있습니다. 하지만 아직은 비밀로 해 두세요. 증거를 모두 확보할 때까진 그자가 경계심을 일으키게 하고 싶지 않으니까요. 그가 실언을 하지 않는지 두고 보겠습니다. 표면적으로 우리는 선생님이 말씀하신 그 낯선 사람을 추적하는 겁니다."

그때까지 걸터앉아 있던 책상 의자에서 일어나 경위는 시신이 있는 안락의자 쪽으로 다가갔다.

그가 칼을 살펴보며 말했다.

"이 칼도 단서가 될 겁니다. 상당히 독특한 물건인데요. 골동품 같습니다. 겉으로 보건대 말이죠."

그는 몸을 굽히고 단도의 손잡이를 주의 깊게 살펴보았다. 나는 그가 끙 하고 만족스러운 신음을 내는 것을 들었다. 그런 다음 그는 아주 조심스럽게 칼자루 아래로 손을 넣어 상처에서 칼날을 빼냈다. 그리고 손잡이를 건드리지 않으려고 줄곧 조심하면서 그 칼을 벽난로 위에 장식용으로 놓인 큼직한 도자기 컵 안에 넣었다.

그가 고개를 끄덕이며 말을 이었다.

"그래요, 멋진 예술품이군요. 이런 물건은 그리 흔하지는 않겠는데요."

그것은 정말 아름다운 칼이었다. 좁고 끝이 뾰족한 칼날에 공들여 꼬아 놓은 금속제 손잡이에는 특이하고 세심한 장인의 손길이 엿보였다. 경위는 얼마나 날카로운지 살펴보려는 듯 손가락으로 조심스럽게 칼날을 만져 보고는 만족한 듯 상을 찌푸렸다.

"맙소사, 칼날이 정말 날카롭군. 이걸로는 어린애라도 사람을 찌를 수 있겠군요. 버터를 자르듯이 쉽사리 말입니다. 곁에 두기에는 너무 위험한 물건이군요."

그가 감탄했다.

"이제 시체를 자세히 살펴봐도 되겠습니까?"

경위가 고개를 끄덕였다.

"그렇게 하십시오."

나는 시체를 철저히 검사했다.

"어떻습니까?"

내가 검사를 끝마치자 경위가 물었다.

"전문 용어는 쓰지 않겠습니다. 그건 검시 때나 하기로 하지요.

이 상처는 오른손잡이가 피해자의 등 뒤에 서서 찌른 것으로, 피해자는 즉사했을 겁니다. 죽은 이의 얼굴 표정으로 이 기습은 전혀 예상치 못했던 일이라고 해야겠군요. 피해자는 아마 자신을 찌른 자가 누군지 모른 채 죽었을 겁니다."

"집사들이란 원래 고양이처럼 발소리를 내지 않고 사방을 돌아다니는 법이죠. 이 범행에는 의문스러운 점이 그리 많지 않습니다. 이 단검 자루를 한번 보십시오."

데이비스 경위가 말했다.

나는 단검 자루를 살펴보았다.

"선생님께는 잘 안 보이겠지만 전문가인 저는 너무나 뚜렷하게 볼 수 있습니다. 지문 말입니다!"

그가 목소리를 낮추어 말했다. 그는 자기 말이 일으킨 효과를 확인하려는 듯 한두 걸음 물러섰다.

"그렇군요. 그럴 거라고 생각했지요."

내가 부드럽게 대답했다.

나로서는 그런 지식이 전혀 없는 사람 취급을 받아야 하는 이유를 모르겠다. 어쨌든 나는 추리 소설을 읽고 신문을 구독하며 평균적인 능력 이상을 갖춘 사람이 아닌가. 만약 그 단검 자루에 발가락 자국이라도 찍혀 있었다면, 그렇다면 얘기는 전혀 다르다. 그렇다면 놀라거나 감탄했으리라.

내 생각에 경위는 내가 흥분하지 않는 것에 신경이 곤두 선 모양이었다. 그는 단검이 담긴 도자기 컵을 집어 들더니 당구실로 함께 가자고 했다.

"레이먼드 씨가 이 단검에 대해서 알고 있는 게 있는지 알아봐야겠습니다."

그가 설명했다.

현관으로 통하는 문을 나온 우리는 다시 그 문을 잠그고 당구실로 가서 제프리 레이먼드를 만났다. 경위는 가져온 단검을 보여 주었다.

"이 물건을 전에 본 적이 있습니까, 레이먼드 씨?"

"이런, 제 짐작으로는, 아니 틀림없이 이건 애크로이드 씨가 블런트 소령님에게서 받은 골동품인데요. 모로코, 아니, 튀니지의 수도 튀니스에서 온 거죠. 그렇다면 이번 범죄가 이걸로 저질러진 건가요? 정말 이상하군요. 그런 일은 불가능할 것 같은데. 하지만 똑같은 단검이 두 개일 리는 없겠죠. 블런트 소령님을 모셔 올까요?"

대답을 기다리지 않고 그는 자리를 떴다.

"훌륭한 젊은이군요. 정직하고 영리할 것 같은데요."

경위가 말했다.

나도 동의했다. 제프리 레이먼드가 애크로이드 씨의 비서로 일해온 2년 동안 나는 그가 초조해하거나 화내는 것을 본 적이 없었다. 그리고 내가 아는 한 그는 아주 유능한 비서였다.

잠시 후 레이먼드는 블런트 소령과 함께 돌아왔다. 레이먼드가 흥분해서 말했다.

"제 말이 맞았습니다. 그건 바로 문제의 튀니지 산 단검입니다."

경위가 그의 말을 반박했다.

"블런트 소령님은 아직 그걸 보지도 못하셨습니다만."

"아까 서재에 들어갔을 때 이미 보았소."

여느 때처럼 차분하게 블런트 소령이 말했다.

"그럼 그때 이미 알아보셨단 말입니까?"

블런트가 고개를 끄덕였다.

"하지만 아무 말씀도 안 하셨잖습니까."

경위가 의심스럽다는 듯이 물었다.

"때가 좋지 않았소. 적당하지 못한 때에 얘기를 꺼내는 건 좋을 게 없는 법이오."

블런트는 자신을 빤히 바라보는 경위의 눈길을 침착하게 되받았다. 이윽고 경위가 끙 소리를 내며 돌아섰다. 그는 블런트에게 문제의 단검을 넘겨주었다.

"확실합니까, 소령님? 분명히 알아보실 수 있는 거죠?"

"틀림없소. 의심할 여지가 없소."

"이건, 그러니까 이 골동품은 주로 어디에 있었습니까? 혹시 아십니까, 소령님?"

그 말에 대답한 사람은 비서 레이먼드였다.

"응접실에 있는 은제 탁자 안입니다."

"뭐라고요?"

내가 소리쳤다.

다른 이들이 모두 나를 쳐다보았다.

경위가 재촉하는 어조로 물었다.

"왜 그러시죠, 선생님?"

경위는 더더욱 재촉하듯 재차 말했다.

"이건 이상할 게 없는 얘긴데요."

"아주 사소한 일입니다만, 어제 저녁 식사 초대에 응해 이곳에 도착했을 때 응접실에서 은제 탁자의 뚜껑이 닫히는 소리를 들은 것뿐입니다."

나는 변명하듯 설명했다.

경위의 얼굴에 회의와 의혹의 표정이 지나가는 것을 나는 보았다.

"그 소리가 문제의 은제 탁자의 뚜껑 닫히는 소리란 걸 어떻게 아셨죠?"

나는 길고도 지루한 설명을 자세히 하지 않을 수 없었다. 그런 말은 결코 하지 말아야 했을 것을.

경위는 내 설명을 끝까지 들었다.

"탁자 안의 내용물을 들여다보았을 때 이 단검이 제자리에 있었습니까?"

경위가 물었다.

"모르겠습니다. 그걸 본 기억은 나지 않습니다만 물론 거기 줄곧 있었을 겁니다."

"문제의 관리인을 부르는 게 좋겠군요."

경위는 그렇게 말하고 종 끈을 잡아당겼다. 잠시 후 파커의 연락을 받은 러셀 양이 방으로 들어왔다.

"저는 은제 탁자 근처에는 가지 않은 것 같습니다. 꽃들이 싱싱한지 살펴보고 있었습니다. 오, 그렇군요! 이제 생각나는군요. 은제 탁자의 뚜껑이 열려 있었어요. 그럴 리가 없는데 말이에요. 그래서 지나가면서 제가 뚜껑을 닫았습니다."

러셀 양은 도전적으로 경위를 쳐다보았다.

"알겠습니다. 그러면 그때 이 단검이 제자리에 있었는지 혹시 보셨습니까?"

경위가 물었다.

러셀 양은 침착하게 단도를 살펴보았다.

"확실히 말씀드릴 수가 없군요. 걸음을 멈추고 들여다보지 않았거든요. 식구들이 금방이라도 내려오리라는 걸 알고 있었으므로 응접실에서 빨리 나오고 싶었습니다."

"고맙습니다."

경위의 태도에는 그녀에게 질문을 더 하고 싶은 듯 망설이는 기색이 엿보였다. 하지만 러셀 양은 그 말을 물러가라는 뜻으로 받아들이고 방을 빠져나갔다.

그녀의 뒷모습을 지켜보며 경위가 말했다.

"몽골 족의 후예인 타타르 인 같군요, 그렇잖습니까? 어디 볼까요……. 그 은제 탁자가 프랑스 식 창 앞에 있다고 하셨던 것 같은데요, 선생님?"

레이먼드가 나 대신 대답했다.

"그렇습니다. 왼쪽 창문입니다."

"그 창문은 열려 있었나요?"

"창문은 양쪽 다 열려 있었습니다."

"그렇다면 이 문제는 더 이상 조사할 필요도 없을 것 같군요. 그 자는, 그저 그자라고 해 두죠. 원할 때 언제든 이 단검을 손에 넣을 수 있었습니다. 그게 정확히 언제인가 하는 건 전혀 중요하지 않습니다. 전 내일 아침 서장님과 함께 오겠습니다, 레이먼드 씨. 그때까지 저 문 열쇠는 제가 갖고 있겠습니다. 멜로즈 서장님께 현장을 그대로 보여 드리고 싶습니다. 제가 알기로 서장님은 지금 이 카운티 저쪽 끝에서 저녁 식사 중이시니, 제 생각에 밤까지는 못 돌아오실 것 같으니까……."

우리는 경위가 단검이 든 컵을 들어 올리는 것을 지켜보았다.

"이건 조심스럽게 포장해야겠습니다. 여러 가지 점에서 중요한 증거가 될 테니까요."

잠시 후 나는 레이먼드와 함께 당구실을 나왔다. 레이먼드는 나지막하게 킬킬거렸다. 그의 손길이 내 팔을 누르는 바람에 나는 그가 바라보는 쪽으로 눈길을 돌렸다. 데이비스 경위가 작은 수첩을 내보이며 파커 집사의 의견을 묻고 있는 듯했다.

레이먼드가 내 옆에서 중얼거렸다.

"너무 속이 드러나 보이는데요. 그러니까 파커가 용의자인가 보죠? 우리도 데이비스 경위에게 지문을 제출해야겠죠?"

레이먼드는 카드함에서 카드를 두 장 꺼내 자신의 비단 손수건으로 닦은 다음, 하나는 내게 주고 다른 하나는 자신이 잡았다. 이윽고 그는 씩 웃으며 그 카드들을 경위에게 내밀었다. 레이먼드가 말했다.

"기념으로 받아 두시죠. 1호는 셰퍼드 박사님, 2호는 부족한 저의 것입니다. 블런트 소령님 것은 내일 아침이면 준비될 겁니다."

젊은이들이란 무척 낙천적이다. 친구이자 고용인이었던 애크로이드의 끔찍한 죽음도 제프리 레이먼드의 발랄함을 오랫동안 짓누를 수는 없었다. 어쩌면 당연한 것인지도 모른다. 나로서는 모르겠다. 나 자신은 그런 신속한 회복력은 잃어버린 지 오래가 아닌가.

내가 집에 돌아왔을 때는 상당히 늦은 시각이었다. 나는 누이가 잠자리에 들었으면 싶었다. 하지만 내 기대는 빗나갔다. 누이는 뜨거운 코코아를 준비해 놓고 나를 기다리고 있었다. 내가 코코아를 마시는 동안 그녀는 오늘 저녁 있었던 모든 일을 내게 말하게 만들었다. 나는 협박 사건에 대해서는 입을 다물고 살인 사건에 대한 정보만 주기로 했다.

나는 자리에서 일어나 잠자리에 들 준비를 하며 말했다.

"경찰은 파커를 의심하고 있어. 정황이 파커에게 상당히 불리한 것 같아."

"파커라니! 말도 안 되는 소리! 그 경위란 자는 정말 멍청이가 틀림없군. 세상에, 파커라니! 그런 소리 하지도 마라."

누이가 말했다.

그런 애매한 의견을 나누며 우리는 침실로 올라갔다.

다음 날 아침, 나는 무책임할 정도로 서둘러 왕진을 돌았다. 특별히 신경을 써야 할 심각한 경우가 없었다는 게 핑계가 될 순 있었다. 집에 돌아오자 캐롤라인 누이가 통로로 나와 나를 맞았다.

"플로라 애크로이드가 여기 와 있어."

그녀가 흥분한 어조로 속삭이듯 말했다.

"뭐라고?"

나는 가능한 한 놀라움을 드러내지 않으려 애썼다.

"널 만나고 싶어 해. 온 지 30분 됐어."

누이가 자그마한 우리 거실로 앞장서 들어갔고 내가 그 뒤를 따랐다.

플로라는 창가에 놓인 소파에 앉아 있었다. 그녀는 검은 옷차림에 두 손을 모아 신경질적으로 비틀고 있었다. 나는 그녀의 얼굴을 보고 충격을 받았다. 얼굴에서 핏기를 찾아볼 수 없었다. 하지만 입을 열었을 때 그녀는 최선을 다해 침착하고 단호한 태도를 취하려 애쓰는 듯했다.

"셰퍼드 선생님, 제가 온 건 절 좀 도와 주십사 해서예요."

"물론 제임스는 널 도와 줄 거야, 플로라."

누이가 말했다.

내 생각에 플로라는 캐롤라인이 우리의 대화에 입회하는 걸 바라지 않는 듯했다. 그녀는 분명 나와 따로 얘기하는 편을 더 좋아할 터였다.

하지만 그녀는 시간을 낭비하고 싶지 않았으므로 차선을 택하기로 한 모양이었다.

"저와 함께 '라치스'에 가 주셨으면 해요."

"라치스라니?"

내가 깜짝 놀라 물었다.

"그 우스꽝스러운 땅딸보 사내를 만나러 말이냐?"

누이가 소리쳤다.

"예, 그분이 누군지는 알고 계시겠죠?"

"우리는 그가 은퇴한 미용사일 거라고 믿고 있는데."

내가 말했다.

플로라의 파란 눈이 휘둥그레졌다.

"세상에, 그분은 에르퀼 푸아로예요! 제가 누굴 말하는지 아실 거예요. 그 유명한 사설 탐정 말이에요. 사람들 말이 그분은 정말 놀라운 일들을 하셨다더군요. 소설 속에 나오는 탐정들처럼요. 1년 전에 은퇴해서 이곳으로 살러 오셨죠. 큰아버지는 그가 누군지 알고 계셨지만 아무에게도 얘기하지 않기로 약속하셨대요. 푸아로 씨가 사람들에게 방해받지 않고 조용히 살고 싶어 하셔서요."

"그랬군."

내가 천천히 말했다.

"그분에 대해 물론 들어 본 적은 있으시죠?"

"누나 말처럼 난 요즘 일어나는 일에 좀 둔하단다. 그의 이름만 들어 본 정도지."

"세상에 이렇게 놀라울 데가!"

누이가 한마디 했다.

나로서는 그녀가 무엇을 두고 그런 말을 하는 것인지 알 수 없었다. 그러한 사실을 알아내지 못한 자신을 탓하는 것일지도 몰랐다.

"그 사람을 만나고 싶다고? 도대체 왜?"

내가 천천히 물었다.

"물론 이 살인 사건을 조사해 달라고 하기 위해서겠지. 바보 같은 질문 좀 하지 마라, 제임스."

캐롤라인 누이가 날카롭게 말했다.

내가 정말로 몰라서 물었던 것은 아니었다. 누이가 언제나 내 의도를 알아채는 것은 아니다.

"데이비스 경위를 신뢰할 수 없다는 거냐?"

내가 재차 물었다.

"물론 미덥지 않겠지. 나도 못 믿겠는걸."

누이가 끼어들었다. 모르는 사람이 이 장면을 보았다면, 살해된 사람이 누이의 큰아버지인 줄 알았으리라.

"그런데 그 사람이 이 사건을 맡아 주리라는 걸 어떻게 확신하니? 그 사람이 이미 은퇴했다는 사실을 명심하렴."

내가 물었다.

"문제는 바로 그거예요. 아마 그분을 설득해야 할 거예요."

플로라가 짤막하게 대답했다.

"그렇게 하는 게 현명한 거라고 확신하니?"

내가 심각한 어조로 물었다.

"물론 플로라는 확신하겠지. 플로라만 좋다면 내가 같이 가겠어."

캐롤라인 누이가 대답했다.

"아주머니께서 괜찮으시다면 셰퍼드 선생님과 같이 가는 편이 낫겠어요."

플로라가 말했다. 그녀는 때로 단도직입적으로 처신하는 것이 낫다는 걸 알고 있었다. 아무리 눈치를 주어도 누이에게는 쇠귀에 경 읽기일 테니까.

이어 그녀는 재치 있게 설명을 덧붙였다.

"아주머니도 아시겠지만 셰퍼드 선생님은 의사로서 큰아버지가 돌아가신 걸 발견하셨으니, 푸아로 씨께 자세한 이야기를 해 주실 수 있을 거예요."

"그렇겠구나. 알겠다."

캐롤라인이 마지못해 대답했다.

나는 방 안을 한두 차례 왔다 갔다 했다.

"플로라, 내 말을 귀담아들으렴. 이번 일에 그 탐정을 끌어들이지 않는 게 좋을 것 같구나."

내가 심각하게 말했다.

플로라가 벌떡 일어섰다. 그녀의 두 볼이 순식간에 붉게 물들었다. 그녀가 외쳤다.

"선생님이 왜 그런 말씀을 하시는지 전 알아요. 하지만 바로 그 이유 때문에 전 더더욱 그분께 가려는 거예요. 선생님은 두려워하고 계세요! 하지만 전 아니에요. 전 선생님이 아시는 것 이상으로 랠프를 잘 알고 있어요."

"랠프라니! 도대체 랠프가 이 사건과 무슨 관계가 있다는 거지?"

캐롤라인 누이가 소리쳤다.

플로라도 나도 캐롤라인의 말에 반응을 보이지 않았다.

플로라가 말을 이었다.

"랠프에게 나약한 면이 있을 순 있어요. 과거에는 어리석은 짓을, 아니 못된 짓도 했지요. 하지만 그는 누굴 죽일 사람은 아니에요."

"그렇고말고. 랠프를 두고 그런 생각은 해 본 적이 없단다."

내가 외쳤다.

"그렇다면 어젯밤 왜 스리 보어스 여관에 가신 거죠? 큰아버지 시신이 발견된 다음 댁으로 가시는 길에 말이에요."

플로라가 물었다.

나는 잠시 할 말을 찾지 못했다. 어젯밤 그 방문이 아무의 눈에도 띄지 않기를 바라지 않았던가.

"네가 어떻게 그걸 알았니?"

내가 되물었다.

"오늘 아침 그곳에 갔었어요. 하인들에게 랠프가 그곳에 묵고 있다는 걸 듣고……."

내가 그녀의 말허리를 잘랐다.

"넌 랠프가 킹스 애벗에 와 있었다는 걸 전혀 몰랐단 말이냐?"

"예, 그 사실을 알고 전 깜짝 놀랐죠. 어찌 된 일인지 알 수가 없더군요. 그곳으로 가서 그를 만나겠다고 했죠. 사람들 말이, 어젯밤 선생님도 똑같은 말을 들으셨겠지만 랠프가 어젯밤 9시경에 나가서는 돌아오지 않았다고 하더군요."

그녀는 도전적으로 나를 바라보았다. 그러고는 내 눈빛에 떠오른 어떤 표정에 대답하기라도 하듯 갑자기 소리쳤다.

"하지만 그게 어쨌다는 거죠? 그는 어디론가 갔을 거예요. 어쩌면 런던으로 돌아갔을지도 모르죠."

"짐을 그대로 놔두고 말이냐?"

내가 부드럽게 말했다.

플로라가 발을 굴렀다.

"전 신경 쓰지 않아요. 아마 무슨 사정이 있었겠죠."

"바로 그 이유 때문에 에르퀼 푸아로에게 가겠다는 거냐? 사태를 이대로 놔두는 게 낫지 않겠니? 경찰이 지금 랠프를 조금도 의심하지 않고 있다는 걸 명심하렴. 그들은 전혀 다른 쪽을 쫓고 있단다."

플로라가 외쳤다.

"경찰이 쫓는 게 바로 랠프예요. 그들은 지금 그를 의심하고 있어요. 오늘 아침 크랜체스터에서 사람이 왔더군요. 래글런 경위라는 불쾌하고 약삭빠르게 생긴 자그마한 사내예요. 그 사람이 오늘 아침에 저보다 먼저 스리 보어스에 다녀갔더군요. 그가 그곳에 와서 어떤 질문을 했는지 사람들이 말해 주었어요. 그는 랠프가 살인을 했다고 생각하고 있는 게 분명해요."

"그렇다면 어젯밤과는 상황에 변화가 있구나. 그렇다면 그는 파커가 범인이라는 데이비스 경위의 추론을 믿지 않는다는 거겠지?"

내가 천천히 말했다.

"파커라니, 흥!"

누이는 코웃음을 쳤다. 플로라가 다가오더니 내 팔에 손을 얹었다.

"오! 셰퍼드 선생님, 당장 그 푸아로 씨한테 가요. 그분은 진실을 밝혀 낼 거예요."

"플로라, 우리가 원하는 게 진실이라는 확신이 있니?"

나는 그녀의 손 위에 내 손을 올려놓으며 부드럽게 물었다. 그녀는 침착하게 고개를 끄덕이며 나를 바라보았다.

"선생님은 확신이 없으시군요. 전 확신해요. 전 선생님 이상으로 랠프를 잘 알고 있어요."

"물론 랠프는 그런 짓을 하지 않아. 랠프는 좀 무절제하긴 하지만 귀여운 애야. 예의도 무척 바르고 말이야."

줄곧 어렵게 침묵을 지키고 있던 누이가 말했다.

나는 예의바른 살인자도 많다고 캐롤라인 누이에게 말해 주고 싶었지만, 플로라가 있는 자리라 참았다. 플로라의 생각이 확고했기 때문에 나는 그녀 뜻에 따르지 않을 수 없었다. 캐롤라인이 즐겨 쓰는 '물론'으로 시작되는 말을 더 늘어놓기 전에 우리는 즉각 자리를 떴다.

커다란 브르타뉴 풍의 모자를 쓴 나이 든 부인이 라치스의 문을 열어 주었다. 푸아로 씨는 집에 있는 모양이었다. 우리는 꼼꼼하게 정리된 작은 거실로 안내되었다. 잠시 후 어제 내가 만났던 바로 그 사내가 들어왔다.

"무슈, 마드무아젤."

그가 웃으며 말했다.

그는 플로라에게 고개를 숙여 보였다.

내가 말을 꺼냈다.

"혹시 어젯밤 일어난 비극에 대해 들으셨습니까?"

그의 얼굴이 심각해졌다.

"물론 이미 들었습니다. 끔찍한 일이에요. 마드무아젤께 진심으로 조의를 표합니다. 제가 도와 드릴 일이 없을까요?"

"플로라 양은, 선생님께서 그러니까…… 그러니까……."

내가 말했다.

"살인범을 찾아 주시길 바라고 있어요."

플로라가 또렷한 목소리로 말했다.

"그렇군요, 하지만 경찰이 그 일을 하지 않겠습니까?"

키 작은 사내가 대답했다.

"경찰이 실수할 수도 있어요. 제 생각에 경찰은 벌써 실수를 저지르고 있는 것 같아요. 제발 푸아로 씨, 저희를 도와 주실 수 없나요? 만약, 만약 돈 문제라면……."

플로라가 말했다.

푸아로가 손을 내저었다.

"죄송하지만 그래서가 아닙니다, 마드무아젤. 제가 돈에 전혀 신경을 쓰지 않는다는 건 아닙니다만."

그의 눈빛이 순간적으로 반짝였다.

"돈이란 지금 제게 중요합니다. 언제나 그래 왔지요. 하지만 제가 이 사건을 맡는다면 돈 때문이 아닙니다. 한 가지만은 분명히 알아두셔야 합니다. 전 이 사건을 끝까지 파헤칠 겁니다. 명견은 냄새를 맡으면 끝장을 보는 법이란 걸 잊지 마십시오! 나중에 당신은 그냥 이 사건을 지방 경찰에 맡겨 두었으면 좋았을걸 하고 후회하실 수도 있습니다."

"저는 진실을 원해요."

플로라가 그의 눈을 똑바로 응시하며 말했다.

"모든 진실을 말입니까?"

"모든 진실을요."

"그렇다면 사건을 맡기로 하지요. 지금 하신 말씀을 나중에 후회하지 않기를 바랍니다. 자, 그럼 모든 상황을 얘기해 주십시오."

그 자그마한 사내가 조용히 말했다.

"셰퍼드 선생님께 들으시는 게 나을 거예요. 저보다 많이 알고 계시니까요."

나는 지금까지 보고 들은 모든 사실을 주의 깊게 말해 주었다. 푸아로는 이따금 질문을 던지곤 했지만, 대부분은 천장을 바라보며 조용히 앉아 주의 깊게 내 얘기를 들었다. 나는 전날 밤 데이비스 경위와 내가 펀리 파크를 떠났다는 말로 이야기를 끝맺었다.

"그럼 이제 랠프에 관해 푸아로 씨께 얘기해 주셔야죠."

내가 말을 마치자 플로라가 말했다. 나는 주저했지만 그녀의 절박한 눈길에 말하지 않을 수 없었다.

내 얘기가 끝나자 푸아로가 물었다.

"선생님께서 어젯밤 집으로 돌아오는 길에 그 여관, 그 스리 보어스라는 여관에 들르셨다는 겁니까? 그런데 정확히 무엇 때문에 거기 가셨나요?"

나는 잠시 말을 멈추고 대답할 말을 신중하게 골랐다.

"누군가가 그 청년에게 아버지의 죽음을 알려야 한다고 생각했지요. 펀리 파크를 나오면서 저와 애크로이드 씨 말고는 그가 이 마을에 와 있다는 것을 아는 사람이 없을 거라는 생각이 들더군요."

푸아로는 고개를 끄덕였다.

"그렇군요. 그곳에 가신 이유는 단지 그뿐인가요?"

"다른 이유는 없었습니다."

나는 좀 딱딱하게 대답했다.

"혹시 '그 청년'에 대한 선생님 자신의 걱정을 떨쳐 버리기 위해 가신 건 아닙니까?"

"제 걱정을 떨쳐 버리다니요?"

"제 생각엔 무슈 자신도 제가 무슨 말을 하고 있는지 잘 아시리라 봅니다. 모르는 척하고 계시지만 말입니다. 제 말은, 만약 페이턴 대위가 저녁 내내 거기에 있었다는 것을 선생님께서 확인했다면 안심하셨으리라는 겁니다."

"절대 그렇지 않습니다."

내가 날카롭게 대답했다. 그 자그마한 탐정은 나를 바라보며 진지한 표정으로 고개를 저었다.

"선생님은 플로라 양만큼 저를 믿지 않으시는군요. 하지만 괜찮습니다. 우리가 지금 직시해야 할 사실은 바로 페이턴 대위가 사라졌다는 겁니다. 해명이 요구되는 상황에서 말이죠. 이 문제가 심각하다는 걸 두 분께 감추지 않겠습니다. 하지만 아주 간단하게 설명될 수 있을지도 모르지요."

"아까부터 제가 거듭 그 말씀을 드리고 있답니다."

플로라가 다급하게 소리쳤다.

푸아로는 그 문제를 더 이상 건드리지 않았다. 그 대신 즉각 그 지방 경찰서로 가 보자고 제안했다.

그의 생각에 따르면 플로라는 그만 집으로 돌아가고, 내가 함께 가서 이 사건을 맡은 담당 경위를 소개해 주는 게 좋겠다는 것이었다.

우리는 즉시 그 계획을 실행에 옮겼다. 데이비스 경위는 아주 시

무룩한 표정으로 경찰서 건물 밖에 서 있었다. 그의 옆에는 서장인 멜로즈 경감과 또 한 사내가 서 있었다. 바로 그가 플로라가 "교활해 보인다"고 한, 크랜체스터에서 온 래글런 경위라는 것을 나는 어렵지 않게 알 수 있었다.

나는 멜로즈 서장과 잘 알고 있는 사이였으므로 푸아로를 그에게 소개하고 상황을 설명했다. 탐정의 개입에 서장은 눈에 띄게 분개한 듯했고, 래글런 경위는 몹시 화가 난 표정이었다. 그렇지만 데이비스 경위는 자신의 상관이 짜증스러워하는 것을 보고 약간 신이 나는 것 같았다.

"이번 사건은 너무나도 명백합니다. 아마추어들까지 끼어들 필요가 전혀 없습니다. 아무리 바보라도 어젯밤 상황이 어떻게 전개되었는지 알 수 있었을 겁니다. 열두 시간이나 낭비할 필요가 없었습니다."

래글런 경위가 말했다.

그는 가엾은 데이비스에게 힐책하는 눈길을 보냈다. 하지만 데이비스는 표정 하나 바꾸지 않았다.

멜로즈 경감이 말했다.

"애크로이드 씨의 가족들이 적절하다고 생각되는 조치를 취하시는 건 당연합니다. 하지만 저희로서는 공식적인 조사를 어떤 식으로든 방해받을 수 없습니다."

그가 정중하게 덧붙였다.

"푸아로 씨의 높은 명성은 물론 저도 알고 있지만 말입니다."

래글런 경위가 말했다.

"불행히도 경찰은 스스로를 선전할 수가 없지요."

그 상황을 부드럽게 풀어 낸 사람은 푸아로였다.

"사실 전 이미 이 일에서 은퇴한 사람입니다. 다시는 사건을 맡지 않을 생각이었습니다. 무엇보다 이름이 알려지는 게 너무나도 싫으니까요. 부탁드리건대 이번 사건의 해결에 제가 뭔가 도움이 된다 하더라도 제 이름만은 밝히지 말아 주셨으면 합니다."

래글런 경위의 표정이 조금 밝아졌다.

경감도 누그러진 어조로 말했다.

"선생님이 거둔 놀라운 성공들에 대해 얘기는 들었습니다."

"경험은 많습니다. 하지만 제 성공의 대부분은 경찰의 도움으로 이루어진 겁니다. 전 여러분 영국 경찰에 크게 감탄하고 있습니다. 래글런 경위님께서 저의 조력을 허락하신다면 더할 나위 없는 영광일 겁니다."

푸아로가 차분히 말했다.

경위의 표정은 더더욱 상냥해졌다.

멜로즈 경감이 나를 한쪽으로 이끌고 가서는 나직한 어조로 물었다.

"내가 듣기로는, 저 자그마한 친구가 정말 놀라운 일을 해냈다더군. 우리로서는 물론 런던 경시청에 도움을 요청하지 않고 사건을 해결하고 싶네. 래글런은 무척 자신이 있는 것 같지만, 나는 그가 완전히 미덥진 않네. 자네도 알겠지만 내가, 그러니까 그 친구보다 관런 당사자들을 더 잘 알고 있지 않은가. 저 푸아로라는 친구는 명성 때문에 저러는 건 같진 않지? 저 친구가 크게 나서지 않고 우리와 일을 할 수 있을 것 같은가?"

내가 엄숙하게 말했다.

"그는 래글런 경위에게 공을 돌릴 걸세."

멜로즈 경감은 조금 목소리를 높여서 유쾌하게 말했다.

"자, 자, 푸아로 씨, 최근 상황을 알려 드려야겠군요."

"고맙습니다. 그런데 친애하는 셰퍼드 선생님 말씀으로는 그곳의 집사에게 혐의를 두고 계신다던데요?"

래글런이 즉각 응수했다.

"그건 모두 말도 안 되는 얘깁니다. 상류층 집안의 하인들은 겁쟁이들이라 쓸데없이 의심받을 행동을 하곤 하죠."

"지문은요?"

내가 슬쩍 물었다.

"파커의 것이 아니었습니다."

그가 희미한 미소를 짓더니 이렇게 덧붙였다.

"선생님이나 레이먼드 씨의 지문 역시 아니었습니다, 선생님."

"혹시 랠프 페이턴의 지문 아니었습니까?"

푸아로가 조용히 물었다. 나는 정면으로 문제를 대면하는 푸아로의 방식에 은근히 감탄했다. 나는 래글런 경위의 눈에 존경의 빛이 떠오르는 것을 보았다.

"정말 빈틈이 없으시군요, 푸아로 씨. 선생님과 같이 일하는 게 틀림없이 즐거울 것 같습니다. 그 젊은 신사의 지문은 그를 붙잡는 대로 확인할 겁니다."

"자네가 잘못 짚고 있는 것 같네, 경위. 난 랠프 페이턴을 그 애가 어렸을 적부터 알아 왔네. 그 애는 살인을 할 사람이 아닐세."

멜로즈 경감이 부드러운 어조로 말했다.

"그럴지도 모르지요."

래글런 경위가 억양 없이 대답했다.

"그에게 불리한 정황이란 게 어떤 건가요?"

내가 물었다.

"그는 어젯밤 9시 정각에 여관에서 나갔답니다. 그리고 9시 30분쯤 펀리 파크 근처에서 목격되었습니다. 그 후로는 종적이 묘연합니다. 돈이 몹시 궁했던 것 같습니다. 여기 그의 구두 한 켤레가 있습니다. 바닥이 고무로 된 겁니다. 그에게는 거의 똑같은 구두가 두 켤레 있었습니다. 이제 이걸 갖고 가서 문제의 그 발자국과 비교해 볼 겁니다. 아무도 그 발자국을 없애 버리지 못하도록 경관이 감시하고 있습니다."

"저희는 지금 갈 겁니다. 선생님과 푸아로 씨도 저희와 함께 가시지 않겠습니까?"

멜로즈 경감이 물었다.

우리는 그러겠다고 했다. 모두 경감의 차에 올랐다. 래글런 경위는 그 발자국의 주인이 누구인지 바로 확인하고 싶다며 수위실에서 내려 달라고 요청했다. 길 중간쯤에 오른쪽으로 테라스와 애크로이드의 서재 창문으로 통하는 오솔길이 나 있었다.

"경위와 함께 가시겠습니까, 푸아로 씨? 아니면 서재를 조사하시겠습니까?"

서장이 물었다.

푸아로는 서재를 조사하는 쪽을 택했다. 파커 집사가 우리에게 문을 열어 주었다. 새치름하고 정중한 태도로 미루어 그는 어젯밤의 공황 상태에서 회복된 듯했다.

멜로즈 경감이 주머니에서 열쇠를 꺼내서는 통로로 통하는 문을 연 다음 우리를 서재로 인도했다.

"애크로이드 씨의 시체를 치운 것 말고는, 푸아로 씨, 이 방은 어젯밤 그대로입니다."

"그런데 시체가 발견된 곳이 어디죠?"

나는 가능한 정확하게 애크로이드 씨의 위치를 묘사했다. 문제의 안락의자는 아직도 벽난로 앞에 놓여 있었다.

푸아로는 그쪽으로 가 그 의자에 앉았다.

"선생님이 말씀하셨던 푸른색 편지가 선생님이 이 방을 나가실 때 어디 있었습니까?"

"애크로이드 씨가 자기 오른쪽에 있는 이 작은 탁자 위에 놓았습니다."

푸아로가 고개를 끄덕였다.

"그것 말고는 모든 게 제자리에 있던가요?"

"예, 그랬던 것 같습니다."

"멜로즈 경감님, 정말 죄송하지만 이 의자에 잠시만 앉아 주시겠습니까? 고맙습니다. 자, 의사 선생님. 문제의 단검이 꽂혀 있던 정확한 위치를 말해 주시겠습니까?"

내가 그의 지시를 따르는 동안 그 자그마한 사내는 문간에 서 있었다.

"그렇다면 문간에서도 단검 자루가 분명히 보이는군요. 파커 집사와 선생님 둘 다 문을 열자마자 그걸 보실 수 있었겠군요?"

"그렇습니다."

푸아로는 창문 옆으로 갔다.

"시체를 발견하셨을 때 물론 전등은 켜져 있었겠죠?"

그가 어깨 너머로 돌아보며 물었다.

나는 그렇다고 대답하고는 창틀에 찍힌 발자국을 살펴보고 있는 그에게 다가갔다.

"고무창 무늬가 페이턴 대위의 구두에 있는 것과 같군요."

그가 조용히 말했다. 그런 다음 그는 다시 방 한가운데로 돌아왔다. 그의 눈길이 재빠르고 능숙하게 방 안에 있는 모든 것을 탐색하듯 둘러보았다.

이윽고 그가 물었다.

"관찰력이 뛰어나신 편인가요, 셰퍼드 선생님?"

나는 깜짝 놀라 대답했다.

"그런 것 같습니다만."

"벽난로에 불이 있었던 것 같습니다. 선생님께서 문을 부수고 들어와 애크로이드 씨가 죽어 있는 것을 발견했을 때 벽난로의 불은 어땠습니까? 죽어 가고 있었습니까?"

나는 곤란하다는 듯 웃었다.

"그건, 그건 분명치 않습니다. 보지 못했습니다. 레이먼드 씨나 블런트 소령이 어쩌면……."

내 앞에 선 그 자그마한 사내는 희미한 미소를 지으며 고개를 내저었다.

"모든 일에는 체계가 있는 법이죠. 선생님께 그런 질문을 하다니 제가 판단을 잘못했군요. 각자에겐 전문 분야가 있죠. 선생님은 환자의 상태는 자세히 설명해 주실 수 있을 겁니다. 하나도 빠짐없이 말이죠. 만약 저 책상 위의 서류에 관해 알고 싶다면 레이먼드 씨가 모든 걸 다 봐 두었겠지요. 벽난로의 불에 대해 알아내려면 그런 일을 맡아 하는 사람한테 물어야죠. 그럼 잠깐 실례를……."

그는 재빨리 벽난로 쪽으로 가서 종을 울렸다.

일이 분 후에 파커 집사가 모습을 나타냈다.

"종이 울려서 왔습니다만, 선생님."

그가 머뭇거리며 말했다.

"들어오게, 파커. 이분이 뭔가 물어볼 게 있으시다네."

멜로즈 경감이 말했다.

파커는 정중하게 푸아로에게 관심을 돌렸다.

"파커, 어젯밤 셰퍼드 선생님과 함께 문을 부수고 들어와 자네 주인이 죽어 있는 걸 발견했을 때 벽난로의 상태는 어땠나?"

그 자그마한 사내가 물었다.

파커가 주저없이 대답했다.

"불은 아주 약했습니다, 선생님. 거의 꺼져 가고 있었어요."

"아하!"

푸아로가 외쳤다. 그 외침은 마치 승리의 탄성 같았다. 그가 말을 이었다.

"좀 둘러보게, 친애하는 파커. 이 방의 모든 게 그때와 똑같은가?"

집사의 시선이 방을 한 바퀴 돌았다. 그의 눈길이 창문에 머물렀다.

"커튼이 내려져 있었고요, 선생님. 전등이 켜져 있었습니다."

푸아로가 자신의 짐작이 맞았다는 듯 고개를 끄덕였다.

"그 밖에 다른 것은?"

"맞습니다, 선생님. 이 의자가 좀더 앞으로 나와 있었습니다."

그는 문 왼편으로 문과 창문 사이에 놓인 커다란 안락의자를 가리켰다.

여기 문제의 의자가 있는 그 방의 평면도를 첨부한다.

"원래 어땠는지 좀 보여 주게."

푸아로가 말했다.

집사는 문제의 의자를 벽에서 1미터 정도 끌어내 앉는 면이 문을 향하도록 돌려놓았다.

푸아로가 중얼거렸다.

"부알라 스 키 에 퀴리외.(그것 참 이상하군.) 의자를 저런 위치에 놓고 앉지는 않을 것 같은데. 그런데 누가 그걸 다시 돌려 놓았을

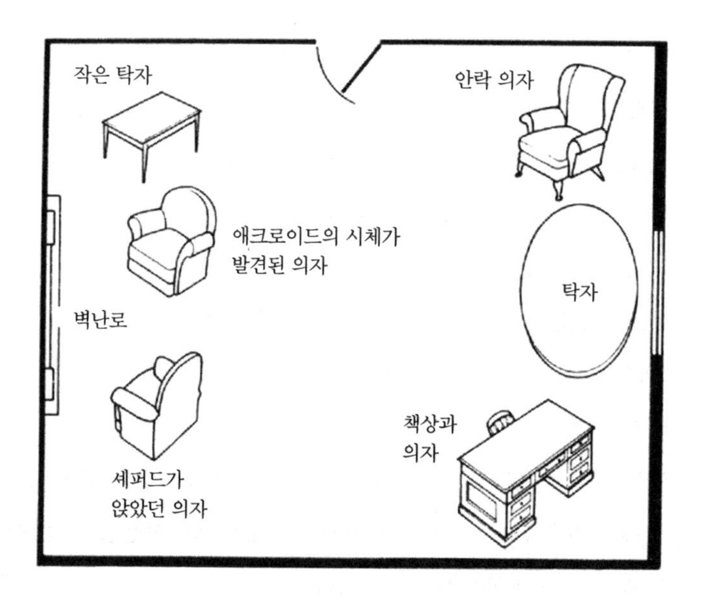

까? 자네가 그랬나, 파커?"

"아닙니다, 선생님. 주인님도 그렇고 그 모든 것도 그렇고 저는 제정신이 아니었습니다."

푸아로는 나를 건너다보았다.

"선생님이 하셨나요, 선생님?"

나는 고개를 내저었다. 파커가 끼어들었다.

"제가 경찰을 데리고 돌아왔을 때 이 의자는 아까처럼 옮겨져 있었습니다. 틀림없습니다."

"이상하군."

푸아로가 다시 말했다.

"레이먼드나 블런트가 뒤로 밀어 놓았겠죠. 그렇게 중요한 일은 아니잖습니까?"

내가 말했다.

"전혀 중요하지 않지요. 바로 그렇기 때문에 흥미롭군요."

푸아로가 부드러운 어조로 덧붙였다.

"잠깐 실례하겠습니다."

멜로즈 경감이 말했다. 그는 파커와 함께 방에서 나갔다.

"파커가 사실을 말하고 있다고 생각하십니까?"

내가 물었다.

"의자에 관한 한 그렇다고 봅니다. 그 밖에는 모르겠습니다. 이런 종류의 사건을 많이 다루어 보셨다면 아시겠지만, 선생님, 이런 사건들에는 한 가지 공통점이 있습니다."

"그게 뭡니까?"

내가 호기심을 느끼며 물었다.

"사건에 관련된 사람들 각자가 뭔가 숨기고 있는 것이 있다는 사실입니다."

"나도 말인가요?"

내가 웃으면서 물었다.

푸아로는 주의 깊은 눈길로 나를 바라보았다.

"그럴 겁니다."

그가 조용히 대답했다.

"하지만……."

"선생은 이 페이턴이라는 젊은이에 대해 알고 계시는 모든 것을 제게 말해 주셨습니까?"

내 얼굴이 붉어지자 그는 웃었다.

"오! 걱정 마십시오. 강요하지 않겠습니다. 곧 알게 되겠지요."

나는 당혹감을 감추기 위해 황황히 말했다.

"선생님의 수사 방법에 대해 말씀해 주셨으면 합니다. 예를 들어, 벽난로의 불에 대해서는 무엇 때문에 물으신 건가요?"

"오! 그건 아주 간단합니다. 선생님이 애크로이드 씨와 헤어진 게, 그러니까 8시 50분이라고 하셨죠?"

"예, 정확합니다. 틀림없습니다."

"그때 창문은 걸쇠로 잠겨 있었고 문은 열려 있었습니다. 시체가 발견된 10시 15분에는 문이 잠기고 창문이 열려 있었죠. 누가 창문을 열었을까요? 애크로이드 씨만이 그렇게 할 수 있었을 테고, 그건 다음 두 가지 이유 중 하나 때문이었을 겁니다. 방이 참을 수 없을 정도로 더워졌을 수도 있습니다. 하지만 벽난로의 불이 거의 꺼져 가고 있었고 어젯밤에는 기온도 급격히 떨어졌기 때문에 그건 이유가 될 수 없습니다. 또 다른 이유는 그가 누군가를 그쪽으로 들어오도록 했기 때문일 겁니다. 그리고 그가 누군가를 그쪽으로 들어오게 했다면, 그 사람은 애크로이드 씨가 잘 아는 사람임에 분명합니다. 왜냐하면 애크로이드 씨는 그날 밤 그 창문에 대해 불안감을 드러냈으니까요."

"아주 간단한 것 같군요."

"사실을 조직적으로 배열하면 모든 게 단순합니다. 이제 어젯밤

9시 30분에 애크로이드 씨와 함께 있던 사람이 누구였을까 하는 문제로 들어갑시다. 모든 정황으로 미루어 그 사람이 바로 창문으로 들어온 사람 같습니다. 그리고 그 후 플로라 양이 애크로이드 씨가 살아 있는 것을 목격하긴 했지만, 이 사건은 그 방문객의 신원을 알아내야 해결될 것 같군요. 그 사람이 떠난 후에도 창문이 줄곧 열려 있어서 살인자가 들어왔다가 나갔을 수도 있고, 어쩌면 그 방문객이 되돌아왔을 수도 있으니까요. 아! 저기 멜로즈 경감님이 돌아오시는군요!"

멜로즈 경감이 활기 있는 태도로 방으로 들어왔다.

"마침내 그 전화를 추적해 냈습니다. 여기서 건 것이 아니었더군요. 그 전화는 어젯밤 10시 15분에 킹스 애벗 역의 공중전화에서 셰퍼드 선생님 댁으로 건 겁니다. 그리고 10시 23분에 리버풀행 야간 우편 열차가 출발했다더군요."

경감과 나는 눈길을 교환했다.

"당연히 리버풀 역을 조사하겠군?"

내가 물었다.

"물론일세. 하지만 나로서는 그 결과에 그다지 기대를 걸고 있지 않네. 그 역이 어떤지 자네도 잘 알잖은가."

그랬다. 킹스 애벗은 작은 마을이었지만, 역만큼은 중요한 환승역이었다. 대부분의 특급 열차가 그곳에 섰고, 열차들이 노선이 갈리고 재분류되고 편성되었다. 역에는 공중전화가 두세 대 설치되어 있었다. 저녁 그 무렵이면 10시 19분에 도착해 10시 23분에 떠나는 북부행 특급 열차와 연결되기 위해 세 편의 지방 열차가 연달아 도착한다. 역 전체가 혼잡에 휘말리기 때문에 전화를 걸거나 특급 열차에 오르는 특정 인물이 눈에 띄기란 정말 어려운 일이다.

멜로즈 경감이 물었다.

"그런데 도대체 전화는 왜 했을까요? 제가 정말 이상하게 여기는 건 바로 그 점입니다. 도대체 아귀가 맞질 않거든요."

푸아로는 책장 위에 놓여 있는 도자기 인형을 조심스럽게 바로 놓았다.

"틀림없이 이유가 있겠지요."

그가 어깨 너머로 말했다.

"그 이유가 도대체 뭘까요?"

"그걸 알아내면 모든 게 다 밝혀지겠죠. 이번 사건은 아주 특이하고도 흥미롭군요."

마지막 구절을 말하는 푸아로의 어조에는 말로는 설명할 수 없는 그 무엇인가가 있었다. 나는 그가 자기만의 독특한 관점에서 이 사건을 보고 있다는 걸 느꼈다. 하지만 그가 무엇을 보고 있는지는 알 수 없었다.

창가로 간 그는 거기 서서 밖을 내다보았다.

"펀리 파크의 대문 밖에서 낯선 사람을 만난 때가 9시라고 하셨죠, 셰퍼드 선생님?"

푸아로가 몸을 돌리지 않은 채 물었다.

"그렇습니다. 그때 교회 종이 9시를 알리는 소리를 들었습니다."

"그렇다면 그 사람이 건물에 도착하는 데, 아니 이 창문까지 오는 데 얼마나 걸렸을까요?"

"창 밖까지 오려면 5분 정도 걸렸을 겁니다. 하지만 길 오른쪽에 있는 오솔길을 통해 이리로 가로질러 왔다면 이삼 분밖에 안 걸렸겠지요."

"하지만 그러려면 그가 그 길을 알고 있었어야 하죠. 어떻게 설명하면 좋을까? 그 말은 그가 전에 여기 와 본 적이 있다는, 즉 이 주변을 잘 알고 있다는 뜻입니다."

"그렇겠군요."

"지난 주 애크로이드 씨가 집으로 찾아온 낯선 사람을 맞은 적이 있는지 알 수 있을까요?"

"레이먼드 청년이 대답해 줄 수 있을 겁니다."

내가 대답했다.

"파커 집사도 알 테지요."

멜로즈 경감이 말했다.

"우 투 레 되.(아니면 둘 다 알고 있겠고요.)"

푸아로가 웃으며 말했다.

멜로즈 경감은 레이먼드를 찾으러 갔고, 나는 파커를 부르기 위해 다시 한 번 종을 울렸다. 비서 청년을 데리고 이내 돌아온 멜로즈 경감은 푸아로에게 그를 소개했다. 제프리 레이먼드는 여느 때처럼 생기 있고 유쾌해 보였다. 그는 푸아로를 만나게 된 것이 놀랍기도 하고 기쁘기도 한 모양이었다.

"익명으로 이 마을에 살고 계시는 줄은 정말 몰랐습니다, 푸아로 씨. 일하시는 모습을 보게 되다니 큰 영광입니다. 이런, 저건 뭐죠?"

그때까지 문 왼편에 서 있던 푸아로가 갑자기 옆으로 비켜섰다.

내가 등을 돌리고 있는 동안 그는 문제의 안락의자를 파커가 말했던 자리로 재빨리 끌어내 놓은 모양이었다.

레이먼드가 유쾌하게 물었다.

"선생님이 혈액 검사를 하시는 동안 저는 이 의자에 앉아 있어야 합니까? 어떻게 하실 생각이죠?"

"레이먼드 씨, 어젯밤 애크로이드 씨의 시체가 발견되었을 때 이 의자는 이렇게 끌어내져 있었습니다. 그런데 누군가가 다시 제자리로 옮겨 놓았더군요. 당신이 그랬나요?"

비서는 한순간의 망설임도 없이 대답했다.

"아뇨, 결코 그러지 않았습니다. 저 의자가 저런 위치에 있었는지조차 기억나지 않는걸요. 하지만 그렇게 말씀하시는 걸 보니 그랬던 것 같군요. 아무튼 누군가가 의자를 제자리로 옮겨 놓은 모양이군요. 그렇게 하는 바람에 단서라도 없어졌나요? 그렇다면 정말 유감스러운데요!"

"별로 중요한 건 아닙니다. 사실 전혀 중요하지 않습니다. 제가 진짜 묻고 싶은 것은 이겁니다, 레이먼드 씨. 이번 주 중에 낯선 사람이 애크로이드 씨를 만나러 온 적이 있습니까?"

탐정이 물었다.

비서는 미간을 찌푸리며 잠시 생각에 잠겼고, 그 사이에 종소리를 들은 파커가 방으로 들어왔다.

레이먼드가 마침내 입을 열었다.

"아뇨, 제 기억으론 없었습니다. 혹시 기억나요, 파커?"

"무슨 말씀이신지요, 선생님?"

"이번 주에 애크로이드 씨를 보러 온 낯선 사람이 있었나요?"

집사는 잠시 생각에 잠겼다가 이윽고 입을 열었다.

"수요일에 젊은 남자가 하나 왔습니다. 커티스 앤드 트라우트 사에서요. 제가 알기론 그렇습니다."

레이먼드가 조급하게 손짓을 하며 끼어들었다.

"오, 그렇군요. 이제 생각납니다. 하지만 그 사람은 이분이 찾으시는 그런 낯선 사람이 아니에요."

그는 푸아로에게 몸을 돌려 설명했다.

"애크로이드 씨는 구술 내용을 받아쓸 수 있는 기계를 하나 구입할 생각이셨습니다. 그 기계가 있으면 제한된 시간 안에 훨씬 많은 일을 처리할 수 있거든요. 그래서 해당 회사에서 판매원을 보내왔지만 소용없었습니다. 애크로이드 씨는 그 기계를 살지 말지 결정을 내리지 못하셨습니다."

푸아로가 집사에게 돌아섰다.

"그 청년의 인상착의를 설명해 줄 수 있겠나, 파커?"

"그는 금발이었습니다, 선생님. 그리고 키는 작았고요. 푸른색 서지 양복을 아주 단정하게 차려 입었더군요. 판매원으로서 아주 훌륭해 보이는 젊은이였습니다."

푸아로는 내게 몸을 돌렸다.

"대문 밖에서 만난 남자 말입니다. 선생님, 키가 컸다고 하시지 않았나요?"

"그렇습니다. 아마 180센티미터 정도는 됐을 겁니다."

"그러면 그 젊은이는 이 문제와 상관이 없겠군. 고맙네, 파커."

그 벨기에 인이 단정적으로 말했다.

파커 집사가 레이먼드에게 말했다.

"해먼드 씨가 막 도착하셨는데요, 레이먼드 씨. 혹시 자신이 도울 일이 없겠는지 물으시던데요. 그리고 레이먼드 씨와 얘기를 좀 하고 싶다더군요."

"곧 갈게요."

그는 서둘러 방을 나갔다. 푸아로가 누군지 궁금하다는 눈길로 경감을 바라보았다.

"애크로이드 가의 변호삽니다, 푸아로 씨."

경감이 대답했다.

"저 레이먼드라는 청년이 바쁘게 됐군요. 유능한 청년 같은데요, 저 친구 말입니다."

푸아로가 중얼거렸다.

"애크로이드 씨도 그를 유능한 비서로 여겼을 겁니다."

"여기서 일한 지 얼마나 됐죠?"

"만 2년 된 것 같은데요."

"자기 의무를 어김없이 하고 있군요. 그 점은 확실해요. 놀 때는 어떤가요? 저 친구 운동을 좋아합니까?"

"개인 비서들은 운동을 할 만한 시간이 별로 없지요."

멜로즈 경감이 웃으며 말했다.

"레이먼드는 골프를 치는 것 같습니다. 그리고 여름엔 테니스를 치지요."

"필드에는 안 가나요? 그러니까 경마장에 말입니다."

"경마요? 아뇨, 경마 같은 데는 관심이 없는 것 같은데요."

푸아로는 고개를 끄덕였다. 흥미를 잃은 것 같았다. 그는 서재를 천천히 둘러보았다.

"이곳에서 봐야 할 것은 모두 본 것 같군요."

나 역시 그를 따라서 방 안을 둘러보았다.

"만일 저 벽들이 말을 할 수만 있다면……."

내가 중얼거렸다.

푸아로가 고개를 저었다.

"말만으로는 충분하지 않죠. 눈과 귀도 같이 있어야 합니다. 하지만 이 물건들이 말입니다……."

그렇게 말하면서 그는 책장 위를 쓰다듬었다.

"이 녀석들이 항상 입을 다물고 있으리라고 단정하진 마세요. 이들은 때때로 제게 말을 한답니다. 의자들, 탁자들 나름대로 할 말이 있는 겁니다!"

그는 문 쪽으로 몸을 돌렸다.

"무슨 말 말인가요? 오늘은 선생님께 무슨 말을 했죠?"

내가 소리쳤다. 그는 어깨 너머로 고개를 돌리고는 한쪽 눈썹을 기묘하게 치켜 올렸다.

"열린 창, 잠긴 문, 저절로 움직인 의자. 이 세 물건들에게 제가 묻지요. '왜?'라고 말입니다. 하지만 아직 답을 찾지 못했습니다."

푸아로는 고개를 내젓고는 가슴을 활짝 편 다음 우리에게 눈을 깜박이며 서 있었다. 대단한 인물인 양 으스대는 그의 모습은 우스꽝스러워 보였다. 그가 정말로 훌륭한 탐정일까 하는 의혹이 내 머릿속을 스쳐갔다. 그의 대단한 명성이 혹시 요행의 결과는 아니었을까? 멜로즈 경감도 나와 똑같은 생각을 하고 있는 듯했다. 그 역시 인상을 찌푸렸던 것이다.

"더 보고 싶으신 게 있습니까, 푸아로 씨?"

경감이 불쑥 물었다.

"괜찮으시다면 흉기가 놓여 있던 은제 탁자를 좀 보여 주실 수 있겠습니까? 그것만 보고 나면 더 이상은 번거롭게 해 드리지 않겠습니다."

우리는 응접실로 향했다. 그런데 가는 도중에 경관이 경감을 불렀다. 잠시 나지막한 어조로 대화를 나눈 다음 경감은 미안하지만 가 봐야겠다면서 우리를 두고 떠났다. 내가 푸아로에게 문제의 은제 탁자를 보여 주었다. 그는 탁자 뚜껑을 한두 번 들어 올렸다가 떨어뜨려 보고는, 프랑스 식 창을 열고 테라스로 나갔다. 내가 그의 뒤를 따랐다.

래글런 경위가 저택의 모퉁이를 돌아 우리 쪽으로 오고 있었다. 그의 표정은 단호했고 만족스러워 보였다. 그가 말했다.

"거기 계셨군요, 푸아로 씨. 그런데 이 사건은 그렇게 복잡한 게 아닌 것 같습니다. 저 역시 유감입니다. 훌륭한 청년이 나쁜 짓을 저지르다니요."

푸아로가 고개를 숙이며 상냥하게 말했다.

"그렇다면 제가 그다지 도움이 될 수 없겠군요?"

"다음에 기회가 있겠지요. 이 조용한 작은 마을에 날마다 살인이 일어나지는 않을 테지만요."

경위가 위로하듯 말했다.

푸아로의 눈에 감탄의 빛이 떠올랐다.

"놀랍도록 신속하게 일을 처리하셨군요. 괜찮다면 어떻게 해결하신 건지 물어봐도 될까요?"

"물론이죠. 우선 체계를 잡는 겁니다. 제가 항상 말하는 게 그겁니다. 체계 말입니다."

푸아로가 소리쳤다.

"아! 그건 제 슬로건이기도 합니다. 체계, 질서 그리고 작은 회색 세포면 됩니다."

"세포라고요?"

경위가 그를 물끄러미 바라보며 물었다.

"작은 회색 뇌세포 말입니다."

그 벨기에 인이 설명했다.

"아, 물론이죠. 물론 우리 모두 뇌세포를 사용하겠지요."

"정도의 차이가 있겠지만 말이죠. 그리고 질의 차이도 있고요. 그리고 범죄 심리도 있습니다. 그건 반드시 연구해야 하죠."

푸아로가 나직하게 말했다.

"호오! 그러니까 선생님께선 이른바 심리 분석이란 것에 신경을 써 오셨군요? 하지만 저는 그저 평범한 사람인지라……."

"래글런 부인께선 그 말에 동의하지 않으시리라고 확신합니다."

푸아로가 경위에게 살짝 고개를 숙이며 말했다. 래글런 경위는 약간 당황한 듯 역시 고개를 숙였다.

그가 씩 웃으며 말했다.

"제 말을 오해하셨군요. 맙소사, 말이란 정말이지 미묘한 겁니다. 그러니까 선생님께 제가 어떻게 일에 착수하는지 말씀드리려는 겁니다. 우선 체계를 잡습니다. 애크로이드 씨의 살아 있는 모습은 9시 45분 그의 조카 플로라 애크로이드 양에게 마지막으로 목격되었습니다. 그것이 첫 번째 사실입니다, 그렇잖습니까?"

"그렇게 말씀하신다면 그렇습니다."

"아니, 이건 사실입니다. 여기 의사 선생님 말씀이, 10시 30분 당시 애크로이드 씨는 죽은 지 적어도 30분이 지났다고 하셨습니다. 분명하죠, 선생님?"

"물론입니다. 30분 아니면 그보다 더 오래되었을 겁니다."

내가 대답했다.

"좋습니다. 그렇다면 우리는 이 범행이 정확히 15분 사이에 저질러졌음을 알 수 있습니다. 저는 이 집에 있는 사람들의 명단을 만들고, 그 이름 옆에 각자가 9시 45분에서 10시 사이에 어디서 무엇을 하고 있었나를 기록해 가며 일을 진행시켰습니다."

그는 종이 한 장을 푸아로에게 내밀었다. 나는 푸아로의 어깨 너머로 그 내용을 읽었다. 거기에는 깔끔한 글씨로 이렇게 씌어 있었다.

블런트 소령: 레이먼드와 함께 당구실에 있었음.(레이먼드가 확인함.)

레이먼드: 당구실.(위 내용 참조.)

애크로이드 부인: 9시 45분 당구 게임 구경. 9시 55분 잠자리로 올라감.(레이먼드와 블런트가 부인이 계단을 올라가는 것을 봄.)

플로라 양: 애크로이드 씨 방에서 나와 곧장 2층으로 올라감.(파커와 하녀 엘시 데일이 확인함.)

하인들

파커: 곧장 집사 방으로 감.(관리인 러셀 양이 확인함. 러셀 양은 9시 47분에 그에게 이야기를 하기 위해 내려왔다가 그곳에 10분 이상 머물렀음.)

러셀 양: 위 내용 참조. 9시 45분 2층에서 하녀 엘시 데일과 대화함.

어슐러 본(심부름 하는 하녀): 9시 55분까지 자기 방에 있다가 하인 방으로 감.

쿠퍼 부인(요리사): 하인 방에 있었음.

글래디스 존스(하녀): 하인 방에 있었음.

엘시 데일: 2층 침실에 있었음. 러셀 양과 플로라 애크로이드 양이 그녀가 그곳에 있는 걸 보았음.

메리 트립(주방 하녀): 하인 방에 있었음.

"요리사는 이곳에서 일한 지 7년 되었고, 심부름하는 하녀는 18개월째이며, 파커는 이제 막 1년이 넘었습니다. 나머지는 모두 새로 들어온 사람들입니다. 파커에게 좀 수상한 점이 있는 것 외에 다른 사람들은 모두 괜찮은 것 같습니다."

푸아로가 종이를 돌려주며 말했다.

"완벽한 목록이군요."

그가 진지하게 덧붙였다.

"저는 파커가 이 살인을 저지르지 않았다고 확신합니다."

내가 불쑥 말했다.

"제 누이의 생각도 그렇습니다. 그런데 그녀의 판단은 대개 정확하지요."

아무도 내 말에 주의를 기울이지 않았다.

경위가 말을 계속했다.

"이것으로 집안 사람들에 대한 조사는 그런대로 효과적으로 일단락된 셈입니다. 이제 우리는 중요한 사실 하나를 알게 됩니다. 수위실에 있던 메리 블랙이란 여자가 어젯밤 커튼을 치다가 랠프 페이턴이 대문으로 들어와 저택 쪽으로 올라가는 것을 목격했답니다."

"확실히 보았답니까?"

내가 날카롭게 물었다.

"틀림없답니다. 랠프의 모습을 잘 알고 있다더군요. 랠프는 아주 빠른 걸음으로 그곳을 지나 테라스로 가는 지름길인 오른쪽 오솔길로 들어서더랍니다."

"그런데 그게 몇 시였습니까?"

무표정한 얼굴로 앉아 있던 푸아로가 물었다.

"정확하게 9시 25분이었답니다."

경위가 침착하게 말했다.

잠시 침묵이 흘렀다. 이윽고 경위가 다시 입을 열었다.

"모든 게 아주 명백합니다. 빈틈 하나 없이 딱 맞습니다. 9시 25분에 페이턴 대위가 수위실을 지나는 것이 목격되었습니다. 9시 30분경 제프리 레이먼드 씨는 이곳에서 누군가 돈을 요구하자 애크로이드 씨가 거절하는 소리를 들었습니다. 그 다음에 무슨 일이 벌어질까요? 페이턴 대위는 왔던 길, 곧 창문을 통해 다시 나갑니다. 그는 분노와 당혹감에 젖어 테라스를 따라 걷습니다. 그는 열린 응접실 창문 근처에 도착합니다. 시계는 9시 45분을 가리킵니다. 플로라 애크로이드 양이 애크로이드 씨에게 밤 인사를 하고 있습니다. 블런트 소령, 레이먼드 씨 그리고 애크로이드 부인은 당구실에 있습니다. 응접실은 비어 있습니다. 페이턴 대위는 몰래 안으로 들어가, 은제 탁자에서 단검을 꺼내 서재 창문으로 돌아갑니다. 그는 구두를 벗고 창문으로 기어 들어와서는……. 그렇습니다. 더 이상 자세히 얘기할 필요가 없겠지요. 이윽고 그는 다시 밖으로 나가 달아납니다. 여관으로 돌아갈 만큼 강심장은 아니었습니다. 그는 역으로 가서 전화를 겁니다……."

"왜 전활 했을까요?"

푸아로가 부드럽게 물었다.

푸아로가 갑자기 끼어드는 바람에 나는 깜짝 놀랐다. 그 작은 사내는 몸을 앞으로 굽히고 있었다. 그의 두 눈이 기묘한 초록빛으로 반짝였다.

래글런 경위는 그 질문에 잠시 당황한 듯했다. 이윽고 그가 말했다.

"그가 왜 그런 행동을 했는지 정확히 말씀드리기는 어렵습니다. 하지만 살인자들이란 이상한 짓을 하곤 하지요. 경찰에 몸담고 계시면 아시게 될 겁니다. 아무리 영리한 살인자들도 이따금 바보 같은 실수를 저지릅니다. 하지만 이리 오시면, 그 발자국을 보여 드리겠습니다."

우리는 그를 따라 테라스 모퉁이를 돌아 서재 창문으로 갔다. 래글런이 지시하자 경관이 여관에서 발견된 문제의 구두를 꺼냈다. 경위는 그 구두를 발자국 위에 놓았다.

경위가 자신 있게 말했다.

"양쪽이 일치합니다. 정확히 말하자면, 이 발자국이 지금 이 구두로 만들어진 건 아닙니다. 그 구두는 페이턴 대위가 신고 도망갔죠. 이건 그것과 똑같지만 더 낡은 겁니다. 창이 많이 닳은 게 보이죠?"

"수많은 사람들이 고무창 달린 구두를 신고 다닐 텐데요?"

푸아로가 물었다.

"물론 그렇습니다. 다른 증거들이 없었다면 저 역시 이 발자국에 큰 의미를 부여하지 않았을 겁니다."

"무척 어리석은 청년이군요. 랠프 페이턴 대위 말입니다. 자신이 다녀간 증거를 그렇게 많이 남겨 놓았으니 말입니다."

푸아로가 생각에 잠긴 채 말했다.

경위가 말했다.

"아! 그러니까 어젯밤은 비도 안 오고 날씨가 좋았습니다. 그는 테라스나 자갈길에는 아무런 발자국도 남기지 않았어요. 다만 그에게는 안된 일이지만 오솔길 끝부분에 차도에서부터 최근 들어 샘물이 솟아 나왔습니다. 여길 보십시오."

좁은 자갈길이 몇십 센티미터 사이를 두고 테라스로 연결되고 있었다. 그 길의 끝에서 몇 미터 떨어진 어느 한 지점의 땅이 질척하게 젖어 있었다. 그 젖은 땅 위로 발자국들이 나 있었고, 그중에는 고무창을 댄 구두 자국도 있었다.

푸아로가 좁은 길을 따라 걷자 경위가 그 옆을 따랐다.

"여자들의 발자국도 보셨나요?"

푸아로가 갑자기 물었다.

경위가 웃음을 터뜨렸다.

"물론입니다. 하지만 여러 여자들이 이 길을 지나갔습니다. 남자들도 마찬가지고요. 보시다시피 이 길은 저택으로 통하는 지름길로 모두들 이용하니까요. 발자국들의 임자를 모두 밝혀 내기란 불가능합니다. 요컨대 실제로 중요한 건 창턱에 난 발자국이고요."

푸아로가 고개를 끄덕였다.

우리가 차도가 보이는 곳에 이르자 경위가 말했다.

"더 이상 가 봐야 소용없을 겁니다. 여기서부터는 다시 자갈길이고 자갈은 워낙 단단하니까요."

푸아로는 다시 고개를 끄덕였지만 그의 시선은 조그만 정자에 고정되어 있었다. 멋진 여름 별장 같은 곳이었다. 그 정자는 우리 앞으로 펼쳐진 그 오솔길 조금 왼쪽에 있었고, 그곳까지 자갈길이 나 있었다.

경위가 저택으로 되돌아갈 때까지 푸아로는 근처에서 미적거렸다. 이윽고 그는 나를 바라보았다.

그가 눈을 반짝이며 말했다.

"아무래도 선생님은 선한 신께서 제 친구 헤이스팅스를 대신해 보내신 사람임이 분명합니다. 제 곁에서 떠나질 않으시니 말입니다. 어떻습니까, 셰퍼드 선생님. 우리 함께 저 별장을 조사해 볼까요? 제가 보기엔 아주 재미있을 것 같은데요."

그는 별장 입구로 가서 문을 열었다. 별장 안은 캄캄했다. 통나무 의자 한두 개, 크로케 세트 하나, 접이식 의자 몇 개가 있었다.

나의 새로운 친구를 관찰하던 나는 깜짝 놀랐다. 그는 엎드린 채 바닥을 기어다니고 있었다. 그러다가는 이따금 기대대로 되지 않는 듯 고개를 내저었다. 마침내 그가 일어나 앉았다.

"아무것도 없군. 음, 어쩌면 기대하지 말아야 했는지도 모르지. 하지만 아주 큰 의미가 있을 텐데……."

그가 중얼거렸다. 순간 그는 몸을 긴장시키며 갑자기 말을 그쳤다. 그런 다음 통나무 의자 하나로 손을 뻗었다. 그는 의자 옆에서 뭔가를 떼어냈다.

"그게 뭐죠? 뭘 발견하신 거죠?"

내가 외쳤다.

그는 웃으며 자기 손을 펼쳐 손바닥에 놓인 것을 보여 주었다. 빳빳한 흰색 아마포 조각이었다. 나는 그것을 집어 들어 자세히 들여다본 다음 다시 돌려주었다.

"이게 뭐라고 생각하십니까, 예? 셰퍼드 선생님?"

그가 날카로운 눈길로 나를 쳐다보며 물었다.

"손수건 조각 같군요."

내가 어깨를 으쓱하며 말했다. 그는 다시 재빨리 몸을 굽히고는 작은 깃털 같은 것을 집어 들었다. 겉으로 봐서는 거위 깃털 같았다.

"그럼 이건요? 이건 뭘까요?"

그가 의기양양한 얼굴로 소리쳤다. 나는 물끄러미 그를 바라볼 뿐이었다. 그는 깃털을 주머니에 넣고는 하얀 천 조각을 다시 들여다보았다.

"손수건 조각이라고요? 어쩌면 선생님 말씀이 맞을지도 모르지요. 하지만 이건 잊지 마십시오. 훌륭한 세탁부는 손수건에 풀을 먹이지 않는다는 걸 말입니다."

그가 생각에 잠겨 말했다. 그는 의기양양하게 나를 향해 고개를 끄덕이고는 그 천 조각을 자신의 수첩 속에 조심스레 끼웠다.

푸아로와 나는 함께 저택으로 돌아왔다. 경위의 모습은 보이지 않았다. 푸아로는 테라스에서 걸음을 멈추고는 저택 쪽으로 등을 돌리고 서서 천천히 양쪽을 살펴보았다.

이윽고 그가 감탄에 찬 어조로 말했다.

"윈 벨 프로프리에테.(아름다운 저택이군요.) 누가 이 저택을 상속받게 됩니까?"

그의 말은 내게 거의 충격에 가까운 감정을 불러일으켰다. 이상한 일이지만, 그 순간까지 상속 문제 같은 건 한 번도 떠오르지 않았던 것이다. 푸아로는 나를 날카롭게 지켜보았다. 이윽고 그가 말했다.

"선생님께는 새로운 생각인 모양이군요. 이런 생각을 전에 해 보신 적이 없으시죠, 그렇죠?"

"그렇습니다. 생각해 봤어야 했는데요."

내가 솔직하게 인정했다. 그는 이상하다는 듯이 다시 나를 바라보았다. 그가 생각에 잠긴 채 말했다.

"무슨 뜻으로 그런 말씀을 하시는 건지 궁금하군요."

그는 내가 막 입을 열려고 하자 내 말을 막았다.

"오! 아뇨. 이뉘틸!(말씀하실 거 없습니다!) 무슨 생각을 하셨는지 속마음을 제게 말씀하시진 않을 테니까요."

"누구나 숨기고 싶은 것이 있지요."

내가 웃으며 그의 말을 인용했다.

"바로 그렇습니다."

"아직도 그렇게 생각하십니까?"

"그 어느 때보다도 그렇게 생각합니다, 셰퍼드 선생님. 하지만 이 에르퀼 푸아로한테 뭔가를 숨기는 건 쉬운 일이 아니죠. 이 친군 사실을 알아내는 데 선수니까요"

그는 네덜란드 식 정원의 층계를 내려가면서 말했다.

"잠깐 걸을까요? 오늘 공기는 무척 감미롭군요."

그가 어깨 너머로 말했다.

나는 그의 뒤를 따랐다. 그는 주목나무 울타리로 둘러싸인 왼쪽 오솔길로 나를 이끌었다. 우리는 오솔길 한가운데에 이르렀다. 그 양옆은 대칭형의 화단으로 이루어져 있었고, 끝부분은 바닥이 포장된 원형의 휴식 공간으로 의자와 금붕어 연못이 있었다. 오솔길 끝까지 가는 대신 푸아로는 나무가 우거진 언덕으로 통하는 또 다른 길로 들어섰다. 그중 한 지점에 나무들을 베어 내고 의자를 설치한 곳이 있었다. 그곳에 앉으면 마을이 한눈에 들어왔고, 바닥이 포장된 휴식처와 금붕어 연못이 발 아래 내려다보였다.

"영국은 정말 아름답습니다."

경치를 내려다보며 푸아로가 말했다. 그런 다음 그는 빙그레 웃었다.

"그리고 아가씨들도 아름답지요."

그가 더욱 낮은 목소리로 말했다.

"쉿, 셰퍼드 선생님, 저 아래의 저 아름다운 모습 좀 보십시오."

그 말을 듣고서야 나는 플로라를 보았다. 그녀는 우리가 방금 지나온 오솔길을 따라 걸으면서 노래 한 소절을 흥얼거리고 있었다. 그녀의 발걸음은 걷는다기보다는 춤을 추고 있는 것 같았고, 검은 드레스를 입고 있었음에도 태도 전체에서 즐거움이 넘쳐나고 있었다. 플로라가 갑자기 발끝으로 서서 한 바퀴 돌자 그녀의 검은 옷자락도 따라 돌았다. 그러면서 그녀는 고개를 뒤로 젖히고 구김살 없는 웃음을 터뜨렸다.

그녀가 그러고 있는데 나무들 사이에서 한 사내가 나왔다. 헥터 블런트였다. 처녀는 깜짝 놀란 모양이었다. 그녀의 표정이 조금 바뀌었다.

"깜짝 놀랐어요. 계신 줄 몰랐거든요."

블런트는 아무 말도 하지 않고 잠시 동안 가만히 그녀를 바라보고 서 있었다.

플로라가 짐짓 심술궂게 말했다.

"제가 소령님을 좋아하는 건 소령님의 그 유쾌한 말솜씨 때문이라니까요."

그 말에 블런트의 볕에 그을린 얼굴이 붉어지는 것 같았다. 이윽고 그가 입을 열었을 때 그의 목소리는 좀 다르게 들렸다. 거기에는 묘한 부끄러움 같은 것이 깃들어 있었다.

"난 한 번도 대단한 달변가인 적은 없었다오. 젊은 시절에도 말을 잘 못했지."

"젊은 시절이라니 아주 오래전이겠군요."

플로라가 진지한 표정으로 말했다. 나는 그녀의 어조에 웃음기가 내포되어 있다는 것을 눈치 챘지만 헥터 블런트는 그렇지 못한 모양이었다.

"그렇소. 아주 오래전이오."

그가 간단히 대답했다.

"유대 족장 므두셀라*가 된 기분이 어떠신가요?"

플로라가 물었다.

이번에는 그녀의 웃음기가 좀 더 분명해졌지만, 블런트는 자신의 생각을 좇느라 눈치 채지 못한 것 같았다.

"악마에게 영혼을 판 친구를 기억하오? 다시 젊어지는 대가로 말이오. 그걸 주제로 한 오페라도 있소."

---

* 성서에 나오는 인물로 969년을 살았다고 한다.

"파우스트를 말씀하시는 건가요?"

"바로 그 친구요. 엉뚱한 이야기라오. 그럴 수만 있다면 우리 중에서도 자기 영혼을 팔 사람이 있을 거요."

"누가 들으면 소령님이 뼈마디가 다 삐걱거리는 노인인 줄로 알겠어요."

반은 당황스럽고 반은 재미있다는 듯 플로라가 소리쳤다. 블런트는 잠시 아무 말도 하지 않았다. 그런 다음 그는 플로라에게서 시선을 돌려 조금 먼 곳을 바라보고 나서, 근처 나무 기둥에다 대고 자신은 이제 아프리카로 돌아갈 때가 되었노라고 말했다.

"또다시 원정을 떠나실 건가요? 사냥 말이에요."

"아마도 그럴 것 같소. 항상 그랬듯이 사냥을 하겠지."

"저택의 현관에 있는 그 짐승 머리도 소령님이 잡으신 거죠, 아닌가요?"

블런트는 고개를 끄덕였다. 그런 다음 그는 얼굴을 조금 붉히며 불쑥 이렇게 말했다.

"멋진 가죽 같은 것 좋아하오? 그렇다면 내가 갖다 줄 수 있소."

"어머, 부디 그래 주세요. 정말 갖다 주실 거죠? 그 약속을 잊지 않으실 거죠?"

플로라가 외쳤다.

"잊을 리 없소."

그는 갑자기 말을 쏟아놓았다.

"이제 떠날 때가 되었소. 나는 이런 생활엔 어울리지 않아. 이런 생활에 맞는 매너도 갖추지 못했지. 나는 거친 사람이라 사회에선 쓸모가 없소. 필요한 때에 해야 할 말도 알고 있지 못하다오. 그렇소, 이젠 갈 때가 되었소."

"하지만 당장 떠나시려는 건 아니겠지요. 안 돼요. 이렇게 모든 것이 다 엉망인 와중에 가시면 안 돼요. 오! 제발, 소령님이 가 버리시면……."

플로라가 소리쳤다. 그녀는 살짝 몸을 돌렸다.

"내가 머물기를 바라오?"

그의 질문은 신중하면서도 아주 단순했다.

"우리 모두 그러기를……."

"내 말은 당신의 개인적인 생각이 어떠냐는 거요."

블런트가 단도직입적으로 말했다. 플로라는 다시 천천히 몸을 돌리며 그의 눈을 마주 보았다.

"저는 소령님이 이곳에 계셨으면 좋겠어요. 혹시, 혹시 제 생각이 영향을 끼친다면 말이에요."

"당신 생각은 커다란 영향력을 갖고 있다오."

잠시 침묵이 흘렀다. 그들은 금붕어 연못가에 있는 돌의자에 앉았다. 두 사람 모두 다음에 무슨 말을 해야 할지 모르는 듯했다. 이윽고 플로라가 말했다.

"정말이지, 정말이지 아름다운 아침이에요. 아시다시피, 전 행복을 느끼지 않을 수가 없어요. 이런, 이런 모든 일에도 불구하고 말이에요. 너무하다고 생각하시죠?"

"그건 너무 당연하오. 당신은 2년 전까지만 해도 애크로이드 씨를 만난 적도 없잖소? 비탄에 잠기기를 기대할 수는 없소. 거짓으로 슬픈 척하지 않는 게 훨씬 낫소."

"소령님께는 사람을 참 편안하게 해 주는 무엇인가가 있어요. 사태를 아주 단순하게 만드세요."

"사태란 원래 단순한 법이오."

"항상 그런 건 아니에요."

그녀의 목소리가 한결 낮아졌다. 나는 블런트가 몸을 돌려서는 아프리카의 해안을 더듬었을 것이 분명한 눈길로 플로라를 바라보는 것을 보았다. 그는 그녀의 어조가 달라진 이유에 대해 나름대로 생각을 해 본 것이 분명했다. 잠시 후 불쑥 이렇게 말했던 것이다.

"걱정하지 않아도 될 거요. 내 말은 그 젊은이에 관해서 말이오. 경위는 어리석은 사람이오. 모두들 알고 있소. 그 청년이 그런 짓을 할 수 있다고 생각하다니 말도 안 된다는 걸 말이오. 외부 사람일 거요. 강도의 소행이거나. 그렇게밖에 생각할 수가 없소."

플로라가 몸을 돌려 그를 바라보았다.

"정말로 그렇게 생각하세요?"

"당신은 그렇게 생각하지 않는단 말이오?"

블런트가 재빨리 반문했다.

"전, 오, 그럼요. 물론 그렇게 생각하고 있어요."

또다시 침묵이 흐른 다음 플로라가 불쑥 말했다.

"제가…… 제가 오늘 아침 왜 그렇게 행복감을 느꼈는지 소령님께 말씀드릴게요. 저를 냉혹한 여자라고 생각하시겠지만, 그래도 말씀드리는 편이 나을 것 같아요. 제가 행복했던 이유는 변호사인 해먼드 씨 때문이에요. 해먼드 씨가 유언장에 대해 얘기해 주셨어요. 생각해 보세요. 2만 파운드라는 큰돈을 말이에요."

블런트는 놀란 것 같았다.

"그 돈이 당신한테 그렇게도 큰 의미가 있소?"

"큰 의미가 있느냐고요? 그럼요. 그 돈은 제게 모든 걸 의미하죠. 자유, 인생 그리고 더 이상 모의를 꾸미거나 궁상을 떨거나 거짓말을 하거나 할 필요가 없게 되었으니까요."

"거짓말이라고?"

블런트가 갑자기 말허리를 잘랐다. 플로라는 순간 당황한 것 같았다. 그녀가 자신 없는 어조로 말했다.

"제 말뜻을 아실 거예요. 부자 친척들이 던져 주는 치사한 물건에 고마워하는 척 안 해도 된다는 거죠. 그들이 지난해 입던 외투, 치마, 모자 같은 것들 말이에요."

"여자들의 의상에 대해 잘은 모르지만 당신은 언제나 멋진 차림을 하고 있었던 것 같은데."

플로라가 낮은 목소리로 말했다.

"하지만 그 대가를 치러야 했죠. 끔찍한 얘기는 하지 말기로 해요. 전 아주 행복해요. 전 자유예요. 하고 싶은 일을 할 수 있고, 하기 싫은 일은 하지 않아도……."

그녀가 갑자기 말을 멈추었다.

"뭘 하기 싫다는 거요?"

블런트가 재빨리 물었다.

"잊어버렸어요. 별로 중요한 건 아니에요."

블런트는 지팡이를 쥐고 있었다. 그는 그 지팡이를 연못 속에 넣어 뭔가를 꺼내려 하고 있었다.

"뭐하시는 거예요, 블런트 소령님?"

"저 아래에 뭔가 반짝이는 게 있소. 아마, 아마 금브로치 같소만. 내가 진흙을 휘저었더니 이제 안 보이는군."

"어쩌면 왕관일지도 몰라요. 멜리장드*가 물속에서 본 왕관 같은 거 말이에요."

블런트가 생각을 더듬으며 말했다.

"멜리장드라면, 오페라에 나오는 여자 아니오?"

"그래요, 오페라에 대해 많이 알고 계시네요."

"가끔 사람들이 날 그런 데 데려간다오. 즐기자고 해낸 생각치고는 이상하더군. 원주민들이 북을 치며 야단법석을 떠는 것보다 못한 것 같소."

블런트가 서글프게 대답했다. 플로라가 웃었다. 블런트가 말을 이었다.

"내 기억에 의하면, 멜리장드는 아버지뻘 되는 나이 든 사내와 결혼했던 것 같소."

---

* 오페라 「펠레아스와 멜리장드」 속의 인물. 숲 속의 샘가에서 물속에 떨어뜨린 왕관을 바라보며 울고 있던 멜리장드는 사냥을 나온 골로와 만나 결혼에 이르지만, 그의 배다른 형제 펠레아스와 사랑에 빠진다.

그는 작은 돌멩이 하나를 금붕어 연못에 던졌다. 그러더니 태도를 바꾸어 플로라에게 몸을 돌렸다.

"플로라 양, 내가 도와 줄 일이 없겠소? 페이턴에 대해서 말이오. 당신이 얼마나 걱정하고 있는지 잘 알고 있소."

플로라가 차가운 어조로 대답했다.

"고맙습니다만, 정말 하실 수 있는 일이 없어요. 랠프는 괜찮을 거예요. 이 세상에서 가장 훌륭한 탐정에게 사건을 의뢰했으니까 그분이 모든 진상을 밝혀 주실 거예요."

한동안 나는 우리가 하필 그런 위치에 있게 되었다는 게 마음이 편치 않았다. 우리가 반드시 두 사람의 말을 엿듣고 있다고는 할 수 없었다. 아래쪽 정원에 있는 두 사람이 고개를 들기만 하면 우리를 볼 수 있었던 것이다. 하지만 동행인 푸아로가 그러지 말라는 표시로 내 팔을 잡지만 않았다면, 나는 벌써 우리가 거기 있다는 사실을 그들에게 알렸을 터였다. 푸아로는 내가 가만히 있기를 바라는 것이 분명했다.

그런데 그가 갑자기 행동을 개시했다. 그는 재빨리 일어서며 헛기침을 하더니 큰소리로 말했다.

"실례합니다. 마드무아젤이 그렇게 과분하게 제 칭찬을 하시는데, 제가 여기 있다는 걸 알려 드리지 않을 수가 없군요. 남의 말을 엿듣는 사람은 자기 험담이나 듣게 마련이라는데, 이번엔 경우가 다르군요. 부끄러워지지 않으려면 가서 사과를 드려야겠군요."

그는 서둘러 오솔길을 내려갔고, 나는 그의 뒤를 바짝 따랐다. 우리는 연못가의 두 사람과 합류했다.

"이분이 에르퀼 푸아로 씨예요. 이분이 어떤 분인지에 대해선 들으셨을 거예요."

플로라가 소개했다.

"블런트 소령님의 명성은 잘 알고 있습니다. 만나 뵙게 돼서 정말 반갑습니다, 무슈. 마침 여쭤 볼 것도 있고요."

푸아로가 예의바르게 인사했다. 블런트가 묻는 듯한 눈길로 그를 쳐다보았다.

"소령님께서 애크로이드 씨가 살아 있는 것을 마지막으로 보신 게 언제인가요?"

"저녁 식사 때였소."

"그렇다면 그 후로는 그를 보지도, 그의 목소리를 듣지도 못하셨습니까?"

"보지는 못했소. 목소리는 들었지만 말이오."

"어떻게 그럴 수 있었지요?"

"내가 테라스를 거닐고 있는데……."

"잠깐만요, 그게 몇 시였습니까?"

"9시 30분경이었소. 난 응접실 창문 앞에서 담배를 피우며 서성거리고 있었소. 그때 서재에서 애크로이드의 말소리가……."

푸아로는 걸음을 멈추더니 아주 작은 잡초 하나를 뽑았다.

"하지만 그쪽 테라스에서는 서재에서 하는 말소리를 듣지 못하셨을 겁니다."

푸아로가 나직하게 말했다. 푸아로는 블런트를 바라보지 않고 있었지만 나는 그를 바라보고 있었다. 그런데 정말 놀랍게도 그의 얼굴이 붉어지는 것이 아닌가.

"난 테라스 끝까지 가 있었소."

블런트가 마지못해 설명했다.

"아! 그래요?"

아주 부드러운 태도로 그는 그 이상의 이야기를 듣고 싶다는 뜻을 표했다.

"뭔가, 그러니까 한 여자가 덤불 속으로 사라지는 걸 본 것 같았소. 하얀 게 휙 지나갔다오. 분명 내가 잘못 본 걸 거요. 그러느라 테라스 모퉁이에 서 있는데, 애크로이드 씨가 자기 비서에게 말하는 소리가 들려왔소."

"그가 제프리 레이먼드에게 말하고 있었다고요?"

"그렇소, 그때 난 그렇게 생각했소. 내가 잘못 생각했던 모양이오."

"애크로이드 씨가 그의 이름을 입에 올린 건 아니었나요?"

"오, 이름은 말하지 않았소."

"그렇다면, 소령님께서 왜 그렇게 생각하셨는지 말씀해 주실 수 있으신지……?"

블런트가 힘들여 설명했다.

"당연히 레이먼드일 거라고 생각했던 거요. 왜냐하면 내가 나오기 직전에 그가 애크로이드 씨에게 서류를 가져가야 한다고 말했기 때문이오. 레이먼드 아닌 다른 사람일 거라는 생각은 전혀 하지 않았소.”

“무슨 말을 들었는지 기억하실 수 있겠습니까?”

“잘 생각이 나지 않는다오. 아주 일상적이고 사소한 얘기였던 것 같소. 한두 마디밖에 못 들었다오. 사실 난 그때 다른 생각을 하고 있었소.”

푸아로가 중얼거렸다.

“이건 그리 중요한 일은 아닙니다만, 시체가 발견된 후 서재에 들어오셨을 때 의자 하나를 벽 쪽으로 붙여 놓으셨나요?”

“의자? 아니, 내가 왜 그랬겠소?”

푸아로는 어깨를 으쓱해 보였을 뿐 대답하지 않았다. 그는 플로라에게 몸을 돌렸다.

“한 가지 묻고 싶은 게 있습니다, 마드무아젤. 셰퍼드 선생님과 함께 은제 탁자 속에 전시된 물건들을 살펴보았을 때 문제의 단검이 그 안에 있었습니까?”

플로라가 분개한 듯이 대답했다.

“래글런 경위님도 그걸 묻더군요. 경위님께도 말씀드렸지만 다시 말씀드리죠. 그 단검은 거기 없었다고 저는 확신해요. 경위님은 당시 단검이 그곳에 있었고, 그날 저녁 랠프가 그것을 가져갔을 거라고 생각하시더군요. 그러면서 제 말을 믿지 않으시더라고요. 제가 그렇게 말하는 게 랠프를 보호하기 위해서라고 여기셨어요.”

“그렇다면 그렇지 않다는 말이냐?”

내가 진지하게 물었다.

플로라가 발을 굴렀다.

"셰퍼드 선생님까지 이러시기예요! 오! 이건 너무해요."

푸아로가 능숙하게 화제를 돌렸다.

"아까 말씀하신 게 사실이군요, 블런트 소령님. 이 연못 속에 뭔가 반짝이는 게 있어요. 어디, 그게 제 손이 닿는 곳에 있는지 한번 봅시다."

그는 연못가에 무릎을 꿇고 앉아 소매를 팔꿈치까지 걷어 올리더니 연못 바닥의 흙을 휘젓지 않도록 아주 천천히 손을 물 속에 넣었다. 하지만 그렇게 조심을 했는데도 진흙이 소용돌이쳐 올라오는 바람에 아무것도 집지 못한 채 손을 빼내지 않을 수 없었다.

푸아로는 팔에 묻은 진흙을 속상하다는 듯 바라보았다. 내가 손수건을 내밀자 그는 그것을 받으며 고맙다는 말을 되풀이했다. 블런트가 손목시계를 들여다보았다. 그가 말했다.

"점심 시간이 다 되었군. 저택으로 돌아가는 게 좋겠소."

플로라가 물었다.

"우리와 함께 점심 식사를 하실 거죠, 푸아로 씨? 제 어머니를 만나 주셨으면 좋겠어요. 어머닌 랠프를 무척 아끼고 계세요."

키 작은 사내가 목례를 보냈다.

"기꺼이 그러지요, 마드무아젤."

"그리고 선생님도 계실 거죠, 셰퍼드 선생님?"

나는 망설였다.

"오, 그러세요!"

나도 그러고 싶었으므로 더 이상 예의를 차리지 않고 점심 초대에 응하기로 했다. 우리는 집 쪽으로 향했다. 플로라와 블런트 소령이 앞서 걸었다. 푸아로가 플로라 쪽을 향해 고개를 끄덕이며 낮은 목소리로 말했다.

"정말 멋진 머리카락이군요. 진짜 황금색이군요! 아름다운 한 쌍이 될 겁니다. 그녀와 진갈색 머리의 잘생긴 페이턴 대위 말입니다. 그렇지 않습니까?"

내가 묻는 듯한 눈길로 쳐다보았지만 푸아로는 외투 소맷자락에 묻은 물 몇 방울을 갖고 호들갑을 떨기 시작했다. 그 사내에게는 왠지 고양이를 연상시키는 데가 있었다. 눈빛은 초록색이었고 깔끔을 떠는 버릇이 있었다.

내가 안됐다는 듯이 말했다.

"아무 소득도 없이 옷만 버리셨네요. 연못 속에 있던 게 도대체 뭐였을까요?"

"보고 싶으십니까?"

나는 그를 물끄러미 바라보았다. 푸아로가 고개를 끄덕였다. 그가 부드럽지만 질책하는 듯한 어조로 말했다.

"친애하는 친구 양반, 에르퀼 푸아로는 목표를 잡을 확신도 없으면서 옷만 버리는 모험 같은 건 하지 않습니다. 그렇다면 우스꽝스럽고 비합리한 짓이죠. 전 결코 우스꽝스러운 인물이 아닙니다."

"하지만 물에서 빈손을 꺼내지 않으셨습니까?"

내가 반박했다.

"신중을 기해야 할 때가 있지요. 선생님은 환자들에게 모든 걸 다 말하십니까? 모든 건 아닐 겁니다. 탁월하신 캐롤라인 누님께도 모든 걸 다 얘기하지는 않으시겠죠, 그렇잖습니까? 사람들에게 빈손을 펼쳐 보이기 전에 물에서 건져 낸 걸 이미 다른 손에 옮겨 놓았죠. 이제 그게 뭔지 보십시오."

그는 왼손을 내밀어 손바닥을 펼쳤다. 거기에는 작은 금반지가 놓여 있었다. 여자의 결혼 반지였다. 나는 반지를 집어 들었다.

"안쪽을 보십시오."

나는 반지 안쪽을 보았다. 거기에는 작은 글씨로 다음과 같은 글귀가 씌어 있었다.

3월 13일, R로부터.

나는 푸아로를 쳐다보았지만, 그는 소형 휴대용 거울로 매무새를 가다듬느라 여념이 없었다. 특히 콧수염을 들여다보느라 정신이 팔려서 내게는 전혀 관심을 두지 않았다. 나는 그가 질문을 받고 싶어 하지 않는다는 것을 알았다.

중앙 통로에는 애크로이드 부인이 내려와 있었다. 그녀 옆에는 키가 작고 몸이 여윈 사내가 서 있었다. 공격적인 턱과 날카로운 잿빛 눈과 더불어 사내의 모든 것이 그가 '변호사'라는 것을 말해 주고 있었다.

애크로이드 부인이 말했다.

"해먼드 씨도 우리와 함께 점심 식사를 하실 거예요. 블런트 소령님을 아시죠, 해먼드 씨? 그리고 이분은 친애하는 셰퍼드 선생님. 가엾은 아주버님의 가까운 친구시죠. 그리고……."

그녀는 잠시 말을 멈추고 당황한 듯 푸아로를 살펴보았다.

"이분은 푸아로 씨예요. 오늘 아침에 제가 이분에 대해 말씀드렸잖아요."

플로라가 말했다.

"아! 그래. 그렇고말고, 얘야. 알고 있고말고. 이분이 랠프를 찾아 주실 거지, 그렇지?"

애크로이드 부인이 애매하게 말했다.

"이분이 큰아버지를 죽인 범인을 찾아내실 거예요."

플로라가 말했다.

그녀의 어머니가 외쳤다.

"오! 얘야, 이해해 다오! 오늘 아침 내가 정신이 없구나. 정말이지 정신을 차릴 수가 없어. 그렇게 끔찍한 일이 일어났으니. 내 생각에는 아무래도 사고 같아. 아주버님은 괴상한 골동품을 만지작거리는 걸 무척 좋아했지. 그러다가 칼이 손에서 미끄러졌든가 한 게 틀림없어."

그 추론에 모두 예의바른 침묵으로 응답했다. 푸아로가 변호사에게 다가가 은밀한 얘기를 나누는 듯 나지막하게 말을 건네는 게 보였다. 그들은 창가로 갔다. 나는 그들에게 다가가서 잠시 머뭇거렸다.

내가 물었다.

"혹시 제가 방해가 되는 건 아닌지요."

푸아로가 진심으로 소리쳤다.

"천만에요. 우리가 나란히 이 사건을 조사하는 겁니다, 선생님. 선생님이 안 계시면 전 분명 어찌 해야 좋을지 모를 겁니다. 너그러운 해먼드 씨께 물어볼 게 좀 있는 것뿐입니다."

"무슈 푸아로께서는 랠프 페이턴 대위를 위해 일하고 계신 줄 알고 있습니다만."

변호사가 조심스레 말했다.

푸아로가 고개를 내저었다.

"그런 건 아닙니다. 정의를 위해 일하고 있지요. 플로라 양이 자기 큰아버지의 죽음에 대해 조사해 달라고 부탁을 해 와서요."

해먼드 씨는 조금 당황한 것 같았다.

"페이턴 대위가 이런 범죄 사건에 관련되었다는 것이 저로서는 사실 믿어지지 않습니다. 상황 증거가 그에게 몹시 불리하긴 하지만 말입니다. 그가 몹시 금전적 압박을 받고 있었다는 사실만으로……."

그가 말했다.

"그가 금전적 압박을 받았다고요?"

푸아로가 재빨리 말허리를 잘랐다. 변호사가 어깨를 으쓱해 보였다.

"랠프 페이턴의 재정 상태는 늘 그랬지요. 그는 돈을 물 쓰듯 했으니까요. 언제나 양아버지에게 돈을 달라고 해 왔습니다."

그가 건조한 어조로 말했다.

"최근에도 그랬나요? 예를 들자면 작년에 말입니다."

"저로서는 모르겠습니다. 애크로이드 씨가 제게 그런 일은 말하지 않았으니까요."

"알겠습니다, 해먼드 씨. 당신은 애크로이드 씨의 유언장 내용에 대해 알고 계실 거라고 생각합니다."

"물론이죠. 바로 그 일 때문에 오늘 이곳에 왔지요."

"그렇다면 제가 플로라 양을 위해 일하고 있다는 것을 아셨으니, 그 유언장의 내용을 알려 주실 수 있겠습니까?"

"그의 유언은 간단합니다. 법률 용어를 빼고 말하자면, 몇몇 유산 상속 후에……."

푸아로가 끼어들었다.

"이를테면 어떤……."

해먼드 씨는 조금 놀란 듯했다.

"관리인 러셀 양에게 1000파운드, 요리사 에마 쿠퍼에게 50파운드, 비서 제프리 레이먼드에게 500파운드를 남기셨습니다. 그리고 몇몇 병원에……."

푸아로가 손을 들어 말을 막았다.

"아! 자선 기부에는 전 관심 없습니다."

"그러시겠죠. 1만 파운드 상당의 주식에서 나오는 수입은 세실 애크로이드 부인에게 평생 동안 지급되고, 플로라 애크로이드 양은 2만 파운드를 현금으로 상속받습니다. 그 나머지 재산, 곧 이 저택과 애크로이드 씨와 아들 명의로 된 주식은 그의 양아들인 랠프 페이턴에게 상속되지요."

"애크로이드 씨의 재산은 많은가요?"

"굉장한 재산입니다. 페이턴 대위는 부호 청년이 될 겁니다."

침묵이 흘렀다. 푸아로와 변호사가 시선을 교환했다.

"해먼드 씨."

벽난로 쪽에서 애크로이드 부인의 징징거리는 목소리가 들려왔다. 변호사는 부름에 응했다. 푸아로가 내 팔을 잡더니 창문 앞으로 이끌었다.

그는 좀 크다 싶은 소리로 말했다.

"붓꽃들 좀 보십시오. 멋지지 않습니까? 곧고도 경쾌한 느낌을 주는군요."

그러면서 그는 내 팔을 잡은 손에 힘을 주며 나직하게 덧붙였다.

"정말로 저를 돕고 싶으십니까? 이 조사에서 한몫 맡아 주시겠습니까?"

내가 열정적으로 대답했다.

"예, 물론입니다. 이보다 더 하고 싶은 일도 없을 겁니다. 제가 얼마나 지루하고 답답한 생활을 하고 있는지 모르실 겁니다. 모두 따분한 일뿐이라니까요."

"좋습니다. 그러면 우리 함께 일하는 겁니다. 잠시 후 블런트 소령이 우리 쪽으로 올 겁니다. 그는 저 부인과 함께 있는 것을 좋아하지 않거든요. 알아보고 싶은 게 있는데 제가 그것을 알고 싶어 한다는 사실을 사람들에게 눈치 채이고 싶지 않습니다. 이해하시겠습니까? 그러니 선생님이 그 질문을 좀 해 주셔야겠습니다."

"무슨 질문을 하면 되나요?"

내가 충분히 이해한다는 어조로 물었다.

"페러스 부인의 이름을 화제에 올려 주셨으면 합니다."

"그리고요?"

"자연스럽게 그 부인에 대한 얘기를 하십시오. 소령에게 그녀의 남편이 죽었을 때 이곳에 있었는지를 물어보십시오. 제 말뜻을 아시겠지요? 그리고 소령이 대답하는 동안, 그가 눈치 채지 않도록 그의 표정을 살펴보세요. 세 콩브리?(아시겠죠?)"

더 이상 말할 틈도 없었다. 푸아로가 예측한 대로, 바로 그 순간 블런트가 사람들에게서 벗어나 갑자기 우리 쪽으로 걸어왔던 것이다. 내가 테라스를 거니는 것이 어떻겠느냐고 제안하자 그는 응했다. 푸아로는 우리 뒤에 남았다.

나는 철이 지나서 핀 장미를 살펴보기 위해 걸음을 멈추었다.

"하루 이틀 사이에 정말 많은 변화가 있었군요. 지난 수요일에 이곳에 와서 바로 이 테라스를 거닐던 게 생각납니다. 애크로이드와 함께 말입니다. 그는 기운이 넘쳤죠. 그런데 이제 사흘이 지났을 뿐인데 그 불쌍한 친구가 가고 없다니. 페러스 부인도 갔지요. 페러스 부인을 알고 계셨나요? 아, 물론 알고 계셨겠죠."

블런트가 고개를 끄덕였다.

"이번에 오셔서 부인을 만나 보셨나요?"

"애크로이드와 함께 방문했소. 지난 화요일이었소. 매혹적인 여자더군. 하지만 뭔가 기묘한 점이 있었다오. 오리무중이랄까. 무슨 생각을 하고 있는지 알 수 없는 그런 사람 같았소."

나는 그의 평온한 잿빛 눈을 들여다보았다. 아무 동요도 없었다. 나는 말을 계속했다.

"전에도 그 부인을 만나 보신 적이 있을 것 같은데?"

"지난번 이곳에 왔을 때 봤소. 남편과 막 이곳으로 이사 온 참이었소."

그는 잠시 말을 멈추더니 이윽고 이렇게 덧붙였다.

"이상한 일이오. 그 부인은 그 사이에 크게 변했더군."

"어떻게 변했단 말입니까?"

"10년은 늙어 보였소."

"부인의 남편이 죽었을 때 이곳에 계셨나요?"

나는 가능한 한 자연스럽게 들리게 하기 위해 애썼다.

"아니, 내가 들은 것에 의하면 차라리 잘된 일이다 싶소. 냉정하다고 할지 몰라도 사실 그러니까 말이오."

나도 동의했다.

"애슐리 페러스는 어느 모로 봐도 모범적인 남편은 아니었지요."

내가 조심스럽게 말했다.

"내가 보기엔 망나니였소."

"아닙니다. 다만 자신에게 해가 될 정도로 돈이 많은 사내였을 뿐이죠."

"이런, 돈이라! 세상의 모든 문제들이 다 돈으로 귀착되는군. 많아서든 없어서든 말이오."

"소령님의 문제는 어느 쪽인가요?"

"난 원하는 만큼 돈을 갖고 있소. 운이 좋은 편이라오."

"그렇고말고요."

"사실 지금은 그렇게 풍족한 형편은 아니라오. 1년 전에 유산을 받았는데, 어리석게도 위험한 사업에 투자를 해 버렸다오."

그 말에 공감하지 않을 수 없었던 나는 비슷한 경우인 내 이야기를 들려주었다.

그때 종이 울려서 우리는 모두 점심 식사를 하러 갔다. 푸아로가 나를 슬쩍 잡아끌었다.

"에 비엥?(결과는?)"

"전혀 동요가 없었습니다. 확신합니다."

"전혀 흔들리지 않던가요?"

"꼭 1년 전에 유산을 받았다더군요. 하지만 그럴 수 있잖습니까? 그래서는 안 될 이유가 어디 있습니까? 맹세컨대 그 사람은 강직하고 공정합니다."

푸아로가 달래듯 말했다.

"그렇고말고요. 물론이에요. 화내지 마십시오."

그는 보채는 아이를 달래듯 말하고 있었다.

우리는 모두 식당으로 들어갔다. 내가 지난번 그 식탁에 앉은 때로부터 24시간도 채 지나지 않았다는 사실이 믿어지지 않았다.

식사 후 애크로이드 부인은 나를 한쪽으로 이끌었다. 우리는 소파에 나란히 앉았다.

"정말 속상해요."

그렇게 중얼거리며 그녀는 손수건을 꺼냈는데, 그것은 눈물을 닦으라고 만들어진 것은 아닌 것 같았다.

"제 말은 아주버님이 저를 그렇게 믿지 못했다는 게 속상하다는 거예요. 그 2만 파운드는 플로라가 아니라 제게 상속했어야 해요.

엄마가 자식의 이익을 지켜 줄 거라고 믿어 줬어야죠. 저를 믿지 못했던 거라고요."

"잊고 계시는 것 같은데요, 애크로이드 부인. 플로라는 애크로이드 씨의 친조캅니다. 혈육이죠. 부인이 그의 제수가 아니라 동생이었다면 문제는 달라졌을 겁니다."

"그래도 가엾은 동생의 미망인인 제 감정도 존중되어야 한다고 생각해요."

그 숙녀는 손수건을 속눈썹에 살짝 갖다 대며 말을 이었다.

"하지만 아주버님은 돈 문제에 대해서는 언제나 몹시 유별났어요. 인색하다는 뜻은 아니에요. 플로라와 저 둘 다 정말이지 어려운 입장이었지요. 아주버님은 그 가엾은 아이에게 용돈조차 주지 않았답니다. 플로라의 청구서를 지불해 주기는 했지만 정말 마지못해서였어요. 겉만 번드르르한 그런 물건들이 왜 필요한 거냐고 묻기까지 했죠. 남자들이 그렇잖아요. 아니, 무슨 말을 하려고 했는지 잊어버렸네요! 오! 그래요. 저희가 마음대로 쓸 수 있는 돈은 단 1페니도 없었어요. 플로라는 그 점에 분개했지요. 그래요, 그 앤 그 점에 대해 몹시 분개했다고 말할 수밖에 없군요. 하지만 물론 큰아버지에게 헌신적이었어요. 그런 상황에서 어떤 처녀가 불만을 갖지 않겠어요. 아주버님은 돈에 관해서는 아주 괴상한 생각을 갖고 있었다고 말하지 않을 수 없군요. 수건에 구멍이 났다고 제가 말해도 새 수건을 사려 들지 않았다니까요. 그런데……."

애크로이드 부인은 특유의 버릇대로 갑자기 목소리를 높였다.

"그 많은 돈을 물려주다니. 생각해 보세요, 1000파운드나 그 여자에게 남겨 주다니요!"

"어떤 여자 말씀입니까?"

"그 러셀이라는 여자 말이에요. 그 여자한테는 아주 기묘한 뭔가가 있어요. 제가 항상 말씀드린 대로 말이죠. 하지만 아주버님은 그 여자의 험담은 들으려고 하지 않았죠. 그녀는 강인한 성격의 소유자이고 자기는 그녀를 존중한다나요? 아주버님은 항상 그녀의 정직함이나 독립심, 도덕 관념을 칭찬했어요. 하지만 제가 보기엔 그녀에게 뭔가 수상한 데가 있어요. 틀림없이 아주버님하고 결혼하려고 온갖 노력을 다하고 있었을 거예요. 하지만 제가 와서 바로 그 일을 막았죠. 그 여잔 줄곧 절 미워했어요. 당연하죠. 바로 제가 자신의 속마음을 꿰뚫어 보았으니까요."

어떻게 하면 애크로이드 부인의 수다를 끊고 이 자리를 벗어날 기회를 잡을 수 있을까 하는 생각이 들기 시작했다. 그런데 고맙게도 해먼드 씨가 작별 인사를 하러 와 화제를 돌리게 해 주었다. 나는 그 기회를 놓치지 않고 그와 함께 일어섰다.

내가 말을 꺼냈다.

"검시 말씀인데요. 어디서 하는 게 좋겠습니까? 여기서 할까요, 아니면 스리 보어스 여관에서 할까요?"

애크로이드 부인이 벌린 입을 다물지 못한 채 나를 응시했다. 그녀는 깜짝 놀란 표정으로 물었다.

"검시라니요? 검시를 꼭 해야 하나요?"

해먼드 씨가 마른 기침을 하더니 두 짧은 문장을 중얼거리듯 내뱉었다.

"불가피합니다. 지금 같은 상황에서는."

"하지만 셰퍼드 선생님께서 어떻게 하실 수……."

"제 개입에도 한계가 있어서요."

내가 건조하게 대답했다.

"만약 그가 단순히 사고로 죽은 거라면……."

"그는 살해되었습니다, 애크로이드 부인."

내가 가차 없이 말했다.

부인은 조그맣게 비명을 질렀다.

"사고라는 추론은 전혀 사태에 들어맞지 않습니다."

애크로이드 부인은 낭패한 표정으로 나를 쳐다보았다. 나는 검시라는 불유쾌한 일에 대한 그녀의 어리석은 두려움까지 고려해야 한다는 사실에 짜증이 났다.

"검시가 있다 해도 제가, 제가 질문에 대답해야 한다거나 하는 일은 없겠죠?"

그녀가 물었다.

"어떻게 될지 모르겠습니다. 제 생각에는 레이먼드 씨가 부인 대신 처리해 줄 것 같은데요. 그가 모든 상황을 잘 알고 있으니까 사망자의 신원 확인에 대한 공식적인 증거도 댈 수 있을 겁니다."

내가 대답했다. 변호사가 목례로 내 말을 인정했다.

"겁내실 건 전혀 없습니다, 애크로이드 부인. 불쾌한 일 같은 건 없을 테니까요. 자, 이제 돈 문제로 돌아가서, 당장 쓰실 돈은 갖고 계십니까? 그러니까 제 말은……."

애크로이드 부인이 무슨 말인지 모르겠다는 듯이 쳐다보자 그는 이렇게 덧붙였다.

"당장 쓸 수 있는 돈, 그러니까 현금 말입니다. 없으시면 원하시는 만큼 준비하겠습니다."

옆에 서 있던 레이먼드가 끼어들었다.

"그 문젠 괜찮을 겁니다. 애크로이드 씨가 어제 100파운드짜리 수표를 현금으로 바꾸셨거든요."

"100파운드요?"

"그렇습니다. 오늘 지불해야 할 경비와 급료 때문이죠. 아직 그대로 있습니다."

"그 돈이 어디 있습니까? 그의 책상 안에 있나요?"

"아니요. 로저 씨는 항상 현금을 침실에 보관하셨어요. 정확히 말하자면 장식용 칼라를 넣는 낡은 상자 안에 말입니다. 재미있는 아이디어 아닙니까?"

"제 생각에는 떠나기 전에 돈이 그곳에 있는지 확인해 봐야 할 것 같습니다."

변호사가 말했다.

"당연히 그래야죠. 제가 모시고 올라가겠습니다. 이런! 깜박 잊었군요. 침실로 통하는 문이 잠겨 있을 겁니다."

비서가 말했다.

파커에게 물어보니 래글런 경위는 관리인의 방에서 추가 질문을 하고 있다는 것이었다. 잠시 후 경위는 열쇠를 갖고 중앙 통로에 모여 있는 사람들과 합류했다.

그가 문을 열자 우리는 좁은 복도를 지나 작은 층계를 올랐다. 층계 꼭대기에 있는, 애크로이드의 침실 문은 열려 있었다. 방 안은 컴컴했고 커튼이 내려져 있었으며, 침대는 어젯밤 정리해 둔 그대로였다.

경위가 커튼을 열어 햇빛이 들어오자 제프리 레이먼드가 장미목 탁자의 맨 위 서랍으로 다가갔다.

"돈을 잠그지도 않은 서랍에 그렇게 보관하다니요. 정말 희한하군요."

경위가 말했다.

비서가 약간 얼굴을 붉혔다.

"애크로이드 씨는 하인들이 모두 정직하다는 확신을 갖고 계셨거든요."

그가 발끈한 어조로 말했다.

"아! 당연히 그렇겠지요."

경위가 서둘러 말했다.

레이먼드는 서랍을 열고 안쪽에서 장식용 칼라가 담겨 있던 원형 가죽 상자를 꺼내서는 그 속에서 두꺼운 지갑을 꺼냈다.

그가 두툼한 지폐 뭉치를 꺼내며 말했다.

"여기 있군요. 100파운드가 고스란히 있을 겁니다. 어젯밤 저녁 식사를 위해 옷을 갈아입으시면서 애크로이드 씨가 제가 보는 앞에서 저 칼라 상자에 넣어 두셨으니까요. 물론 그 후로는 만진 사람이 없습니다."

해먼드 씨는 그에게서 지폐 뭉치를 받아 들고 헤아렸다. 그가 갑자기 고개를 들었다.

"100파운드라고 하셨는데 여긴 60파운드밖에 없군요."

레이먼드는 물끄러미 그를 응시했다.

"그럴 리가 없습니다."

그가 앞으로 나서며 외쳤다. 그는 변호사한테서 지폐를 빼어 들더니 소리 내어 헤아렸다. 해먼드 씨의 말이 옳았다. 60파운드였다.

"도대체 어떻게 된 건지 알 수가 없군요."

당황한 듯 비서가 소리쳤다.

푸아로가 질문을 던졌다.

"어젯밤 애크로이드 씨가 저녁 식사 전에 옷을 갈아입으면서 이 돈을 넣어 두는 걸 보았다고 했습니까? 당시 그가 이미 그 돈 중 일부를 어딘가에 쓰지 않았다고 확신하나요?"

"쓰시지 않은 게 분명합니다. '저녁 먹으러 가는데 100파운드씩이나 갖고 가고 싶지는 않아. 주머니가 너무 불룩해지거든.'이라고 말씀하셨으니까요."

푸아로가 말했다.

"그렇다면 이 일은 간단합니다. 지난밤에 40파운드를 어디엔가 지불했거나 아니면 도둑맞은 거죠."

"그렇습니다. 문제는 간단합니다."

경위가 동의했다. 그가 애크로이드 부인에게 몸을 돌렸다.

"어젯밤에 하인 중의 누가 이곳에 들어왔습니까?"

"하녀가 침대 정리를 하러 왔을 거예요."

"그 하녀가 누굽니까? 그녀에 대해 뭘 알고 계십니까?"

"여기서 일한 지는 그리 오래되지 않았지만 착한 시골 아가씨랍니다."

애크로이드 부인이 대답했다.

"이 문제를 확실히 해 두어야 할 것 같습니다. 애크로이드 씨 자신이 그 돈을 지불한 거라면 이 의문의 사건과 관련이 있을지도 모르니까요. 다른 하인들은 믿을 수 있습니까? 부인께서 알고 계시는 한 말입니다."

"오, 제 생각엔 그래요."

"전에 뭔가 없어진 적이 있습니까?"

"아니요."

"하인들 중에 그만두려고 한다거나 하는 사람은 없습니까?"

"심부름하는 하녀가 그만둔다고 하더군요."

"언제요?"

"어제 얘기한 것 같아요."

"부인께요?"

"오, 아뇨. 저는 하인들 문제는 전혀 관여하지 않습니다. 러셀 양이 집안 살림 문제를 관장하지요."

경위는 잠시 생각에 잠겼다. 이윽고 그는 고개를 끄덕이며 이렇게 말했다.

"우선 러셀 양과 얘기를 해 보는 게 낫겠군요. 그런 다음 데일이라는 하녀를 만나 보기로 하죠."

푸아로와 나는 그를 따라 관리인 방으로 갔다. 러셀 양은 여느 때처럼 침착하게 우리를 맞았다.

엘시 데일은 펀리 파크에서 일한 지 다섯 달이 된 하녀였다. 그녀는 착하고 일손이 빠르고 품행이 방정했으며, 신원 보증도 확실했다. 남의 것을 훔칠 사람이 결코 아니라고 했다.

심부름하는 하녀는 어떠냐는 질문에 러셀 양이 대답했다.

"그 애 역시 정말 훌륭한 하녀예요. 아주 조용하고 얌전하지요. 일도 잘 합니다."

"그런데 왜 그만두려는 겁니까?"

경위가 물었다.

러셀 양이 입술을 오므렸다.

"그건 제가 처리한 일이 아니에요. 애크로이드 씨가 어제 오후에 그 아이의 잘못을 발견하신 것 같습니다. 서재 청소가 그 애가 할 일이었는데, 책상 위의 서류를 흩뜨려 놓은 것 같아요. 애크로이드 씨는 그 일로 몹시 짜증을 내셨죠. 그래서 그 애가 그만두겠다고 했답니다. 제가 그 아이한테서 들은 내용은 이렇습니다. 하지만 직접 만나 보고 싶으시겠죠?"

경위가 그 말에 동의했다. 점심 식사 때 이미 나는 시중을 들던 그 하녀를 보았었다. 숱 많은 갈색 머리를 목 뒤로 깔끔하게 틀어 올리고 침착한 잿빛 눈을 한 키 큰 처녀였다. 관리인의 호출을 받고 들어온 그녀는 예의 그 잿빛 눈을 우리에게 고정시킨 채 몸을 꼿꼿이 세우고 서 있었다.

"자네가 어슐러 본인가?"

경위가 물었다.

"예, 경위님."

"여기를 그만둔다고 하던데?"

"예, 경위님."

"이유가 뭔가?"

"제가 애크로이드 씨의 책상 위에 있던 서류를 흩뜨려 놓았거든요. 그분은 그것 때문에 몹시 화가 나셨고 그래서 제가 그만두는 게 낫겠다고 말씀드렸죠. 그분은 가능한 한 빨리 나가 달라고 하시더군요."

"어젯밤에 애크로이드 씨의 침실에 올라간 적이 있나? 정돈을 하거나 하지는 않았나?"

"그러지 않았습니다, 경위님. 그건 엘시 일입니다. 전 그분 침실 근처에도 간 적이 없습니다."

"애크로이드 씨의 침실에서 큰돈이 없어졌다는 얘기를 하지 않을 수가 없군, 아가씨."

이윽고 나는 그녀가 동요하는 것을 볼 수 있었다. 그녀의 얼굴에 붉은 기운이 지나갔다.

"무슨 돈이든 전 전혀 모릅니다. 제가 돈을 훔쳤기 때문에 애크로이드 씨가 저를 해고하신 거라고 생각하신다면 오해예요."

"자네가 그 돈을 가져갔다는 게 아니야, 아가씨. 그렇게 곤두설 거 없어."

처녀가 차갑게 경위를 바라보았다.

"원하신다면 제 소지품을 수색하셔도 좋아요. 하지만 아무것도 찾아내지 못하실 거예요."

그녀가 경멸하듯 말했다.

푸아로가 갑자기 끼어들었다.

"애크로이드 씨가 아가씨에게 그만두라고 한 게, 아니 그러니까 아가씨 자신이 그만두겠다고 한 게 어제 오후였나요?"

그녀가 고개를 끄덕였다.

"그와 이야기하는 데 시간이 얼마나 걸렸지요?"

"이야기라니요?"

"서재에서 애크로이드 씨와 아가씨가 그 이야기를 나눈 시간 말이에요."

"잘 모르겠어요."

"20분? 30분?"

"그 정도였을 거예요."

"더 이상 걸리지는 않았나요?"

"30분 이상은 아니었던 게 분명해요."

"고마워요, 마드무아젤."

나는 왜 그러는지 궁금하다는 눈길로 푸아로를 쳐다보았다. 그는 탁자 위의 물건들을 정확한 손놀림으로 반듯하게 정돈하는 중이었다. 그의 눈빛이 빛나고 있었다.

"가도 좋아."

경위가 말했다.

어슐러 본이 나갔다. 경위는 러셀 양에게 몸을 돌렸다.

"저 아가씨가 이곳에서 일한 지는 얼마나 되었나요? 저 아가씨의 신원 보증서 사본을 갖고 있습니까?"

첫 번째 질문에는 대답하지 않은 채 러셀 양은 옆에 딸린 책상으로 가서 서랍을 열더니 서류철을 꺼냈다. 그녀는 서류 하나를 골라 경위에게 건넸다.

"흠, 서류는 훌륭하군요. 마비 마을에 있는 마비 그랜지 저택의 리처드 폴리옷 부인은 누굽니까?"

"아주 훌륭한 그 마을 유지시죠."

러셀 양이 대답했다.

"그럼 이번엔 또 다른 하녀를 만나 볼까요, 엘시 데일 말입니다."

경위가 편지를 돌려주며 말했다.

엘시 데일은 몸집이 큰 금발의 처녀로 명랑하지만 약간은 바보스러워 보이는 얼굴을 하고 있었다. 그녀는 우리의 질문에 막히지 않고 대답했고, 돈이 없어졌다는 말에 무척 걱정하고 난감해했다.

그녀를 보낸 다음 경위가 말했다.

"이상한 점은 없는 것 같군요. 파커는 어떻습니까?"

러셀 양은 입술을 오므리고 아무 대답도 하지 않았다.

경위가 생각에 잠긴 어조로 말했다.

"그 친구한테는 뭔가 수상한 점이 있다는 느낌이 듭니다. 문제는 그가 언제 그럴 기회를 잡았는지 알 수 없다는 겁니다. 저녁 식사 직후에는 할 일이 많아 분주했을 테고, 어젯밤 내내 확실한 알리바이를 갖고 있거든요. 제가 특별히 신경을 써서 알아본 만큼 잘 알지요. 그건 그렇고 대단히 고맙습니다, 러셀 양, 이 문제는 이 정도로 해 둡시다. 애크로이드 씨 자신이 돈을 썼을 가능성도 높으니까요."

관리인은 우리에게 건조하게 인사를 했고, 우리는 그 자리를 떴다.

나는 푸아로와 함께 저택을 나왔다. 내가 침묵을 깨뜨렸다.

"그 처녀가 흩뜨려 놓은 게 도대체 어떤 서류이기에 애크로이드가 그 정도로 화를 냈을까요? 거기 이 사건에 무슨 단서가 될 만한 게 있지 않을까요?"

"비서의 말로는 책상 위에는 중요한 서류가 전혀 없었다더군요."

푸아로가 조용히 말했다.

"예, 하지만……."

내가 말을 멈추었다.

"애크로이드 씨가 그처럼 사소한 일로 크게 화를 냈다는 사실이 이상하게 느껴지신다는 거죠?"

"예, 좀 그렇습니다."

"그게 사소한 일이었을까요?"

"물론 우리로서는 그게 어떤 서류였는지는 모르지요. 하지만 레이먼드 말로는 분명히…….”

“레이먼드 얘기는 잠시 제쳐 놓읍시다. 그 처녀에 대해 선생님은 어떻게 생각하십니까?”

“어떤 처녀? 심부름하는 하녀 말입니까?”

“그렇습니다. 심부름하는 하녀 어슐러 본 말입니다.”

“좋은 처녀 같던데요.”

내가 머뭇거리며 대답했다.

푸아로는 내가 한 말을 되풀이했다. 하지만 내가 '좋은'이라는 말을 강조한 반면 그는 '같던데요'라는 말을 강조했다.

“'좋은 마드무아젤 같던데요.'라……. 그렇군요.”

잠깐 침묵한 후 그는 주머니에서 뭔가를 꺼내 내게 내밀었다.

“자, 친구 양반. 제가 뭘 좀 보여 드리죠. 여길 보십시오.”

그가 나한테 내민 종이는 오늘 아침에 경위가 수집해 푸아로에게 준 자료였다. 그의 손가락을 따라가던 나는 어슐러 본이라는 이름 옆에 연필로 조그맣게 ×표시가 되어 있는 것을 보았다.

“친애하는 친구 양반, 당시에는 알아차리지 못했을 겁니다. 이 목록에 오른 사람들 중 알리바이가 증명이 안 된 사람이 딱 한 사람 있다는 걸 말입니다. 바로 어슐러 본이죠.”

“설마 당신은…….”

“셰퍼드 선생님, 저는 모든 가능성을 염두에 둡니다. 어슐러 본이 애크로이드 씨를 죽였을 수도 있습니다. 하지만 고백하건대 저로서는 그럴 동기를 못 찾겠습니다. 선생님은 찾을 수 있으십니까?”

그는 나를 강한 눈빛으로 쳐다보았다. 어찌나 강한 눈빛이었던지 불편할 정도였다.

"선생님은 찾으실 수 있으십니까?"

"그 어떤 동기도 찾을 수 없습니다."

내가 힘주어 말했다.

그의 눈빛이 부드러워졌다. 그는 미간을 찌푸리며 혼잣말로 중얼거렸다.

"협박자는 남자라고 했으니까 그녀가 협박자일 순 없고. 그렇다면……."

나는 헛기침을 한 후 잠시 망설이다가 말했다.

"그 문제라면……."

그가 내게로 돌아섰다.

"뭡니까? 무슨 말을 하시려고 했습니까?"

"아니, 아무것도 아닙니다. 다만 엄밀히 말하자면 페러스 부인은 편지에서 그저 '어떤 사람'이라고만 했지, 남자라고 꼬집어 말한 건 아니란 겁니다. 그런데 우리, 그러니까 애크로이드와 제가 당연히 남자일 거라고 여겼던 거지요."

푸아로는 내 말을 듣지 않고 있는 것 같았다. 그는 또다시 혼잣말을 하고 있었다.

"하지만 어쨌든 가능성이 있어. 그래, 분명히 가능성이 있어. 하지만 그렇다면, 이런! 생각을 다시 정리해야겠군. 방법, 순서, 그 어느 때보다도 지금은 이 두 가지가 절실히 필요해. 모든 게 맞아떨어져야 해. 정확히 말이야. 그렇지 않으면 길을 잘못 들게 될 거야."

그는 갑자기 말을 끊더니 다시 내게로 몸을 돌렸다.

"마비라는 마을은 어디 있습니까?"

"크랜체스터 반대쪽에 있습니다."

"얼마나 먼가요?"

"아! 22킬로미터쯤 떨어져 있을 겁니다."

"그곳에 좀 가 주실 수 있을까요? 내일은 어떨까요?"

"내일요? 어디 봅시다. 일요일이군요. 예, 갈 수 있을 것 같습니다. 그런데 그곳에서 할 일이 뭔가요?"

"이 폴리옷 부인이란 사람을 만나 보세요. 어슐러 본에 대해 가능한 자세히 알아보십시오."

"그러죠. 하지만 별로 내키는 일은 아니군요."

"지금은 좋고 싫은 걸 가릴 때가 아닙니다. 한 청년의 인생이 걸려 있습니다."

"가엾은 랠프, 당신은 그가 결백하다고 생각하십니까?"

내가 한숨을 내쉬며 말했다. 푸아로는 아주 진지한 눈길로 나를 바라보았다.

"진실을 알고 싶으신가요?"

"물론이지요."

"그럼 알게 되실 겁니다. 친애하는 선생님, 모든 것이 그가 유죄라는 가정을 뒷받침하고 있습니다."

"뭐라고요?"

내가 소리쳤다. 푸아로는 고개를 끄덕였다.

"그렇습니다. 저 멍청한 경위는 자신의 의도에 부합하는 사실만 찾아냅니다. 자신의 어리석음 탓이지요. 저는 진실을 찾고 있지요. 그런데 진실은 매번 저를 랠프 페이턴에게 데려갑니다. 동기, 기회, 수단 모두 말입니다. 하지만 저는 모든 가능성을 짚어 볼 생각입니다. 마드무아젤 플로라에게 그렇게 약속했습니다. 그 어린 아가씨는 랠프가 범인이 아니라고 확신하고 있더군요. 정말이지 확신하고 있었어요."

푸아로, 방문하다

다음 날 오후, 마비 그랜지 저택의 초인종을 누를 때 나는 약간 흥분해 있었다. 나로서는 푸아로가 무엇을 알아내고 싶어 하는 것인지 정확히 알 수 없었다. 그는 나에게 이 일을 맡겼다. 왜 그랬을까? 블런트 소령에게 질문을 해 달라고 부탁했던 경우처럼 자신의 존재를 드러내고 싶지 않아서일까? 블런트 소령의 경우에는 그런 소망을 납득할 수 있었지만, 이번에는 전혀 그럴 필요가 없어 보였다. 총명해 보이는 하녀가 나타나는 바람에 나는 생각을 중단했다.

마침 폴리옷 부인은 집에 있었다. 널찍한 응접실로 안내된 나는 집주인이 나타나기를 기다리면서 주위를 유심히 둘러보았다. 별다른 장식이 없는 커다란 방에 훌륭한 골동품 도자기 몇 점과 아름다운 동판화 몇 점, 낡은 덮개와 커튼이 있었다. 영락없는 부인용 방이었다.

나는 벽에 걸린 바르톨로치의 판화를 감상하고 있다가, 폴리옷 부인이 방으로 들어오자 몸을 돌렸다. 그녀는 키가 큰 여자로 약간 흐트러진 갈색 머리에 아주 매력적인 미소를 띠고 있었다.

"셰퍼드 의사 선생님이시라고요."

그녀가 머뭇거리며 말했다.

"그게 제 이름입니다. 이렇게 댁으로 찾아온 것을 먼저 사과드려야겠군요. 사실은 전에 부인 댁에서 일했던 하녀 어슐러 본에 대해 알아보고 싶은 게 좀 있어서요."

내가 말했다.

어슐러 본이라는 이름이 나오자마자 그녀의 얼굴에서 미소가 사라지고 따뜻한 태도에 냉기가 돌았다. 부인은 불편하고 불안해 보였다.

"어슐러 본이라고요?"

그녀가 머뭇거리며 되물었다.

"예, 혹시 기억이 안 나시나요?"

"오, 아뇨. 물론 기억합니다. 전, 전 아주 잘 기억하고 있답니다."

"그 아가씨는 1년 전에 이 댁을 떠난 걸로 아는데요?"

"네, 그렇습니다. 1년 전에 떠났지요. 맞습니다."

"그녀가 여기서 일하는 동안 만족하셨습니까? 그리고 이 댁에선 얼마나 있었습니까?"

"오! 일이 년쯤이었던 것 같은데 정확히는 기억나지 않는군요. 그 애는, 그 애는 무척 일을 잘했어요. 분명히 그 애가 마음에 드실 거라고 확신해요. 전 그 애가 펀리 파크를 그만두는 줄 몰랐어요. 전혀 몰랐답니다."

"그 아가씨에 대해 말해 주실 만한 게 있으십니까?"

"그 애에 대해 말할 거라니요?"

"예, 어디 출신이라든가, 부모님은 어떤 사람들이라든가 하는 얘기 말입니다."

그렇잖아도 냉랭하던 폴리옷 부인의 표정이 더욱 굳어졌다.

"전 전혀 모릅니다."

"이 댁에 오기 전에는 어디에서 일했나요?"

"죄송하지만 기억나지 않는군요."

그녀의 신경이 곤두선 듯한 태도 이면에는 한 줄기 노여움 같은 것이 자리잡고 있었다. 그녀는 갑자기 고개를 들었는데 그 동작이 왠지 모르지만 낯익었다.

"이런 질문들을 꼭 하셔야 하나요?"

나는 놀란 표정으로 사과의 뜻을 담아 대답했다.

"전혀 그렇지 않습니다. 이런 질문에 대답하시는 게 불편하시리라는 생각은 전혀 하지 못했습니다. 정말 죄송합니다."

그녀의 얼굴에서 노여움이 사라지더니 다시 당혹스러운 표정이 되었다.

"오! 이런 질문에 대답하는 게 불편하다는 건 아닙니다. 절대 아니에요. 그럴 이유가 어디 있겠습니까? 단지 좀 이상하게 여겨져서요. 그뿐입니다. 좀 이상해서요."

의사가 됨으로써 한 가지 유리한 점은 상대가 거짓말을 하고 있을 경우 그것을 어렵지 않게 알아낼 수 있다는 것이다. 다른 건 모르지만 폴리옷 부인의 태도로 미루어 나는 그녀가 내 질문들에 대답하기를 무척 꺼려 한다는 것을 진작 알아차렸어야 했다. 그녀는 몹시 불편하고 불안해했다. 어떤 비밀이 감춰져 있는 것이 분명했다. 내 판단에 따르면 그녀는 어떤 식으로든 남을 속이는 데에는 서툰 여자여서 불가피하게 거짓말을 해야 하게 되자 신경이 몹시 날카로워진 것 같았다. 어린아이라도 그녀의 속을 들여다볼 수 있을 터였다.

그녀가 내게 더 이상의 이야기를 해 주려 하지 않을 것임이 분명했다. 어슐러 본을 둘러싸고 있는 비밀이 무엇이든 나로서는 그것을 폴리옷 부인으로부터 알아낼 수 없을 터였다.

소기의 목적을 이루지 못한 채 나는 그녀를 번거롭게 한 데 대해 다시 한 번 사과한 뒤 모자를 집어 들고 그 집을 나섰다.

환자를 두 명 진찰하고 집에 돌아오니 6시였다. 앉아 있는 캐롤라인 옆에는 마시고 난 찻잔들이 놓여 있었다. 누이의 얼굴에는 내가 너무나도 잘 알고 있는, 기쁨을 참고 있는 표정이 떠올라 있었다. 그녀가 정보를 얻었거나 퍼뜨렸다는 표시였다. 어떤 정보인지 궁금했다. 내가 전용 안락의자에 털썩 주저앉아 벽난로의 따스한 불길 쪽으로 발을 뻗었을 때 캐롤라인이 말을 꺼냈다.

"오늘은 정말 재미있는 오후를 보냈다."

"그랬어? 가넷 양이 차 마시러 왔어?"

가넷 양은 마을의 으뜸가는 소식통 중의 하나였다.

"다시 맞춰 보렴."

캐롤라인이 득의만면한 표정으로 말했다.

나는 천천히 누이의 정보원들을 떠올리며 몇 명의 이름을 댔다. 그때마다 누이는 의기양양한 표정으로 고개를 내저었다. 마침내 그녀는 자진해서 그 이름을 말해 주었다.

"푸아로 씨가 왔단다! 자, 이 일에 대해 어떻게 생각하니?"

그 일에 대해 내 머릿속에서는 여러 가지 생각이 떠올랐지만 누이에게 그런 생각을 드러내지 않으려 신경을 썼다.

"왜 왔는데?"

"물론 날 만나러 온 거지. 그의 말이 내 동생과 잘 알게 되었으니까, 그의 매력적인 누이, 그러니까 너의 이 매력적인 누이와도 알고 지내고 싶었다더구나. 내가 말을 좀 헛갈리게 했다만 무슨 말인지 알아듣겠지?"

"그가 무슨 얘길 했는데?"

"자기 자신에 대해, 그리고 자신이 처리한 사건들에 대해 많은 얘기를 해 주더구나. 마우레타니아의 폴 왕자 알지? 왜 어떤 댄서와 결혼한 왕자 말이야."

"그런데?"

"일전에 《소사이어티 스니펏》에서 그 여자가 사실은 러시아의 왕녀일지도 모른다는 아주 흥미로운 기사를 봤단다. 볼셰비키 혁명을 가까스로 피해 나온 차르의 딸들 중 하나라더구나. 그 두 사람 모두에게 혐의가 돌아간 당혹스런 의문의 살인 사건을 푸아로 씨가 해결한 모양이야. 폴 왕자가 입에 침이 마르게 감사를 표했다더구나."

"왕자가 그에게 물새알만 한 에메랄드 넥타이 핀이라도 줬대?"

내가 비꼬듯이 물었다.

"그런 얘긴 안 하던데, 왜?"

"아무것도 아냐. 언제나 그런 줄 알았지. 추리 소설에서는 그렇잖아. 최고 탐정의 방에는 감사를 표하는 특별 고객에게서 받은 루비, 진주, 에메랄드가 가득하다니까."

"그런 얘기를 직접 관련된 사람한테서 듣는 건 정말 재미있어."

누이가 의기양양해서 말했다.

누이에게는 그럴 터였다. 나는 많은 사건 중에서 조그만 마을에 사는 나이 든 숙녀가 가장 흥미로워할 사건을 골라 낸 에르퀼 푸아로의 솜씨에 감탄하지 않을 수 없었다.

"그 무용수가 진짜 왕녀였는지 아닌지는 말하지 않았어?"

"자기로서는 그런 얘기를 할 권리가 없다더구나."

캐롤라인이 으스대며 대답했다.

나는 푸아로가 캐롤라인 누이에게 그 얘기를 하면서 사실을 어느 정도 왜곡했을지 궁금했다. 아마도 전혀 왜곡하지 않았으리라. 그는 눈썹을 치켜 올리고 어깻짓을 통한 암시적인 방식을 동원했으리라.

"그래서 이제 앞으로 누나는 푸아로 씨가 주는 거라면 뭐든지 받아먹겠네."

내가 한마디 했다.

"그렇게 천한 말 하지 마라, 제임스. 그런 속된 말을 어디서 배웠는지 모르겠구나."

"바깥 세상과 나를 연결해 주는 유일한 통로인 환자들한테서 배웠겠지. 불행히도 내 환자 중에는 왕자들이나 흥미로운 러시아 에미그레(망명자)들은 없으니까 말이야."

캐롤라인이 안경을 치켜 올리며 나를 쳐다보았다.

"너 오늘 무척 심술궂은 것 같다, 제임스. 간장 때문인 게 틀림없어. 오늘 밤에는 파란 알약을 하나 먹는 게 좋을 것 같다."

우리 집에서 나를 보면 사람들은 내가 의사라고는 꿈에도 생각지 않을 것이다. 그녀 자신과 나를 위한 우리 집 처방은 모두 캐롤라인 누이 몫이다. 내가 짜증스럽게 말했다.

"빌어먹을 간! 이번 살인 사건에 대한 얘기는 전혀 안 했어?"

"물론 했지, 제임스. 요즘 이 동네에서 그것 말고 할 얘기가 뭐 있니? 푸아로 씨가 잘못 생각하고 있는 몇 가지를 내가 바로잡아 주었단다. 그는 무척 고마워하더구나. 그의 말이 나에게 타고난 탐정 기질이 있다더라. 그리고 인간 본성에 대한 놀라운 통찰력이 있다는 거야."

누이는 영락없이 맛있는 크림을 잔뜩 먹은 고양이 꼴이었다. 가르랑거리는 소리까지 내고 있었다.

"그는 작은 회색 뇌세포와 그 기능에 대해서 많은 얘기를 했단다. 그의 말이 자신의 뇌세포는 최고 품질이라더라."

"그 사람은 그렇게 말했을 거야. 겸손하고는 거리가 먼 사람이니까 말이야."

내가 차갑게 말했다.

"난 네가 그렇게 지독한 미국인처럼 굴지 않았으면 좋겠다, 제임스. 그는 가능한 한 빨리 랠프를 찾아내 숨지 말고 자신의 행동을 설명하게 하는 게 아주 중요하다고 여기고 있어. 랠프가 안 나타나면 검시에서 아주 불리하게 작용할 거라는구나."

"그래서 누나는 뭐라고 했어?"

"나도 같은 생각이라고 했지. 그리고 사람들이 그 점에 대해 뭐라고들 하고 있는지도 알려 주었단다."

캐롤라인이 으스대며 말했다.

"누나, 그날 숲속에서 엿들은 얘기도 푸아로 씨에게 한 거야?"

내가 날카롭게 물었다.

"그랬지."

캐롤라인이 의기양양하게 대답했다.

나는 자리에서 일어나 왔다 갔다 하기 시작했다.

내가 내뱉듯이 말했다.

"누나가 무슨 짓을 하고 있는지나 알고 있었으면 좋겠어. 누나는 지금 누나가 그 의자에 앉아 있는 것만큼이나 확실하게 랠프 페이턴의 목에 올가미를 씌우고 있는 거란 말이야."

"전혀 그렇지 않아. 나는 오히려 네가 푸아로 씨에게 그 얘기를 하지 않았다는 걸 알고 놀랐는걸."

누이가 그다지 동요하지 않고 말했다.

"난 일부러 그 사람에게 그 얘기를 하지 않은 거야. 난 그 애를 몹시 아끼거든."

"나 역시 그렇단다. 바로 그래서 네 말이 얼토당토않다는 거지. 난 랠프가 그런 짓을 저질렀다고 생각하지 않아. 그러므로 진실을 밝힌다고 해서 랠프에게 해가 되지 않는다는 거지. 우리는 할 수 있는 한 푸아로 씨를 도와 줘야 해. 왜냐, 생각해 보렴. 살인이 일어났던 날 밤에도 랠프가 그 아가씨와 데이트를 나갔을 확률이 높거든. 그랬다면 그 애에겐 완벽한 알리바이가 있는 셈이지."

"만약 그 애에게 완벽한 알리바이가 있다면 왜 떳떳이 나서서 그렇다고 얘기하지 못하겠어?"

내가 반박했다.

캐롤라인이 아는 척을 했다.

"그 아가씨를 곤란하게 할까 봐 그러는지도 모르지. 하지만 푸아로 씨가 그 아가씨를 찾아내 어떻게 하는 것이 도리인지 말해 주면, 그녀 스스로 앞으로 나서서 랠프의 무죄를 증명해 줄 거야."

"누나는 낭만적인 동화를 쓰고 있는 것 같아. 누난 싸구려 소설을 너무 많이 읽는다니까. 내가 늘 지적했잖아."

나는 다시 내 안락의자에 주저앉았다.

"그 사람이 그 외에 물은 건 없어?"

"그날 아침 네가 진료한 환자들에 대해 물은 것뿐이다."

"환자들?"

내가 이상하다는 듯이 물었다.

"그래, 네가 진찰한 환자들 말이야. 몇 명이나 됐고 누구였는지 묻더구나."

"그럼 누나는 그걸 그 사람에게 말해 주었다는 거야?"

캐롤라인 누이는 정말이지 놀라운 사람이었다.

누이는 의기양양하게 반문했다.

"말해 주지 않을 이유가 어디 있니? 이 창으로 보면 진찰실 문으로 통하는 복도가 한눈에 들어온단다. 그리고 내가 기억력이 뛰어나잖니, 제임스. 너보다 훨씬 나을 거다."

"낫고말고."

내가 기계적으로 중얼거렸다.

누이는 손가락을 꼽아 가며 이름을 댔다.

"늙은 베넷 부인, 손가락 때문에 농장에서 온 소년, 손가락에서 바늘을 빼러 온 돌리 그리스. 그리고 배에서 내린 미국인 선원, 가만 있자, 모두 넷이지. 그래, 조지 에번스 노인이 궤양 때문에 왔고, 마지막으로……."

누이가 의미심장하게 말을 멈췄다.

"마지막으로?"

캐롤라인은 의기양양하게 마무리를 했다. 그녀는 가장 일반적인 방식으로 쉿 소리를 내며 문장을 마무리했다. 마침 이름에 S자가 여러 개 겹쳐 있어 그녀의 시도를 도와 주었다.

"러셀 양이 왔잖니!"

그녀는 의자에 깊숙이 앉아 의미심장한 표정으로 나를 쳐다보았다. 그녀가 의미심장한 표정으로 사람을 바라보면 누구라도 속을 내보이지 않을 수 없다.

나는 딴청을 피우며 대답했다.

"무슨 소린지 모르겠는데. 러셀 양이 무릎이 아파서 내게 진찰을 받으러 오면 안 될 이유라도 있어?"

"무릎이 아파? 말도 안 되는 소리! 나나 네 무릎보다 훨씬 튼튼할 거다. 그 여잔 다른 일 때문에 온 거야."

"무슨 일?"

아무리 누이라도 그것은 모른다고 인정하지 않을 수 없었다.

"하지만 그것 때문이야. 그가 알아내려던 게 바로 그거였어. 내 말은 푸아로 씨 말이다. 그 여자에겐 뭔가 수상한 점이 있고, 그도 그 사실을 알고 있어."

"애크로이드 부인도 어제 내게 똑같은 말을 했어. 러셀 양에게는 뭔가 수상한 점이 있다고."

"아! 애크로이드 부인! 또 하나가 있군!"

캐롤라인이 애매하게 말했다.

"또 하나라니?"

캐롤라인은 설명하려 들지 않았다. 그저 고개를 몇 차례 끄덕이더니 뜨개질감을 집어 들고는 위층으로 올라갔다. 자신이 정찬용 의상이라고 부르는 고급 연자줏빛 비단 블라우스와 금목걸이를 걸치기 위해서였다.

뒤에 남은 나는 벽난로 안을 들여다보며 누이의 말을 생각하고 있었다. 푸아로는 정말로 러셀 양에 관한 정보를 얻으러 온 것일까, 아니면 누이가 편견을 가지고 모든 것을 자신에게 유리하게 해석한 것뿐일까?

그날 아침 러셀 양의 태도에는 의심을 살 만한 것이 전혀 없었다. 다만…… 그녀가 마약 복용에 대해 집요하게 말하던 것이 머릿속에 떠올랐다. 그런 얘기에서 그녀는 독약과 독살 쪽으로 화제를 옮겼다. 하지만 거기에도 별다른 문제는 없었다. 애크로이드는 독살된 게 아니잖은가. 그래도 이상한 일이었다…….

층계 꼭대기에서 약간 날카로운 캐롤라인 누이의 목소리가 들려왔다.

"제임스, 저녁 식사에 늦겠다."

나는 난로에 석탄을 몇 개 집어넣고 누이의 말에 따라 위층으로 올라갔다.

어떻게 해서든 가정의 평화는 지켜야 하는 법.

탁자에 둘러앉아

월요일에는 합동 검시가 열렸다.

그 과정을 자세히 적지는 않으련다. 그렇게 한다면 같은 얘기를 반복하는 것이 될 테니까. 경찰과의 약속으로 몇 가지 사항만을 발표할 수 있었다. 나는 애크로이드 씨의 사망 원인과 사망 추정 시간에 관해 증언했다. 검시관이 랠프 페이턴이 종적을 감춘 것을 언급했지만 특별히 주안점을 두지는 않았다. 검시가 끝난 후, 푸아로와 나는 래글런 경위와 이야기를 나누었다. 경위의 태도는 무척 심각했다.

"상황이 몹시 좋지 않습니다, 푸아로 씨. 저는 이 사건을 공정하게 판단하려 애쓰고 있습니다. 저도 이 지방 사람이고, 페이턴 대위를 크랜체스터에서 여러 번 본 적이 있습니다. 그가 죄가 있다고 보고 싶진 않습니다만, 어느 모로 보나 상황이 좋지 않습니다. 그가 결백하다면 어째서 떳떳이 나타나지 않는 걸까요? 그에게 불리한 증거가 있습니다만, 설명을 하면 될 텐데요. 어째서 설명을 하지 않는 걸까요?"

경위의 말 이면에는 당시 내가 알고 있던 것보다 훨씬 더 많은 것이 담겨 있었다. 영국의 모든 항구와 기차역마다 랠프의 인상착의가 타전되어 있었다. 각 지역 경찰은 경계 태세에 들어갔다. 마을에서 그가 묵었던 방과 자주 드나들던 곳들은 모두 감시를 받고 있었다. 그런 '경계망'을 피한다는 것은 불가능해 보였다. 그는 필요한 물건도 갖고 있지 않았고, 우리가 알고 있는 바로는 돈도 없었다.

경위가 말을 계속했다.

"그날 밤 역에서 그를 봤다는 사람은 아직 찾지 못했습니다. 하지만 이곳에서 그는 잘 알려진 인물이니까 누군가 본 사람이 있을 겁니다. 리버풀 쪽에서도 아직 아무 소식이 없습니다."

"당신은 그가 리버풀로 갔다고 생각합니까?"

푸아로가 물었다.

"음, 그럴 가능성도 염두에 두고 있습니다. 역에서 전화가 걸려온 지 3분 후에 리버풀행 특급 열차가 떠났으니까요. 분명히 무슨 관련이 있을 겁니다."

"의도적으로 경찰을 따돌리기 위한 것이 아니라면 말이지요. 전화를 건 목적이 바로 거기 있을 수도 있습니다."

경위가 다급하게 말했다.

"일리 있는 견해군요, 선생님. 정말 그게 전화를 걸어 온 목적이었을까요?"

"친애하는 경위님, 저도 모릅니다. 하지만 이건 말씀드릴 수 있어요. 그 전화를 건 이유가 설명되면 이 살인 사건도 설명할 수 있을 겁니다."

푸아로가 진지하게 대답했다.

"전에도 그런 말씀을 하신 걸로 기억합니다만."

내가 이유가 궁금하다는 듯 그를 보며 말했다. 푸아로는 고개를 끄덕였다.

"항상 그 문제로 돌아오게 되는군요."

그가 진지하게 말했다.

"제가 보기엔 전혀 관계가 없을 것 같은데요."

내가 단호하게 말했다. 경위가 이의를 제기했다.

"저는 꼭 그렇게 생각하진 않습니다만, 푸아로 씨가 그 점에 너무 비중을 두고 계시지 않나 하는 생각이 드는 건 사실입니다. 그보다 더 중요한 단서도 있거든요. 예를 들어 단검에 남은 지문이라든지 말입니다."

푸아로의 태도가 갑자기 아주 이국적으로 변했다. 그가 어떤 일에 흥분했을 때 종종 취하곤 하는 태도였다.

"경위님, 막다른…… 그것을 조심하십시오. 코망 디르?(뭐라고 하더라?) 어디로도 통하지 않는 길 말입니다."

래글런 경위는 멍하니 그를 응시했다. 내가 그보다 빨랐다.

"막다른 골목 말씀입니까?"

내가 물었다.

"그겁니다. 아무 데로도 통하지 않는 막다른 길 말입니다. 바로 그 지문이 그런 것일지도 모릅니다. 아무 결론에도 이르지 않을지도 모른단 말입니다."

경위가 말했다.

"저로서는 어떻게 그럴 수 있다는 건지 모르겠군요. 그 지문들이 조작되었다고 생각하십니까? 그런 경우가 있다는 얘긴 읽은 적이 있습니다만, 제 경험상 한 번도 없었습니다. 하지만 진짜든 가짜든 간에 그 지문으로 어디엔가 이를 수는 있지 않겠습니까?"

푸아로는 두 팔을 벌리면서 어깨를 으쓱해 보일 뿐이었다. 그러자 경위는 확대된 지문 사진을 여러 장 보여 주면서 지문의 고리무늬와 나선무늬에 대해 전문적인 이야기를 했다. 이윽고 푸아로의 무관심한 태도에 화가 난 그가 말했다.

"자, 이제 이 지문이 그날 밤 그 집 안에 있던 누군가의 것이라는 사실은 인정하시겠지요?"

"물론입니다."

푸아로가 고개를 끄덕이며 대답했다.

"그런데 전 이 집안 사람들의 지문을 모두 받아 놓았습니다. 노부인에서 부엌 하녀까지 말입니다."

애크로이드 부인은 자기가 노부인이라 불리는 걸 좋아하지 않을 터였다. 그녀는 화장품에 상당한 돈을 쓰는 것이 분명했던 것이다.

"모든 이들의 지문을 말입니다."

경위가 야단스럽게 되풀이했다.

"제 것도 들어 있지요."

내가 건조하게 말했다.

"맞습니다. 그리고 그 모든 지문 중 어느 것도 이것과 일치하지 않습니다. 그렇다면 남아 있는 건 두 가지 가능성뿐입니다. 랠프 페이턴의 것이거나 아니면 여기 의사 선생님이 말씀하신 그 낯선 자의 것이거나 둘 중 하납니다. 그 두 사람을 찾아내기만 하면……."

"귀중한 시간을 낭비하셨을 수도 있지요."

푸아로가 갑자기 입을 열었다.

"무슨 말씀이신지 잘 모르겠군요, 푸아로 씨?"

"집안 사람 모두의 지문을 받았다고 하셨는데 말입니다. 틀림없이 그럴까요, 경위님?"

푸아로가 중얼거리듯 말했다.

"물론입니다."

"누군가 빠뜨리지 않으셨습니까?"

"아무도 빠뜨리지 않았습니다."

"산 자와 죽은 자 모두요?"

경위는 한순간 그처럼 면밀한 언급에 당황한 듯했다. 이윽고 느릿하게 대답했다.

"그럼 선생님의 말씀은……."

"죽은 사람 말입니다, 경위님."

경위는 잠시 후에야 그의 말을 알아들은 모양이었다.

푸아로가 냉랭하게 말했다.

"제 말은 단검 손잡이에 남아 있는 지문은 애크로이드 씨의 지문이라는 겁니다. 그걸 증명하기는 쉬운 일입니다. 그의 시신이 아직 매장되지 않았으니까요."

"하지만 이유가 뭡니까? 그 말의 요점이 뭔가요? 이 사건이 자살이라는 뜻은 아니시겠죠, 푸아로 씨?"

"아! 아닙니다. 제 추론은 살인자는 장갑을 끼었던가 아니면 손에 뭘 두르고 있었을 거라는 겁니다. 일단 찌른 뒤에 피살자의 손을 잡아 단검 손잡이에 갖다 대 지문을 남긴 겁니다."

"하지만 이유가 뭘까요?"

푸아로는 다시 한 번 어깨를 으쓱해 보였다.

"복잡한 사건을 더 복잡하게 만들기 위해서일지도 모르지요."

"그럼 조사해 봐야겠군요. 그런데 처음에 어떻게 그런 생각을 하셨습니까?"

"경위님이 친절하게도 제게 그 단검을 보여 주면서 거기 찍힌 지문을 보라고 하셨을 때입니다. 저는 고리무늬나 나선무늬에 대해서는 잘 모릅니다. 음, 솔직하게 고백하건대 정말 모릅니다. 하지만 지문의 위치가 왠지 부자연스럽다는 생각이 들더군요. 저라면 단검을 그렇게 잡고 사람을 찌르지는 않았을 겁니다. 오른손을 어깨 뒤로 가져가서는 정확한 위치에 꽂기가 어려울 테니까요."

래글런 경위는 그 작은 사내를 멍하니 응시했다. 푸아로는 아주 무심한 태도로 외투 소맷자락에 붙은 먼지를 털어 냈다.

"음, 그런 가정도 있을 수 있겠네요. 즉각 조사해 보겠습니다만, 사실이 그렇지 않더라도 너무 실망하지 마십시오."

그는 은혜라도 베푸는 듯한 친절한 어조로 말하려 애쓰는 기색이었다. 푸아로는 그가 걸음을 옮겨 놓는 것을 지켜보았다. 그러더니 나에게 몸을 돌리고 눈을 반짝이며 말했다.

"다음번에는 저 친구의 아무르 프로프르(자존심)를 건드리지 않도록 조심해야겠습니다. 자, 이제 우리 자신의 방법을 동원할 수 있게 되었군요, 친애하는 의사 선생님. 자그마한 가족 모임을 갖도록 할까요?"

푸아로가 말한 '자그마한 가족 모임'이 30분쯤 후에 열렸다. 우리는 펀리 파크의 식당에 있는 탁자에 둘러앉았다. 푸아로는 엄숙한 중역회의의 의장이라도 되는 것처럼 탁자의 상석에 앉았다. 하인들이 참석하지 않았으므로 모인 사람은 모두 여섯 명이었다. 애크로이드 부인, 플로라 양, 블런트 소령, 레이먼드 청년, 푸아로 그리고 나였다.

모두 모이자 푸아로가 일어서서 인사를 했다.

"신사 숙녀 여러분, 제가 여러분을 한데 모이시도록 한 것은 특별한 목적이 있어섭니다."

그는 잠시 말을 멈추었다가 이었다.

"먼저 마드무아젤께 특별히 청이 있습니다."

"제게요?"

플로라가 물었다.

"마드무아젤, 당신은 랠프 페이턴 대위와 약혼했습니다. 그가 믿을 수 있는 사람이 있다면 그건 바로 당신입니다. 간절히 부탁드리는데, 그가 어디 있는지 알고 있으면 그를 설득해 모습을 나타내라고 하십시오."

플로라가 뭔가 말하려고 고개를 쳐들자 그가 말을 막았다.

"잠깐만요, 잘 생각해 보기 전에는 아무것도 말하지 마십시오. 마드무아젤, 그의 입장이 날로 위험해지고 있습니다. 당장이라도 그가 나타난다면, 상황이 아무리 꼬였다 해도 그걸 해명할 기회가 있을 겁니다. 하지만 이렇게 침묵하는 건, 이렇게 잠적하는 건 뭘 의미하겠습니까? 오직 한 가지, 그가 범죄에 대해 알고 있다는 뜻일 뿐입니다. 마드무아젤, 당신이 진정으로 그의 결백을 믿는다면 너무 늦기 전에 나서도록 그를 설득해 주십시오."

플로라의 얼굴이 백지장같이 창백해졌다.

"너무 늦는다고요!"

그녀는 아주 나지막하게 그 말을 되풀이했다.

푸아로는 몸을 앞으로 숙이고 그녀를 쳐다보았다.

그가 부드럽게 말했다.

"자, 보세요, 마드무아젤, 푸아로 아저씨가 당신에게 요청합니다. 풍부한 지식과 경험을 가진 푸아로 할아버지가 말입니다. 당신을 함정에 빠뜨리려는 게 아닙니다, 마드무아젤. 저를 믿고 랠프 페이턴이 어디 숨어 있는지 말해 주지 않겠습니까?"

처녀가 일어서서 그를 마주보았다.

그녀가 명료한 목소리로 말했다.

"푸아로 씨, 맹세컨대, 엄숙히 맹세컨대 저는 랠프가 어디 있는지 모릅니다. 그리고 살인이 일어난 날이든 그 후든 간에 그를 본 적도 그에게서 소식을 받은 적도 없어요."

그녀는 다시 자리에 앉았다. 푸아로는 잠시 동안 말없이 그녀를 응시하고는 탁자 위에 탁 소리가 나게 한쪽 손을 내려놓았다. 그의 표정은 굳어 있었다.

"비엥!(좋습니다!) 그렇다면, 이제 여기 둘러앉은 다른 분들께 호소합니다. 애크로이드 부인, 블런트 소령님, 셰퍼드 선생님, 레이먼드 씨, 여러분들은 모두 사라진 청년의 친구이거나 친척입니다. 랠프가 어디 숨어 있는지 아시는 분은 말해 주십시오."

오랫동안 침묵이 흘렀다. 푸아로는 우리를 차례로 훑어보았다.

"부탁이니 말해 주십시오."

푸아로가 낮은 목소리로 말했다. 하지만 여전히 침묵이 계속되었다. 이윽고 애크로이드 부인이 입을 열어 징징거리는 목소리로 말했다.

"랠프가 종적을 감추다니 정말이지 이상해요. 이렇게 이상할 데가 없어요. 이런 때에 나타나지 않다니요. 뭔가 밝혀지지 않은 사정이 있는 것 같아요. 나로서는 말이다, 플로라, 너희들의 약혼이 공식적으로 발표되지 않은 게 정말 다행스럽다고 생각하지 않을 수 없구나."

"어머니!"

플로라가 화가 나서 소리쳤다.

"신의 섭리야. 나는 신의 섭리를 전적으로 믿는다. 셰익스피어의 멋진 글이 말하듯이 인간의 종말을 결정짓는 건 신이란다."

"발목이 굵은 것도 전능한 존재의 책임이라는 말씀은 아니시겠죠, 애크로이드 부인?"

제프리 레이먼드가 경박하게 웃으며 물었다. 내 생각에 그는 긴장을 풀어 보고자 그런 말을 했을 테지만 애크로이드 부인은 그에게 책망의 눈길을 던지고는 손수건을 꺼냈다.

"플로라는 고약한 명성과 불쾌한 일을 면한 거예요. 이건 랠프가 가엾은 아주버님의 죽음과 무슨 관련이 있다고 생각해서가 아니에요. 전 그렇게 생각하지 않아요. 전 남을 잘 믿는 편이거든요. 어렸을 때부터 줄곧 그래 왔죠. 누구든 나쁘게 생각하는 건 정말 싫어요. 하지만 랠프가 어렸을 때 여러 차례 힘든 일을 겪었다는 사실을 잊지 말아야 해요. 때로는 그 결과가 세월이 한참 흐른 후에 나타나기도 한다더군요. 자신의 행동에 대해 전혀 책임질 수가 없는 거예요. 자제심을 잃어버려 어찌 해 볼 도리가 없으니까요."

"어머니, 랠프가 이런 일을 저질렀다고 생각하는 건 아니겠죠?"

플로라가 소리쳤다.

"자, 애크로이드 부인."

블런트가 말했다.

애크로이드 부인이 울먹이는 목소리로 말을 이었다.

"전 어떻게 생각해야 할지 모르겠어요. 정말 신경이 곤두서요. 랠프가 유죄로 밝혀지면 재산은 어떻게 될까요?"

레이먼드가 의자를 탁자로부터 거칠게 밀어냈다. 블런트 소령은 생각에 잠긴 채 부인을 바라보며 조용히 앉아 있었다. 애크로이드 부인은 집요하게 말을 이었다.

"전쟁 신경증* 같은 거예요. 아주버님은 그 애에게 항상 돈을 쪼들리게 주어 왔으니까요. 물론 선의에서 그런 거였죠. 여러분 모두 내 생각과 다르신가 보군요. 하지만 랠프가 나타나지 않는 건 정말 이상해요. 플로라의 약혼을 정식으로 발표하지 않은 게 정말 다행이에요."

"약혼 발표는 내일 이루어질 거예요!"

플로라가 명료한 목소리로 말했다.

"플로라!"

애크로이드 부인이 깜짝 놀라 외쳤다.

플로라가 비서에게 몸을 돌렸다.

"《모닝 포스트》와 《타임스》에 발표문을 보내 주시겠어요, 레이먼드 씨?"

"그게 현명한 일이라고 확신하신다면요, 플로라 양."

레이먼드가 무거운 어조로 대답했다. 플로라는 충동적으로 블런트에게 몸을 돌렸다.

"소령님은 이해하실 수 있을 거예요. 제가 어떻게 달리 행동하겠

* 전쟁 중에 군인들 사이에 일어나는 여러 정신적인 증상을 통틀어 이르는 말로, 히스테리, 흥분, 경련, 의식 장애, 운동 마비 따위의 증상이 나타난다.

어요? 사태가 이렇다면, 전 랠프 편에 서야 해요. 그래야 한다고 여기지 않으세요?"

그녀가 소령을 뚫어지게 쳐다보자 한참 후에 소령이 불쑥 고개를 끄덕였다. 애크로이드 부인은 새된 소리를 내며 항의했다. 플로라는 동요하지 않았다. 이윽고 레이먼드가 입을 열었다.

"뜻은 알겠습니다, 애크로이드 양. 하지만 좀 서두르신다고 생각지 않으세요? 하루 이틀만 기다려 보시죠."

플로라가 분명한 목소리로 말했다.

"내일이에요. 이건 도움이 안 돼요, 어머니. 이런 식으로 계속 있는 건 말이에요. 다른 건 몰라도 나는 친구를 배신하진 않아요."

"푸아로 씨, 전혀 해 주실 말씀이 없으세요?"

애크로이드 부인이 울먹이며 호소했다. 블런트가 끼어들었다.

"더 얘기할 것도 없습니다. 그녀는 옳은 일을 하고 있는 겁니다. 나는 끝까지 그녀 편에 서겠습니다."

플로라가 그에게 손을 내밀었다.

"고마워요, 블런트 소령님."

푸아로가 입을 열었다.

"마드무아젤, 이 노인네가 아가씨의 용기와 신의에 갈채를 보내는 걸 허락해 주시겠습니까? 그리고 내 부탁을 오해하지 않으실 수 있겠습니까? 엄숙하게 부탁드리건대 말씀하신 약혼 발표를 이틀 정도만 연기해 주십시오."

플로라는 머뭇거렸다.

"이것은 당신뿐 아니라 랠프 페이턴을 위한 것이기도 합니다. 얼굴을 찌푸리시는군요. 어떻게 그럴 수 있는지 이해가 안 가시나 보군요. 하지만 분명히 그렇다고 말씀드립니다. 파 드 블라그.(괜한 소리가 아닙니다.) 당신이 제게 이 사건을 맡겨 놓고 이제 와서 저를 방해하면 안 되지요."

그녀가 잠깐 사이를 두었다가 이윽고 대답했다.

"그러고 싶진 않지만 말씀하시는 대로 하겠어요."

그녀는 다시 자리에 앉았다.

푸아로가 재빠르게 말을 계속했다.

"자, 신사 숙녀 여러분, 이제 제가 하고자 하는 말을 계속하겠습니다. 제가 진실을 알아내려 애쓴다는 걸 이해해 주십시오. 진실은 그 자체가 아무리 추할지라도, 그것을 추구하는 사람한테는 항상 흥미롭고 아름다운 법입니다. 제 나이가 많아 능력이 예전 같지 않을지도 모르지만요."

이 대목에서 그는 누군가 자신의 말을 반박해 주기를 기대한 것이 분명했다.

"아마도 이 사건은 제가 맡는 마지막 사건이 될 것 같습니다. 에르퀼 푸아로는 마지막을 실패로 끝내지는 않습니다. 신사 숙녀 여러분, 단언하건대 저는 알아낼 생각입니다. 그러니 알아낼 겁니다. 여러분 모두의 비협조에도 불구하고 말입니다."

그는 마지막 말을 그 자리에 모인 우리들의 얼굴에 내던지듯이 도전적으로 내뱉었다. 내 생각에 모두들 움찔하는 것 같았으나 제프리 레이먼드만은 여느 때처럼 침착함과 유쾌함을 잃지 않고 있었다.

"우리들 모두의 비협조라니 무슨 뜻인가요?"

그가 눈썹을 살짝 치켜 올리며 물었다.

"말 그대로입니다, 무슈. 이 방에 모인 여러분 각자가 제게 뭔가를 숨기고 있으니까요."

항의하듯 중얼거리는 소리가 일자 그는 한 손을 들어 올렸다.

"그래요, 그렇습니다. 전 지금 제가 무슨 말을 하고 있는지 잘 알고 있습니다. 여러분이 숨기고 있는 것이 이 사건과 아무 관계도 없는 중요하지 않은, 사소한 것일 수도 있습니다. 하지만 숨기는 게 있는 것은 분명합니다. 여러분 모두가 뭔가 숨기고 있습니다. 자, 제 말이 맞지요?"

도전적이고 비난하는 듯한 눈빛으로 그는 둘러앉은 이들을 휩쓸었다. 그의 눈빛을 받은 이들은 모두 두 눈을 내리깔았다. 그랬다. 나도 마찬가지였다.

"대답을 들은 셈이군요."

푸아로가 기묘한 웃음소리를 내며 말했다. 그는 자리에서 일어섰다.

"여러분 모두에게 호소합니다. 진실을, 완전한 진실을 제게 말해 주십시오."

침묵이 흘렀다.

"아무도 하실 말씀 없으십니까?"

그는 다시 한 번 짧게 예의 그 웃음소리를 냈다.

“세 도마주.(유감이군요.)”

그렇게 말하고 그는 식당을 나갔다.

거위 깃털

그날 저녁 푸아로의 요청으로 나는 저녁 식사 후 그의 집으로 갔다. 캐롤라인 누이는 나가는 나를 아쉬움이 역력한 눈길로 바라보았다. 나와 함께 가고 싶었던 모양이다.

푸아로는 따뜻하게 나를 맞았다. 작은 탁자 위에는 아이리시 위스키(내가 몹시 싫어하는) 한 병과 소다수 한 병, 그리고 술잔 하나가 놓여 있었다. 그는 손수 핫 초콜릿을 만들고 있었다. 그것이 그가 가장 좋아하는 음료라는 것을 나는 나중에 알았다.

그는 예의바르게 캐롤라인의 안부를 묻고는, 누이가 정말이지 흥미로운 여자라고 말했다.

"누이의 자만심을 잔뜩 키워 주고 계시는 것 같아 걱정입니다. 일요일 오후에는 왜 오신 겁니까?"

내가 건조한 어조로 물었다.

푸아로는 웃음을 터뜨리며 눈을 빛냈다.

"저는 항상 전문가를 고용하기를 좋아하지요."

그렇게 애매하게 말해 놓고도 그는 그 말이 무슨 뜻인지 설명하려 들지 않았다.

"어쨌든 이곳 소문은 모두 들으셨을 겁니다. 사실이든 아니든 말이에요."

"그리고 귀중한 정보도 많이 들었지요."

그가 조용히 덧붙였다.

"이를테면?"

그는 고개를 저었다.

"왜 제게 사실대로 말씀하지 않으셨습니까?"

그가 오히려 내게 되물었다.

"이런 동네에서는 랠프 페이턴의 일거수일투족이 알려지게 되어 있습니다. 그날 선생님 누님께서 그 숲을 지나가시지 않았다고 해도 다른 누군가가 지나갔을 겁니다."

내가 퉁명스럽게 말했다.

"그랬겠지요. 그런데 제 환자들에 대해 관심을 갖는 이유는 또 뭡니까?"

그가 다시 눈을 빛냈다.

"환자 한 사람에게 관심이 있을 뿐입니다, 의사 선생님. 단 한 사람에게요."

"마지막 환자 말인가요?"

내가 용기를 내어 물었다.

"러셀 양은 무척 흥미로운 연구감입니다."

그가 얼버무리듯 대답했다.

"선생님도 제 누이나 애크로이드 부인처럼 러셀 양에게서 뭔가 냄새가 난다고 보십니까?"

"예? 뭐라고 하셨나요, 냄새라고요?"

나는 능력이 닿는 데까지 말뜻을 설명했다.

"그러니까 그 두 사람이 그런 말을 했다고요?"

"어제 오후 제 누이가 말하지 않던가요?"

"세 포시블.(그럴 수도 있지요.)"

"결코 그럴 리 없습니다."

내가 단언했다.

푸아로가 일반론을 폈다.

"여자들이란, 여자들이란 정말 놀랍답니다! 그들은 함부로 말을 꾸며 대는데, 기적적으로 그 말이 맞아떨어지는 겁니다. 물론 언제나 그런 건 아닙니다. 여자들은 자신도 모르는 사이에 잠재의식의 작용으로 온갖 사소한 것들을 관찰하지요. 그들의 잠재의식은 그 사소한 것들을 종합하는데, 여자들은 그렇게 해서 얻어진 결과를 직관이라고 부르지요. 그런데 나는 심리학에 조예가 깊습니다. 그래서 이런 일에 대해 좀 알지요."

그는 뽐내듯이 가슴을 쑥 내밀었다. 그 모습이 어찌나 우스꽝스러운지 나는 웃음을 터뜨리지 않을 수 없었다. 이윽고 그는 핫 초콜

릿을 조금 마시고 나서 조심스럽게 콧수염을 닦았다.

"알고 싶은 게 있는데 이번 사건을 도대체 어떻게 보십니까?"

내가 불쑥 물었다.

그는 컵을 내려놓았다.

"정말 알고 싶으십니까?"

"알고 싶습니다."

"제가 본 것은 선생님도 보았습니다. 그러니 우리의 생각도 같아야 하지 않겠습니까?"

"저를 놀리시는 것 같군요. 당연히 저는 이런 종류의 일에는 전혀 경험이 없습니다."

내가 딱딱하게 말했다.

푸아로는 내게 너그럽게 미소를 지어 보였다.

"선생님은 마치 엔진이 어떻게 작동하는지 알고 싶어 하는 어린아이 같군요. 선생님은 이 사건을 그 집안의 주치의로서가 아니라, 탐정의 눈으로 바라보고 싶어 하시는군요. 사건에 관련된 사람들과 개인적인 친분도 없고 애정도 없는 탐정 말입니다. 탐정에게는 관련자 모두 똑같이 혐의를 지닌 낯선 이들일 뿐입니다."

"정곡을 찌르시네요."

"그렇다면 도움이 될 만한 얘기를 하나 해 드리지요. 제일 처음 할 일은 그날 저녁 일어난 일을 명료하게 알아내는 겁니다. 상대가 거짓말을 하고 있을지도 모른다는 사실을 항상 염두에 두면서 말입니다."

내가 눈썹을 치켜 올렸다.

"지나치게 사람을 의심하는 것 같은데요."

"하지만 그럴 필요가 있습니다. 그럴 필요가 있고말고요. 자, 우선 셰퍼드 선생님은 8시 50분에 그 집을 나섰습니다. 제가 그 사실을 어떻게 알았을까요?"

"제가 그렇게 말했으니까요."

"하지만 선생님이 일부러 사실을 말하지 않았을 수도 있고, 선생님이 지나갈 때 울린 시계가 틀렸을 수도 있습니다. 하지만 파커 역시 선생이 8시 50분에 저택을 나섰다고 말하고 있습니다. 그러므로 그 진술은 받아들이기로 하고 다음으로 넘어갑시다. 9시에 선생은 한 사내와 부딪혔습니다. 그리고 여기서 이른바 '베일에 싸인 낯선 이야기'가 시작됩니다. 펀리 파크 대문을 나서자마자 말입니다. 그게 사실이라는 걸 제가 어떻게 알죠?"

"제가 선생님께 그렇게 말씀드렸지요."

하지만 푸아로는 조바심을 내며 내 말을 막았다.

"이런! 오늘 저녁엔 말을 잘 알아듣지 못하시는군요, 친구 양반. '선생님'은 그것이 사실임을 알고 있겠지만, '저'는 그것이 사실인 줄 어떻게 안단 말입니까? 에 비엥(그런데) 저는 그 베일에 싸인 낯선 사내가 선생님이 만들어 낸 인물이 아니라는 걸 알 수 있습니다. 선생님이 만나기 몇 분 전에 가넷 양 아래서 일하는 하녀 역시 그 사내를 만났다고 하니까요. 그 사내는 하녀에게도 펀리 파크로 가는 길을 물었습니다. 따라서 우리는 그 사내가 실존 인물이라는 사실을 받아들이고, 그에 대한 꽤 확실한 사실 두 가지를 알게 됩니다. 그가 이 마을 사람이 아니라는 것과 펀리 파크로 가는 목적이 무엇이었든 간에 두 번이나 길을 물은 것으로 미루어 그것을 비밀로 하려는 생각이 없었다는 겁입니다."

"예, 그렇군요."

"그래서 저는 그 사내에 대해 좀 더 알아보았지요. 제가 알아낸 바에 따르면, 그는 스리 보어스에서 술을 한잔 했더군요. 그곳 여급의 말에 의하면 그는 미국식 억양을 갖고 있었고 방금 미국에서 왔다고 말했답니다. 선생님도 그 사내의 억양이 미국식이라고 생각하셨습니까?"

"예, 그랬던 것 같습니다."

나는 잠깐 기억을 떠올린 다음 말했다.

"하지만 그 억양은 아주 약했습니다."

"프레시제망.(바로 그렇습니다.) 또 이런 것도 있지요. 이건 기억나실 겁니다. 그 정자에서 주운 것 말입니다."

그가 나에게 작은 깃털을 내밀었다. 나는 그것을 호기심 어린 눈으로 살펴보았다. 과거에 읽은 어떤 이야기가 머릿속에 떠올랐다.

내 얼굴을 지켜보던 푸아로가 고개를 끄덕였다.

"그렇습니다. 헤로인이에요, '분말 코카인'이죠. 중독자들은 헤로인을 이런 데다 넣어 갖고 다니며 코로 들이마시지요."

"다이아세틸모르핀 하이드로클로라이드 말씀이군요."

내가 기계적으로 중얼거렸다.

"마약을 이런 방법으로 흡입하는 건 대서양 건너에서 아주 흔하답니다. 그 사내가 캐나다나 미국에서 왔다는 또 다른 증거가 되는 셈입니다."

"선생님은 처음에 어떻게 그 정자에 관심을 갖게 되셨습니까?"

내가 호기심을 느끼며 물었다.

"경위는 그 오솔길이 집으로 통하는 지름길로만 쓰일 거라고 생각하고 있더군요. 하지만 정자를 보는 순간 저는 그곳을 약속 장소로 삼은 사람들 역시 그 오솔길로 접어들 거라는 생각이 들더군요. 그 낯선 사내는 현관문이나 뒷문 중 어디로도 가지 않은 것 같습니다. 그렇다면 집 안에서 누군가 나와서 그를 만났을까요? 그럴 경우 그 정자보다 더 편리한 장소가 있을까요? 그래서 저는 뭔가 단서를 찾을 수 있지 않을까 하고 정자를 수색했습니다. 그 결과 두 가지를 찾아냈지요. 흰 면 조각하고 이 깃털을 말입니다."

"그럼 그 흰 천 조각은요? 그건 어떻게 된 겁니까?"

내가 궁금해서 물었다.

푸아로는 눈썹을 치켜 올렸다.

"선생님은 작은 회색 뇌세포를 사용하지 않는군요. 풀 먹인 면 조각이라면 뻔하지요."

"제 생각에는 그런 것 같지 않은데요."

나는 화제를 바꾸었다.

"어쨌든 그 사내는 누군가를 만나러 정자로 간 거군요. 그 사람이 도대체 누구였을까요?"

"바로 그게 문제입니다. 선생님은 애크로이드 부인과 그 딸이 캐나다에서 이곳으로 이주했다는 사실을 기억하시겠지요?"

"바로 그것 때문에 오늘 선생님은 그 두 사람에게 사실을 숨기고 있다고 비난하셨나요?"

"그럴지도 모르지요. 이제 다른 문제로 넘어가지요. 그 심부름 하는 하녀의 얘기를 선생님은 어떻게 생각하십니까?"

"무슨 얘기 말씀입니까?"

"그 하녀를 해고한 얘기 말입니다. 하녀 하나를 해고하는 데 30분이나 걸릴까요? 그 중요한 서류에 관한 얘기가 정말일까요? 게다가 잊지 마십시오. 그 여자는 그날 밤 9시 30분부터 10시까지 자기 방에 있었다지만 그 진술을 확인해 줄 사람이 아무도 없습니다."

"선생님의 말씀에 점점 혼란스러워지기만 하는군요."

"저에게는 점점 분명해지는걸요. 하지만 이제 선생님의 생각과 추론을 말해 주시죠."

나는 주머니에서 종이를 한 장 꺼내 변명하듯 말했다.

"몇 가지 제안을 끼적거려 보았습니다만."

"훌륭하십니다. 선생님도 자신만의 방식이 있으시군요. 한번 들어 봅시다."

나는 조금 당혹스러운 어조로 메모를 읽었다.

"우선 모든 일을 논리적으로 보아야 한다."

"딱한 친구 헤이스팅스가 하던 말과 똑같군요. 하지만 안타깝게도 그 친구는 한 번도 논리적으로 본 적이 없었지요."

푸아로가 중얼거렸다.

요점1: 9시 30분에 누군가와 이야기하는 애크로이드의 말소리가 들려왔다.

요점2: 신발 자국이라는 증거로 보아, 그날 밤 어느 땐가 랠프 페이턴이 창문을 통해 들어온 것이 분명하다.

요점3: 그날 저녁 애크로이드는 무척 불안해했으므로 아는 사람이 아니면 들어오게 하지 않았을 것이다.

요점4: 9시 30분에 애크로이드와 함께 있던 사람은 돈을 요구하고 있었다. 모두 알고 있듯이 랠프 페이턴은 무척 궁색한 형편이었다.

이 네 가지 사항으로 미루어 9시 30분에 애크로이드와 함께 있었던 사람은 랠프 페이턴이었던 것 같다. 하지만 우리가 알다시피 애크로이드는 9시 45분까지 살아 있었으므로, 그를 죽인 사람은 랠프가 아니다. 랠프는 창문을 열어 둔 채 가 버렸고, 살인자는 그 후에 그곳을 통해 들어왔다.

"그러면 그 살인자란 누구일까요?"

푸아로가 물었다.

"그 낯선 미국인입니다. 파커와 공범일지도 모르지요. 파커가 페러스 부인을 협박했는지도 모릅니다. 그랬다면 파커는 저와 애크로이드의 대화를 엿들음으로써 모든 것이 끝장났다는 것을 알고는 공범에게 그 사실을 알렸을 겁니다. 그리고 공범은 파커가 건네준 단검으로 살인을 저질렀고요."

"그런 추론을 하시는 걸 보니 선생님도 나름대로 뇌세포를 동원하시는 게 분명하군요. 하지만 설명되지 않는 부분이 많습니다."

"이를테면……."

"그 전화라든지, 밀어 놓은 의자라든지……."

"선생님은 그 의자의 위치가 달라진 것을 정말로 중요하게 여기십니까?"

내가 그의 말허리를 잘랐다.

"중요하지 않을 수도 있습니다. 우연히 앞으로 나와 있는 의자를 레이먼드나 블런트가 흥분 상태에서 무의식적으로 제자리로 밀어 넣었을 수도 있습니다. 또 없어진 40파운드도 있습니다."

"애크로이드 씨가 랠프에게 주지 않았을까요? 처음엔 못 주겠다고 거절하다가 마음을 바꿨는지도 모르지요."

"그래도 설명되지 않은 게 한 가지 있습니다."

"그게 뭡니까?"

"블런트는 왜 9시 30분에 애크로이드 씨와 함께 있었던 사람이 레이먼드일 거라고 생각했을까요?"

"그가 설명한 것으로 압니다만."

"그 설명이 타당하다고 보십니까? 그럼 그 문제는 그쯤 해 두지요. 그 대신에 말해 주십시오, 선생님. 랠프 페이턴은 왜 종적을 감췄을까요?"

내가 천천히 입을 열었다.

"좀 어려운 문제군요. 저로서는 의사의 입장에서 말할 수밖에 없습니다. 랠프는 신경이 극도로 날카로워져 있었을 겁니다. 아마도 언성을 높이기도 했을 텐데, 그런 대화를 나누고 자신이 그곳을 떠난 직후 양아버지가 살해된 것을 알고는 깜짝 놀라서 그 길로 도망을 쳤겠지요. 인간은 그렇다더군요. 아무 죄도 없으면서 죄지은 사람처럼 행동한다는 겁니다."

"예, 사실입니다. 그런데 우리가 잊어서는 안 될 일이 한 가지 있습니다."

"무슨 말을 하시려는 건지 압니다. 동기에 대한 거겠죠. 랠프 페이턴은 양아버지의 죽음으로 막대한 재산을 상속받게 되니까요."

"그것도 동기 중의 하나가 되겠지요."

푸아로가 동의했다.

"하나라고요?"

"메 위.(그렇고말고요.) 우리 앞에는 서로 다른 세 가지 동기가 있다는 것을 아시잖습니까? 누군가가 그 파란 봉투와 그 속에 든 편지를 훔친 게 분명합니다. 그것이 한 가지 동기입니다. 협박 말입니다! 페러스 부인을 협박했던 사람이 바로 랠프 페이턴일지도 모릅니다. 해먼드 씨가 아는 한, 랠프 페이턴은 최근에는 양아버지에게 도움을 청하지 않았습니다. 그건 다른 데서 돈을 조달받았다는 얘기가 될 수 있습니다. 또 다른 동기는 그가 어떤 문제에 연루되어 있는데, 그 사실이 애크로이드 씨의 귀에 들어갈까 봐 두려워했다는 겁니다. 그리고 마지막으로 선생님이 방금 말씀하신 유산이라는 동기가 있습니다."

"이런, 사건의 전말이 랠프에게 몹시 불리한 것 같군요."

허를 찔린 내가 말했다.

"그럴까요? 그 점에서는 선생과 제 의견이 갈라지는군요. 세 가지 동기라, 좀 너무 많지요. 그래서 저는 랠프 페이턴이 무죄라는 생각이 듭니다."

애크로이드 부인

방금 기록한 그날 저녁 푸아로와의 대화 이후, 내가 보기에 사건은 다른 국면으로 접어든 것 같았다. 이 사건은 전체를 완전히 서로 다른 두 부분으로 나눌 수 있다. 1부는 금요일 저녁 애크로이드의 죽음으로부터 다음 월요일 밤까지다. 그것은 에르퀼 푸아로에게 제시한 것처럼 있는 그대로의 사건을 고스란히 서술한 것이다. 나는 줄곧 푸아로와 함께 행동했다. 나는 푸아로가 본 것과 같은 것을 보았다. 나는 가능한 한 그의 마음을 읽으려 애썼다. 이제 와서 깨달았지만 나는 그의 마음을 읽는 데 실패했다. 푸아로는 자신이 발견한 것들, 이를테면 금으로 된 결혼반지 같은 것들을 모두 보여 주었지만, 자신이 받은 중요하고 논리적인 인상은 겉으로 드러내지 않았다. 나중에 알게 된 일이지만, 이런 비밀주의야말로 그의 특징이었다. 그는 암시와 제안은 했지만 그 이상의 것은 주려 하지 않았다.

앞서 말한 대로 월요일 저녁때까지는 내 이야기가 푸아로 자신의 이야기가 되는 셈이다. 나는 셜록 홈즈인 그를 도와 왓슨 역할을 했다. 하지만 월요일 이후 우리의 길은 갈라지고 말았다. 푸아로는 독자적으로 분주히 움직였다. 그가 무슨 일을 하고 있는지는 내 귀에도 들려왔다. 킹스 애벗에서는 비밀이란 게 없었던 것이다. 하지만 그는 사건에 대해 내게 속내를 밝히지 않았다. 그리고 나는 나대로 스스로의 걱정거리로 정신이 없었다.

돌이켜보면 내게 가장 충격적인 것은 이 기간이 지닌 단편적 성격이다. 모든 사람이 이 수수께끼를 푸는 데 일조했다. 마치 조각 그림 맞추기처럼 모두 각자 알고 있거나 발견한 조각들을 내놓았다. 하지만 그들의 역할은 그것으로 끝났다. 그 조각들을 제자리에 맞추는 영광은 오직 푸아로만의 것이었다.

몇몇 사건들은 당시에는 서로 무관하고 의미 없는 것 같았다. 예를 들어 그 검은색 장화만 해도 그랬다. 하지만 나중에는……. 시간 순대로 사태를 정확히 설명하자면, 애크로이드 부인이 나를 호출한 일부터 이야기해야겠다.

그녀는 화요일 아침 일찍 나에게 와 달라고 연락해 왔다. 급한 일처럼 들렸으므로 나는 극단적 상황까지 예상하고 서둘러 그녀에게 갔다.

부인은 침대에 누워 있었다. 상황이 상황인지라 예의 같은 건 접어 둔 것 같았다. 그녀는 나에게 뼈가 앙상한 손을 내밀고는 침대 곁에 놓인 의자를 가리켰다.

"그런데 애크로이드 부인, 어디가 불편하신가요?"

의사에게서 들을 수 있음직한 겉으로만 친절한 목소리였다.

애크로이드 부인이 기운 없는 목소리로 말했다.

"저는 기운이 빠져 버렸어요. 완전히 지쳐 버렸답니다. 가엾은 로저 아주버님의 죽음 때문인가 봐요. 이런 일은 대개 그 당시에는 충격을 느끼지 못한다고 하더군요. 나중에 나타난다는 거예요."

의사라는 직업 때문에 때때로 진심을 말할 수 없다니 안타까운 일이다. "엉터리 같은 말 집어치워요!" 하고 응수할 수 있다면 얼마나 좋을까. 그 대신 나는 강장제를 처방했다. 애크로이드 부인은 강장제를 받아 들었다. 이제 게임의 다음 단계로 접어든 것 같았다. 그녀가 애크로이드의 죽음으로 인한 충격 때문에 나를 불렀으리라고는 단 한순간도 생각할 수 없었다. 하지만 애크로이드 부인은 어떤 문제든 단도직입적으로 말하는 능력이 전무한 사람이었다. 그녀는 언제나 비비 꼬인 방식으로 목표에 도달했다. 나는 그녀가 나를 부른 이유가 무척 궁금했다.

"그리고 그 소동도 있었고요. 어제 일 말이에요."

그녀는 마치 내가 실마리를 잡기를 기대하는 듯이 잠시 말을 멈추었다.

"소동이라니요?"

"선생님, 어떻게 그런 말씀을? 벌써 잊으셨나요? 그 끔찍한 키 작은 프랑스 인, 아니 벨기에 인 말이에요. 그런 식으로 우리 모두를 협박했잖아요. 전 정말 마음이 상했어요. 그렇지 않아도 로저 아주버님의 죽음으로 정신이 없는데 말이에요."

"정말 유감입니다, 애크로이드 부인."

"그가 무슨 말을 하는 건지 전 모르겠어요. 그렇게 우리에게 소리를 치다니. 뭔가를 숨길 마음을 먹기에는 제 의무를 너무나도 잘 알고 있는걸요. 전 경찰에게 힘닿는 데까지 도움을 주었어요."

애크로이드 부인은 잠시 말을 멈추었다.

"물론 그렇지요."

내가 말했다. 부인이 무엇 때문에 이런 소동을 벌이고 있는지 희미하게나마 짐작이 가기 시작했다.

애크로이드 부인은 말을 계속했다.

"제가 의무를 다하지 않았다고는 아무도 말할 수 없을 거예요. 확신하건대 래글런 경위도 전적으로 만족했을 거예요. 그런데 그 건방진 키 작은 외국인이 호들갑을 떨다니요? 게다가 그 사람 정말 우스꽝스럽게 생겼더군요. 마치 풍자극에 나오는 익살스런 프랑스 인 같아요. 도대체 플로라가 왜 그 사람을 사건에 끌어들였는지 이유를 모르겠어요. 저에게 한마디 상의도 없이 말이에요. 그냥 혼자 가서 처리해 버린 거예요. 플로라는 너무 독단적이에요. 전 세상을 아는 여자고 그 애 어머니예요. 그 앤 먼저 제게 상의했어야 해요."

나는 잠자코 그 모든 이야기를 들었다.

"그 사람이 무슨 생각을 하고 있을까요? 제가 알고 싶은 게 바로 그거예요. 그 사람 정말로 제가 뭔가를 숨기고 있다고 생각하고 있을까요? 그 사람, 그 사람은 어제 분명 저를 비난하고 있었어요."

나는 어깨를 으쓱해 보였다.

"별로 중요한 일이 아닌 게 분명합니다. 애크로이드 부인, 부인께서 아무것도 감추고 있는 게 없으시다면 그가 한 말은 부인에겐 해당되지 않을 테니까요."

애크로이드 부인이 평소의 버릇대로 갑자기 엉뚱한 화제를 꺼냈다.

"하인들이란 정말 피곤하고 성가신 존재예요. 그들은 뒷말을 하고 자기네끼리 쑥덕거리죠. 그러면 그게 소문으로 퍼진답니다. 대개는 아무것도 아닌 일을 가지고 말이에요."

"하인들이 쑥덕거리고 있다니요? 그들이 무슨 얘기를 하고 있다는 겁니까?"

애크로이드 부인은 나에게 몹시 날카로운 눈빛을 던졌다. 나는 평정을 유지하기가 어려웠다.

"그걸 아는 사람이 있다면 바로 선생님일 텐데요. 언제나 푸아로 씨와 함께 계셨잖아요?"

"그랬지요."

"그렇다면 당연히 아시겠군요. 그 어슐러 본이라는 아이 얘기 아닌가요? 무리도 아니에요. 그 애는 여기를 그만두니까요. 그래서 가능한 한 온갖 말썽을 다 일으키려는 거예요. 하인들은 앙심을 품고 있어요. 모두 똑같아요. 그 자리에 계셨으니까, 선생님, 그 애가 정확히 어떤 말을 했는지 알고 계시겠죠? 나쁜 소문이 돌지 않게 해야 한다는 게 제가 가장 신경 쓰는 점이에요. 어쨌든 선생님은 경찰에 사소한 것까지 모두 말하지는 않으시겠죠? 때로는 집안 문제라는 것도 있으니까요. 살인 사건과는 전혀 관계없는 것들 말이에요. 하지만 그 애가 앙심을 품었다면 온갖 얘기를 꾸며 댔을 거예요."

나는 이 같은 장광설 뒤에 실제로 불안이 숨어 있다는 걸 눈치 챌 정도의 예리함은 지니고 있었다. 푸아로의 말이 증명된 셈이었다. 어제 탁자에 둘러앉은 여섯 사람 중에서 적어도 애크로이드 부인은 뭔가를 숨기고 있었다. 나로서는 그 뭔가가 무엇인지 알아내야 했다.

"저라면 마음속에 있는 모든 것을 털어놓겠습니다, 애크로이드 부인."

내가 퉁명스럽게 내뱉었다.

그녀는 나직하게 비명을 내질렀다.

"오! 선생님. 어떻게 그렇게 무뚝뚝하게 말씀하실 수가 있어요. 그 말은 마치…… 마치……. 하지만 전 모든 걸 아주 간단히 설명할 수 있어요."

"그렇다면 그렇게 하시지 그러세요?"

애크로이드 부인은 프릴 장식이 달린 손수건을 꺼내 들었다. 두 눈에 눈물이 글썽해졌다.

"제 생각으로는요, 선생님. 선생님께서 푸아로 씨에게 설명해 주실 수 있을 거라고 생각했어요. 외국인은 우리 관점에서 사태를 보기 어려울 테니까요. 제가 얼마나 힘들게 살아야 했는지 선생님은 모르실 거예요. 아니, 아무도 모를 거예요. 고난, 정말 오랜 고난이었지요. 제가 바로 그런 삶을 살았답니다. 고인을 나쁘게 말하고 싶지는 않아요. 하지만 그게 사실이에요. 로저 아주버님은 저희가 쓴 계산서들을 아주 작은 것까지 다 따졌답니다. 어제 해먼드 씨 말대로 이 부근에서 가장 돈 많은 부자가 아니라, 연수입이 일이백 파운드에 지나지 않는 가난뱅이 같았지요."

애크로이드 부인은 잠시 말을 멈추고 프릴 달린 손수건으로 눈물을 찍어 냈다.

"그래서요. 청구서 얘기까지 하셨지요?"

내가 용기를 북돋우듯이 말했다.

"그 지긋지긋한 청구서들, 그중에는 로저 아주버님한테 결코 보이고 싶지 않은 것도 있었어요. 남자들은 이해하지 못할 물건들이었죠. 아주버님은 그런 물건들은 불필요하다고 하셨을 거예요. 당연히 청구서들은 쌓이고, 계속 들어오고……."

그녀는 내가 그런 충격적인 기벽을 가진 자신을 위로해 주기를 바라는 듯 간절한 눈빛으로 나를 바라보았다.

"그렇게 되기 마련이죠."

내가 맞장구쳤다. 그러자 그녀의 어조가 달라졌다. 독설에 가까워졌던 것이다.

"정말이지, 선생님. 전 신경 쇠약이 되어 가고 있었어요. 밤에도 잠을 이룰 수 없었죠. 심장이 무섭게 두근거렸어요. 그러다가 어떤 스코틀랜드 남자에게서 편지 한 통을 받았어요. 사실은 두 통이었지요. 둘 다 스코틀랜드 신사들에게서 온 것이었어요. 하나는 브루스 맥퍼슨 씨에게서, 또 하나는 콜린 맥도널드 씨로부터 온 것이었어요. 정말 굉장한 우연의 일치죠."

"별로 그렇지도 않답니다. 그런 이름을 쓰는 이들은 대개 스코틀랜드 인이지만 조상 중에 유대인이 있었을 겁니다."

내가 건조하게 말했다. 애크로이드 부인이 회상하듯 중얼거렸다.

"약속 어음만도 10파운드에서 10만 파운드까지 있었어요. 그중 한 사람에게 편지를 썼지만 문제가 좀 있는 것 같았어요."

그녀는 말을 멈추었다. 나는 이야기가 미묘한 국면에 접어들었다는 것을 알았다. 요점을 이야기하는 걸 이처럼 어려워하는 사람은 처음이었다.

"알다시피 문제는 유산 상속의 가능성 아니겠어요? 유언장에 의한 유산 상속 말이에요. 물론 로저 아주버님이 제게 유산을 남겨 주리라는 기대는 하고 있었지만 확실한 것은 아니었어요. 저는 아주버님의 유언장 사본을 훔쳐보겠다는 건 아니고 그저 슬쩍 훑어볼 수 있다면 좋겠다고 생각했지요. 저 나름대로 사태를 정리할 수 있도록 말이에요."

그녀는 곁눈으로 나를 쳐다보았다. 이제 무척 미묘한 국면인 것이 분명했다. 다행스럽게도 말이란 교묘하게 사용하면 사실의 적나라한 추악함을 감출 수 있다. 애크로이드 부인이 재빨리 말을 이었다.

"선생님께만 드리는 말씀인데요, 셰퍼드 선생님. 선생님은 절 오해하지 않으실 거라고 믿어요. 또 푸아로 씨에게도 사태를 제대로 말해 주실 거예요. 그러니까 금요일 오후……."

그녀는 말을 멈추더니 마음을 정하지 못한 듯 우물거렸다.

"예, 금요일 오후에요?"

나는 용기를 북돋우듯이 그녀의 말을 반복했다.

"모두들 외출하고 없었어요. 아니, 전 그렇다고 생각했어요. 로저 아주버님 서재로 들어갔지요. 진짜 거기 갈 일이 있었거든요. 제 말은 몰래 갈 이유가 없었다는 거예요. 책상 위에 쌓여 있는 서류들을 보고 문득 이런 생각이 섬광처럼 스쳐 지나갔어요. '아주버님이 저 책상 서랍 중의 하나에 유언장을 넣어 두시지 않았을까.' 전 좀 충동적이죠. 어릴 때부터 그랬어요. 순간의 충동에 휘둘리곤 한답니다. 아주버님은 책상 맨 위 서랍에 열쇠를 그냥 꽂아 두었더군요. 정말 부주의하게 말이에요."

"알겠습니다. 그래서 책상을 뒤지셨군요. 유언장이 있던가요?"

내가 그녀를 도와 주려는 뜻에서 말했다.

애크로이드 부인이 나직하게 비명을 내지르는 바람에 나는 충분히 외교적으로 말하지 않았음을 깨달았다.

"정말 끔찍한 말씀이군요. 전혀 그런 게 아니었다고요."

내가 서둘러 말했다.

"물론 그런 게 아니었지요. 제가 적절치 못한 표현을 했다면 용서하십시오."

"정말이지 남자들은 너무나 이상해요. 제가 로저 아주버님 입장이었다면 유언장 내용을 공개하는 데 반대하지 않았을 거예요. 그런데 남자들은 무척 의뭉스럽죠. 남자들을 상대하자면 자기 방어를 위해 약간의 장치를 동원하지 않을 수 없답니다."

"그래서 약간의 장치를 동원한 결과는요?"

"바로 그걸 얘기하려는 참이에요. 제가 맨 아래 서랍을 열려고 하는데 어슐러 본이 들어왔어요. 그렇게 어색한 상황도 없었죠. 물론 전 서랍을 닫고 일어서서는 책상 위에 굴러다니는 한두 개의 먼지 공에 그 애의 관심을 돌렸어요. 그런데 그 애가 쳐다보는 태도가 마음에 들지 않았어요. 아주 공손했지만 눈빛에는 아주 심술궂은 빛이 떠올라 있었어요. 그러니까 제 말은 거의 경멸하는 눈빛이었다는 거예요. 전 워낙 그 애가 별로 마음에 들지 않았어요. 그 애는 하녀로서 훌륭했고, 절 마님이라고 불렀고, 모자와 앞치마를 입는 것에도 이의를 제기하지 않았고,(요즘은 그런 걸 왜 입어야 하느냐고 항의하는 하녀들이 많답니다.) 파커 집사 대신 현관문을 열어야 할 때도 태연히 '마님은 집에 안 계시는데요.'라고 할 줄도 알았지요. 또 식사 시중을 들 때 다른 많은 하녀들처럼 뱃속에서 그 이상한 꾸르륵거리는 소리를 내지도 않았어요. 가만, 어디까지 얘기했지요?"

"몇몇 도움 되는 면이 있기는 하지만 본이라는 하녀가 마음에 들지 않았다는 얘기를 하셨습니다."

"바로 그래요. 그 애는 뭐랄까 이상했어요. 다른 하녀들과는 뭔가 다른 점이 있었다고나 할까요. 제 생각에는 교육을 너무 많이 받은 것 같아요. 요즘은 누가 마님이고 누가 하녀인지 구별이 안 간다니까요."

"그래서 어떻게 되었습니까?"

"아무 일도 없었어요. 다만 아주버님이 들어오더군요. 저는 아주버님이 산책을 나간 줄 알았죠. 그가 '무슨 일입니까?'라고 묻더군요. 저는 '아무 일도 아니에요. 그저 《펀치》를 가지러 들어왔을 뿐이랍니다.'라고 대답하고는 그 잡지를 갖고 나왔어요. 본은 뒤에 남았지요. 그 애가 아주버님에게 잠깐 말씀드릴 것이 있다고 하는 말이 들려오더군요. 저는 곧장 제 방으로 돌아와 자리에 누웠어요. 신경이 정말 곤두섰거든요."

잠시 침묵이 흘렀다.

"푸아로 씨에게 설명해 주실 거죠? 이게 얼마나 사소한 일인지 선생님도 아실 거예요. 푸아로 씨가 뭔가 숨기는 것이 있다고 그렇게 엄하게 얘기했을 때 즉각 이 일이 떠오르더군요. 본이 이 이야기를 대단하게 부풀려서 떠벌렸을지도 모르지만 선생님이 설명해 주시겠죠?"

"그게 전부인가요? 저에게 모두 얘기하신 겁니까?"

"그……래요. 오! 그럼요."

그녀가 단호하게 덧붙였다.

하지만 그녀가 한순간 머뭇거리는 것을 눈치 챈 나는 그녀가 아직도 뭔가 숨기고 있다는 것을 알았다. 내가 이렇게 물은 것은 정말이지 놀라운 영감 덕분이었다.

"애크로이드 부인, 그 은제 탁자의 뚜껑을 열어 놓으신 게 부인인가요?"

볼연지와 분 아래서 죄책감으로 붉게 달아오른 얼굴이 대답을 대신했다.

"그걸 어떻게 아셨나요?"

그녀가 속삭이듯 물었다.

"그렇다면 부인이었군요?"

"그래요. 알다시피 거기엔 오래된 은제품이 한두 점 있었는데, 전 거기에 무척 관심이 끌리더군요. 어떤 기사를 읽은 적이 있는데, 거기서 크리스티 경매에서 엄청난 가격에 팔린 조그만 물건의 그림을 봤어요. 그런데 그 은제 탁자 안에 그것과 똑같은 것이 있는 것 같았거든요. 그래서 런던에 갈 때 그걸 갖고 가서 값이 얼마나 나가는지 알아봐야겠다고 생각했지요. 그게 진짜 귀중한 물건이라면 로저 아주버님이 얼마나 놀라며 기뻐하겠어요?"

나는 애크로이드 부인의 이야기를 액면 그대로 받아들이기로 하고 평을 자제했다. 왜 그것을 그렇게 몰래 빼내야 했느냐고도 묻지 않았다.

"뚜껑은 왜 열어 두셨죠? 닫는 걸 잊어버리셨나요?"

"깜짝 놀랐거든요. 바깥 테라스를 따라 소리가 들려왔어요. 저는 서둘러 방을 나와 2층으로 올라갔지요. 그 직후 파커가 선생님께 현관문을 열어 주더군요."

"테라스를 통해 그 방에 들어온 사람은 러셀 양이었을 겁니다."

내가 생각에 잠긴 채 말했다. 애크로이드 부인은 나에게 무척 흥미로운 한 가지 사실을 알려 준 셈이었다. 애크로이드의 은제품에 대한 그녀의 꿍꿍이수작이 말 그대로 정당한 것인지 아닌지 나로서는 알 수도 없었고 관심도 없었다. 내 관심을 끈 것은 러셀 양이 프랑스 식 창문을 통해 응접실로 들어온 것이 분명하다는 것과 그녀가 숨차게 뛰어온 것 같다는 내 판단이 틀리지 않았다는 사실이었다. 그녀는 어디에 있다 온 것일까? 머릿속에 정자와 천 조각이 떠올랐다.

"러셀 양이 풀 먹인 손수건을 쓰는지 궁금한걸!"

내가 순간적인 충동으로 소리쳤다.

애크로이드 부인이 움찔 놀라는 바람에 나는 정신을 차리고 자리에서 일어섰다.

"푸아로 씨에게 잘 설명해 주실 거죠?"

그녀가 불안한 어조로 물었다.

"오, 물론이지요. 그러고말고요."

그녀가 자신의 행동에 대해 좀 더 변명을 늘어놓는 것을 들은 다음에야 나는 그 자리를 빠져나올 수 있었다.

현관에 있던 심부름 하는 하녀가 내가 외투 입는 것을 도와 주었다. 나는 여태까지보다 훨씬 더 꼼꼼하게 그녀를 관찰했다. 그녀는 울고 있었던 것이 분명했다.

"그러니까 자넨 금요일에 애크로이드 씨가 자네를 서재로 불렀다고 했지? 지금 내가 들은 얘기론 자네가 애크로이드 씨에게 드릴 말씀이 있다고 한 것 같은데?"

처녀는 내 눈길 앞에서 잠시 동안 눈을 내리깔았다.

"어쨌든 전 이 집을 그만둘 생각이었어요."

그녀가 애매하게 말했다.

나는 더 이상 아무 말도 하지 않았다. 그녀가 현관문을 열어 주었다. 내가 밖으로 나오려는 순간, 그녀가 갑자기 낮은 목소리로 물었다.

"죄송하지만, 선생님. 혹시 페이턴 대위에 대해 무슨 새로운 소식이 있나요?"

나는 고개를 저으며 묻는 듯한 눈빛으로 그녀를 쳐다보았다.

"그분은 꼭 돌아오셔야 해요. 정말, 정말이지, 반드시 꼭 돌아오셔야 해요."

그녀는 호소하는 듯한 눈빛으로 나를 쳐다보았다.

"그분이 어디 있는지 아무도 모르나요?"

"자네가 알고 있나?"

내가 날카롭게 물었다.

그녀는 고개를 내저었다.

"아뇨, 물론 모르죠. 전 아무것도 몰라요. 하지만 그분의 친구라면 그분께 이렇게 말할 겁니다. 꼭 돌아오셔야 한다고요."

그 처녀에게 더 할 말이 있는 것 같았으므로 나는 잠시 머뭇거렸다. 그녀의 다음 질문은 나를 놀라게 했다.

"살인이 일어난 것이 언제라고들 생각하던가요? 혹시 10시 직전인가요?"

"그렇게 생각하고 있지. 9시 45분에서 10시 사이라고 말이야."

내가 대답했다.

"더 빨리 일어난 건 아닐까요? 9시 45분 이전에 말이에요."

나는 그녀를 주의 깊게 쳐다보았다. 그녀는 그렇다는 대답을 몹시 듣고 싶은 눈치였다.

"그럴 수는 없네. 애크로이드 양이 9시 45분에 큰아버지가 살아 있는 것을 봤거든."

그녀는 몸을 돌렸다. 온몸에 기운이 빠진 것 같았다.

"아름다운 처녀로군. 정말이지 아름다운 처녀야."

나는 혼잣말을 하며 걸음을 옮겼다.

캐롤라인 누이는 집에 있었다. 그날 푸아로의 방문을 받은 그녀는 아주 기분 좋아 하며 그것에 큰 의미를 부여했다.

"이 사건에서 나도 그를 돕고 있단다."

누이가 설명했다.

나는 마음이 불편했다. 캐롤라인은 그렇잖아도 문제가 있었다. 그런데 탐정으로서의 본능까지 부추긴다면 어떻게 되겠는가?

"랠프 페이턴이 만난 그 수수께끼의 여자를 찾으러 온 마을을 돌아다니기라도 하려고?"

"아니, 그건 내가 독자적으로 할 일이고. 이건 푸아로 씨가 나에게 알아봐 달라고 특별히 부탁한 거야."

"그게 뭔데?"

"나더러 랠프 페이턴의 장화가 검은색인지 갈색인지를 알아봐 달라더구나."

누이가 너무나 엄숙한 표정으로 대답했다. 나는 누이를 물끄러미 응시했다.

이제 생각해 보니 그 장화에 대해 난 정말이지 어리석었다. 요점을 파악하지 못했던 것이다.

"갈색 구두였어. 내가 봤어."

"구두가 아니라 장화 말이야, 제임스. 푸아로 씨는 여관에 있던 랠프의 장화가 갈색인지 검은색인지 알고 싶다는 거야. 거기에 많은 게 달려 있다는구나."

나를 바보라고 불러도 좋다. 나는 요점을 알 수가 없었다.

"그래, 어떻게 알아낼 작정인데?"

캐롤라인 누이는 별로 어렵지 않게 알아낼 수 있으리라고 말했다. 우리 집 하녀 애니의 가장 친한 친구가 가넷 양의 하녀 클라라인데, 클라라는 스리 보어스의 구두닦이와 사귀고 있다는 것이었다. 이 모든 일이 누워서 떡 먹기였다. 가넷 양의 적극적인 도움으로 클라라가 당장 외출 허가를 받았으므로 문제는 초고속으로 해결되리라는 것이었다.

점심 식사를 하기 위해 식탁에 앉았을 때, 누이는 짐짓 무심한 태도로 그 얘길 꺼냈다.

"랠프 페이턴의 장화 말이야."

"그래, 어떻게 됐어?"

"푸아로 씨는 아마 갈색일 거라고 했거든. 그가 잘못 생각했어. 장화는 검은색이었단다."

그러고 나서 누이는 몇 차례 고개를 끄덕였다. 자신이 푸아로를 상대로 한 점 올렸다고 생각하는 게 분명했다.

나는 대답하지 않았다. 랠프 페이턴의 장화 색깔이 이 사건과 무슨 관계가 있는지 여전히 알 수 없었던 것이다.

제프리 레이먼드

그날 나는 푸아로의 전략이 성공적이었다는 또 하나의 증거를 발견했다. 그런 도전은 인간성에 대한 그의 지식에서 나온 미묘한 방법이었다. 두려움과 죄책감에 사로잡혀 애크로이드 부인이 사실을 털어놓았다. 그녀가 첫 번째로 반응을 보인 사람이었다.

그날 오후 왕진을 마치고 돌아오자 누이가 내게 제프리 레이먼드가 다녀갔다고 말했다.

"날 만나러 온 거야?"

현관에서 외투를 걸며 내가 물었다. 누이는 내 곁에 바짝 붙어 있었다.

"그가 만나고 싶어 한 건 푸아로 씨야. 라치스에 갔다 오는 길이래. 푸아로 씨는 외출 중이라더라. 푸아로 씨가 여기 있거나 아니면 네가 행방을 알 거라고 생각한 모양이야."

"난 전혀 아는 바 없는데."

"내가 조금만 기다려 보라고 했지만, 30분 후에 다시 라치스로 가 보겠다고 하고는 마을로 갔어. 그에겐 안됐지만 그가 떠나자마자 푸아로 씨가 왔단다."

"여기에 왔다고?"

"아니, 자기 집에 말이야."

"누나가 그걸 어떻게 알았어?"

"옆 창문이 있잖니."

캐롤라인 누이가 간단하게 대답했다.

나는 그 이야기가 이제 끝났다고 생각했지만, 누이는 그렇지 않은 모양이었다.

"건너가 보지 않을 거야?"

"어디로?"

"물론 라치스지."

"누나, 도대체 왜?"

내가 되물었다.

"레이먼드 청년은 그를 꼭 만나고 싶어 하더라. 무슨 일인지 들을 수 있을 거야."

나는 눈썹을 치켜 올리며 차갑게 한마디 했다.

"나는 호기심에 줄곧 시달리는 그런 유형이 아냐. 이웃 사람들이 무슨 일을 하고 무슨 생각을 하는지 시시콜콜 알지 않고도 편안히 지낼 수 있어."

내가 차갑게 한마디 했다.

"말도 안 되는 소리 마, 제임스. 너도 나만큼이나 알고 싶어 해. 넌 그렇게 정직하지 않은 것뿐이야. 넌 항상 아닌 척하거든."

"정말 이러지 마, 누나."

그렇게 말하고 나는 진찰실로 들어갔다.

10분 후 캐롤라인 누이가 노크를 하고 들어왔다. 그녀의 손에는 잼 단지 같은 것이 들려 있었다.

"이 모과 젤리 단지를 푸아로 씨께 좀 갖다 줄 수 있겠니, 제임스? 주겠다고 그에게 약속했거든. 그는 집에서 만든 모과 젤리를 못 먹어 봤다더구나."

"애니에게 시키지 그래?"

내가 차갑게 말했다.

"그 애는 지금 뭘 고치는 중이란다. 심부름 보낼 수가 없어."

누이와 나는 서로 마주보았다.

"좋아. 저 빌어먹을 젤리를 갖고 가긴 하지만 그냥 문 앞에서 주고 올 거야. 내 말 알겠어?"

내가 자리에서 일어나며 말했다. 누이는 눈썹을 치켜 올렸다.

"당연하지. 누가 너한테 다른 걸 하라던?"

영광은 누이의 것이었다.

"푸아로 씨를 보게 되면 그 장화 얘기를 전하도록 해라."

내가 막 문을 열고 나서는데 누이가 말했다.

정말이지 교묘한 '마지막 화살'이었다. 나는 그 장화에 대한 수수께끼 같은 이야기의 진상이 몹시 알고 싶었다.

브르타뉴 풍의 모자를 쓴 노부인이 문을 열어 주자, 나는 거의 자동적으로 푸아로 씨가 집에 계시느냐고 물었다.

푸아로는 무척 기뻐하며 나를 맞았다.

"앉으세요, 친애하는 친구 양반. 저 큰 의자에 앉으시겠습니까? 이 작은 의자가 좋을까요? 방이 너무 덥지 않나요?"

나는 숨이 막힐 것 같았지만 그렇다고 말하고 싶은 걸 애써 참았다. 창문은 꼭 닫혀 있었고 커다란 벽난로에는 불이 활활 타오르고 있었다.

"영국인들은 신선한 공기를 광적으로 좋아하더군요. 신선한 공기는 바깥에 있는 게 좋지요. 왜 집 안까지 끌어들이나요? 하지만 이런 흔한 얘기는 그만둡시다. 무슨 볼일이 있어서 오셨겠죠?"

"두 가지예요. 우선 이건 누이가 보낸 겁니다."

나는 모과 젤리 단지를 내밀었다.

"마드무아젤 캐롤라인은 정말 친절하시군요. 약속을 잊지 않으시다니. 그리고 다른 한 가지는요?"

"정보…… 같은 거랍니다."

나는 그에게 애크로이드 부인과의 사이에서 오간 이야기를 들려주었다. 그는 흥미 있게 들었지만 크게 흥분하지는 않았다.

그는 생각에 잠긴 어조로 말했다.

"이제 사태가 분명해지는군요. 그리고 관리인의 증언을 확인해 주었다는 점에서도 의미가 있고요. 기억하시겠지만, 관리인 말이 은제 탁자 뚜껑이 열려 있어서 지나가면서 닫았다고 했지요."

"꽃이 싱싱한가 확인하러 응접실에 들어갔다는 그녀의 말은 어떻게 된 걸까요?"

"아! 그런 말을 그렇게 진지하게 받아들이진 않잖습니까, 친구 양반? 그건 자신이 그 방에 있게 된 것을 서둘러 합리화해야 할 때 여자들이 서둘러 꾸며 대는 변명임에 분명합니다. 상대는 물어볼 생각조차 없었는데 말이죠. 저는 그녀가 불안해한 것이 은제 탁자에 손을 댔기 때문일 거라고 생각했는데 이제 보니 다른 이유가 있는 것 같군요."

"예, 그녀가 밖에 나가서 누군가를 만난 걸까요? 그렇다면 왜 그랬을까요?"

"그녀가 누군가를 만나러 갔다고 생각하십니까?"

"그렇습니다."

푸아로가 고개를 끄덕였다.

"제 생각도 그렇답니다."

그가 생각에 잠긴 채 말했다. 잠시 침묵이 흘렀다.

"그건 그렇고, 누이가 전해 달라는 전갈이 있습니다. 랠프 페이턴의 장화는 갈색이 아니라 검은색이라더군요."

나는 그 말을 전하면서 푸아로를 주의 깊게 지켜보고 있었다. 그는 순간적으로 당혹해하는 듯한 빛을 보인 것 같았다. 그랬다 해도 아주 짧은 순간이었다.

"검은색인 게 분명하답니까?"

"틀림없답니다."

"아! 유감이로군요."

그가 유감스럽다는 듯이 말했다. 몹시 풀이 죽은 것 같았다. 그는 아무 설명도 하지 않은 채 즉각 화제를 돌렸다.

"관리인 러셀 양이 문제의 금요일 아침에 진찰을 받으러 왔다고 하셨는데, 그때 무슨 얘기를 나눴는지 물어도 괜찮을까요? 제 말은 의학적인 세부 사항 외에 말입니다."

"괜찮고말고요. 증상에 관한 이야기가 끝난 다음 독약에 대한 이야기와 그걸 검출하기가 쉬운지 어려운지, 마약 복용과 마약 중독자 등에 대해서 잠시 이야기를 나눴습니다."

"특별히 코카인을 언급하던가요?"

"어떻게 아셨습니까?"

약간 놀란 내가 물었다.

대답 대신 그 작은 사내는 자리에서 일어나 방을 가로질러 신문이 쌓여 있는 데로 갔다. 그는 9월 16일 금요일자 《데일리 버젯》을 가져와 코카인 밀수에 관한 기사를 보여 주었다. 충격적인 효과를 노린 듯 좀 으스스한 기사였다.

"이 기사를 읽고 그녀는 코카인 생각을 한 걸 겁니다, 친구 양반."

나는 그의 말뜻을 잘 알 수 없어서 좀 더 물어보려고 했지만, 바로 그때 문이 열리면서 제프리 레이먼드가 왔다는 말이 들려왔다.

제프리 레이먼드는 여느 때처럼 생기 있고 유쾌한 모습으로 들어와 우리 둘 다에게 인사했다.

"안녕하십니까, 선생님? 푸아로 씨, 이곳에 온 게 오늘 아침에만 벌써 두 번째랍니다. 선생님을 꼭 만나고 싶었거든요."

"저는 그만 가 보는 게 좋겠습니다."

내가 좀 어색하게 말했다.

"저 때문이라면 그러지 마십시오, 선생님. 그럴 필요 없습니다, 없고말고요……."

푸아로가 손짓으로 권하는 대로 자리에 앉으며 그가 말을 이었다.

"고백할 것이 있습니다."

"엉 베리테?(그렇습니까?)"

푸아로가 예의바르게 관심을 드러내며 말했다.

"오, 사실 전혀 중요한 일이 아닙니다. 하지만 솔직히 어제 오후부터 양심의 가책을 느끼고 있었습니다. 우리 모두가 뭔가를 숨기고 있다고 비난하셨죠, 푸아로 씨. 저는 사실 그렇습니다. 뭔가 숨기고 있는 게 있습니다."

"뭐죠, 레이먼드 씨?"

"말씀드렸다시피 중요한 일은 아닙니다. 그저 이런 얘깁니다. 제겐 빚이 있습니다……. 꽤 많지요. 그런데 마침 제때에 유산을 받게 된 거죠. 500파운드라면 빚을 다 갚고도 조금 남습니다."

그는 애교 있는 솔직함을 곁들여 우리 둘 다에게 미소를 지어 보였다. 그 솔직함이야말로 그를 그처럼 호감 가는 청년으로 만들어 주는 요소였다.

"어떻게 된 건지 이해하실 겁니다. 의혹을 갖고 바라보는 경찰에게…… 돈 때문에 곤란에 처했다고 인정하고 싶지 않았습니다…….
그들에게 나쁘게 비칠 수도 있다고 생각했어요. 하지만 정말이지
어리석었습니다. 9시 45분부터 블런트 소령과 저는 당구실에 있었
으므로, 확실한 알리바이가 있는 셈이니 전혀 두려워할 필요가 없
었던 거죠. 그런데 선생님이 사람들이 뭔가를 감추고 있다고 호통
을 치자 양심의 가책이 느껴지더군요. 그래서 털어놓는 것이 좋겠
다고 생각했습니다."

그는 자리에서 일어나 우리를 보고 웃었다.

푸아로가 그에게 고개를 끄덕여 보이며 말했다.

"당신은 무척 현명한 젊은이로군요. 그렇지요, 누군가가 나에게
무엇을 숨기고 있다는 걸 알면, 난 그 숨기고 있는 일이 아주 나쁜
일일 거라고 의심하게 됩니다. 털어놓길 잘한 겁니다."

레이먼드가 웃으며 말했다.

"의심이 풀려 기쁩니다. 이제 그만 가 보겠습니다."

"그게 그렇게 된 거군요……."

비서가 나가고 문이 닫히자 내가 말했다.

"그렇습니다, 아주 사소한 일이죠. 하지만 그가 만약 당구실에 없
었다면 누가 압니까? 요컨대 500파운드도 안 되는 돈 때문에 많은
범죄가 저질러진답니다. 그 모두가 한 인간을 파멸시키는 데 얼마
가 필요한가에 달렸죠. 그건 상대적인 문제 아닐까요? 그 집에서 애
크로이드 씨의 죽음으로 이익을 본 사람이 많다는 생각을 해 보셨
나요, 친구 양반? 애크로이드 부인, 플로라 양, 레이먼드 청년, 관리

인 러셀 양. 실제로 이득을 보지 않은 유일한 사람은 블런트 소령뿐입니다."

소령의 이름을 말하는 그의 어조가 너무 이상해서 나는 당혹스런 눈길로 그를 쳐다보지 않을 수 없었다.

"무슨 말인지 잘 모르겠는데요."

"제가 비난한 이들 중 두 사람이 사실을 털어놓았습니다."

"그럼, 선생님은 블런트 소령도 뭔가 숨기는 것이 있다고 생각하십니까?"

"그 문제라면…… 적절한 속담이 있습니다. '영국 사람들이 숨기는 건 오직 자기네의 사랑뿐.'이라는 겁니다. 블런트 소령은 그걸 숨기는 데는 전혀 소질이 없더군요."

푸아로가 아무렇지도 않게 말했다.

"때때로 우리가 너무 갑자기 결론으로 비약하지 않았나 하는 생각이 듭니다."

"그게 무슨 말입니까?"

"우리는 페러스 부인을 협박한 자가 애크로이드 씨를 살해했을 거라고 줄곧 생각해 왔습니다. 하지만 그 가정이 잘못된 것은 아닐까요?"

푸아로가 기운차게 고개를 끄덕였다.

"좋습니다. 아주 좋아요. 선생님이 그런 생각을 하지 않을까 궁금했지요. 물론 그럴 수 있겠지요. 하지만 한 가지 사실을 잊어서는 안 됩니다. 문제의 편지가 없어졌다는 것 말입니다. 하지만 선생님 말대로 반드시 살인자가 그 편지를 가져갔으리란 법은 없습니다. 선생님이 처음 시체를 발견했을 때 파커가 몰래 편지를 가져갔을지도 모르니까요."

"파커가요?"

"예, 파커 집사 말입니다. 언제나 파커에게 돌아가게 되는군요……. 살인자로서는 아니지만요. 예, 그는 살인을 저지르지는 않았어요. 하지만 페러스 부인을 겁에 질리게 한 수수께끼의 파렴치한 역으로 그보다 더 적합한 사람이 어디 있겠습니까? 그는 킹스 패독에 있는 하인들 중 하나에게서 페러스 씨의 죽음에 관한 정보를 입수했을지도 모릅니다. 아무튼 블런트 소령 같은 일반적인 손님보다는 파커 쪽이 훨씬 가능성이 높습니다."

내가 그의 말에 동의했다.

"그 편지를 가져간 사람이 파커일지도 모르겠군요. 편지가 사라졌다는 것을 눈치 챈 것은 한참 후였으니까요."

"얼마나 후였습니까? 레이먼드와 블런트가 방에 들어온 후인가요, 아니면 그 전인가요?"

"잘 기억이 나지 않는데요. 그 전, 아니 그 후였던 것 같습니다. 맞아요, 그 후였던 게 거의 분명합니다."

내가 천천히 대답했다.

푸아로가 생각에 잠긴 채 말했다.

"그렇다면 세 사람으로 확대되는군요. 그래도 파커가 가장 유력합니다. 파커에게 간단한 실험을 해 볼까 합니다. 어떻습니까, 친구 양반, 저와 함께 펀리 파크까지 가 주시지 않겠습니까?"

나는 그의 제안을 받아들였다. 우리는 즉각 집을 나섰다. 푸아로가 플로라 양을 만나고 싶다고 하자 얼마 안 있어 플로라가 나왔다.

"마드무아젤 플로라, 작은 비밀을 한 가지 털어놓아야겠습니다. 전 아직도 파커가 결백하다는 확신이 서지 않습니다. 그래서 아가씨 도움을 받아 작은 실험을 해 보고 싶습니다. 그날 밤 그가 한 행동을 재구성해 보았으면 합니다. 그런데 그에게 구실을 대야 하는데……. 아! 좋은 생각이 있습니다. 저 좁은 복도에서 하는 이야기를 바깥 테라스에서 들을 수 있는지 알아보고 싶다고 하지요. 이제 종을 울려 파커를 불러 주시겠습니까?"

내가 종을 치자 곧 이어 여느 때처럼 사근사근한 태도로 파커가 나타났다.

"부르셨습니까, 선생님?"

"그렇다네, 파커. 조그만 실험을 한 가지 해 볼 생각이네. 내가 블런트 소령님께 서재 창문 바깥 테라스에 계셔 달라고 했다네. 그날 밤 플로라 양과 자네가 이 복도에서 나눈 이야기를 거기서 들을 수 있었는지 확인해 보려는 거라네. 그날 자네가 가져온 쟁반 같은 것을 가져와 주겠나?"

파커는 자리를 떴고, 우리는 서재 문 밖의 좁은 복도로 나갔다. 잠시 후 바깥 통로에서 그릇 부딪히는 소리가 나더니, 파커가 탄산수 한 병, 병에 담긴 위스키 그리고 유리컵 두 개가 놓인 쟁반을 들고 문간에 나타났다.

푸아로가 매우 흥분한 듯이 손을 들어 올리며 외쳤다.

"잠깐만, 모든 걸 순서대로 해야 하네. 일어났던 대로 그대로 말일세. 그게 바로 내 방법이라네."

"외국식이군요, 선생님. 현장 검증이라고들 하잖습니까?"

파커가 물었다. 그는 예의바르게 푸아로의 지시를 기다릴 뿐 별로 동요하는 기색은 아니었다.

푸아로가 소리쳤다.

"아, 이 친구 파커, 뭘 아는군. 이런 일들에 관한 걸 읽었나 보군. 자, 부탁인데 모든 것을 가능한 한 그때와 똑같이 하도록 하세. 자네는 바깥 통로에서 들어왔다고 했고, 마드무아젤 플로라가…… 어디 있었지?"

"여기요."

플로라가 서재 문 바로 밖에 와서 서며 말했다.

"그렇습니다, 선생님."

파커가 말했다.

"저는 막 문을 닫은 참이었어요."

플로라가 말했다.

"맞습니다, 아가씨. 지금처럼 문 손잡이를 잡고 계셨지요."

파커가 동의했다.

"그럼 알레,(시작) 내게 연극을 보여 주게."

푸아로가 말했다.

플로라는 문 손잡이를 잡은 채 서 있었고, 파커는 통로에서부터 쟁반을 들고 걸어왔다.

그가 복도 안으로 들어서는 순간 플로라가 말했다.

"오! 파커, 큰아버지께서는 오늘 밤 더 이상 방해받고 싶지 않으시대요."

"제대로 했나요?"

그녀가 낮은 목소리로 물었다.

"제가 기억하는 한 맞습니다, 플로라 아가씨. 다만 '밤'이 아니라 '저녁'이라고 하신 것 같습니다."

그러더니 파커는 좀 연극적으로 목소리를 높이며 말을 이었다.

"알겠습니다, 아가씨. 평소처럼 문단속을 할까요?"

"예, 그렇게 하세요."

파커가 문을 통해 나가자 플로라도 그의 뒤를 따라 나와 중앙 층계를 오르기 시작했다.

"이제 됐나요?"

그녀가 어깨 너머로 물었다.

"훌륭합니다."

푸아로가 손을 비비며 소리쳤다.

"그런데, 파커. 그날 저녁 유리컵을 두 개 갖고 간 게 분명한가? 컵 한 개는 누구를 위한 거였지?"

"저는 항상 컵을 두 개 가져갑니다, 선생님. 더 시키실 것은 없습니까?"

"없네. 고맙네."

파커가 마지막까지 태도를 흐트러뜨리지 않고 물러갔다.

푸아로는 미간을 찌푸린 채 현관 한가운데에 서 있었다. 플로라가 계단을 내려와 우리 곁으로 왔다.

그녀가 물었다.

“실험은 성공적이었나요? 전 무슨 일인지 도통 알 수가 없네요.”

푸아로가 그녀에게 감탄하는 듯한 미소를 지어 보였다.

“마드무아젤이 꼭 이해해야 하는 건 아닙니다. 그런데 그날 밤 정말 파커의 쟁반 위에 잔이 두 개 있었던가요?”

플로라가 잠시 미간을 찌푸렸다.

“잘 기억이 나질 않는데요. 두 개였던 것 같기는 한데, 그게 선생님 실험의 목적인가요?”

푸아로가 그녀의 손을 잡고 토닥거렸다.

“이런 식으로 생각하세요. 저는 언제나 사람들이 진실을 말하는지 알아보는 데 관심이 있다고 말입니다.”

“그럼 파커가 말한 건 진실인가요?”

“그런 것 같습니다.”

푸아로가 생각에 잠긴 채 대답했다.

잠시 후 우리는 마을을 향해 왔던 길을 되짚어 가고 있었다.

“도대체 무엇 때문에 그 유리컵에 대해 물으신 거죠?”

내가 궁금해서 물었다.

푸아로가 어깨를 으쓱해 보였다.

“무슨 말이든 해야 했으니까요. 그 유리컵에 대한 질문 아니라 다른 아무 질문이라도 상관 없었죠."

나는 그를 물끄러미 바라보았다.

"어쨌든, 친구 양반, 제가 알고자 했던 건 이제 알아냈습니다. 이 정도로 말해 두지요."

그가 진지하게 말했다.

어느 날 저녁 마작을 하면서

그날 밤 우리는 자그마한 마작 파티를 열었다. 이런 종류의 간단한 여흥은 킹스 애벗에서 아주 흔하다. 손님들은 저녁 식사 후 장화와 비옷 차림으로 모여든다. 그들은 커피를 함께 마신 다음 나중에 케이크, 샌드위치, 홍차를 즐긴다.

그날 밤 우리의 손님은 가넷 양과 교회 근처에 사는 카터 대령이었다. 이런 파티에서 우리는 많은 소문을 주고받았는데, 때로는 잡담이 너무 지나쳐 게임의 진행을 심각하게 방해하기도 했다. 우리는 전에 브리지 게임을, 정말이지 극도로 수다스러운 브리지 게임을 하곤 했다. 그러다가 마작이 훨씬 조용한 게임임을 알게 되었다. 자기편이 도대체 왜 특정 패를 내놓지 않는지 짜증스럽게 물을 필요가 없었으니까. 솔직히 말해 여전히 비판을 하기는 했지만 브리지 게임처럼 신랄하지는 않았다.

"정말 추운 밤이오. 안 그렇소, 셰퍼드?"

불 쪽으로 등을 돌린 채 서 있던 카터 대령이 말했다. 누이는 가넷 양을 자기 방으로 데리고 가서 잔뜩 껴입고 온 겉옷을 벗는 걸 도와 주고 있었다.

"아프가니스탄의 고갯길이 생각 나는군."

"왜 안 그렇겠어요?"

내가 예의바르게 대답했다.

"저 가엾은 애크로이드 씨 일은 정말 수수께끼 같소."

대령이 커피 잔을 받아 들며 말을 이었다.

"내가 하고 싶은 말은 액운이 낀 것 같다는 거요. 우리끼리 얘긴데 말이오, 셰퍼드. 협박이 있었다는 말이 들리더군!"

대령은 '산전수전 다 겪은 듯한' 표정을 지어 보였다.

"분명 여자가 관련된 게 틀림없소. 사건 이면에 여자가 있는 게 분명하다오."

그때 누이와 가넷 양이 들어왔다. 가넷 양이 커피를 마시는 동안 누이는 마작 상자를 꺼내서는 탁자 위에 패를 쏟아 잘 섞었다.

대령이 농담하듯 말했다.

"패를 씻으시는군. 그렇소, 상하이 클럽에서는 패를 씻는다고 표현한다오."

누이와 나는 둘 다 마음속으로 카터 대령이 상하이 클럽에 가 본 적이 없을 거라고 여기고 있었다. 그는 인도에서 더 동쪽으로는 가 본 적이 없을 터였다. 그는 제1차 세계대전 동안 인도에 있으면서 쇠고기 통조림, 자두, 사과잼 등을 몰래 빼낸 모양이었다. 하지만 대령은 몹시 군인다웠고, 킹스 애벗에서는 모두에게 자유로운 개성 표현이 허용되어 있었다.

"그럼 시작할까요?"

누이가 말했다.

우리는 탁자에 둘러앉았다. 5분간 정적이 흘렀다. 우리 중 누가 제일 먼저 패를 쌓을 수 있을까 하는 은밀하되 무시무시한 경쟁이 벌어지고 있었던 것이다.

이윽고 캐롤라인 누이가 입을 열었다.

"어서 하렴, 제임스. 네가 '동풍'이야."

나는 패를 하나 버렸다. 한두 판이 진행됨에 따라 '삼죽'이나 '이통', '펑' 등의 단조로운 말들이 터져 나왔고, 가넷 양은 '펑 취소'를 연발했다. 자기 것도 아닌 패를 자기 것이라고 경솔하게 주장하는 그 여자의 버릇 때문이었다.

"오늘 아침, 플로라 애크로이드를 봤어요. '펑'. 아니, '펑 취소'. 제 실수예요."

가넷 양이 말했다.

"'사통', 어디서 봤는데요?"

누이가 물었다.

"그 아인 나를 못 본 것 같더군요."

가넷 양은 무척 심각한 어조로 대답했다. 그런 어조는 조그만 마을에서가 아니라면 무척 어색하게 들릴 터였다.

"아! '초'."

캐롤라인 누이가 흥미를 보이며 말했다.

"내가 보기에는 요즘은 '초'가 아니라 '츠'라고 하는 게 맞는 것 같아요."

가넷 양이 잠시 화제를 돌렸다.

"말도 안 돼요. 나는 항상 '초'라고 해 왔어요."

누이가 응수했다.

"상하이 클럽에서는 '초'라고들 합니다."

카터 대령이 한마디 했다. 가넷 양은 찔끔 물러섰다.

잠시 게임에 열중하던 누이가 물었다.

"플로라 애크로이드에 대해 어디까지 얘기했죠? 그 애가 누군가와 같이 있던가요?"

"당연히 그렇지요."

가넷 양이 대답했다. 두 여자의 눈길이 마주치더니 무슨 정보를 교환하는 것 같았다.

"정말인가요? 하지만 내게는 전혀 놀라운 일이 아닌걸요."

누이가 흥미를 보이며 말했다.

"당신 차례요, 캐롤라인 양."

대령이 말했다. 그는 때때로 잡담에는 전혀 관심이 없고 게임에만 열중하는 선 굵은 사나이의 태도를 취하곤 했다. 하지만 거기에 속는 사람은 아무도 없었다.

가넷 양이 말을 계속했다.

“내 생각으로는, 저런, 당신이 버린 게 ‘죽’이죠? 오! 아니군요. 이제 보니 ‘통’이었군요. 내 견해를 물어본다면 플로라 양은 정말이지 운이 좋다고 하겠어요. 그 앤 정말 운이 좋아요.”

“왜 그렇다고 생각하시오, 가넷 양? 그 ‘녹발’에 ‘펑’이오. 어째서 플로라 양이 운이 좋다는 거요? 그 애가 무척 매력적인 처녀라는 건 나도 알고 있소만.”

대령이 말했다.

“범죄에 대해선 잘 모르지만요. 한 가지만은 분명히 말할 수 있답니다. 첫 번째 질문은 언제나 ‘죽은 사람의 살아 있는 모습을 마지막으로 본 게 누구냐?’는 거지요. 그리고 그 사람은 일단 의심을 받게 되고요. 그런데 플로라 양은 자기 큰아버지가 살아 있는 것을 마지막으로 본 사람이에요. 그것은 그녀에게 몹시 불리하게 작용할 수 있어요. 제 생각에는 랠프 페이턴이 그 때문에 나타나지 않고 있는 것 같아요. 플로라에게 혐의가 돌아가지 않도록 하기 위해서 말이죠.”

가넷 양이 알 만한 건 모두 알고 있다는 듯한 태도로 말을 이었다.

“이런, 그만하세요. 정말 플로라 애크로이드 같은 젊은 처녀가 자기 큰아버지를 냉혹하게 찌를 수 있다고 생각하는 건 아니겠죠?”

내가 부드럽게 항의했다.

“글쎄, 잘 모르겠어요. 도서관에서 빌려온 파리의 암흑세계에 관한 책을 읽고 있는데요. 가장 지독한 여자 범인들 중에는 천사 같은 얼굴의 젊은 처녀도 있다더군요.”

가넷 양이 대답했다.

"그건 프랑스 얘기지요."

캐롤라인 누이가 즉각 토를 달았다.

"바로 그렇다오. 아주 기묘한 얘기를 하나 해 드리겠소. 인도의 시장에 떠돌던 얘긴데……."

대령이 입을 열었다.

끝없이 계속되는 대령의 이야기는 정말이지 재미가 없었다. 오래 전 인도에서 일어났던 일과 그저께 킹스 애벗에서 일어난 일을 어떻게 비교한단 말인가.

다행히 누이가 그 판을 이기는 바람에 대령의 이야기가 중단되었다. 여느 때처럼 내가 캐롤라인의 틀린 계산을 바로잡아 주는 좀 거북한 일이 있고 나서 우리는 새 판을 시작했다.

"'동풍'이 지나갑니다. 랠프 페이턴에 대해서는 나름대로 생각하는 게 있어요. '삼만'. 하지만 지금은 가만히 있기로 하지요."

누이가 말했다.

"그래요, 캐롤라인? '초', 아니 내 말은 '펑'이라고요."

가넷 양이 말을 받았다.

"그래요."

누이가 단호하게 말했다.

"그 장화 얘기는 맞았죠? 그러니까 검은색이었잖아요?"

가넷 양이 물었다.

"꼭 들어맞았어요."

캐롤라인 누이가 대답했다.

"그걸 알아본 이유가 뭐라고 생각하세요?"

가넷 양이 물었다.

캐롤라인은 입을 꼭 다물고는 그것에 관해서라면 다 알고 있다는 듯 고개를 내저었다.

"'펑'. 아니, '펑 취소'. 의사 선생께선 푸아로 씨와 항상 같이 계시니까 모든 비밀을 다 알고 계시겠죠?"

가넷 양이 물었다.

"전혀 그렇지 않습니다."

내가 대답했다.

"제임스는 너무 신중해. 아! '암콩'이네요."

캐롤라인 누이가 말했다. 대령이 휘파람을 불었다. 한동안 잡담이 끊겼다.

"'풍'도 당신 거요. 그러고 보니 '삼원패'로 '펑'을 둘 하셨군. 우린 조심해야겠소. 캐롤라인 양이 크게 날 것 같소."

우리는 한동안 일정한 주제로 얘기를 하지 않은 채 게임에만 열중했다.

카터 대령이 말을 꺼냈다.

"그 푸아로라는 사람 말이오, 정말 훌륭한 탐정이오?"

"이 세상에서 가장 훌륭한 탐정이에요. 사람들에게 알려지는 것이 싫어서 신분을 감춘 채 이곳에 왔답니다."

캐롤라인 누이가 엄숙하게 말했다.

이번에는 가넷 양이 입을 열었다.

"'초', 우리같이 작은 마을로서는 정말 멋진 일임에 분명해요. 그런데 클라라, 그러니까 우리 집에서 일하는 애가 펀리 파크의 하녀인 엘시와 친한 사인데, 엘시가 클라라에게 뭐라고 했는지 아세요? 그곳에서 큰돈이 없어졌는데, 그 애, 그러니까 엘시의 생각으로는 심부름하는 하녀와 무슨 관계가 있는 것 같대요. 그 하녀는 이번 달로 그곳을 그만둘 건데 밤마다 몹시 운다네요. 내 의견을 묻는다면, 그 애가 '악당들'과 관련이 있지 싶어요. 그 애는 항상 좀 이상했어요. 이 근처 처녀 중에 어울리는 친구도 없고요. 쉬는 날에는 혼자 외출하곤 했지요. 정말이지 부자연스럽고 수상했어요. 한번은 우리 여성 친목회에 나오라고 했지만 거절하더라고요. 그래서 집이며 가족 같은 것들에 관해 몇 가지 물어봤는데, 태도가 정말이지 건방지다고밖에 할 수 없었어요. 겉으로는 무척 공손했지만 노골적으로 내 입을 다물게 만들더군요."

가넷 양이 잠시 숨을 돌리는 동안, 하인 문제에는 전혀 관심이 없는 대령이 상하이 클럽에서는 활발히 게임을 엮어 가는 게 철칙이라고 한마디 했다.

우리는 활발한 게임을 한 판 벌였다.

"그 러셀 양 말이에요. 금요일 아침에 진찰받겠다는 핑계로 여기 왔었는데, 내 생각에는 독약이 어디 있는지 위치를 확인하러 왔던 것 같아요. '오만'."

캐롤라인 누이가 말했다.

"'초', 정말 놀라운 얘기네요! 과연 그럴까 궁금하군요."

가넷 양이 말했다.

"독약 얘긴데 말이오. 어, 뭐라고 했소? 내가 패를 안 버렸다고? 오! '팔죽'."

대령이 소리쳤다.

"'마작'!"

가넷 양이 소리쳤다.

누이는 무척 약이 오른 것 같았다.

"'홍중'이 하나잖아. 조금 전 '삼량'을 좀 가져올걸."

캐롤라인이 애석하다는 듯이 말했다.

"내가 '적룡' 두 개를 줄곧 가지고 있었는걸."

내가 한마디 했다.

"정말 너답구나, 제임스! 넌 게임 정신이 뭔지 모른다니까."

누이가 나무라듯이 응수했다.

하지만 나는 자신이 현명하게 게임을 꾸려 갔다고 생각했다. 만약 누이가 마작에 올랐다면 나는 누이에게 큰돈을 잃었을 터였다. 가넷 양은 그 판을 이기긴 했지만 점수는 형편없었다. 캐롤라인은 기회를 놓치지 않고 그 점을 지적했다.

'동풍'이 지나갔고 우리는 말없이 새 판을 시작했다.

"내가 방금 무슨 말을 하려고 했느냐 하면요……."

누이가 말을 꺼냈다.

"뭔데요?"

가넷 양이 부추기듯이 물었다.

"랠프 페이턴에 대해 나름대로 생각이 있다고 한 것 말이에요."

"그래서요, 캐롤라인."

가넷 양이 부추기듯 말하고는 이어 외쳤다.

"'초'."

"'초'를 그렇게 일찍 부르는 건 약하다는 표시예요. 더 큰 판을 노려야지요."

캐롤라인이 엄한 어조로 말했다.

"알아요. 그런데 랠프 페이턴에 대해 어디까지 말했죠?"

가넷 양이 물었다.

"그래요, 사실 난 그가 어디 있는지 짚이는 데가 있어요."

우리는 모두 동작을 멈추고 누이를 빤히 쳐다보았다.

"정말 흥미롭군요, 캐롤라인 양. 순수하게 당신 생각이오?"

카터 대령이 물었다.

"음, 꼭 그런 건 아니에요. 그에 대해 설명드리죠. 우리 집 현관에 걸려 있는 커다란 우리 지방 지도 아시죠?"

우리 모두 안다고 대답했다.

"저번 날 푸아로 씨가 나가면서 그 지도 앞에 걸음을 멈추고 그걸 보면서 뭐라고 한마디 하더라고요. 정확히 뭐라고 했는지는 기억나지 않아요. 하지만 이 근처에 있는 유일한 큰 도시가 크랜체스터라는 말이었던 것 같아요. 물론 그렇지요. 그런데 그가 가고 나자 갑자기 한 가지 생각이 떠올랐어요."

"무슨 생각인데요?"

"그가 왜 그런 말을 했을까 하는 거죠. 당연히 랠프가 크랜체스터에 있는 거예요."

그 순간 나는 쌓아 둔 내 패를 넘어뜨렸다. 누이는 즉각 나를 힐책했지만, 건성으로 하는 말이었다. 그녀는 자기 생각에 열중해 있었던 것이다.

"크랜체스터라고 했소, 캐롤라인 양? 분명 크랜체스터는 아닐 거요! 그렇게 가까운 곳에 있을 리가."

대령이 외쳤다.

캐롤라인이 의기양양하게 외쳤다.

"바로 그렇기 때문에 거기 있는 거예요. 이제 생각해 보면 랠프는 기차를 타고 여기를 빠져나간 게 아닌 것 같아요. 그냥 걸어서 크랜체스터까지 간 게 틀림없어요. 그리고 내 생각엔 지금도 그곳에 있고요. 아무도 그가 그렇게 가까운 곳에 있으리라고는 상상도 못 할 거예요."

내가 그 논리에 몇 가지 이의를 제기했지만 누이는 일단 무엇인가를 확신하면 무슨 수로도 그걸 바꿀 수 없는 사람이었다.

가넷 양이 생각에 잠긴 어조로 말했다.

"그러니까 푸아로 씨도 같은 생각을 하고 있다는 거죠? 정말 흥미로운 우연의 일치인데, 오늘 오후에 저는 크랜체스터로 가는 길로 산보를 나갔다가 푸아로 씨가 차를 타고 크랜체스터 쪽에서 오는 걸 봤어요."

우리는 모두 시선을 교환했다.

"어머나, 이런 올라 놓고도 모르고 있었네."

가넷 양이 갑자기 소리쳤다.

그 바람에 캐롤라인 누이의 주의는 창의적인 추리 활동에서 벗어나고 말았다. 그녀는 가넷 양에게 여러 짝들이 뒤섞인 채로 '초'를 너무 많이 부르면 마작을 올라도 거의 도움이 되지 않는다고 지적했다. 가넷 양은 동요하지 않는 얼굴로 그 말을 들으며 자기 산가지를 모았다.

"그래요, 캐롤라인. 당신 말 알아요. 하지만 그건 어떤 패를 갖고 시작하는가에 달려 있지 않은가요?"

그녀가 물었다.

"내 말대로 하지 않으면 절대로 크게 이길 수 없을 거예요."

누이는 주장을 굽히지 않았다.

"하지만 각자 자기 방식이 있는 게 아닐까요? 아무튼 지금까지는 내가 이기고 있네요."

가넷 양이 자기 산가지를 내려다보면서 말했다. 상당히 잃고 있는 듯한 누이는 아무 말도 하지 않았다. '동풍'이 지나가고 우리는 다시 새 판을 시작했다.

애니가 차를 가져왔다. 누이와 가넷 양은 둘 다 조금 화가 나 있었는데, 이런 파티에서는 흔히 있는 일이었다.

"조금 빨리 해 주면 좋겠네요, 가넷 양? 중국 사람들은 패를 어찌나 빨리 내는지 마치 참새가 날개를 퍼덕이는 것 같은 소리가 난다더군요."

가넷 양이 무슨 패를 낼까 망설이자 누이가 한마디 했다. 한동안 우리는 중국 사람들처럼 게임을 했다.

"당신은 알고 있는 이야기를 전혀 하지 않는군, 셰퍼드. 정말 의뭉스럽소. 그 훌륭한 탐정과 짝을 이루어 다니면서도 사태가 어떻게 되어 가는지 한마디도 하지 않으니 말이오."

카터 대령이 온화한 어조로 말했다.

"제임스는 좀 유별난 유형이지요. 정보를 내놓으면 큰일 나는 줄 안다니까요."

누이가 못마땅하다는 듯이 나를 쳐다보았다.

"정말이지 아는 게 없습니다. 푸아로 씨는 자기 생각을 얘기하지 않거든요."

내가 대답했다.

"현명한 사람은 말을 흘리지 않는 법이지. 그 외국인 탐정들은 워낙 훌륭한 친구들이니 말이오. 질문을 교묘히 피하는 기술이 뛰어날 거요."

대령이 싱글거리며 말했다.

"'펑' 그리고 '마작'."

가넷 양이 차분하게 승리를 알렸다.

상황이 좀더 긴박해졌다. 가넷 양이 세 번 연달아 '마작'을 외치자 짜증이 난 누이는 우리가 새로 패를 쌓을 때 나에게 말했다.

"너 정말 지루하게 구는구나, 제임스. 죽은 사람처럼 가만히 앉아

서 한마디도 하지 않으니 말이다!"

"하지만 누나, 나는 정말 할 말이 없어요. 그러니까 누나가 말하는 그런 얘기라면 말이에요."

내가 항의했다.

누이가 패를 정돈하면서 응수했다.

"엉터리 같은 소리. 넌 뭔가 흥미 있는 사실을 알고 있는 게 틀림없어."

나는 잠시 대답하지 않았다. 흥분되어 몸이 마비된 것 같았다. 완승. 다시 말해서 원래 가진 패로 마작을 부를 수 있다는 것을 깨달았던 것이다. 이런 패를 잡으리라고는 꿈도 꾸지 못한 일이었다. 승리의 기쁨을 억누르며 나는 내 패를 탁자 위에 펼쳐 놓았다.

"상하이 클럽에서는 '팅호'라고 한다지요. 완승입니다!"

대령의 눈이 튀어나올 것처럼 휘둥그레졌다.

"세상에, 정말 놀라운 일이군. 이런 건 생전 처음 봤소."

그가 외쳤다.

그 순간이었다. 캐롤라인의 비웃음에 약이 올랐던 나는 승리감에 도취되어 그만 분별을 잃고 한마디 하고 말았다.

"흥미로운 일이 있다면 금으로 된 결혼반지는 어떨까요? 그 안쪽에는 날짜와 'R로부터'라는 글귀가 새겨져 있었답니다."

이어 벌어진 일은 생략하겠다. 나는 어쩔 수 없이 그 귀한 물건이 발견된 정확한 장소와 날짜를 털어놓지 않을 수 없었다.

"3월 13일이라, 정확히 여섯 달 전이로군."

누이가 말했다.

온갖 흥분된 의견과 추측들이 난무하는 가운데 우리는 다음과 같은 세 가지 추론을 세울 수 있었다.

카터 대령의 의견: 랠프는 남몰래 플로라와 결혼했다. 가장 즉각적이고 단순한 결론.

가넷 양의 의견: 로저 애크로이드가 페러스 부인과 남몰래 결혼했다.

캐롤라인 누이의 의견: 로저 애크로이드가 관리인 러셀 양과 결혼했다.

나중에 우리가 잠자리에 들려 할 때 누이에게서 좀 더 그럴듯한 네 번째 추론이 나왔다.

"내 말 들어 봐. 제프리 레이먼드와 플로라가 결혼했다 해도 전혀 놀랄 일이 아닌 것 같아."

누이가 불쑥 말했다.

"그렇다면 'R로부터'가 아니라 'G로부터'라고 해야 하잖아."

"넌 잘 모르는구나. 남자를 성으로 부르는 여자들도 있단다. 그리고 오늘 저녁 가넷 양이 한 말 너도 들었을 거다. 플로라가 좀 푼수 같은 데가 있다는 것 말이다."

엄밀히 말하자면 내가 듣기에 가넷 양이 꼭 그렇게 말한 건 아니었지만, 나는 의중을 파악하는 누이의 지식을 존중하기로 했다.

"헥터 블런트는 어때? 혹시 그가……."

내가 넌지시 말했다.

“말도 안 돼. 그가 플로라에게 찬사를 보낼 수는 있어. 심지어 사랑할 수도 있지. 하지만 잘생긴 비서를 두고 자기 아버지뻘 되는 늙은 남자하고 사랑에 빠질 여자는 없다. 그 애가 자기도 모르게 블런트 소령을 자극했을 수는 있어. 처녀들이란 원래 교묘한 데가 있으니까. 하지만 한 가지만은 네게 분명히 말해 두마, 제임스 셰퍼드. 플로라 애크로이드는 랠프 페이턴에게 조금도 관심이 없어. 한 번도 관심을 가졌던 적이 없다고. 내 말을 믿는 게 좋을 거다.”

나는 캐롤라인의 말을 곧이곧대로 받아들였다.

파커

다음 날 아침 나는 지난 밤 팅호, 곧 완승으로 인한 기쁨 때문에 분별을 잃었다는 생각이 들었다. 그랬다, 푸아로가 반지를 발견한 사실에 대해 함구해 달라고 내게 요청한 것은 아니었다. 하지만 펀리 파크에 있는 동안 그는 거기에 대해 다른 이들에게 한마디도 하지 않았고, 내가 아는 한 반지가 발견되었다는 사실을 아는 것은 나뿐이었다. 그런데 이제 그 사실은 킹스 애벗 전역에 삽시간에 퍼져 나가고 있을 것이다. 당장이라도 푸아로가 달려와 호된 비난을 퍼부을 것만 같았다.

페러스 부인과 로저 애크로이드의 합동 장례식이 11시에 열렸다. 슬프고도 인상적인 장례식이었다. 펀리 사람 모두가 참석했다.

장례식이 끝난 후, 식에 참석했던 푸아로가 다가와 내 팔을 잡아끌더니 라치스로 같이 돌아갈 것을 청했다. 그의 표정이 무척 심각했으므로, 나는 전날 밤의 내 경솔한 언동이 그의 귀에까지 들어간 게 아닐까 걱정스러웠다. 하지만 얼마 지나지 않아 그가 전혀 다른 문제에 생각을 집중하고 있었다는 사실이 드러났다.

"아시다시피 이제 우리는 행동해야 합니다. 선생님의 도움으로 증인 한 사람을 조사해 보고 싶습니다. 그에게 질문을 하고 두려움을 불러일으켜 진실을 말하지 않을 수 없도록 해야 합니다."

"증인 누구 말입니까?"

깜짝 놀란 내가 물었다.

"바로 파커입니다! 오늘 12시까지 우리 집으로 오라고 했어요. 지금쯤 와 있겠네요."

"무슨 생각으로 그러시는 겁니까?"

내가 그를 곁눈으로 흘끗 보며 용기를 내어 물었다.

"어떤 내용을 알고 있긴 한데…… 흡족할 정도가 아니랍니다."

"페러스 부인을 협박한 게 파커라고 생각하십니까?"

"그렇거나, 아니면……."

"아니면요?"

내가 잠시 기다리다 물었다.

"친구 양반, 한 가지만 말씀드리지요. 전 협박자가 파커이기를 바랍니다."

그의 심각한 태도와 거기에 깃든 설명할 수 없는 그 무엇 때문에 나는 입을 다물었다.

라치스에 도착한 우리는 파커가 이미 와서 우리가 돌아오길 기다리고 있다는 말을 들었다. 우리가 방에 들어서자 집사가 공손하게 자리에서 일어섰다.

"잘 있었나, 파커. 잠깐만 기다려 주게."

푸아로가 유쾌한 어조로 말했다.

그가 외투와 장갑을 벗었다.

"제가 도와 드리지요, 선생님."

파커는 얼른 푸아로에게 다가가 그가 옷 벗는 것을 도와 주었다. 파커는 옷과 장갑 등을 문 옆의 의자 위에 얌전히 내려놓았다. 푸아로는 만족스러운 눈길로 그를 바라보았다.

"고맙네, 파커. 앉게. 얘기가 좀 길어질지도 모른다네."

파커가 죄송하다는 듯 고개를 숙이며 자리에 앉았다.

"오늘 아침 내가 자네를 부른 이유가 뭐라고 생각하나?"

파커가 기침을 했다.

"제 생각에는 선생님, 돌아가신 주인님에 대해서 한두 가지 물어보실 게 있는 모양이라고 생각했습니다만……. 사생활 같은 것 말입니다."

푸아로가 미소를 지으며 말했다.

"프레시제망.(바로 맞추었네.) 자네, 협박 같은 것 많이 해 봤나?"

"선생님!"

파커가 벌떡 일어났다.

푸아로가 차분하게 말했다.

"흥분하지 말게. 정직한 사람이 명예를 손상당한 척하지 말게. 자넨 협박에 관해서라면 훤히 알고 있지 않나?"

"선생님, 전…… 결코……."

"결코 이런 모욕을 당한 적이 없단 말인가? 그렇다면, 친애하는 파커, 그날 밤 애크로이드 씨의 서재에서 협박이라는 말을 들은 후로, 그 안에서 나누는 이야기를 엿듣기 위해 왜 그렇게 조바심을 친 건가?"

"저는 그러지 않았습니다……. 저는……."

"자네가 마지막으로 모시던 주인이 누구였지?"

푸아로가 불쑥 물었다.

"제 전 주인 말씀이십니까?"

"그렇다네. 애크로이드 씨 댁에 오기 전에 모셨던 주인 말일세."

"엘러비 소령이라는 분이었습니다만, 선생님……."

푸아로가 그의 말허리를 잘랐다.

"바로 그렇지. 엘러비 소령이었지. 엘러비 소령은 마약 중독자 아니었나? 자네는 그와 함께 여행을 다녔네. 그가 버뮤다에 있었을 때 문제가 터졌지. 한 사내가 살해됐어. 엘러비 소령에게도 부분적으로 책임이 있었지. 하지만 사건은 서둘러 종결되었어. 그렇지만 자네는 그 사실을 알고 있었어. 자네 입을 막기 위해 엘러비 소령이 얼마나 지불했나?"

파커는 벌린 입을 다물지 못한 채 푸아로를 물끄러미 바라보았다. 그는 자기 통제력을 완전히 잃었고, 두 볼은 힘없이 떨리고 있었다.

"알다시피, 난 조사를 했네. 지금 말한 그대로일세. 자네는 당시 협박으로 상당한 돈을 뜯어냈고, 엘러비 소령은 죽을 때까지 자네에게 죽 돈을 주었더군. 자, 이제 자네가 마지막으로 협박한 얘기를 들려줄 텐가?"

파커는 여전히 멍하니 쳐다보고만 있었다.

"부인해도 소용없네. 에르퀼 푸아로는 다 알고 있네. 엘러비 소령에 관한 내 말이 틀렸나?"

자기 의사와는 상관없이 파커는 마지못해 고개를 한 차례 끄덕였다. 그의 얼굴빛은 백지장같이 창백했다.

그가 신음하듯 말했다.

"하지만 전 결단코 애크로이드 씨의 머리카락 하나 건드리지 않았습니다. 하늘에 맹세코, 선생님, 저는 그러지 않았습니다. 이런 일이 생길까 봐 줄곧 걱정하고 있었습니다. 하지만 단언하건대 저는 결코, 결코 주인님을 살해하지 않았습니다."

그의 목소리는 비명에 가까웠다.

"자네 말을 믿고 싶네. 자네는 그럴 정도로 신경이 굵지 못해. 배짱이 없단 말일세. 그래도 나는 진실을 알아야겠네."

"다 말씀드리겠습니다, 선생님. 선생님이 아시고 싶어 하시는 건 모두 말입니다. 그날 밤 제가 엿들으려 한 건 사실입니다. 게다가 애크로이드 씨가 방해하지 말라며 의사 선생님과 단둘이 들어가 문을 닫으시더군요. 제가 경찰에 진술한 건 결단코 모두 사실입니다. 협박이란 말이 들리자, 선생님, 그러자……."

그가 말을 멈추었다.

"자네 몫이 좀 있을지도 모른다고 생각했나?"

푸아로가 부드럽게 물었다.

"그러니까…… 그러니까, 예, 그렇습니다. 애크로이드 씨가 협박을 당하고 있다면 그 뜯어낸 돈을 제가 좀 가져서 안 될 게 뭐란 말인가 하고 생각했습니다."

아주 기묘한 표정이 푸아로의 얼굴을 스치고 지나갔다. 그가 앞으로 몸을 숙였다.

"그날 밤 이전에도 애크로이드 씨가 협박받고 있을지 모른다고 생각할 만한 이유가 있나?"

"아니요, 결코 없습니다. 그날도 깜짝 놀랐으니까요. 애크로이드 씨는 모든 점에서 모범적인 신사였습니다."

"얼마나 엿들었나?"

"별로 많이 듣지 못했습니다. 행운이 제 편이 아닌 것 같더군요. 물론 주방에서도 할 일을 해야 했습니다. 한두 차례 서재 쪽으로 슬그머니 가 보았지만 소용 없었습니다. 첫 번째는 셰퍼드 선생님이 나오셔서 들킬 뻔했고, 다음번에는 레이먼드 씨가 중앙 통로에서 저를 지나쳐 그쪽으로 갔기 때문에 역시 소용이 없었습니다. 그리고 쟁반을 들고 갔을 때는 플로라 양이 저를 가로막더군요."

푸아로는 마치 그의 말의 진실성을 시험하기라도 하는 듯이 그를 오랫동안 응시했다. 파커는 절박한 눈빛으로 그의 눈길을 받았다.

"부디 제 말을 믿어 주시기 바랍니다, 선생님. 경찰이 엘러비 소령님과 관련된 옛날 일을 알아내 저를 의심하게 될까 봐 줄곧 겁이

났습니다."

"에 비엥(그렇다면) 자넬 믿기로 하지. 하지만 한 가지 조건이 있네. 자네 은행 통장을 보여 주게. 통장은 갖고 있겠지?"

이윽고 푸아로가 말했다.

파커는 당황하는 기색 없이 주머니에서 통장을 꺼내 내밀었다. 초록색 표지의 얄팍한 통장을 받아 든 푸아로는 기재된 사항을 읽어 내려갔다.

"아! 올해 들어 저축성 국채를 500파운드어치 샀군?"

"그렇습니다, 선생님. 제 저축액이 1000파운드가 넘었으니까요. 전 주인 엘러비 소령님과 관련해 들어온 돈이죠. 그리고 올해에는 경마에서 재수가 좋았습니다. 아주 성공적이었죠. 기억하실는지 모르겠습니다만, 선생님. 가능성 없는 말이 우승을 했지요. 운 좋게도 전 그 말에 걸었고요, 20파운드를 말입니다."

푸아로가 그에게 통장을 돌려주었다.

"이제 가도 좋네. 자네 말이 사실이라고 믿네. 만일 그렇지 않다면 자네는 그만큼 더 불리해질 걸세."

파커가 가고 나자 푸아로는 다시 외투를 집어 들었다.

"다시 나갈 겁니까?"

내가 물었다.

"예, 해먼드 씨를 만나러 가십시다."

"선생님은 파커의 얘기를 믿으십니까?"

"표면적으로는 믿을 만합니다. 그가 아주 훌륭한 배우가 아닌 한 말입니다. 그는 협박을 받고 있던 사람이 애크로이드 자신이었다고 진짜로 믿고 있는 것 같더군요. 그렇다면 페러스 부인 일은 전혀 모르는 겁니다."

"그렇다면…… 누가……?"

"프레시제망!(문제는 바로 그겁니다!) 누굴까요? 해먼드 씨를 만나 보면 알게 되겠지요. 또 그렇게 되면 파커의 혐의가 완전히 벗겨지든가 아니면……."

"아니면요?"

푸아로가 변명하듯 말했다.

"오늘 아침에는 말을 끝맺지 않는 나쁜 버릇이 생겼군요. 참아 주시기 바랍니다."

"그건 그렇고 말입니다."

내가 좀 미안해하며 말을 꺼냈다.

"고백할 게 한 가지 있습니다. 사실은 저도 모르게 그 반지 이야기를 해 버리고 말았습니다."

"무슨 반지 말인가요?"

"금붕어 연못에서 선생님이 찾아낸 반지 말입니다."

"아! 그래요."

푸아로가 활짝 웃으며 말했다.

"화가 나시지 않았으면 좋겠습니다만? 제가 너무 경솔했습니다."

"아니, 친구 양반, 전혀 아닙니다. 전 선생님께 아무 부탁도 드리지 않았는걸요. 원하신다면 얼마든지 말씀하실 자유가 있으셨지요.

선생님의 누님께서 흥미를 보이시던가요?"

"물론 흥미를 보이더군요. 대단한 반응을 일으켰답니다. 온갖 추론들이 난무했습니다."

"아! 하지만 아주 단순한 문젠데요. 진실을 금방 알 수 있지 않은가요?"

"그런가요?"

내가 건조한 어조로 대답했다.

푸아로가 웃음을 터뜨렸다.

"현명한 사람은 속내를 말하지 않는 법이잖습니까? 그런데 벌써 해먼드 씨 사무실에 다 왔네요."

그가 말했다.

변호사는 사무실에 있었으므로, 우리는 지체 없이 그에게 안내되었다. 해먼드가 자리에서 일어나 건조하고도 빈틈 없는 태도로 우리를 맞았다.

푸아로는 곧장 본론을 꺼냈다.

"변호사님, 괜찮으시다면, 정보를 하나 얻고 싶습니다. 제가 알기로 변호사님은 킹스 패독의 돌아가신 페러스 부인을 위해 일하셨다지요?"

나는 변호사의 눈에 놀라는 빛이 재빨리 스쳐 지나가는 것을 보았다. 하지만 그의 직업적인 자제심이 또다시 가면처럼 그의 얼굴을 덮었다.

"그렇습니다. 부인의 일은 모두 우리 손을 거쳤지요."

"잘됐군요. 자, 그럼 제가 질문을 하기 전에 셰퍼드 선생님의 얘기부터 들어 주시기 바랍니다. 지난 금요일 밤 애크로이드 씨와 나눈 얘기를 다시 한 번 되풀이해 주실 수 있으십니까, 친구 양반?"

"물론입니다."

나는 곧장 그 이상한 밤의 이야기를 하기 시작했다.

해먼드는 주의 깊게 내 말을 들었다.

"이상입니다."

내가 말을 마쳤다.

"협박이라."

변호사가 생각에 잠긴 어조로 말했다.

"놀라셨습니까?"

푸아로가 물었다.

변호사는 안경을 벗어 손수건으로 닦으며 대답했다.

"아니요, 놀란 건 아닙니다. 한동안 그런 종류의 일이 있는 건 아닐까 의심했으니까요."

푸아로가 말했다.

"그렇다면 이제 제가 하고 싶은 질문을 드려도 되겠군요. 실제로 지불된 금액이 얼마인지에 대해 알고 있는 사람은 당신뿐입니다, 변호사님."

"저로서는 그 정보를 드리지 말아야 할 이유가 없군요."

해먼드는 잠시 사이를 두었다가 말을 이었다.

"지난해 페러스 부인은 유가 증권을 처분했는데, 그 돈을 재투자

하지 않고 은행 구좌에 넣었습니다. 부인은 수입도 많았고 남편이 죽은 후로 아주 조용히 살고 있었으므로, 그 돈은 분명 뭔가 특별한 목적으로 사용된 것 같습니다. 언젠가 제가 그 문제에 대해 부인에게 물었더니 죽은 남편의 가난한 친척들을 도와 주어야 한다더군요. 물론 전 더 이상 그 문제를 거론하지 않았습니다. 지금까지 저는 애슐리 페러스와 관계가 있던 어떤 여자에게 그 돈이 주어졌다고 생각해 왔습니다. 페러스 부인 자신이 관련되었다고는 꿈에도 생각지 못했습니다."

"그런데 액수는요?"

푸아로가 물었다.

"모두 합해 최소한 2만 파운드는 될 겁니다."

"2만 파운드라고요! 1년 동안에!"

내가 소리쳤다.

"페러스 부인은 무척 부자였으니까요. 게다가 살인의 대가가 그렇게 가벼울 순 없지요."

푸아로가 건조한 어조로 말했다.

"더 물어보실 게 있습니까?"

해먼드가 물었다.

"감사합니다. 됐습니다. 혼란스럽게 해서 정말 죄송합니다."

"천만에요. 천만의 말씀입니다."

"푸아로 씨, 혼란스럽게 한다는 단어는 정신적인 혼란을 말할 때만 쓴답니다."

밖으로 나온 다음 내가 지적했다.

"아! 내 영어는 영원히 완벽해지지 못할 것 같습니다. 정말 기묘한 언어라니까요. 그렇다면 어지럽혔다고 말했어야 하는군요?"

"방해했다고 하는 것이 적절할 것 같습니다."

"고맙습니다, 친구 양반. 선생님은 정확한 어휘 구사에 집착하시는군요. 에 비엥(그건 그렇고) 파커라는 친구에 대해 어떻게 보십니까? 2만 파운드를 손에 쥐고도 집사 일을 계속했을까요? 주 느 팡스 파.(제 생각은 아닙니다.) 물론 그가 다른 사람 명의로 그 돈을 예금해 두었을 수도 있습니다만, 저는 그가 말한 게 사실이라고 믿습니다. 그는 파렴치한이긴 하지만 조무래기 악당에 불과해요. 큰일을 벌일 만한 인물이 못 되지요. 이제 우리에게 남은 가능성은 레이먼드나 블런트 소령이군요."

"레이먼드는 아닌 게 분명합니다. 500파운드도 없어서 쩔쩔맸다고 하지 않았습니까?"

"그 사람 말에 따르면 그렇지요."

"그리고 헥터 블런트에 대해서 말인데요……."

순간 푸아로가 내 말허리를 잘랐다.

"블런트 소령에 관해 도움이 될 만한 얘기를 해 드리죠. 조사하는 게 원래 제 일이니까요. 조사를 좀 했지요. 에 비엥(그러니까) 그가 받았다는 유산 말입니다. 그 액수가 2만 파운드나 되더군요. 거기에 대해 어떻게 생각하십니까?"

나는 어찌나 충격을 받았는지 아무 말도 할 수 없었다. 이윽고 내가 말했다.

"그럴 리가요. 헥터 블런트같이 유명한 사람이 그럴 리가요."

푸아로는 어깨를 으쓱해 보였다.

"누가 압니까? 적어도 그는 큰일을 꾸밀 만한 사람이긴 합니다. 사실 저로서도 그를 협박자로 보긴 어렵다고 하지 않을 수 없군요. 하지만 선생님이 고려조차 하지 않은 또 다른 가능성이 있습니다."

"그게 뭡니까?"

"불이랍니다, 친구 양반. 선생님이 떠난 다음, 애크로이드 자신이 편지와 푸른 봉투를 전부 태워 버렸을 수도 있습니다."

"그랬을 것 같지는 않습니다. 하긴…… 그랬을지도 모르지요. 마음을 바꿨을 수도 있으니까요."

내가 느릿하게 말했다.

마침 우리 집 앞이었다. 나는 순간적인 충동에서 푸아로에게 들어가서 집에 뭐가 있을지는 모르겠지만 있는 음식을 가지고 되는 대로 식사를 하자고 제안했다.

나는 그런 내 행동에 누이가 기뻐하리라고 생각했지만, 여자란 족속을 만족시키기란 정말 어려운 일이었다. 점심 메뉴는 두툼한 스테이크인 모양이었다. 주방에서는 쇠고기와 양파 냄새가 났다. 이어 세 사람 앞에 놓인 2인분의 스테이크는 당혹감을 불러일으켰다.

하지만 캐롤라인은 오랫동안 풀이 죽어 있을 사람이 아니었다. 그녀는 놀라운 거짓말을 동원해, 자신은 나의 비웃음을 받으면서도 엄격한 채식주의 식단을 고집하고 있노라고 푸아로에게 말했다. 그녀는 땅콩 커틀릿이 얼마나 맛있는지 자세히 설명하면서(확신하건대 그녀는 이제까지 그런 걸 먹어 본 적이 없을 터였다.) 치즈 토스트를 맛있게 먹었다. 그러면서 '육식'의 위험성에 대해 신랄한 비판을 곁들였다.

식사 후, 우리가 난로 앞에 앉아 담배를 피우고 있는데 누이가 푸아로에게 단도직입적으로 물었다.

"랠프 페이턴은 아직 못 찾으셨나요?"

"어디 가서 그를 찾으면 될까요, 마드무아젤?"

"전 당신이 크랜체스터에서 그 애를 찾아낸 줄 알았는데요."

캐롤라인 누이가 의미심장한 어조로 말했다.

푸아로는 어안이 벙벙한 듯했다.

"크랜체스터에서요? 왜 하필이면 크랜체스터죠?"

내가 조금 심술궂게 그에게 사태를 설명했다.

"우리 동네 탐정 할머니가 어제 크랜체스터로 가는 길에서 선생이 차를 타고 지나가는 모습을 보았답니다."

푸아로의 얼굴에서 당혹스러운 표정이 사라졌다. 그는 큰 소리로 웃음을 터뜨렸다.

"아, 그거요! 치과에게 다녀오는 길이었습니다, 세 투.(그뿐이었죠.) 이가 아파서요. 의사에게 갔지요. 당장에 나아지더군요. 그래서 즉시 돌아올 생각이었죠. 의사가 안 된다는 거예요. 뽑는 게 낫다는 겁니다. 저는 항의했지요. 그는 고집을 굽히지 않았습니다. 결국 제 생각대로 했답니다! 그 문제의 이는 이제 다시는 아프지 않겠지요."

누이는 바람 빠진 풍선처럼 허물어진 것 같았다.

우리의 화제는 랠프 페이턴에 관한 것으로 옮겨 갔다.

"천성이 나약하긴 해도 사악한 아이는 아닙니다."

내가 주장했다.

"아! 하지만 나약하다면 그 끝은 어디일까요?"

푸아로가 물었다.

"정확한 지적이에요. 여기 있는 제임스도 그렇답니다. 어찌나 나약한지 제가 돌보지 않았다면……."

누이가 말했다.

"누나, 남의 성격을 끌어들이지 않고는 얘기 못 해?"

내가 짜증스럽게 말했다.

"네가 나약한 건 사실이잖니, 제임스. 난 너보다 여덟 살 많아……. 오! 푸아로 씨가 내 나이를 아신다 해도 상관없어……."

누이는 전혀 물러서지 않고 말했다.

"전혀 그렇게 보이지 않습니다, 마드무아젤."

푸아로가 살짝 고개를 숙여 보이며 말했다.

"너보다 여덟 살 위란다. 그래서 난 항상 너를 돌보는 게 내 임무라고 생각해 왔어. 만약 네가 교육을 잘못 받았다면 지금쯤 어떻게 되었을지 아무도 모른단다."

"미인 모험가와 결혼했을지도 모르지."

천장에 시선을 둔 채 담배 연기로 고리를 만들면서 내가 중얼거렸다.

"모험가라고! 미인 모험가 얘기라면……."

누이는 코웃음을 치더니 말꼬리를 흐렸다.

"그 얘기라면?"

내가 호기심을 느끼며 물었다.

"아무것도 아니야. 그저 150킬로미터도 안 되는 곳에 있는 누군가가 생각났을 뿐이야."

그러더니 캐롤라인은 갑자기 푸아로에게 몸을 돌렸다.

"제임스 눈치를 보니까 당신은 펀리 파크의 집안 사람 중 누군가가 살인을 저질렀다고 믿고 있는 것 같더군요. 제가 말할 수 있는 건 당신 생각이 틀린 것 같다는 거예요."

"저는 틀리는 것을 좋아할 수가 없습니다. 그게 제, 그러니까 뭐더라, 제 메티에(직업)이니까요."

누이는 푸아로의 말에는 아랑곳하지 않고 말을 계속했다.

"저는 제임스나 그 밖의 사람들에게서 들어서 여러 가지 사실을 꽤 분명히 알고 있답니다. 제가 보기에 집안 사람들 중 단 두 사람만이 범행을 저지를 기회가 있었더군요. 랠프 페이턴과 플로라 양이지요."

"누나……."

"이런, 제임스. 내 말 막지 마라. 내가 무슨 말을 하고 있는지는 나도 잘 알고 있단다. 파커는 플로라를 문 밖에서 만났다고 했죠? 그는 애크로이드 씨가 플로라에게 잘 자라고 인사하는 소리는 못 들었어요. 그 애가 그때 거기서 그를 죽였을 수도 있어요."

"누나!"

"내 말은 플로라가 '했다'는 게 아니란다, 제임스. 그랬을 수도 있다는 것뿐이지. 사실 플로라는 요즘 젊은 처녀애들이 그렇듯이 어른에 대한 존경심도 없고 저만 잘난 줄 알고 있긴 하지만, 저로서는 그 애가 닭 한 마리 죽이지 못할 거라고 믿어요. 하지만 문제는 남아 있어요. 레이먼드 씨와 블런트 소령에게는 알리바이가 있고, 애크로이드 부인도 알리바이가 있어요. 러셀이란 여자에게도 알리바이가 있단 말입니다. 알리바이가 있다니 그녀에겐 정말 다행이지요. 그럼 누가 남지요? 랠프와 플로라뿐이에요! 뭐라고 하셔도 전 랠프가 살인자라고 생각하지 않아요. 그 애가 어렸을 때부터 우리 모두 그 애를 너무 잘 알고 있어요."

푸아로는 담배 연기가 구불거리며 올라가는 것을 바라보면서 잠시 아무 말도 하지 않았다. 이윽고 그는 기묘한 느낌을 자아내는 부드럽고도 아득한 목소리로 말했다. 평소의 태도와는 전혀 다른 것이었다.

"한 사내를 예로 들어 봅시다, 아주 평범한 사내를요. 살인 같은 건 생각도 해 본 적이 없는 사람입니다. 그의 내면 어딘가, 아주 깊숙한 곳에 한 줄기 연약함이 숨어 있습니다. 여태껏 한 번도 드러나지 않았던 기질이죠. 어쩌면 영원히 드러나지 않을지도 모릅니다. 그랬다면 그 사내는 모든 이들의 존경과 칭송을 받으며 무덤으로 갈 수 있었겠지요. 하지만 어떤 일이 벌어진다고 가정해 봅시다. 그가 곤경에 처하는 겁니다. 아니면 그 정도도 못 되는 일일 수도 있습니다. 그가 우연히 어떤 비밀을 알게 되었을 수도 있습니다. 누군가의 생사가 달린 비밀 말입니다. 그가 우선 느낀 충동은 그걸 밝혀서 정직한 시민으로서 의무를 다하는 겁니다. 그런데 문제의 연약한 기질이 그에게 속삭입니다. 이게 바로 돈을, 아주 큰 돈을 벌 기회라고 말이지요. 그에게는 돈이 필요합니다. 절박하게 말입니다. 그건 너무도 쉽습니다. 아무것도 할 필요가 없습니다. 그냥 입만 다물고 있으면 되는 겁니다. 그게 시작입니다. 돈에 대한 욕망은 불어납니다. 그는 점점 더 많이 원합니다. 발 앞에 열려 있는 금광에 정신이 마비된 겁니다. 탐욕스러워집니다. 그리고 탐욕 속에서 무리를 하게 됩니다. 사내에게는 원하는 만큼 압력을 가해도 괜찮지만 여자에게는 지나치게 압력을 가해서는 안 됩니다. 여자들은 마음속 깊숙한 곳에 진실을 말하고 싶은 욕망을 갖고 있기 때문입니다. 얼마나 많은 남자들이 부인을 속이고도 비밀을 지닌 채 편안하게 무덤으로 가는지요! 하지만 남편을 속인 아내들은 그 사실을 바로 그런 남편들에게 털어놓음으로써 자신의 인생을 파멸로 몰고 간답니다! 그들은 지나친 압박을 견딜 수 없는 겁니다. 어느 순간 무모하게, 비에 낭탕뒤(물론) 나중에 후회하겠지만 순간적인 만족감을 느끼며 진실을 밝힘으로써, 안전을 위태롭게 만들고 궁지에 처하게 됩니다. 제 생각엔 이번 사건도 그런 경우입니다. 압박이 지나쳤던 겁니다. 속담에도 있듯이 '황금알을 낳는 거위'가 죽어 버린 겁니다. 하지만 문제는 거기서 그치지 않습니다. 문제의 그 사내는 협박 사실을 발각당할 위험에 직면합니다. 그는 이미 과거의 그, 그러니까

1년 전의 그 사람이 아닙니다. 그의 도덕적 신경은 둔해져 있습니다. 절박한 상황입니다. 승산 없는 싸움을 하는 그는 자기 손에 들어오는 어떤 수단이라도 쓸 각오가 되어 있습니다. 발각되는 것은 그에게 곧 파멸을 뜻하니까요. 그래서…… 단검을 휘두른 겁니다!"

그는 잠시 입을 다물었다. 마치 그가 방에 마법이라도 걸어 놓은 것 같았다. 그의 말이 만들어 낸 느낌을 나로서는 표현할 길이 없다. 그의 엄혹한 분석과 우리를 공포로 몰아가는 비정한 통찰력에는 그 무엇인가가 깃들어 있었다.

"그런 다음 단검이 치워지면, 그는 다시 정상적이고 부드러운 자신으로 되돌아갑니다. 하지만 언제라도 그럴 필요가 생기면 또다시 단도를 내려칠 겁니다."

푸아로가 부드럽게 말했다.

마침내 누이가 입을 열었다.

"랠프 페이턴 얘기를 하고 계시는군요. 당신 말이 맞을 수도 있고 틀릴 수도 있어요. 하지만 변명도 들어 보지 않은 채 누군가에게 사형 선고를 내릴 순 없어요."

전화 벨이 날카롭게 울렸다. 나는 현관으로 나가 수화기를 집어 들었다.

"뭐라고요? 예, 제가 셰퍼드인데요."

잠시 듣고 있던 나는 짤막하게 대답했다. 수화기를 내려놓고 나는 응접실로 돌아왔다.

"푸아로 씨, 리버풀에서 한 사내가 잡혔답니다. 찰스 켄트라는 사람인데, 그날 밤 펀리 파크를 방문했던 그 수상한 자인 것 같답니다. 저보고 당장 리버풀로 와서 그의 신원을 확인해 달라고 하네요."

찰스 켄트

30분 후, 푸아로와 나는 래글런 경위와 함께 리버풀행 기차 안에 앉아 있었다. 경위는 무척 흥분한 것이 분명했다.

그가 몹시 기뻐하며 말했다.

"다른 건 몰라도 협박 건에 대해서만큼은 알아낼 수 있을 겁니다. 전화를 통해 듣기로는 이 친구 상당히 거친 자 같습니다. 게다가 마약 중독자라더군요. 그를 통해 우리가 원하는 걸 쉽게 알아낼 수 있을 겁니다. 동기가 있다면 그가 애크로이드 씨를 죽인 게 분명합니다. 하지만 그렇다면, 이 페이턴이란 청년은 왜 모습을 나타내지 않는 걸까요? 모든 게 뒤죽박죽, 바로 그렇습니다. 그런데 푸아로 씨, 문제의 지문에 관해서는 당신 말이 옳았습니다. 그것은 애크로이드 씨 자신의 지문이더군요. 저 자신도 그런 생각을 하긴 했지만, 너무 있음직한 일이 아니어서 떨쳐 버리고 말았죠."

나는 속으로 웃었다. 래글런 경위는 너무도 노골적으로 자기 체면을 세우려 하고 있었던 것이다.

"그 남자 말입니다. 아직 정식으로 체포된 것은 아니지요?"

푸아로가 물었다.

"그렇습니다, 용의자로 잡아 두었을 뿐입니다."

"그 사람 자신은 뭐라고 한답니까?"

경위가 씩 웃으며 말했다.

"이상하게도 거의 말을 안 한답니다. 아주 경계심이 많은 자인가 봅니다. 욕만 퍼부어 대고 말은 거의 안 한다는군요."

우리가 리버풀에 도착했을 때, 나는 푸아로가 크게 환영을 받는 것에 깜짝 놀랐다. 우리를 마중 나온 헤이스 총경은 오래전에 어떤 사건에서 푸아로와 함께 일한 모양으로, 푸아로의 능력을 지나칠 정도로 높이 평가하고 있음이 분명했다.

"이제 푸아로 씨가 왔으니 사건 해결도 멀지 않았군요. 전 당신이 은퇴하셨는 줄 알았는데요, 무쇼?"

그가 기뻐하며 시원찮은 발음으로 프랑스 어까지 동원해 물었다.

"그랬지요, 헤이스 총경님. 은퇴했지요. 그런데 은퇴하고 보니 어찌나 지루한지요! 하루하루가 어찌나 단조롭게 지나가는지 상상도 못 하실 겁니다."

"그럴 겁니다. 그래서 우리가 잡아 둔 그 친구를 보러 오셨군요? 이분이 셰퍼드 선생님이신가요? 그자를 알아보실 수 있겠습니까, 선생님?"

"글쎄요."

내가 자신 없어 하며 대답했다.

"어떻게 그를 잡았습니까?"

푸아로가 물었다.

"아시다시피 인상 착의를 배포했습니다. 신문에도 내고 개인적으로도 알렸지요. 아직 별로 진전이 없다는 건 저도 인정합니다. 이 친구는 미국식 억양을 쓰고, 그날 밤 킹스 애벗 근처에 갔다는 사실을 부인하지 않고 있습니다. 다만 그게 경찰과 무슨 상관이 있냐며 두고 보라고 할 뿐 그 어떤 질문에도 대답을 하지 않습니다."

"그를 좀 만나 볼 수 있을까요?"

푸아로가 물었다.

총경은 알겠다는 듯이 한쪽 눈을 찡긋해 보였다.

"물론입니다, 선생. 뭐든 원하시는 대로 하십시오. 일전에 런던 경시청의 재프 경위가 선생 안부를 묻더군요. 선생이 이번 사건에 비공식적으로 개입하고 있다는 소식을 들었다면서요. 그런데 선생, 페이턴 대위가 어디 숨어 있는지 말해 주실 수 없을까요?"

"지금의 시점에서 말씀드리는 게 현명한 일인지 잘 모르겠군요."

푸아로가 점잔을 빼며 대답했다. 나는 웃음을 참느라 입술을 깨물었다. 그 키 작은 사내는 그런 일에 아주 뛰어났다.

좀 더 이야기가 오간 다음에야 우리는 잡혀 온 사내를 만나러 갈 수 있었다.

문제의 사내는 젊은 청년이었다. 내가 보기에 스물두세 살을 넘지 않은 것 같았다. 키가 크고 말랐으며 손을 조금 떨었고, 전에는 꽤 튼튼했을 몸집이 좀 쇠약해진 것처럼 보였다. 머리카락은 검은색이었고, 푸른 눈동자는 줄곧 힐끔거리며 상대의 눈길을 정면으로 바라보는 경우가 거의 없었다. 그 동안 나는 줄곧 그날 밤에 부딪힌 문제의 그 사내에게 어딘지 친숙한 구석이 있다고 생각해 왔다. 그런데 이 친구가 정말 그 사내라면 내가 완전히 잘못 생각한 것이었다. 그는 내가 아는 어느 누구의 모습과도 닮지 않았다.

총경이 입을 열었다.

"이보게, 켄트. 일어서게. 자네를 만나러 오신 분들이야. 안면 있는 분이 있나?"

켄트는 불퉁스럽게 우리를 응시했지만 아무 대답도 하지 않았다. 나는 그의 시선이 우리 셋 사이에서 왔다 갔다 하다가는 내게 돌아오는 것을 보았다.

"그래, 선생님, 어떻습니까?"

총경이 내게 물었다.

"키는 비슷한 것 같고, 전반적인 모습으로는 문제의 그 사람인 것 같습니다. 그 이상은 뭐라고 말씀드릴 수가 없네요."

"도대체 이 모든 게 무슨 수작이야? 내가 뭘 잘못했다고 이래? 자, 말해 보라니까! 내가 무슨 짓을 했다는 거야?"

켄트가 소리쳤다.

"그 사람이군요. 목소리를 들으니 알겠어요."

내가 고개를 끄덕였다.

"지난 금요일 밤, 펀리 파크의 대문 밖에서 말일세. 자네가 내게 그리로 가는 길을 묻지 않았나?"

"내가, 내가 그랬다고?"

"그 사실을 인정하나?"

경위가 물었다.

"아무것도 인정하지 않겠어. 무엇 때문에 나를 잡아들였는지 알기 전까지는."

그때 푸아로가 처음으로 입을 열었다.

"자넨 지난 며칠 동안 신문도 안 읽었나?"

사내의 눈이 가늘어졌다.

"바로 그거였군 그래? 펀리 파크에서 노인네 하나가 죽었다는 기사는 봤지. 그래, 내가 그 짓을 했다고 덮어씌우려는 건가?"

"자네는 그날 밤 그곳에 있었네."

푸아로가 조용히 말했다.

"그걸 어떻게 알지, 신사 양반?"

"바로 이걸로 알지."

푸아로가 주머니에서 뭔가를 꺼내 내밀었다.

우리가 정자에서 발견한 거위 깃털이었다.

그것을 보자마자 사내의 얼굴빛이 달라졌다. 그는 손을 내밀다가 말았다.

"헤로인일세. 아니, 이 친구야. 지금 그 안은 비어 있네. 그날 밤 자네가 떨어뜨린 정자 안 그 자리에서 발견했지."

푸아로가 생각에 잠긴 어조로 말했다.

찰스 켄트는 불안한 듯 그를 바라보았다.

"온갖 것에 대해 모르는 게 없는 것 같군, 키 작은 외국인 아저씨. 그럼 이것도 기억하고 있겠군. 신문에는 그 노인네가 9시 45분에서 10시 사이에 죽었다고 하던걸?"

"그렇다네."

푸아로가 동의했다.

"그래, 어쨌든 그게 정말이야? 내가 알고 싶은 건 바로 그거야."

"이분이 말해 줄 걸세."

그렇게 말하고 푸아로는 래글런 경위를 가리켰다. 경위는 잠시 망설이며 헤이스 총경과 푸아로를 번갈아 쳐다보더니 마침내 허락이라도 받은 듯이 입을 열었다.

"맞아. 9시 45분에서 10시 사이야."

"그렇다면 나를 이곳에 잡아 둘 수가 없겠군. 나는 9시 25분에 이미 펀리 파크에서 나왔으니까 말이야. '도그 앤드 휘슬'에 가서 물어보라고. 펀리 파크에서 1.5킬로미터쯤 떨어져 있는 크랜체스터로 가는 길에 있는 술집이야. 내가 거기서 한바탕 소동을 부렸던 것 같거든. 바로 9시 45분쯤에 말이야. 어떻게 생각해?"

래글런 경위가 수첩에 뭔가를 적어 넣었다.

"이제 어떻게 할 거지?"

켄트가 물었다.

"조사해 봐야지. 만일 자네 말이 사실이라면 걱정할 것 없네. 그런데 펀리 파크에는 무슨 일로 갔었나?"

"누굴 좀 만나러 갔지."

"누굴?"

"당신이 상관할 바 아니야."

"말조심하는 게 좋을걸, 이 친구야."

총경이 그에게 경고했다.

"말조심은 무슨 빌어먹을. 난 볼일이 있어 거기 갔을 뿐이야. 경찰은 살인이 일어나기 전에 내가 그곳을 떠났는지만 확인하면 될 거 아냐?"

"자네 이름이 찰스 켄트라고 했지. 어디서 태어났나?"

푸아로가 물었다.

사내는 푸아로를 빤히 쳐다보더니 씩 웃었다.

"나는 순수한 영국인이야."

그가 말했다.

"그래, 그런 줄 알았네. 켄트 지방에서 태어난 것 같은데."

푸아로가 생각에 잠긴 듯한 어조로 말했다.

사내는 푸아로를 응시했다.

"이유가 뭐야? 내 이름 때문인가? 이름하고 태어난 곳이 무슨 상관이야? 켄트라는 이름을 가진 사내놈은 반드시 켄트 지방에서 태어나야 한다는 법이라도 있어?"

"특정 상황에서는 그럴 수도 있네. 특정 상황에서는 말이네. 무슨 말인지 자네도 알 걸세."

푸아로가 의미심장하게 말했다.

그의 어조가 어찌나 의미심장했던지 두 경관도 놀란 모양이었다. 찰스 켄트의 얼굴이 새빨개졌다. 한순간 나는 그가 푸아로에게 달려드는 줄 알았다. 그러나 그는 생각을 바꿨는지 웃음을 터뜨리며 몸을 돌렸다.

푸아로는 만족한 듯 고개를 끄덕이고는 문 밖으로 나갔다. 경관들이 잠시 후 그의 뒤를 따랐다.

래글런이 말을 꺼냈다.

"이자의 말을 확인해 보겠습니다. 거짓말을 하는 것 같지는 않군요. 하지만 펀리 파크에서 뭘 하고 있었는지는 분명히 털어놓게 할 겁니다. 제 생각에는 이자가 바로 우리가 찾는 협박자인 것 같습니다. 하지만 그의 말이 사실이라면 실제 살인과는 아무 관계가 없는 셈입니다. 이자는 체포 당시 10파운드를 갖고 있었습니다. 꽤 큰돈이지요. 제 생각엔 문제의 40파운드가 이자에게 간 것 같습니다. 지폐 번호는 다릅니다만, 그거야 물론 이자가 제일 먼저 다른 돈으로 바꿨겠지요. 애크로이드 씨가 이자에게 돈을 준 게 틀림없습니다. 그는 돈을 갖고 가능한 한 잽싸게 도망친 거죠. 그런데 아까 이자의 출생지가 켄트라니 그건 무슨 말씀입니까? 그게 이 사건과 무슨 관계가 있습니까?"

"아무 관계도 없습니다. 그저 제 사소한 생각일 뿐입니다. 저는 이런 사소한 생각으로 유명한 사람이지요."

푸아로가 부드럽게 대답했다.

"정말입니까?"

래글런이 당황한 표정으로 푸아로를 뜯어보며 말했다.

총경이 커다랗게 웃음을 터뜨렸다.

"재프 경위에게서 그 말을 여러 차례 들었지요. 푸아로 씨와 그의 사소한 생각들에 대해 말입니다! 그의 말이, 자신에게는 너무 황당했지만 항상 어떤 의미가 담겨 있었다더군요."

"저를 놀리시는군요. 하지만 괜찮습니다. 마지막 순간에 젊고 똑똑한 사람들은 웃음을 잃고 늙은이들이 웃게 되는 경우도 있답니다."

그런 다음 그들에게 점잖게 고개를 끄덕여 보이고 푸아로는 거리로 나섰다.

그와 나는 어떤 호텔에서 같이 점심을 먹었다. 지금 생각해 보니 그는 당시 이미 사건의 전말을 파악하고 있었던 것 같다. 진실을 파악하는 데 필요한 마지막 실마리를 포착했던 것이다.

하지만 그 당시 나는 그 사실을 눈치 채지 못했다. 푸아로가 보이는 자신감이 평소의 우쭐거림에서 나온 것이라고 믿고 있었고, 내가 알 수 없는 것은 당연히 그도 모르리라고 여겼다.

내가 가장 알 수 없었던 것은 찰스 켄트란 사내가 펀리 파크에서 도대체 뭘 하고 있었는가 하는 것이었다. 되풀이해서 나는 그 문제를 생각해 보았지만 만족할 만한 대답을 얻지 못했다. 나는 마침내 용기를 내서 푸아로에게 슬쩍 물어보았다. 그의 대답이 즉각 나왔다.

"모 나미,(친구 양반) 전 짐작이 아니라 사실을 알고 있답니다."

"정말입니까?"

내가 못 믿겠다는 듯이 되물었다.

"예, 그렇고말고요. 그가 켄트에서 태어났기 때문에 그날 밤 펀리 파크에 갔던 거라고 한다면 선생님은 무슨 소린지 모르시겠지요?"

나는 물끄러미 그를 쳐다보았다.

"저로서는 도저히 이해가 안 되는군요."

내가 건조한 어조로 말했다.

"아! 하지만 상관없습니다. 제게는 아직도 사소한 생각이 있답니다."

푸아로가 안됐다는 듯이 말했다.

다음 날 아침 왕진에서 돌아오는 나를 래글런 경위가 불러 세웠다. 내가 차를 세우자 경위가 발판 위로 올라섰다.

"안녕하십니까, 셰퍼드 선생님. 그 알리바이가 확인되었습니다."

"찰스 켄트의 알리바이 말입니까?"

"그렇습니다. '도그 앤드 휘슬'에 있는 샐리 존스라는 여급이 그를 정확히 기억하고 있더군요. 다섯 명의 사진 가운데서 그의 것을 골라냈어요. 그가 술집에 들어온 게 정확히 9시 45분이었다는데, 그 술집은 펀리 파크에서 1.5킬로미터 이상 떨어져 있습니다. 그 여자 말이 그자는 돈을 많이 갖고 있었답니다. 주머니에서 지폐를 한 줌 꺼내는 걸 봤다나 봐요. 다 떨어진 장화를 신고 다니는 그런 하층민 사내에게 돈이 많은 걸 보고 놀란 모양입니다. 문제의 40파운드가 그에게 간 것이 분명합니다."

"그 친구는 아직도 펀리 파크를 찾아간 이유를 말하려 들지를 않습니까?"

"황소고집입니다. 오늘 아침 리버풀의 헤이스 총경님과 전화 통화를 했습니다."

"에르퀼 푸아로 씨는 그 사내가 그날 밤 그곳에 간 이유를 알고 있다고 하더군요."

내가 한마디 했다.

"그래요?"

경위가 알고 싶다는 듯 외쳤다.

"예, 그의 말이 그 사내가 켄트 지방에서 태어났기 때문에 거기 간 거라더군요."

내가 심술궂게 대답했다.

나는 스스로의 곤혹감을 남에게 떠넘기면서 기쁨을 느꼈다. 래글런은 잠시 무슨 말인 이해할 수 없다는 듯이 나를 빤히 바라보았다. 이윽고 그는 교활해 보이는 얼굴에 웃음을 떠올리며 의미 있는 손짓으로 자기 이마를 토닥였다.

"맛이 갔군요. 얼마 전부터 그런 생각이 들었지요. 딱한 노인네 같으니라고. 그래서 은퇴하고 이곳으로 온 거군요. 집안 내력일 가능성이 높습니다. 그의 조카 하나가 머리가 돌았다더군요."

"푸아로 씨의 조카가요?"

내가 깜짝 놀라 물었다.

"예, 선생님께는 그런 얘기를 한 적이 없나요? 아주 순한 모양이지만 완전히 미쳤다더군요. 딱한 친구 같으니라고."

"어디서 그런 얘길 들었습니까?"

래글런 경위의 얼굴에 다시 웃음이 떠올랐다.

"선생님의 누님에게서 들었답니다. 이 모든 이야기를 해 주시더군요."

정말이지 누이는 놀랍기 짝이 없었다. 모든 이들의 집안 내막을 샅샅이 알아내지 않고는 못 견디니까 말이다. 불행히도 나는 그런 비밀은 혼자만 알고 있어야 한다는 것을 누이에게 납득시키는 데 성공한 적이 없었다.

"타세요, 경위님, 같이 라치스에 가서 우리 벨기에 인 친구에게 이 새로운 소식을 알려 줍시다."

내가 자동차 문을 열어 주며 말했다.

"좋겠네요. 약간 맛이 가긴 했지만, 그 지문에 대해 그가 준 힌트는 유용했답니다. 켄트라는 사내에 대해서는 좀 머리가 이상해진 것 같지만 누가 압니까? 또 무슨 도움이 될지도 모르지요."

푸아로는 언제나처럼 친절한 미소를 지으며 우리를 맞았다. 그는 우리가 들려주는 얘기를 들으며 이따금 고개를 끄덕였다.

경위가 다소 침울하게 말을 이었다.

"그 친구에게는 꽤나 잘된 일로 보이네요, 그렇지 않습니까? 1.5킬로미터나 떨어진 곳에 있는 술집에서 술을 마시던 사람이 그 시각 그곳에서 살인을 할 수는 없으니까요."

"그를 풀어 줄 겁니까?"

"다른 방도가 없습니다. 사기를 쳐서 돈을 뜯어냈다고 잡아 둘 수는 없습니다. 그런 짓을 저질렀다는 증거가 없으니까요."

경위는 분개한 동작으로 성냥개비 하나를 난로에 던졌다. 푸아로는 떨어진 성냥개비를 주워 작은 성냥갑에 넣었다. 그의 동작은 완전히 기계적이었다. 나는 그가 전혀 다른 생각에 몰두해 있음을 알 수 있었다.

"제가 경위님이라면, 아직은 그 찰스 켄트란 친구를 풀어 주지 않겠습니다."

그가 마침내 말했다.

"무슨 뜻으로 그런 말씀을 하시는 겁니까?"

래글런이 그를 빤히 바라보았다.

"제 말은, 저라면 아직은 그를 풀어 주지 않을 거란 말입니다."

"그가 살인하고 관련이 있다고 생각하시는 건 아니겠죠?"

"그렇지는 않으리라고 생각합니다만…… 아직은 확실치 않으니까요."

"하지만 방금 제가 말씀드렸듯이……."

푸아로가 항의하듯 한 손을 들어 올렸다.

"메 위, 메 위.(그럼요, 그렇고말고요.) 전 귀머거리도 아니고 고맙게도 바보는 더더욱 아닙니다. 하지만 아시다시피 경위님은 잘못된, 잘못된 전제하에서 문제에 접근하고 있습니다."

경위가 그를 심각한 눈길로 응시했다.

"어떻게 그런 말을 하시는지 도통 모르겠군요. 이것 보십시오. 우리가 알고 있듯이 애크로이드 씨는 9시 45분까지는 살아 있었습니다. 그 점은 인정하시겠지요?"

푸아로는 잠시 그를 쳐다보더니 재빨리 웃음을 띠며 고개를 내저었다.

"저는 아무것도 인정하지 않는답니다, 증명된 것 이외에는 어떤 것도 말입니다!"

"하지만 그것에 대한 증거는 충분한데요. 플로라 애크로이드 양의 증언도 있습니다."

"그녀가 자신의 큰아버지에게 저녁 인사를 했다는 것 말입니까? 하지만 전 젊은 숙녀가 하는 말이라고 해서 언제나 믿지는 않습니다. 그녀가 아무리 매력적이고 아름답더라도 말입니다."

"하지만 빌어먹을, 이것 보십시오. 파커가 문 밖으로 나오는 그녀를 보았다고 했잖습니까?"

갑자기 푸아로의 목소리가 날카롭게 들려왔다.

"아닙니다. 파커가 반드시 그녀를 본 건 아닙니다. 일전에 간단한 실험으로 직접 확인했지요. 기억하십니까, 셰퍼드 선생님? 파커는 손잡이를 잡은 채 문 밖에 서 있는 플로라 양을 본 겁니다. 그녀가 서재에서 나오는 것을 본 건 아니란 말입니다."

"하지만…… 그렇다면 그녀는 어디에 있었을까요?"

"아마 층계겠지요."

"층계요?"

"그게 바로 제 사소한 생각이죠. 그렇습니다."

"하지만 그 계단은 애크로이드 씨의 침실로만 통하게 되어 있는데요."

"바로 그렇습니다."

경위는 여전히 그를 쳐다보고만 있었다.

"그럼 플로라 양이 자기 큰아버지의 침실에 올라갔다는 겁니까? 음, 그러지 말란 법도 없지요. 그녀가 왜 그 점에 대해 거짓말을 했을까요?"

"아! 문제는 바로 그겁니다. 그건 그녀가 그곳에서 무엇을 하고 있었는가에 달려 있지 않을까요?"

"선생님은 지금 돈 얘길 하시려는 겁니까? 빌어먹을, 지금 문제의 40파운드를 훔친 사람이 애크로이드 양이라는 암시를 하고 계신 건 아니겠지요?"

"전 아무것도 암시하고 있지 않습니다. 다만 이걸 일깨워 드리고 싶습니다. 그들 모녀의 생활은 무척 어려웠습니다. 청구서는 속속 도착했고 작은 액수의 돈 때문에 줄곧 말썽이 일었습니다. 로저 애크로이드는 돈 문제에 관해서는 무척 인색한 사람이었지요. 그 아가씨는 그다지 크지도 않은 돈 때문에 이미 곤란한 처지였을지도 모릅니다. 그럼 무슨 일이 일어난 건지 상상해 보십시오. 그녀가 돈을 갖고 좁은 층계를 내려옵니다. 반쯤 내려왔을 때 현관 쪽에서 유리컵 부딪히는 소리가 들려옵니다. 그녀는 분명 사태를 알아챘을 겁니다. 파커가 서재 쪽으로 오고 있었지요. 무슨 일이 있어도 층계에 있는 걸 들킬 수는 없었습니다. 파커는 그걸 유념해 둘 것이고,

돈이 없어졌다면 그녀가 계단을 내려오던 일을 틀림없이 기억해 낼 테니까요. 그녀가 아슬아슬하게 서재 문으로 달려 내려가 방금 안에서 나온 것처럼 보이도록 손잡이를 잡은 순간, 파커가 문간에 나타난 것입니다. 그녀는 머릿속에 떠오르는 대로 로저 애크로이드가 그날 밤 앞서 했던 지시를 되풀이하고는 2층의 자기 방으로 올라갑니다."

"좋습니다. 하지만 나중에라도 그녀는 자기가 진실을 말하는 것이 얼마나 중요한지를 깨달았을 텐데요? 왜냐하면 사건 전체가 달린 문제니까요!"

경위가 고집을 굽히지 않았다.

푸아로가 건조한 어조로 말했다.

"나중에 마드무아젤 플로라로서는 그렇게 하기 어려웠을 겁니다. 그녀는 처음에 그저 강도가 들어서 경찰이 왔다는 얘기만 들었습니다. 당연히 그녀는 돈을 훔친 것이 발각되었다고 결론을 내리고, 거짓말을 고수하기로 했습니다. 그런데 나중에 큰아버지가 죽었다는 것을 알고 공포에 질렸습니다. 요즘 젊은 여자들은 웬만큼 놀라운 일에는 기절하지 않는답니다, 무슈. 에 비엥(그런데) 그런 일이 벌어졌거든요. 그녀는 자기의 거짓말을 고수하든지 아니면 모든 것을 고백해야 했습니다. 그런데 젊고 예쁜 처녀가 자신이 도둑이라고 인정하기란 쉬운 일이 아니죠. 특히 평소에 존중받고자 했던 사람들 앞에서는 말이죠."

래글런은 주먹으로 탁자를 쾅 하고 내리쳤다.

"전 못 믿겠습니다. 이건…… 이건 도저히 믿어지지가 않아요. 그런데 선생님은…… 선생님은 줄곧 이 사실을 알고 계셨나요?"

"처음부터 그런 가능성은 염두에 두고 있었습니다. 저는 마드무아젤 플로라가 우리에게 뭔가 숨기고 있다고 줄곧 믿어 왔습니다. 그 문제에 대해 저 자신을 납득시키기 위해 아까 말한 그 실험을 한 겁니다. 셰퍼드 선생님도 저와 함께 계셨지요."

"파커를 시험해 보기 위한 거라고 말씀하신 것 같은데요."

내가 분개한 어조로 말했다.

"모 나미,(친구 양반) 그때 말한 것처럼 뭔가 둘러댈 말이 있어야 하는 법입니다."

푸아로가 사과하듯이 말했다.

경위가 자리에서 일어섰다.

"이제 할 일은 하나뿐입니다. 즉각 그 아가씨와 한판 벌여야겠습니다. 함께 펀리 파크까지 가실 거죠, 푸아로 씨?"

"물론입니다. 셰퍼드 선생님이 자동차로 태워다 주실 테지요?"

나는 기꺼이 그러겠다고 했다.

플로라 양을 만나고 싶다고 하자, 우리는 당구실로 안내되었다. 플로라와 헥터 블런트 소령은 긴 창가 의자에 앉아 있었다.

"안녕하세요, 애크로이드 양. 잠깐 한두 마디 나눌 수 있을까요?"

경위가 물었다.

블런트는 즉각 일어나 문을 향해 걸어갔다.

플로라가 신경이 곤두선 듯한 표정으로 물었다.

"무슨 일인가요? 가지 마세요, 블런트 소령님. 소령님이 계셔도 괜찮겠죠?"

플로라가 경위에게 몸을 돌리며 물었다.

경위가 건조한 어조로 말했다.

"마음대로 하십시오. 당신에게 한두 가지 질문을 해야겠습니다. 그런데 저로서는 단둘이 이야기하고 싶습니다. 당신에게도 그 편이 나을 겁니다."

플로라가 날카로운 눈길로 그를 쳐다보았다. 나는 그녀의 얼굴이 점점 창백해지는 것을 보았다. 이윽고 그녀는 몸을 돌려 블런트에게 말했다.

"여기 계셔 주세요, 부탁이에요. 그래요, 정말이에요. 경위님이 무슨 말을 하시든 소령님도 들으셨으면 좋겠어요."

래글런이 어깨를 으쓱해 보였다.

"음, 그렇게 하시겠다면 할 수 없죠. 자, 애크로이드 양, 여기 계신 푸아로 씨가 제게 한 가지 암시를 주시더군요. 당신이 지난 금요일 밤에 문제의 서재에 들어가지도 않았고, 애크로이드 씨에게 저녁 인사를 한 적도 없다는 겁니다. 파커가 중앙 통로를 가로질러 오는 소리가 들려왔을 때 당신은 서재에 있었던 게 아니라 당신 큰아버지의 침실에서 나와 층계를 내려오고 있었다는 거지요."

플로라의 멍한 눈길이 푸아로에게 옮겨 갔다. 그가 그녀에게 고개를 끄덕여 보였다.

"마드무아젤, 일전에 우리가 탁자에 둘러앉았을 때 제가 솔직히 말해 달라고 했지요. 누군가 말하지 않아도 이 푸아로 아저씨는 다 알아내고 만다고요. 그러지 않았나요? 자, 제가 대답하기 쉽게 해 드릴까요? 아가씬 돈을 훔쳤잖습니까?"

"돈이라니?"

블런트 소령이 날카로운 어조로 물었다.

적어도 1분간 침묵이 흘렀다.

이윽고 플로라가 자세를 바로 하더니 입을 열었다.

"푸아로 씨 말씀이 맞아요. 제가 그 돈을 가져갔어요. 제가 훔쳤어요. 저는 도둑이에요. 그래요, 천박하고 흔한 좀도둑이에요. 이제 다 아셨죠! 이렇게 밝혀지니 후련해요. 지난 며칠간은 정말 악몽 같았어요!"

그녀는 갑자기 그 자리에 주저앉아서는 양손에 얼굴을 묻었다. 손가락 사이로 쉰 목소리가 흘러나왔다.

"이곳에 온 후 제 생활이 어땠는지 아무도 모를 거예요. 물건들은 갖고 싶고, 그걸 갖기 위해 계략을 세우고, 거짓말하고, 속이고, 청구서는 늘어나고, 갚겠다고 약속을 했지요. 오! 그 모든 것들을 생각만 해도 저 자신이 싫어요! 랠프와 저, 저희가 결합하게 된 것도 바로 그 때문이었어요. 저희는 둘 다 나약했어요. 저는 그를 이해했고 딱하게 여겼어요. 왜냐하면 저도 똑같은 처지였으니까요. 저희는 둘 다 혼자 일어설 만큼 강하지 못했어요. 저희는 나약하고 비참하고 비열한 존재라고요."

그녀는 블런트를 쳐다보더니 갑자기 발을 굴렀다.

"어째서 그런 눈으로 저를 바라보시는 거죠? 제 말이 안 믿어지시는 것 같군요. 제가 도둑일 수는 있어요. 하지만 어쨌든 지금의 저는 진짜 제 자신이에요. 전 더 이상 거짓말을 하지 않고 있어요. 소령님이 좋아하시는 젊고 순진하고 소박한 그런 여자인 척하고 있지도 않아요. 소령님이 다시는 절 보지 않겠다고 하셔도 상관없어요. 전 저 자신을 증오하고 경멸해요. 하지만 한 가지만은 믿어 주셔야 해요. 진실을 밝히는 것이 랠프에게 도움이 될 것 같았다면, 오래전에 진실을 밝혔을 거예요. 하지만 제가 보기엔 그렇다고 해서 랠프에게 도움이 될 것 같지 않았어요. 오히려 더 불리해질 뿐이지요. 제가 거짓말을 고수함으로써 랠프에게 해를 끼치지는 않았다고요."

"랠프라……. 알겠소. 언제나 랠프 얘기군."

블런트가 응수했다.

"소령님은 이해하지 못하시는군요. 앞으로도 결코 이해하지 못하실 거예요."

플로라가 절망적으로 말했다.

그녀는 경위에게 몸을 돌렸다.

"모든 것을 시인해요. 제게는 돈이 너무나도 절실했어요. 그날 밤 저녁 식사 때 큰아버지를 본 게 마지막이었어요. 문제의 돈에 대해서는 원하신다면 필요한 조치를 취하세요. 지금보다 더 최악일 수는 없을 테니까요!"

그녀는 갑자기 다시 울음을 터뜨리더니 두 손으로 얼굴을 가린 채 방에서 뛰쳐나갔다.

"그러니까 이렇게 된 거로군요."

경위가 맥 빠진 어조로 말했다. 다음에 어찌 해야 좋을지 몰라 당황한 것 같았다.

블런트가 앞으로 나섰다.

"래글런 경위, 그 돈은 애크로이드 씨가 특별한 목적에서 내게 준 거요. 애크로이드 양은 그 돈에 손도 대지 않았소. 그녀는 페이턴 대위를 보호해 주려는 생각으로 거짓말을 한 거요. 내 말이 사실이오. 증언석에 가서 맹세할 준비도 되어 있소."

그는 거칠게 고개를 숙여 보이더니 갑자기 돌아서서 방을 나갔다.

푸아로가 잽싸게 그의 뒤를 따라갔다. 그는 현관에서 소령을 잡았다.

"무슈, 잠깐만 실례하겠습니다."

"무슨 일이오, 선생?"

블런트는 눈에 띄게 조바심을 내고 있었다. 그는 미간을 찌푸리고 서서 푸아로를 내려다보았다.

"그러니까 저는 소령님의 거짓말에 속아 넘어가지 않는다는 겁니다. 그럼요, 어림도 없지요. 플로라 양이 돈을 훔친 것은 사실입니다. 하지만 소령님이 꾸며 낸 말도 그럴듯했습니다. 재 마음에 들더군요. 당신이 저기서 하신 일은 매우 훌륭했습니다. 생각도 행동도 재빠른 분이군요."

푸아로가 빠른 말투로 말했다.

"당신의 견해를 듣고 싶은 생각은 전혀 없소."

블런트가 차갑게 응수했다.

그가 다시 발길을 옮겨 놓으려 했지만, 푸아로는 전혀 분개한 기색 없이 그의 팔을 붙잡았다.

"아! 하지만 제 말을 좀 들으셔야 합니다. 아직 할 말이 남았으니까요. 일전에 제가 여러분이 뭔가를 숨기고 있다는 얘기를 했습니다. 좋습니다. 저는 줄곧 소령님이 무엇을 숨기고 있는지 알고 있었습니다. 소령님은 마드무아젤 플로라를, 진심으로 그녀를 사랑하고 있습니다. 처음 본 순간부터 사랑하지 않으셨나요? 오! 이런 얘기에 거북해하지 맙시다. 어째서 영국에서는 사랑이 무슨 불명예스러운 비밀이라도 되는 것처럼 말하는 거지요? 소령님은 플로라 양을 사랑합니다. 그런데 그 사실을 세상에 감추고 싶어 합니다. 그것도 좋겠죠. 아니, 그래야만 하겠죠. 하지만 에르퀼 푸아로의 충고를 따르세요. 마드무아젤 본인에게는 그 사실을 숨기지 마십시오."

푸아로가 말을 하고 있는 동안 블런트는 안절부절못하는 기색을 보이고 있었지만 마지막 말에 주의가 끌린 것 같았다.

"그게 무슨 뜻이오?"

그가 날카롭게 물었다.

"소령님은 그녀가 랠프 페이턴 대위를 사랑한다고 생각하지만, 저 에르퀼 푸아로는 그렇게 생각하지 않습니다. 마드무아젤 플로라가 페이턴 대위를 받아들인 것은 큰아버지를 기쁘게 하기 위해서였습니다. 페이턴 대위와 결혼함으로써 견딜 수 없는 이곳의 생활에서 벗어날 수 있다고 여겼기 때문이지요. 그녀는 페이턴 대위를 좋아했고 둘 사이에 깊은 공감과 이해가 있었겠죠. 하지만 사랑은…… 아니랍니다! 마드무아젤 플로라가 사랑하는 사람은 페이턴 대위가 아닙니다."

"도대체 그게 무슨 뜻입니까?"

나는 그의 검게 탄 얼굴이 붉어지는 것을 보았다.

"당신은 장님이었습니다, 소령님. 장님이라고요! 플로라 양은 의리를 지키는 아가씨입니다. 랠프 페이턴이 의심을 받고 있으므로 도의상 그에게 충실하지 않을 수 없는 겁니다."

나는 좋은 일에 도움이 될 말을 할 수 있는 기회라고 생각했다.

"제 누이 캐롤라인도 어느 날 밤 말하더군요. 플로라는 랠프 페이턴을 조금도 사랑한 적이 없을 뿐 아니라, 앞으로도 그러지 않을 거라고요. 제 누이는 그런 일에는 틀리는 법이 없답니다."

내가 격려하듯이 말했다.

블런트는 내 선의의 말에는 반응을 보이지 않았다. 그는 푸아로만을 보고 말했다.

"정말 그렇게 생각하……."

그는 말을 하다가 멈추었다. 그는 자신의 생각을 말로 표현하는 데 어려움을 겪는 말주변 없는 사람이었다.

푸아로는 그런 어눌함 따위와는 거리가 멀었다.

"제 말이 의심스러우면 그녀에게 직접 물어보십시오, 무슈. 하지만 혹시 이젠 더 이상 그럴 마음이 없으시다면……. 그 돈 문제 때문에……."

블런트는 분개한 듯 소리 내어 웃었다.

"내가 그런 일로 그녀에게서 마음을 돌릴 것 같소? 로저는 돈 문제에 대해 언제나 좀 괴팍한 친구였소. 그녀는 어려움에 처했으면서도 차마 그에게 말을 하지 못한 거요. 가엾은 아이, 가엾고 외로운 아이."

푸아로가 사려 깊은 눈길로 옆문을 쳐다보았다.

"마드무아젤 플로라는 정원으로 나간 것 같군요."

그가 중얼거렸다.

블런트가 불쑥 말했다.

"나는 그 동안 모든 면에서 바보였소. 우리가 이제까지 한 대화는 무척 괴상했소. 덴마크 연극처럼 말이오. 하지만 선생은 훌륭한 분이오, 푸아로 씨. 고맙소."

블런트는 푸아로의 손을 잡고는 그가 아파서 찡그릴 만큼 잡은 손에 힘을 주었다. 그러고는 옆문을 통해 정원으로 나갔다.

"모든 면에서 바보였던 건 아니지. 오직 한 가지, 사랑에 빠진 바보일 뿐이지."

푸아로가 아픈 손을 어루만지며 중얼거렸다.

러셀 양

래글런 경위는 큰 충격을 받은 모양이었다. 그 역시 우리들처럼 블런트의 장한 거짓말에 속지 않았다. 마을로 돌아오는 동안 그는 줄곧 투덜거렸다.

"이렇게 되면 모든 게 뒤바뀌는군요. 선생님도 그 사실을 아셨는지 모르겠군요, 푸아로 씨?"

"저도 그렇게 생각합니다. 그래요, 그렇게 생각해요. 아시다시피 저는 얼마 전부터 그런 생각을 하고 있었답니다."

푸아로가 말했다.

겨우 30분 전에야 그 생각을 알게 된 래글런 경위는 언짢은 눈길로 푸아로를 쳐다보고는 자신의 생각을 말하기 시작했다.

"그 알리바이들 말인데요. 이제 모두 쓸모없어졌군요! 전혀 가치가 없다고요. 처음부터 다시 시작해야겠습니다. 9시 30분에 모두들 무엇을 하고 있었는지 알아내야죠. 9시 30분, 이것이 우리가 물고 늘어져야 할 시각이로군요. 그 켄트란 사내에 대해서는 선생님 말씀이 맞습니다. 당분간은 그를 붙잡아 두어야겠군요. 이제 어디 봅시다. 9시 45분에 그자는 '도그 앤드 휘슬'에 있었습니다. 그자가 뛰어갔다면 15분 만에 그곳에 도착할 수도 있었을 겁니다. 레이먼드 씨가 들었다는 애크로이드 씨에게 돈을 요구하던 목소리가 바로 그자의 목소리일 수도 있지요. 하지만 한 가지는 분명합니다. 전화를 걸어 온 사람은 그자가 아니라는 겁니다. 기차역은 반대쪽으로 500미터가 떨어져 있습니다. 그러니 '도그 앤드 휘슬'에서는 2킬로미터가 넘게 떨어져 있는 셈인데, 그자는 10시 10분까지 그 술집에 있었으니까요. 빌어먹을 전화 같으니라고! 언제나 여기에 막힌다니까요."

푸아로가 동의했다.

"정말 그렇습니다. 아주 이상한 일이에요."

"만약 페이턴 대위가 창을 통해 양아버지의 방으로 들어가 그곳에서 그가 살해된 것을 발견했다면, 대위가 전화를 걸었을 수도 있습니다. 자신이 의심받을 것이라고 생각하고는 질겁을 해서 도망쳤겠지요. 그럴 가능성도 있지 않겠습니까?"

"전화는 왜 걸었을까요?"

"그 노인이 진짜 죽었는지 확신할 수 없었는지도 모릅니다. 가능한 빨리 의사를 불러야겠다고 생각했지만 자신을 드러내고 싶진 않았던 겁니다. 그렇습니다, 이 추리를 어떻게 생각하십니까? 일리가 있는 것 같은데요."

경위는 으스대듯 가슴을 활짝 폈다. 그가 어찌나 자신의 생각에 도취되어 있었던지 우리의 어떤 말도 들리지 않을 것 같았다.

그 순간 차가 우리 집에 도착했다. 한동안 기다렸을 환자들을 보러 나는 서둘러 진찰실로 들어갔고, 푸아로는 경위와 함께 경찰서까지 걸어갔다.

마지막 환자를 내보낸 다음 나는 스스로 작업실이라고 부르는 집 뒤쪽의 작은 방으로 갔다. 나는 직접 만든 라디오 수신기가 자랑스러웠다. 하지만 누이는 내 작업실을 몹시 싫어했다. 나는 그곳에 내 연장들을 보관했고, 쓰레받기나 빗자루를 든 애니를 들여놓지 않았다. 아주 못 쓰게 되었다고 포기한 자명종 시계의 내부를 재조립하고 있는데, 작업실 문이 열리더니 누이가 고개를 들이밀었다.

"오! 여기 있구나, 제임스. 푸아로 씨가 너를 좀 보자고 하신다."

누이는 아주 불만스러운 어조로 말했다.

"음, 날 만나고 싶으면 이리로 오라고 해 줘."

누이가 갑자기 들어오는 바람에 깜짝 놀라 작은 부품 하나를 놓쳐 버린 나는 약간 짜증을 내며 대답했다.

"여기로 오란 말이니?"

"그래, 여기로 말이야."

캐롤라인이 못마땅하다는 듯 코웃음을 치고는 가 버렸다. 잠시 후 그녀는 푸아로를 데리고 돌아왔다가는 쾅 소리 나게 문을 닫고 가 버렸다.

"아하! 친구 양반, 그리 쉽게 저를 따돌리지는 못하실걸요!"

푸아로가 두 손을 비비며 다가왔다.

"경위하고는 용건이 끝나셨습니까?"

"지금으로서는 그렇습니다. 그런데 선생님은 환자 진료는 끝내셨나요?"

"예."

푸아로는 자리에 앉아 나를 쳐다보면서 아주 재미있는 농담을 음미하듯 계란 모양의 머리를 한쪽으로 기울였다.

"틀리셨답니다. 아직 보셔야 할 환자가 한 사람 남아 있습니다."

이윽고 그가 말했다.

"당신은 아니겠지요?"

내가 놀라 외쳤다.

"아! 비에 낭탕뒤(물론) 저는 아니죠. 전 너무나도 건강하니까요. 아뇨, 사실을 말씀드리자면 작은 음모를 꾸몄답니다. 만나고 싶은 사람이 있어서요. 그런데 마을 전체가 이 일을 알 필요는 없거든요. 그 숙녀가 우리 집에 오는 게 사람들 눈에 띈다면 그런 일이 벌어지겠죠. 왜냐하면 그 사람은 숙녀니까요. 하지만 선생님께는 이미 환자로서 찾아온 적이 있지요."

"러셀 양 말씀이군요!"

내가 소리쳤다.

"프레시제망.(바로 그렇습니다.) 그녀와 긴히 이야기를 나누고 싶어서, 전갈을 보내 선생님 진찰실에서 만나자고 약속했습니다. 그래도 제게 화내지 않으시겠지요?"

"그 반대입니다. 그 말은 저도 그 만남에 동석해도 좋다는 뜻 같은데요?"

"당연하지요! 선생님 진찰실인걸요!"

쥐고 있던 핀셋을 내려놓으며 내가 말했다.

"이 모든 일이 정말이지 복잡하군요. 새로운 사건이 벌어질 때마다 마치 누군가 만화경을 흔드는 것 같아요. 그 일이 전체 상황을 완전히 바꿔 놓으니까요. 그런데 러셀 양은 왜 그렇게 만나고 싶어 하시는 건가요?"

푸아로가 눈썹을 치켜 올렸다.

"너무나 분명하지 않습니까?"

그가 중얼거렸다.

내가 투덜거렸다.

"또 그러시는군요. 선생님 말에 따르면 분명하지 않은 게 없습니다. 하지만 전 여전히 안개 속을 헤매고 있을 뿐입니다."

푸아로가 나를 보며 다정하게 고개를 내저었다.

"도리어 선생님이 저를 놀리시는군요. 마드무아젤 플로라 건도 그렇습니다. 경위는 놀랐지만 선생님은 놀라지 않더군요."

"전 그 애가 도둑일 줄은 꿈에도 몰랐습니다."

내가 잘못을 바로잡는 어조로 말했다.

"그건 모르셨을지도 모르죠. 하지만 선생님 표정을 지켜보았더니 래글런 경위처럼 놀라거나 못 믿겠다는 표정이 전혀 아니더군요."

나는 잠시 생각에 잠겼다.

마침내 내가 말했다.

"선생님 말이 맞을지도 모르겠습니다. 전 플로라가 뭔가를 숨기고 있다고 줄곧 느끼고 있었습니다. 그래서 진실이 모습을 드러났을 때 무의식적으로 그 결과를 짐작하고 있었는지도 모릅니다. 래글런 경위는 정말 당혹스러워하더군요. 가엾은 친구 같으니라고."

"아! 푸르 사 위.(그 말은 맞습니다.) 그 가엾은 친구는 이제 자기 생각을 완전히 새로 정리해야 할 겁니다. 그가 정신을 차리지 못하는 틈을 타 한 가지 부탁을 통과시켰지요."

"어떤 건데요?"

푸아로는 주머니에서 노트지 한 장을 꺼냈다. 그는 거기에 쓰인 글을 소리 내어 읽었다.

> 지난 며칠 동안 경찰은 지난 금요일 펀리 파크에서 비극적으로 죽음을 당한 애크로이드 씨의 양아들 랠프 페이턴 대위의 행방을 찾아왔다. 페이턴 대위는 리버풀 항에서 미국으로 떠나려던 순간에 발견되었다.

그는 종이 조각을 다시 접었다.

"그러니까, 친구 양반, 이 기사가 내일 아침 신문에 날 겁니다."

나는 말문이 막힌 채 그를 쳐다보았다.

"하지만…… 하지만 그건 사실이 아닌데요! 그는 리버풀에 있지 않잖습니까!"

푸아로가 나를 보고 환하게 웃었다.

"머리 회전이 무척 빠르시군요! 그래요, 그가 리버풀에서 체포되었다는 건 사실이 아닙니다. 래글런 경위는 제가 이 기사를 신문사에 보내는 걸 무척 싫어하더군요. 제가 그에게 비밀을 털어놓지 않아서 더 그랬을 겁니다. 하지만 이 기사가 신문에 나면 무척 흥미로운 결과가 빚어질 거라고 엄숙히 단언하자 그제야 물러서더군요. 자신은 이 일에 전혀 책임이 없다는 사실을 문서화한 후에 말이죠."

나는 푸아로를 물끄러미 응시했다. 그가 다시 나를 보며 미소 지었다.

"도대체 모르겠군요. 무슨 생각으로 그러시는 건지……."

이윽고 내가 말했다.

"선생님의 작은 회색 세포를 사용하셔야 합니다."

푸아로가 진지하게 말했다.

그는 자리에서 일어나 긴 의자로 다가왔다.

"기계를 무척 좋아하시나 보군요."

내가 일하면서 늘어놓은 것들을 살펴보며 그가 말했다.

사람이란 각자 취미가 있는 법이다. 나는 즉각 내가 만든 라디오 수신기를 푸아로에게 보여 주었다. 그가 관심 있어 하는 것 같자 나는 내가 직접 발명한 물건들을 한두 개 보여 주었다. 비록 보잘것없는 것이지만 집 안에서 유용하게 쓰이는 물건들이었다.

"분명히 선생님은 의사가 아니라 장인 겸 발명가가 되셔야 했군요. 이런, 종소리가 들리는군요. 문제의 환자가 왔다는 신호입니다.

진찰실로 가십시다."

전에도 나는 그 관리인의 미모에 놀란 적이 있었지만, 오늘 아침 다시 충격을 받았다. 아주 단순한 검은색 옷차림에 키가 크고 자세가 바르며 언제나처럼 독립적인 모습이었다. 크고 검은 두 눈과 대개 창백해 보이던 뺨에 드물게 홍조까지 띤 그녀를 보고 그녀가 젊었을 때에는 정말이지 미인이었으리라는 것을 알 수 있었다.

"안녕하세요, 마드무아젤. 앉으시겠어요? 셰퍼드 선생님께서 친절하게도 진찰실을 쓰라고 허락해 주셨으니 잠시 얘기를 나눌 수 있을 것 같습니다."

푸아로가 말했다.

러셀 양은 평소의 모습대로 자리에 앉았다. 속으로는 불안을 느끼고 있는지 몰라도, 겉으로는 아무 표시도 나지 않았다.

"이런 말씀을 드려도 되는지 모르지만, 좀 이상한 방식으로 일을 처리하시는 것 같군요."

그녀가 한마디 했다.

"러셀 양, 당신에게 알려 줄 소식이 있습니다."

"그러시겠지요!"

"찰스 켄트가 리버풀에서 체포되었습니다."

그녀의 얼굴은 근육 하나 움직이지 않았다. 그저 눈을 조금 크게 뜨고 도전적으로 물을 뿐이었다.

"그래서요?"

바로 그 순간 나는 생각나는 것이 있었다. 그 동안 줄곧 머릿속에서 떠나지 않던 그 유사성, 찰스 켄트의 도전적인 태도가 왠지 낯익다는 그 느낌 말이다. 두 사람의 목소리는 한쪽은 거칠고 상스러운 반면, 다른 한쪽은 애써 숙녀다움을 유지하고 있었지만 그 울림은 기묘할 정도로 똑같았다. 그날 밤 펀리 파크의 대문 밖에서 내게 떠오른 사람은 바로 러셀 양이었던 것이다.

내가 이제야 알았다는 듯한 표정으로 푸아로를 쳐다보자, 그는 내게 보일 듯 말 듯 고개를 끄덕여 보였다.

러셀 양의 질문에 대한 대답으로 푸아로는 프랑스 식 몸짓을 동원해 두 손을 펼쳐 보였다.

"관심이 있을지도 모른다고 생각한 것뿐입니다."

그가 부드럽게 말했다.

"특별한 관심은 없습니다. 도대체 이 찰스 켄트란 사람이 누구인데요?"

러셀 양이 물었다.

"이 친구는 말입니다, 마드무아젤. 살인이 일어났던 날 밤 펀리 파크에 왔던 문제의 사내랍니다."

"정말인가요?"

"다행히 그에게는 알리바이가 있었습니다. 9시 45분에 그 친구는 여기서 1.5킬로미터 떨어진 술집에 있었답니다."

"운이 좋았군요."

러셀 양이 한마디 했다.

"하지만 우리는 그가 펀리에서 뭘 하고 있었는지 여전히 모르고 있습니다. 예를 들어 누굴 만나러 왔는가 하는 것 같은 것에 대해 말입니다."

"저는 전혀 도움을 드릴 수가 없을 것 같습니다. 아무 얘기도 듣지 못했으니까요. 이제 말씀이 끝나셨으면……."

관리인이 정중하게 말하며 일어설 듯한 동작을 취했다. 그러자 푸아로가 그녀를 제지하며 부드럽게 말을 이었다.

"아직 끝난 게 아닙니다. 오늘 아침에 새로운 상황이 발생했습니다. 애크로이드 씨가 살해된 것이 9시 45분에서 10시 사이가 아니라 그 이전이었던 것 같습니다. 셰퍼드 선생님이 떠나신 8시 50분에서 9시 45분 사이 말입니다."

나는 관리인의 얼굴에서 핏기가 가시며 죽은 사람처럼 창백해지는 것을 보았다. 그녀는 고개를 흔들며 몸을 앞으로 숙였다.

"하지만 애크로이드 양의 말에 따르면…… 애크로이드 양의 말에 따르면……."

"애크로이드 양은 자신이 거짓말을 했노라고 시인했습니다. 그녀는 그날 밤 서재에는 간 적이 없답니다."

"그렇다면……."

"그렇다면 이 찰스 켄트란 자가 바로 우리가 찾는 사람일지도 모릅니다. 그는 펀리 파크에 왔는데 거기서 뭘 했는지 설명할 수가 없으니까요."

"그 사람이 그곳에서 뭘 했는지는 제가 말씀드릴 수 있어요. 그는 애크로이드 씨의 머리카락 하나도 건드리지 않았어요. 서재 근처에는 얼씬도 하지 않았다니까요. 단언하건대, 그는 그런 짓을 하지 않았어요."

그녀는 몸을 앞으로 기울이고 있었다. 강철 같은 자제심이 마침내 무너진 것이다. 그녀의 얼굴에는 공포와 절망이 가득했다.

"푸아로 씨! 푸아로 씨! 오, 제 말을 믿어 주셔야 해요."

푸아로가 일어나서 그녀에게로 다가갔다. 그는 안심시키듯이 그녀의 어깨를 토닥였다.

"그래요, 그래요. 믿을 겁니다. 당신이 입을 열게 하지 않을 수 없었지요."

한순간 그녀의 눈빛에서 의혹의 빛이 번득였다.

"조금 전 말씀하신 게 사실인가요?"

"찰스 켄트가 용의자라는 것 말인가요? 그렇습니다, 사실입니다. 그가 펀리 파크에 온 이유를 밝힘으로써 당신만이 그를 구할 수 있답니다."

그녀가 낮고 서두르는 듯한 어조로 말을 시작했다.

"그는 저를 만나러 온 거예요. 제가 나가서 그를 만났는데……."

"정자에서 말이죠. 예, 알고 있습니다."

"어떻게 아셨어요?"

"마드무아젤, 사실을 알아내는 게 에르퀼 푸아로의 일이랍니다. 당신이 초저녁에 정자에 가서는 몇 시에 그곳으로 다시 오겠다는 내용의 쪽지를 남겨 둔 것도 알고 있습니다."

"그래요, 제가 그랬어요. 그 애에게서 소식이 왔어요. 절 만나러 오겠다더군요. 집 안까지 아이를 들어오게 할 수는 없었어요. 그 애가 가르쳐 준 주소로 편지를 써서 정자에서 만나자고 하고, 찾기 쉽도록 설명해 주었어요. 그런데 아이가 그곳에서 참을성 있게 기다리지 못할까 봐 걱정이 되더군요. 달려 나가서는 9시 10분쯤 가겠노라는 내용의 쪽지를 남겨 두고 왔지요. 하인들의 눈에 띄고 싶지 않아서 저는 응접실의 프랑스 식 창을 통해 나갔어요. 돌아와 셰퍼드 선생님을 만났을 때 선생님이 절 이상하게 여길 거라는 생각이 들더군요. 뛰어왔기 때문에 숨을 헐떡이고 있었거든요. 그날 저녁 식사에 선생님이 초대되신 줄은 전혀 몰랐어요."

그녀가 잠시 말을 멈췄다.

"계속하세요. 9시 10분에 당신은 그를 만나러 나갔습니다. 서로 무슨 얘기를 하셨나요?"

"그건 곤란해요. 아시겠지만……."

푸아로가 그녀의 말허리를 잘랐다.

"마드무아젤, 이 문제에 대해 저는 전체 사실을 알아야 합니다. 지금 우리에게 한 말은 이 방 밖으로 나가지 않을 겁니다. 셰퍼드 선생님도 비밀을 지킬 것이고 저도 그럴 겁니다. 자, 전 당신을 돕겠습니다. 이 찰스 켄트라는 친구는 당신 아들 아닌가요?"

그녀가 고개를 끄덕거렸다. 그녀의 뺨이 붉게 달아올랐다.

"이 사실은 아무도 몰라요. 아주, 아주 오래전에 켄트 지방에서였죠. 저는 결혼도 하지 않았던 상태였고……."

"그래서 그 지방의 이름으로 그의 성을 삼았군요. 알겠습니다."

"저는 직장을 잡았어요. 그 애의 하숙비는 댈 수 있었죠. 그 애에게는 제가 엄마라는 사실을 밝히지 않았어요. 그런데 그만 그 애는 나쁜 길로 빠지고 말았어요. 술을 마시더니 마약에까지 손을 대더군요. 겨우 비용을 마련해 캐나다로 가게 했지요. 한두 해 동안은 아무 소식도 없었어요. 그러더니 어떻게 해서인지 제가 자신의 엄마라는 사실을 알아냈더군요. 그 애는 편지로 돈을 요구했어요. 결국은 다시 영국으로 돌아온 그 애에게 편지가 왔더군요. 펀리 파크로 절 만나러 오겠다는 거였어요. 그 애를 차마 집 안에 들일 수는 없었어요. 저는 언제나 대단히, 대단히 품행이 방정한 여자로 여겨져 왔죠. 누군가 눈치를 채면 관리인로서 제 지위는 끝장일 거예요. 그래서 조금 전 말씀드린 대로 그 애에게 편지를 쓴 겁니다."

"그래서 그날 아침에 셰퍼드 선생님을 만나러 왔던 거군요?"

"예, 뭔가 방법이 없을까 해서요. 그 앤 나쁜 아이가 아니었어요. 마약을 하기 전까지는요."

"알겠습니다. 이제 아까 한 얘기를 계속합시다. 그날 밤 그 애가 정자로 왔나요?"

"예, 그곳에 가 보니 저를 기다리고 있더군요. 태도가 무척 불손하고 말이 거칠었어요. 저는 갖고 있던 돈을 모두 가져가 그 애에게 줬어요. 우리는 잠깐 얘기를 나누었지요. 그런 다음 그 애는 그곳을 떠났어요."

"그게 몇 시였나요?"

"9시 20분에서 25분 사이일 거예요. 집에 돌아와 보니 아직 9시

30분이 못 된 시각이었으니까요."

"그는 어느 쪽 길로 갔습니까?"

"왔던 길로 다시 곧장 갔어요. 대문 바로 안쪽에서 도로와 합쳐지는 그 오솔길로요."

푸아로가 고개를 끄덕였다.

"그리고 당신은 무엇을 했나요?"

"저택으로 돌아왔어요. 블런트 소령님이 테라스에서 담배를 피우면서 서성거리고 계시기에 한 바퀴 돌아서 옆문으로 갔습니다. 그때가 아까 말씀드린 대로 9시 30분이었어요."

푸아로가 다시 고개를 끄덕였다. 그는 아주 조그만 수첩에 한두 가지 사항을 적어 넣었다.

"이제 다 된 것 같습니다."

그가 생각에 잠긴 채 말했다.

"제가…… 제가 래글런 경위님께도 이 모든 이야기를 다시 해야 할까요?"

그녀가 머뭇거리며 물었다.

"그럴 때가 올지도 모르겠습니다. 하지만 서두르지 맙시다. 천천히 적절한 절차와 방식에 따라 처리합시다. 찰스 켄트가 정식으로 살인죄로 기소된 것은 아니니까요. 상황이 달라지면 당신의 진술은 불필요할 수도 있습니다."

러셀 양이 자리에서 일어났다.

"정말 고맙습니다, 푸아로 씨. 정말이지, 정말이지 친절하게 대해 주셨어요. 선생님은…… 선생님은 제 말을 믿으시는 거죠? 찰스가 이 불길한 살인 사건과는 아무 관련이 없다는 걸 말이에요."

"9시 30분에 서재에서 애크로이드 씨하고 이야기를 하고 있던 사람이 당신 아들이 아닌 것만은 분명한 것 같습니다. 용기를 내세요, 마드무아젤. 다 잘될 겁니다."

러셀 양이 그곳을 떠났다. 푸아로와 나 둘이 남았다.

"그렇게 된 거로군요. 언제나 랠프 페이턴에게 돌아오는군요. 찰스 켄트가 만나러 온 사람이 러셀 양이라는 걸 어떻게 눈치 채셨나요? 닮은 점이 보이던가요?"

내가 물었다.

"사실 저는 그 미지의 청년을 직접 만나기 훨씬 전부터 그와 러셀 양을 관련 지어 생각했답니다. 그 깃털을 발견하고서부터였죠. 깃털은 마약을 연상시켰는데, 그러자 러셀 양이 당신을 찾아왔다는 얘기가 생각나더군요. 그리고 그날 아침 신문에 난 코카인에 관한 기사를 보았습니다. 그러자 모든 게 명백해 보이더군요. 그녀는 그날 아침 누군가, 마약에 중독된 누군가로부터 전갈을 받았고, 신문에 난 기사를 읽었습니다. 그러고는 몇 가지 질문을 하기 위해 선생을 찾아왔지요. 그녀가 코카인을 언급한 건, 문제의 신문 기사가 코카인에 관한 것이기 때문이었습니다. 그런데 선생이 지나치게 관심을 보이자 추리 소설이라든지 검출해 낼 수 없는 독약 같은 것으로 화제를 돌린 거죠. 저는 아들이나 남자 형제, 아니면 귀찮은 남자 친척이 아닐까 생각했습니다. 아! 이제 가 봐야겠습니다. 벌써 점심 식사 시간이군요.”

“우리와 같이 드시죠.”

푸아로는 고개를 저었다. 그의 눈이 살짝 반짝거렸다.

“오늘도 그럴 수는 없습니다. 마드무아젤 캐롤라인을 연달아 이틀 동안 채식주의자로 만들고 싶진 않으니까요.”

그 순간 문득 에르퀼 푸아로를 속이기는 거의 불가능하다는 생각이 들었다.

물론 누이가 진찰실로 들어가는 러셀 양을 보지 못했을 리가 없었다. 나는 그러리라 예상하고 그녀의 아픈 무릎에 대한 설명을 준비해 두었다. 하지만 누이는 그 일을 두고 이러쿵저러쿵할 기분이 아닌 모양이었다. 그녀의 관점에 의하면, 러셀 양이 찾아온 진짜 이유를 자신은 알고 있지만 나는 그렇지 못하다는 것이었다.

"너를 떠보려는 거란다, 제임스. 부끄러운 줄도 모르고 그런 식으로 뭔가를 알아내려는 거야. 틀림없어. 내 말 막아도 소용없다. 넌 그 여자가 무슨 짓을 하고 있는지 눈치조차 채지 못했어. 남자들이란 어쩌면 그렇게 단순한지. 그 여자는 너와 푸아로 씨가 속내를 터놓는 사이란 걸 알고는 사태가 어떻게 돌아가는지 알아내려는 거야. 내 말 이해할 수 있겠니, 제임스?"

"이해는커녕 상상도 못 하겠어. 누난 정말이지 온갖 희한한 생각을 다하니까 말이야."

"아무리 비꼬아도 소용없어. 러셀 양은 겉으로 알려진 것보다 애크로이드의 죽음에 관해 더 많은 걸 알고 있는 거야."

캐롤라인은 의기양양하게 몸을 뒤로 젖혀 의자에 기댔다.

"누난 정말 그렇게 생각해?"

내가 방심한 상태로 물었다.

"너 오늘 정말 멍청하구나, 제임스. 활기라곤 찾아볼 수가 없다. 간 때문이야."

그런 다음 우리의 대화는 극히 사적인 문제들로 접어들었다.

푸아로가 작성한 문제의 기사는 다음 날 아침 예정대로 일간지에 게재되었다. 나는 푸아로가 무엇 때문에 그런 일을 하는지 전혀 알 수 없었다. 하지만 그 기사가 누이에게 미친 효과는 엄청났다.

그녀는 정말이지 어이없게, 자신이 줄곧 말해 온 게 바로 그런 것이었노라고 떠벌리기 시작했다. 나는 눈썹을 치켜 올렸을 뿐 응수하지 않았다. 누이도 양심에 찔리는 데가 있는 모양이었다. 이렇게 말을 시작했던 것이다.

"사실 꼭 리버풀이라는 지명을 언급하지는 않았지. 하지만 난 그 애가 미국으로 달아나려 한다는 걸 알고 있었어. 크리펜 추리 소설 시리즈에서도 그러잖아."

"대개는 성공하지 못하지."

내가 그녀에게 환기시켰다.

"가엾은 랠프, 그러니까 결국 잡히고 말았구나. 내 생각엔, 제임스, 그 애가 교수형을 받지 않도록 하는 것이 네 의무 같다."

"내가 어떻게 해야 하는데?"

"이런, 넌 의사잖니? 넌 그 애를 어릴 때부터 알아 왔어. 정신적으로 책임질 능력이 없다고 하면 되는 거야. 지난번에 책에서 봤는데 브로드무어 정신병원은 지내기가 아주 좋다더라. 마치 고급 클럽 같다는구나."

누이의 말을 듣자 내 머릿속에 뭔가 떠오르는 것이 있었다.

"푸아로에게 정신병자 조카가 있다는 사실은 난 전혀 몰랐어."

"그랬니? 오, 그 사람이 내게 모두 말해 주었단다. 가엾은 아이 같으니라고. 가족 모두에게 큰 슬픔이지. 이제까지는 집에 데리고 있었는데 이젠 환자 상태가 아무래도 어디 요양소 같은 데 보내야 할 정도가 되었다는구나."

"누난 이제 푸아로의 가족에 대해 알아야 할 건 다 알고 있는 것 같네."

내가 분개해서 쏘아붙였다.

"꽤 아는 편이지. 자기의 걱정거리를 누군가에게 말할 수 있다는 건 사람에게 큰 위안을 준단다."

누이가 만족스러운 듯이 말했다.

"그럴 수도 있겠지, 상대가 자발적으로 얘기한다면 말이야. 하지만 누군가의 비밀을 억지로 털어놓게 하는 건 다른 문제야."

누이는 고통을 기쁘게 받아들이는 기독교의 순교자 같은 태도로 나를 쳐다볼 뿐이었다.

"넌 너무 자제력이 강해, 제임스. 떠벌리는 것도 싫어하고 어떤 얘기든 혼자만 알고 있으려 하지. 그리고 다른 사람들도 전부 너 같아야 한다고 생각하고 있어. 난 누구에게서든 억지로 속내를 캐내려는 게 아니란다. 예를 들어 가령 푸아로 씨가 아까 말한 대로 이따 오후에 다시 오더라도 오늘 아침 일찍 그 사람 집에 온 사람이 누구였느냐고 물을 생각은 꿈에도 없단다."

"오늘 아침 일찍?"

"꼭두새벽이었지, 우유 배달부가 오기도 전이었어. 난 우연히 창밖을 내다보았단다. 블라인드가 펄럭여서 말이다. 그 집에 온 건 어떤 남자였어. 자동차를 타고 왔는데, 문이 닫혀 있었고, 옷가지로 몸을 휘감고 있더구나. 얼굴은 전혀 볼 수 없었어. 하지만 내 생각을 말하면 너도 동의할걸."

"누나 생각이란 게 뭔데?"

누이가 신비스러운 분위기를 내려는 듯 목소리를 낮추어 속삭였다.

"내무부의 전문가일 거야."

"내무부 전문가라니, 맙소사, 캐롤라인 누나!"

내가 놀라서 외쳤다.

"이 말을 기억해 두렴, 제임스. 나중에 내 말이 맞았다는 걸 알게 될 테니까. 그 러셀이란 여자가 그날 아침 여기에 온 건 네 진찰실에 있는 독약 때문이었어. 로저 애크로이드 씨는 그날 밤 독이 든 음식을 먹고 죽었는지도 몰라."

내가 큰소리로 웃음을 터뜨렸다.

"말도 안 되는 소리, 그 친구는 목을 찔려 죽었어. 누나도 나만큼이나 그 사실을 잘 알잖아."

"일단 죽은 뒤에 말이다, 제임스. 거짓 단서를 만들려고 그런 걸 거야."

"아아, 누나, 난 시신을 검사한 사람으로서 분명히 말할 수 있어. 그 상처는 죽은 후에 생긴 게 아냐. 그것 때문에 죽은 거라고. 그 점에 대해 오해가 없어야 할 거야."

누이는 모든 걸 다 알고 있다는 표정을 바꾸지 않았고, 나로서는 그게 몹시 짜증스러워서 말을 계속했다.

"대답 좀 해 봐, 누나. 도대체 누나는 내가 의사 공부를 했다고 봐, 안 했다고 봐?"

"물론 학위야 있지, 제임스. 그러니까 내 말은 넌 학위는 있는 게 분명하지만 상상력이 전혀 없다는 거야."

"그거야 누나가 3인분이나 갖고 태어났으니 내게 돌아올 몫이 없었겠지."

내가 건조한 어조로 말했다.

그날 오후 얘기했던 대로 푸아로가 찾아왔을 때 나는 누이의 계략을 흥미롭게 지켜보았다. 누이는 그 수수께끼의 손님에 대해 직접 묻지는 않았지만, 상상할 수 있는 온갖 방향에서 접근을 시도했다. 눈빛이 반짝이는 걸로 보아 푸아로가 그녀의 목적을 눈치 챘다는 것을 나는 알 수 있었다. 하지만 그는 전혀 모르는 척하면서, 캐롤라인의 접근 시도를 어찌나 성공적으로 막아냈는지 누이는 더 이상 어찌 할 바를 모를 지경에 처했다.

그 작은 게임을 즐겁게 마친(내가 보기엔 그랬다.) 푸아로는 자리에서 일어서더니 산책을 제안했다.

"살을 좀 빼야 할 것 같아서요. 함께 가시겠습니까, 선생님? 그러면 나중에 캐롤라인 양께서 우리에게 차를 좀 주실 수도 있겠지요."

"기꺼이 끓여 드리지요, 푸아로 씨. 혹시, 그러니까 손님도 같이 오실 건가요?"

누이가 반색을 하며 물었다.

"정말 친절하시군요. 하지만 아닙니다. 제 친구는 쉬고 있답니다. 곧 인사를 시켜 드리지요."

"아주 오랜 친구라고 누가 그러더군요."

마지막 시도로 누이가 물었다.

"그러던가요?"

푸아로가 나지막하게 되물었다.

"그럼, 산책을 시작합시다."

우리의 발걸음은 펀리 파크 쪽으로 향했다. 나는 그럴 것이라고 짐작하고 있던 터였다. 이제 나는 푸아로의 방식이 어떤 것인지 알 것 같았다. 아주 사소하고 관련 없어 보이는 모든 것들이 사실은 전체적으로 연관되어 있었다.

이윽고 푸아로가 입을 열었다.

"부탁이 있습니다, 선생님. 오늘 밤 우리 집에서 말이죠. 작은 모임을 열고 싶습니다. 선생님도 와 주시겠지요?"

"물론입니다."

"좋습니다. 펀리 파크의 사람들도 모두 왔으면 합니다. 다시 말해서 애크로이드 부인, 마드무아젤 플로라, 블런트 소령님, 레이먼드 씨 이렇게 말입니다. 제 사절이 되어 주시길 바랍니다. 이 작은 모임은 9시에 시작합니다. 그들에게 와 달라고 말해 주시겠습니까?"

"기꺼이 그러지요. 그런데 왜 선생님이 직접 그 사람들에게 말하지 않으십니까?"

"그러면 그들이 질문을 할 테니까요. 왜 그러느냐, 무슨 목적이냐 하고 말입니다. 사람들은 제 의도가 뭔지 물을 겁니다. 그런데 아시다시피, 선생님, 때가 되기 전에는 제 사소한 생각을 설명하고 싶지 않거든요."

내가 미소를 지었다.

"얼마 전에 말씀드린 제 친구 헤이스팅스는 저에게 굴처럼 입을 열지 않는다고 했지요. 하지만 그건 부당한 비판입니다. 저는 그 어떤 사실도 감추지 않습니다. 다만 그 사실들을 어떻게 해석하느냐 하는 것은 각자의 문제지요."

"언제 그 말을 전할까요?"

"괜찮으시다면 지금이 어떨까요. 우리는 펀리 파크에 거의 다 왔으니까요."

"같이 들어가지 않으시겠습니까?"

"예, 저는 산책을 좀 하겠습니다. 15분 후에 대문 앞에서 만나기로 합시다."

나는 고개를 끄덕이고 내 임무를 수행하러 갔다. 집에 있는 사람은 애크로이드 부인뿐이었다. 부인은 이른 티타임을 갖고 있다가 우아하게 나를 맞았다.

"정말 고맙습니다, 선생님. 푸아로 씨와의 그 사소한 문제를 처리해 주셔서요. 하지만 인생이란 산 넘어 산이지요. 플로라 얘긴 물론 들으셨겠죠?"

그녀가 나직하게 말했다.

"무슨 얘기 말씀인가요?"

내가 조심스레 물었다.

"새로운 약혼 소식 말이에요. 플로라와 헥터 블런트요. 물론 랠프처럼 잘 어울리는 짝은 아니지만……. 어쨌든 행복이 우선이죠. 플로라에게 필요한 사람은 나이 든 남자예요. 안정되고 믿을 만한 사람 말이에요. 그리고 헥터는 자기 분야에서는 정말이지 무척 뛰어난 사람이고요. 오늘 아침 신문에 난 랠프가 체포됐다는 기사 보셨어요?"

"예, 봤습니다."

애크로이드 부인은 눈을 감고 몸을 부르르 떨었다.

"끔찍한 일이에요. 제프리 레이먼드는 몹시 흥분했어요. 리버풀에 전화를 걸었죠. 하지만 그곳 경찰은 아무 말도 하지 않더래요. 사실은 랠프를 체포하지 않았다고 하더라나요? 레이먼드 씨는 모든 게 실수라고 주장했어요. 뭐라더라? 신문의 허위 보도라고요. 제가 하인들 앞에서는 그 얘기를 하지 말라고 해 두었죠. 정말 수치스러운 일이지요. 플로라가 정말 랠프하고 결혼했더라면 어쩔 뻔 했겠어요."

애크로이드 부인은 끔찍한 듯 두 눈을 감았다. 나는 언제쯤 푸아로의 말을 전할 수 있을지 걱정이 되기 시작했다.

내가 입을 열 기회를 잡기 전에 애크로이드 부인이 다시 말을 시작했다.

"어제 그 지독한 래글런 경위가 여기 왔을 때 선생님도 함께 오셨죠? 짐승 같은 자 같으니라고. 그자가 플로라를 위협해서 그 애로 하여금 큰아버지 방에서 돈을 훔쳤다고 말하게 했어요. 하지만 사실 문제는 아주 간단한 거였어요. 그 애는 몇 파운드 빌려 달라고 할 생각이었는데 큰아버지가 방해하지 말라고 엄하게 지시를 내리자 방해하고 싶지 않았던 거예요. 돈이 어디 있는 줄은 알고 있었으니까 그냥 가서 필요한 만큼 가져온 거랍니다."

"플로라가 그 일을 그렇게 얘기하던가요?"

"아, 선생님, 요즘 처녀들이 어떤지 아시잖아요. 너무나 쉽게 암시에 걸린답니다. 선생님은 물론 최면술 같은 것에 대해 잘 알고 계실 거예요. 경위가 그 애에게 고함을 치고 '도둑질'이라는 말을 여러 차례 되풀이하니까, 그 가엾은 애가 억압, 아니 강박인가요? 전 항상 이 두 용어를 혼동한다니까요. 그런 증상을 일으켜 자기가 돈을 훔쳤다고 진짜로 믿게 된 거죠. 전 금방 사태가 어떻게 된 건지 알겠더군요. 하지만 이 모든 오해가 어떻게 보면 오히려 고맙다고 하지 않을 수 없네요. 그 때문에 헥터와 플로라 두 사람이 맺어지게 된 것 같으니 말이에요. 과거에는 플로라 때문에 정말 걱정을 많이 했답니다. 그 애와 레이먼드 청년 사이에 뭔가 감정이 생기고 있다고 생각한 적도 있답니다. 그 생각을 좀 해 보세요!"

애크로이드 부인의 목소리가 날카롭게 떨리며 높아졌다.

"개인 비서라니요. 게다가 자기 소유의 재산이라고는 한 푼도 없는 청년이라니 말이에요."

"부인께는 큰 타격이었을 겁니다, 그런데 애크로이드 부인, 에르퀼 푸아로 씨가 전해 달라는 말이 있습니다."

"제게요?"

애크로이드 부인은 무척 놀란 것 같았다.

나는 서둘러 부인을 안심시키고는 푸아로의 의도를 설명하였다.

"물론 가야죠."

애크로이드 부인이 좀 미심쩍은 듯이 말을 이었다.

"푸아로 씨가 그렇게 말했다면 저희 모두 가야겠죠. 하지만 무슨 일일까요? 미리 알았으면 좋겠는데요."

나는 부인에게 나 자신도 부인처럼 더 이상은 아는 게 없다고 솔직히 말했다.

애크로이드 부인은 마침내 마지못한 듯 말했다.

"좋아요, 다른 사람들에겐 제가 말해 둘게요. 9시까지 거기에 가겠어요."

나는 인사를 하고 푸아로를 만나기로 한 장소로 갔다.

"15분이 더 걸린 것 같군요. 하지만 그 부인이 일단 말을 시작했다 하면, 틈을 타서 한마디 하기란 정말이지 어려운 일이어서요."

내가 말했다.

"괜찮습니다. 저도 즐거운 시간을 보냈으니까요. 이 공원 참 근사하군요."

우리는 집으로 향했다. 우리가 도착하자 정말 놀랍게도 누이가 직접 문을 열어 주었다. 우리가 오는 걸 지켜보고 있었음이 분명했다.

그녀는 손가락을 입술에 갖다 댔다. 얼굴에는 젠체하는 표정과 흥분이 가득했다.

"어슐러 본, 펀리 파크의 심부름하는 하녀 말이에요. 그 애가 와 있어요! 식당에서 기다리게 했어요. 가엾게도 곤경에 처한 모양이에요. 푸아로 씨를 당장 만나야 한다더군요. 난 최선을 다했어요. 뜨거운 차도 갖다 주었죠. 그렇게 낙심한 모습을 보니 그게 누구든 간에 정말이지 마음이 움직이더군요."

"식당에 있다고요?"

푸아로가 물었다.

"이쪽입니다."

그렇게 말하고 나는 문을 열어젖혔다.

어슐러 본은 식탁 옆에 앉아 있었다. 팔을 앞으로 뻗고 있는 것으로 보아 얼굴을 파묻고 있다가 막 고개를 든 모양이었다. 울고 있었던 듯 두 눈이 빨개져 있었다.

"어슐러 본."

내가 중얼거렸다.

푸아로는 두 팔을 내밀며 내 앞으로 나아갔다.

"아니, 꼭 맞는 이름은 아닌 것 같군요. 어슐러 본이 아니라 어슐러 페이턴이라고 해야겠죠, 랠프 페이턴 부인?"

한동안 그 여자는 말없이 푸아로를 쳐다보기만 했다. 그러다가 자제심이 완전히 무너져 내리는 듯 고개를 한 차례 끄덕이고는 갑자기 울음을 터뜨렸다.

누이가 나를 밀치고 나서서 그녀의 어깨에 팔을 두르고는 어깨를 토닥였다.

"자, 자. 이봐요, 다 잘될 거라고요. 두고 봐요. 모든 게 다 잘될 거예요."

누이가 달래듯 말했다.

누이의 호기심과 '남의 뒤 캐기' 이면에는 넉넉한 친절함이 자리잡고 있었다. 그 순간 그 여자의 딱한 모습을 보고 누이는 푸아로가 폭로한 사실에 대해 관심을 보이는 것도 잊은 모양이었다.

어슐러는 곧 자세를 고쳐 앉아 눈물을 닦았다.

"저는 너무나도 나약하고 어리석은 여자예요."

"아니, 아니에요. 아가씨. 지난 한 주 동안 얼마나 고통스러웠을지 우리 모두 잘 압니다."

푸아로가 친절하게 말했다.

"정말 혹독한 시련이었겠군요."

내가 말했다.

"그런데 선생님은 알고 계셨다니……. 어떻게 아셨어요? 랠프가 말했나요?"

어슐러가 물었다.

푸아로가 고개를 저었다.

"오늘 밤 제가 왜 여기 왔는지 아실 거예요. 여기……."

그녀는 구겨진 신문을 내밀었다. 푸아로가 낸 기사가 실려 있는 신문이었다.

"여기 랠프가 체포되었다는 기사가 났어요. 이제 모든 게 소용없게 되었어요. 더 이상 숨길 필요도 없어요."

"신문 기사가 항상 사실은 아닙니다, 마드무아젤."

수치심을 느낄 정도의 품위는 갖춘 푸아로가 나직하게 중얼거렸다.

"어쨌든 모든 걸 후련하게 털어놓는 편이 좋을 것 같군요. 지금 우리에게 필요한 것은 진실입니다."

어슐러는 확신할 수 없다는 듯한 눈길로 푸아로를 쳐다보며 주저했다.

"저를 믿지 않는군요. 하지만 어쨌든 저를 만나러 여기 온 게 아닌가요? 왜 왔습니까?"

푸아로가 부드럽게 물었다.

여자가 아주 낮은 목소리로 말을 시작했다.

"왜냐하면 전 랠프가 이 살인을 저질렀다고 생각하지 않기 때문이에요. 그리고 선생님은 지혜로우니까 진실을 밝혀 주시리라고 생각했어요. 또……."

"또?"

"전 선생님이 친절한 분이라고 생각했어요."

푸아로가 몇 차례 고개를 끄덕였다.

"좋아요. 예, 아주 좋습니다. 자, 전 당신 남편이 결백하다는 걸 정말로 믿습니다. 하지만 상황이 너무나도 불리하게 돌아가요. 제가 그를 구하려면 모든 것을 알아야 합니다. 비록 그것 때문에 당신 남편이 표면적으로는 전보다 더 불리해지는 것처럼 보일지라도 말이에요."

"정말 잘 이해하고 계시는군요."

어슐러가 말했다.

"그러니 제게 모든 이야기를 해 주지 않으시겠습니까? 처음부터 말입니다."

"나더러 나가라고 하시지 말기를 바라요."

누이가 안락의자에 편안히 자리를 잡으며 끼어들었다.

"내가 알고 싶은 건, 왜 이 사람이 하녀로 가장하고 있었는가 하는 점이에요."

"가장했다고?"

내가 물었다.

"바로 그거야. 이봐요, 도대체 왜 그랬어요? 급료를 벌기 위해서였나요?"

"생활비가 필요했거든요."

어슐러가 건조한 어조로 대답했다.

그러고는 용기가 생겼는지 이야기를 시작했다. 그 이야기를 내 나름대로 정리해 여기 적는다.

어슐러 본은 아일랜드의 가난한 귀족 집안 출신으로 가족은 모두 일곱 명이었다. 아버지가 돌아가시자 딸들은 대부분 각자 생활비를 벌기 위해 사회에 뛰어들지 않을 수 없었다. 어슐러의 맏언니는 폴리옷 대위와 결혼했다. 지난 일요일 내가 만난 부인이 바로 그 언니였다. 그때 그 부인이 그렇게 당황한 이유를 이제 알 것 같다.

생활비를 벌기로 결심했지만, 기술 없이 할 수 있는 유일한 일인 보모 일은 하고 싶지 않았던 어슐러는 하녀가 되는 쪽을 택했다. 그녀는 스스로에게 '귀족 하녀'라는 딱지를 붙이고 싶진 않았다. 진짜 하녀가 되고자 했고, 그래서 언니에게서 추천서를 받았다. 펀리 파크에서 그녀는 모두가 아는 대로 쌀쌀맞은 태도 때문에 뒷소리를 듣긴 했지만, 자신이 하는 일에서는 성공했다. 그녀는 빠르고 유능하고 철저한 하녀였다.

"전 그 일이 즐거웠어요. 게다가 개인적인 시간도 많았고요."

그녀가 설명했다.

그러다가 랠프 페이턴과의 데이트가 시작되었다. 그리고 그 연애 사건은 비밀 결혼으로 이어졌다. 동의하지 않는 그녀를 랠프가 설득했던 것이다. 그의 말에 따르면, 자신의 양아버지는 자신이 돈 한 푼 없는 처녀와 결혼하는 것을 허락할 리가 없다는 것이었다. 비밀로 결혼한 다음 나중에 양아버지에게 밝히는 게 낫다는 것이었다.

그래서 두 사람은 결혼을 했고, 어슐러 본은 어슐러 페이턴이 되었다. 랠프의 말에 따르면, 빚을 갚고 일자리를 구해 그녀를 부양하고 양아버지로부터 독립할 수 있게 될 때 자신의 결혼 사실을 밝히겠다는 것이었다.

하지만 랠프 페이턴 같은 청년이 실제로 새사람이 된다는 것은 말처럼 쉬운 일이 아니었다. 그는 자신의 양아버지가 자신의 결혼 사실을 모르고 있는 동안 자신의 빚도 갚아 주고 자립도 도와 주었으면 하고 바랐다. 하지만 랠프가 빚의 총액을 말하자, 로저 애크로이드는 화를 내며 아무것도 해 줄 수 없다고 거절했다. 그로부터 몇 달 후 랠프는 다시 펀리 파크로 불려 왔다. 로저 애크로이드는 에둘러 말하지 않았다. 그는 랠프와 플로라가 결혼하기를 바라고 있었고, 그 소망을 그 젊은이 앞에서 솔직하게 밝혔다.

여기서 랠프 페이턴의 타고난 나약함이 드러난다. 언제나 그랬듯이 그는 쉽고 즉각적인 해결책을 취했다. 내가 아는 한, 플로라도 랠프도 서로 사랑하는 체 같은 것은 하지 않았다. 두 사람 다에게 그것은 일종의 거래였다. 로저 애크로이드는 자신이 원하는 바를 지시했고, 그들은 거기에 따른 것뿐이었다. 플로라는 자유와 돈 그리고 넓은 시야를 갖게 될 기회를 받아들였다. 랠프는 물론 다른 게임을 즐기고 있는 중이었다. 하지만 그는 재정적으로 몹시 곤란한 상황이었고, 그 기회를 잡았다. 빚이 변제 되고 부채 없이 새 생활을 시작할 수 있을 터였다. 그는 기질적으로 미래를 내다보는 형이 아니었다. 그는 세월이 흐르고 나면 플로라와의 약혼이 깨지고 말리라고 막연히 생각했던 것 같다. 플로라와 랠프 둘 다 당분간은 자신들의 약혼을 비밀로 하기로 했다. 랠프는 그 사실이 어슐러에게 알려질까 봐 안달을 했다. 그녀의 강하고 단호한 성격과 겉 다르고 속 다른 것을 몹시 싫어하는 점으로 미루어 그런 일을 달가워할 리가 없다는 것을 그는 본능적으로 알 수 있었다.

그런데 위기가 닥쳤다. 언제나 강압적인 로저 애크로이드가 약혼을 발표하기로 결정한 것이었다. 그는 랠프에게는 그런 의사를 한마디도 비치지 않은 채 플로라에게만 말했다. 그리고 플로라는 무덤덤하게 이의를 제기하지 않았다. 그 소식은 어슐러에게는 마른하늘에 날벼락이었다. 어슐러의 부름을 받은 랠프는 급히 마을로 돌아왔다. 그들은 숲속에서 만났고, 캐롤라인이 엿듣게 된 것은 그때 그들이 나눈 대화의 일부였다. 랠프는 어슐러에게 조금만 더 함구해 달라고 애원했지만, 그녀는 더 이상 사실을 숨기지 않기로 결심했다. 그녀는 더 이상 기다리지 않고 애크로이드 씨에게 사실을 말하겠다고 했다. 부부는 몹시 마음을 상한 채 헤어졌다.

뜻을 굽히지 않기로 마음먹은 어슐러는 바로 그날 오후 애크로이드 씨에게 면담을 청해 사실을 밝혔다. 그들의 대화에서는 격한 말이 오갔다. 로저 애크로이드가 자신의 문제로 마음을 빼앗긴 상태가 아니었다면 상황은 더 나빠졌을 것이다. 그렇더라도 상황은 몹시 험악했다. 애크로이드는 누군가 자기를 속이는 걸 용서할 사람이 아니었다. 그의 원한은 주로 랠프에게 향한 것이었지만, 어슐러도 제 몫을 치러야 했다. 그는 그녀를 부잣집 양아들을 계획적으로 '꼬여 낸' 여자로 간주했던 것이다. 둘 사이에는 돌이킬 수 없을 정도의 심한 말이 오갔다.

같은 날 저녁 어슐러는 옆문으로 살그머니 저택을 빠져나와 약속대로 정자에서 랠프를 만났다. 둘의 대화는 서로에 대한 비난으로 점철되었다. 랠프는 좋지 않은 때 사실을 밝힘으로써 자기 계획을 완전히 망쳐 버렸다고 어슐러에게 책임을 전가했다. 어슐러는 랠프의 이중성을 비난했다.

이윽고 그들은 서로 헤어졌다. 그로부터 30분 후에 로저 애크로이드의 시신이 발견되었다. 그날 밤 이후 어슐러는 랠프를 만나지도, 그로부터 소식을 듣지도 못했다.

이야기가 전개됨에 따라 나는 점점 더 상황이 꼬여 가고 있음을 깨달았다. 살아 있었다면 애크로이드는 틀림없이 유언장의 내용을 고쳤을 터였다. 내가 아는 한, 그런 얘기를 듣고 애크로이드의 머릿속에는 그런 생각이 가장 먼저 떠올랐을 터였다. 랠프와 어슐러 페이턴에게 로저의 죽음은 정말 촌각을 다투는 기막힌 때에 일어난 일이었다. 어슐러가 입을 굳게 다물고 시종일관 비밀을 지킨 것도 놀라운 일이 아니었다.

내 생각은 거기서 중단되었다. 푸아로의 목소리가 들려오고 있었다. 그의 어조가 심각한 것으로 미루어 그 역시 사태의 심각성을 충분히 알고 있는 것 같았다.

"마드무아젤, 한 가지 물어봐야겠는데, 반드시 사실대로 대답해야 합니다. 그 대답에 모든 것이 달려 있을 수도 있으니까요. 당신이 정자에서 랠프 페이턴 대위와 헤어진 게 몇 시였나요? 자, 잠시 생각을 해 보십시오. 정확히 대답해야 하니 말입니다."

그녀는 정말이지 속이 상한 듯 어설픈 웃음소리를 냈다.

"제가 마음속으로 그걸 얼마나 여러 번 곱씹어 보았는 줄 아세요? 제가 랠프를 만나러 나간 건 9시 30분 정각이었어요. 블런트 소령이 테라스를 거닐고 있었기 때문에 길을 돌아 덤불 한가운데를 지나갔지요. 정자에 도착한 것이 아마 9시 33분쯤이었을 거예요. 랠프는 이미 와서 기다리고 있더군요. 저는 10분 정도 그와 함께 있었어요. 그 이상은 분명 아니었어요. 집에 돌아와서 시계를 보자 9시 45분이었으니까요."

전날 그녀가 집요하게 시간에 대해 물었던 이유를 나는 그제야 알 수 있었다. 애크로이드가 9시 45분 이후가 아니라 그 전에 살해되었다는 사실만 증명되면 되는 것이었다.

푸아로의 다음 질문을 듣고 나는 그 역시 같은 생각을 하고 있음을 알 수 있었다.

"누가 먼저 그 정자를 떠났습니까?"

"저예요."

"랠프는 정자에 남아 있었고요?"

"예, 하지만…… 선생님께선 설마……."

"마드무아젤, 내 생각은 전혀 중요하지 않습니다. 당신은 저택으로 돌아와 무엇을 했습니까?"

"제 방으로 올라갔어요."

"그리고 언제까지 방에 있었죠?"

"10시까지요."

"누군가 그걸 증명해 줄 사람이 있나요?"

"증명? 그러니까 제가 제 방에 있었다는 사실을 말인가요? 오! 아니요. 하지만 틀림없이 전……. 오! 알겠어요. 그러니까 혹시…… 혹시……."

나는 그녀의 두 눈에 공포의 빛이 서리는 것을 보았다.

푸아로가 그녀 대신 말을 끝맺었다.

"창문을 통해 그 방으로 들어가 의자에 앉아 있는 애크로이드 씨를 찌른 게 바로 당신이라고 생각하는 것 아니냐고요? 예, 물론 그럴 수도 있지요."

"어떤 바보가 그런 생각을 하겠어요."

캐롤라인 누이가 분개한 듯 말했다.

누이가 어슐러의 어깨를 토닥거리자 그녀는 두 손에 얼굴을 묻었다.

"무서워요. 정말 무서워요."

캐롤라인이 다정하게 그녀를 어르며 말했다.

"이봐요, 걱정 말아요. 푸아로 씨가 정말로 그렇게 생각하는 건 아니에요. 그런데 당신 남편은 정말 한심하군요. 솔직하게 말하죠. 혼자 도망가서 당신 혼자 이런 일을 겪게 하다니 말이에요."

어슐러는 세차게 고개를 흔들었다.

"오! 아니에요. 결코 그렇지 않아요. 랠프는 자신을 위해 도망친 게 아니에요. 이제 알겠어요. 자기 양아버지가 살해되었다는 소식을 듣고 그이는 제가 그랬다고 생각했을지도 몰라요."

그녀가 울부짖었다.

"그는 그렇게는 생각하지 않을 거예요."

누이가 말했다.

"그날 밤 전 랠프에게 너무 잔인했어요. 너무 심하고 모질게 했죠. 그가 하려는 말은 들어 보려고도 하지 않고, 그가 진정으로 마음을 쓰고 있다는 것을 믿으려고도 하지 않았어요. 그저 거기 서서 제가 그를 어떻게 생각하는지 말했어요. 머릿속에 떠오르는 대로 냉정하고 잔인하기 이를 데 없는 말들만 골라 했어요. 그에게 상처를 주려고 최선을 다했다고요."

"그는 조금도 상처받지 않았을 거예요. 남자에게 한 말 때문에 걱정할 필요 없어요. 남자들이란 제멋에 사는 사람들이라 자기에 대한 험담 같은 건 믿지 않으니까요."

누이가 말했다. 어슐러는 불안한 듯 두 손을 이리저리 비틀며 말을 계속했다.

"살인 사건이 드러나고 그가 나타나지 않자, 저는 너무도 불안했어요. 한순간 그를 의심하는 마음도 들었지요. 하지만 이내 깨달았어요. 그이는 그런 짓을…… 그런 짓을 저지를 사람이 아니에요……. 하지만 그가 정정당당하게 나타나 자기는 그 일과 아무 관련이 없다고 밝혀 주었으면 싶었어요. 랠프는 셰퍼드 선생님을 무척 좋아하니까 혹시 선생님께서 그가 숨어 있는 곳을 아실지도 모른다는 생각이 들더군요."

그녀는 나를 향해 몸을 돌렸다.

"그래서 그날 선생님께 그런 말씀을 드렸던 거예요. 선생님께서 그이 있는 곳을 아시면 말을 전할 수 있지 않을까 하고요."

"내가요?"

내가 외쳤다.

"왜 제임스가 랠프가 있는 곳을 알고 있을 거라고 생각하죠?"

누이가 날카롭게 물었다.

"그럴 가능성이 별로 없다는 건 저도 알아요. 하지만 랠프는 셰퍼드 선생님 얘기를 자주 했어요. 제 생각엔 그이는 선생님을 킹스 애벗에서 가장 가까운 친구로 여기는 것 같았어요."

"저기, 아가씨, 난 지금 현재 랠프 페이턴이 어디 있는지 전혀 모른답니다."

내가 말했다.

"그렇고말고요."

푸아로가 말했다.

"하지만……."

어슐러가 혼돈스러운 듯 신문을 내밀었다.

"아! 그거요."

푸아로가 조금 당황해하며 말을 계속했다.

"바가텔,(별것 아닙니다.) 마드무아젤. 리엥 뒤투.(아무것도 아니죠.) 랠프 페이턴이 체포되었다는 말, 저는 전혀 믿지 않습니다."

"하지만, 그렇다면……."

여자가 천천히 말을 시작했다.

푸아로가 재빨리 말을 받았다.

"한 가지만 더 물어봐야겠습니다. 그날 밤 페이턴 대위는 보통 구두를 신고 있던가요, 아니면 장화를 신고 있던가요?"

어슐러가 고개를 내저었다.

"기억나지 않아요."

"유감이군요! 하긴 어떻게 그런 것까지 기억하겠습니까? 그럼, 마담."

그는 어슐러에게 미소를 지어 보이며 고개를 한쪽으로 기울인 채 검지를 흔들었다.

"아무것도 묻지 마십시오. 그리고 자기 자신을 너무 괴롭히지 마십시오. 용기를 갖고 이 에르퀼 푸아로를 믿으십시오."

"그럼 이제 당신은 2층에 가서 좀 쉬는 게 좋겠어요. 이봐요, 걱정 말아요. 푸아로 씨가 최선을 다해 당신을 도와 줄 거예요. 확신을 가져요."

누이가 자리에서 일어서며 말했다.

"저는 펀리 파크로 돌아가야 해요."

어슐러가 애매한 태도로 대답했다.

하지만 누이가 단호하게 그녀의 항의를 묵살했다.

"말도 안 돼요. 당분간은 내 손을 벗어날 수 없어요. 어쨌든 지금은 여기 있도록 해요. 그러는 게 좋겠죠, 푸아로 씨?"

"그게 제일 좋은 생각일 것 같습니다. 오늘 밤에 마드무아젤. 죄송합니다, 마담이라고 불러야겠군요. 마담도 제 작은 모임에 참석해 주었으면 합니다. 9시에 제 집에서 열립니다. 거기 이분이 꼭 참석하게 해 주십시오."

누이는 고개를 끄덕이고는 어슐러를 데리고 방에서 나갔다. 그들이 나가고 문이 닫혔다. 푸아로는 의자에 다시 주저앉았다.

"지금까지는 잘되어 가는군요. 일이 저절로 풀리고 있습니다."

그가 말했다.

"제 생각에는 사태가 점점 더 랠프 페이턴에게 불리하게 돌아가는 것 같은데요."

내가 침울하게 말했다.

푸아로가 고개를 끄덕였다.

"예, 그렇습니다. 하지만 예상했던 대로 아닌가요?"

나는 그의 말에 약간 당황해서 그를 쳐다보았다. 그는 두 손의 손가락 끝을 마주 대고 눈을 반쯤 감은 채 의자에 앉아 몸을 뒤로 젖히고 있었다. 그러더니 갑자기 한숨을 쉬고는 고개를 흔들었다.

"왜 그러십니까?"

내가 물었다.

"이따금 친구 헤이스팅스가 몹시 그리워질 때가 있습니다. 제가 말씀드렸던, 지금 아르헨티나에 산다는 친구 말입니다. 제가 큰 사건을 맡을 때면 그는 언제나 제 곁에 있었지요. 그리고 저를 도와주었지요. 그렇습니다, 그는 종종 저를 도와 주었습니다. 왜냐하면 그 친구에게는 그러니까, 무심하게 진실과 맞닥뜨리는 재주가 있었거든요. 비에 낭탕뒤(물론) 그 친구 자신도 알지 못한 채 말입니다. 한번은 정말이지 바보 같은 얘기를 했는데, 바로 그 바보 같은 얘기

속에 담긴 무엇인가가 제게 진실을 밝혀 준 적도 있답니다! 그리고 또 그 친구는 흥미진진한 사건을 모두 기록해 두는 습관이 있었지요."

나는 약간 당황해서 가볍게 기침을 했다.

"그 얘기 말인데요."

나는 말을 시작했다가 멈추었다.

푸아로가 의자에 똑바로 앉았다. 그의 눈이 반짝거렸다.

"그런데요? 무슨 말을 하시려던 건가요?"

"음, 사실은 헤이스팅스 대위가 쓴 이야기를 몇 편 읽고는, 저도 그런 걸 좀 써 보면 어떨까 하는 생각을 했지요. 그러지 않으면 아까울 것 같았습니다. 특별한 기회였으니까요. 어쩌면 제 인생에서 다시는 이런 일과 연관을 갖지 못할지도 모르니까요."

그런 이야기를 털어놓으며 나는 점점 더 흥분해서 점점 더 횡설수설하고 있음을 느꼈다.

푸아로가 의자에서 벌떡 일어났다. 그가 프랑스 식으로 내 뺨에 뺨을 갖다 대지 않을까 하고 나는 한순간 겁에 질렸다. 다행히 그는 행동을 자제했다.

"정말 멋지군요. 그렇다면 이번 사건에 대한 선생님의 느낌을 줄곧 기록해 두셨단 말인가요?"

내가 고개를 끄덕였다.

"에파탕!(멋지군요!) 좀 보여 주세요. 지금 당장."

푸아로가 외쳤다.

나는 그런 갑작스러운 요구에 대한 준비가 되어 있지 않았다. 나는 머리를 쥐어짜 몇몇 세부 사항들을 떠올려 보았다.

"혹시 제가 가끔 사적인 의견을 썼어도 개의치 않으셨으면 합니다."

내가 더듬거리며 말했다.

"오! 충분히 이해합니다. 저를 두고 희극적이라든지, 아니면 우스꽝스럽다고 쓰셨나요? 전혀 상관없습니다. 헤이스팅스도 항상 예의를 지킨 것은 아니랍니다. 하지만 저는 그런 사소한 일에는 개의치 않는답니다."

그래도 좀 불안했지만, 나는 책상 서랍을 뒤져 가지런히 정리되지 않은 종이 뭉치를 꺼내 푸아로에게 건네주었다. 앞으로 출판될 일을 염두에 두고 나는 원고를 몇 개의 장으로 나누어 놓았다. 어젯밤 써 놓은 것은 러셀 양이 찾아온 부분까지였다. 그러니까 푸아로에게 준 원고는 20장까지인 셈이었다.

나는 푸아로가 원고를 읽도록 내버려 두고 방을 나왔다. 좀 멀리 떨어진 곳에 있는 환자를 보러 가야 했던 것이다. 집에 돌아오니 8시가 지난 시각이었고, 쟁반에 내 몫의 따끈한 저녁 식사가 준비되어 있었다. 나는 푸아로가 7시 30분에 누이와 함께 저녁을 먹었으며, 원고를 마저 읽기 위해 내 작업실로 갔다는 이야기를 들었다.

"그런데 제임스, 그 원고에서 내 얘기를 할 때 조심했겠지?"

누이가 물었다.

나도 모르게 입이 벌어졌다. 조심 같은 건 하지 않았던 것이다.

내 표정을 제대로 읽어 낸 누이가 말했다.

"그렇다 해도 크게 문제가 되는 건 아니야. 푸아로 씨는 어떻게 생각해야 하는지 아실 테니까 말이야. 그 사람이 너보다 나를 더 잘 알고 있는 것 같아."

나는 작업실로 들어갔다. 푸아로는 창가에 앉아 있었다. 원고는 그의 옆 의자 위에 가지런히 쌓여 있었다. 그가 원고 위에 한 손을 얹고 말했다.

"에 비엥(그런데) 찬사를 보내지 않을 수 없군요. 선생님의 겸손에 말입니다!"

"오!"

약간 움츠러드는 기분으로 내가 말했다.

"게다가 자신을 드러내려 하지 않으셨더군요."

그가 덧붙였다.

나는 다시 "오!" 하는 소리를 냈다.

"헤이스팅스는 이렇게 쓰지 않았습니다. 페이지마다 '나'라는 단어가 수없이 들어가 있었지요. '내'가 어떻게 생각했는가, '내'가 무엇을 했는가 하는 식으로요. 하지만 선생님은 줄곧 무대 뒤에 머물러 계시더군요. 가정 생활 장면에서 한두 차례 나타나셨던가요?"

그의 눈이 반짝이는 것을 보고 나는 얼굴을 살짝 붉혔다.

"정말로 그 원고를 어떻게 생각하십니까?"

내가 신경이 좀 곤두선 채 물었다.

"솔직한 의견을 듣고 싶으십니까?"

"예."

푸아로는 장난스러운 기미를 버리고 친절한 어조로 말했다.

"아주 꼼꼼하고 정확한 기록입니다. 모든 사실을 충실하고 정확하게 기록하셨더군요. 하지만 선생님 자신에 대해서는 적절히 말을 아끼셨던데요."

"선생님께 도움이 되었습니까?"

"예, 상당한 도움이 되었다고 할 수 있습니다. 자, 이제 제 집으로 가서 자그마한 공연을 위한 무대를 준비합시다."

누이는 현관에 있었다. 내 생각에 누이는 우리와 함께 가고 싶어 하는 것 같았다. 하지만 푸아로는 그 상황을 노련하게 처리했다.

"정말이지 같이 가시자고 하고 싶지만 지금은 그렇게 하지 않는 게 좋겠습니다, 마드무아젤. 아시다시피, 오늘 모이는 사람들은 모두 용의자들이니까요. 그들 중에서 저는 애크로이드 씨를 죽인 범인을 찾아낼 겁니다."

"정말입니까?"

내가 믿어지지 않아서 물었다.

"선생님은 그렇게 생각하지 않으시는군요. 아직도 이 에르퀼 푸아로의 진가를 몰라주시는군요."

푸아로가 건조한 어조로 말했다.

그 순간 어슐러가 층계를 내려왔다.

"자, 준비됐습니까? 좋습니다. 함께 제 집으로 갑시다. 마드무아젤 캐롤라인, 제 말을 믿으십시오. 제가 필요한 일이 있으면 말씀만 하십시오. 안녕히 계십시오."

푸아로가 말했다.

우리는 집을 나섰고, 뒤에 남은 캐롤라인은 산책에 따라나서지 못한 개처럼 현관에 선 채 우리를 바라보고 있었다.

라치스의 거실에는 이미 모든 준비가 되어 있었다. 탁자 위에는 여러 가지 음료들과 유리잔이 놓여 있었다. 비스킷도 한 접시 있었다. 다른 방에서 의자도 몇 개 더 갖다 놓은 것 같았다.

푸아로는 이리저리 뛰어다니며 물건들을 다시 정돈했다. 이쪽 의자를 당겨 놓기도 하고 저쪽 램프 위치를 바꿔 놓기도 했으며, 때로는 바닥에 엎드려 깔개 위치를 바로잡기도 했다. 그는 특히 조명에 신경을 썼다. 의자들이 여러 개 모여 있는 쪽으로 환한 빛이 비치게 하고, 푸아로 자신이 앉을 방의 반대쪽에는 희미한 빛이 비치도록 램프들의 위치를 잡았다.

어슐러와 나는 그런 그를 지켜보았다. 이내 종소리가 들려왔다.

"사람들이 도착했군요. 잘됐네요. 이제 모든 준비가 되었습니다."

푸아로가 말했다.

문이 열리고 펀리 파크에서 온 사람들이 줄지어 들어왔다. 푸아로가 앞으로 나가 애크로이드 부인과 플로라를 맞았다.

"와 주셔서 정말 고맙습니다. 블런트 소령님과 레이먼드 씨도요."

비서는 여느 때처럼 쾌활했다.

"도대체 무슨 일입니까? 무슨 기계라도 있는 건가요? 우리들 손목에 띠를 두르고 그것으로 심장 박동을 측정해 죄가 있다는 걸 탐지해 내는 건가요? 그런 기계가 있다던데요?"

그가 웃으며 말했다.

"그것에 대해서는 저도 들은 적이 있습니다. 하지만 전 원래 구식이랍니다. 저는 낡은 방법을 사용합니다. 작은 회색 뇌세포를 쓰는 거죠. 자, 이제 시작합시다. 그런데 여러분 모두에게 한 가지 발표할 게 있습니다."

그는 어슐러의 손을 잡고 그녀를 앞으로 끌어당겼다.

"이 숙녀는 랠프 페이턴 부인입니다. 지난 3월 페이턴 대위와 결혼했지요."

애크로이드 부인에게서 작지만 날카로운 비명이 터져 나왔다.

"랠프가! 결혼을 했다니! 지난 3월에! 오! 이럴 순 없어. 어떻게 그가 그럴 수가 있지?"

그녀는 처음 보는 사람처럼 어슐러를 쳐다보았다.

"본하고 결혼했다고요? 정말이지, 푸아로 씨. 전 선생님 말을 믿을 수가 없어요."

그녀가 말했다.

어슐러가 얼굴을 붉히며 무슨 말인가 하려 했지만 플로라가 그녀를 제지했다. 플로라는 재빨리 어슐러 쪽으로 가서는 그녀의 팔을 끼었다.

"우리가 놀랐다고 해서 신경 쓸 것 없어요. 알다시피 우린 생각조차 못 했거든요. 당신과 랠프는 비밀을 참 잘 지켰군요. 난 정말 기뻐요."

"정말 친절하시군요, 애크로이드 양. 크게 화를 내시는 게 당연할 텐데요. 랠프가 정말 고약하게 처신했어요. 특히 당신에게요."

어슐러가 나지막한 목소리로 말했다.

플로라가 위로하듯 어슐러의 팔을 토닥이며 말했다.

"그런 걱정은 할 필요 없어요. 랠프는 궁지에 몰려 있었고 유일한 탈출구를 택한 거예요. 내가 그의 입장이었어도 똑같이 행동했을 거예요. 하지만 그가 나를 믿고 비밀을 털어놓았으면 좋았을 텐데요. 그를 실망시키지 않았을 테니까요."

푸아로가 가볍게 탁자를 두드리고는 신호라도 보내듯 목소리를 가다듬었다.

"이제 회의가 시작되는군요. 푸아로 씨가 조용히 해 달라고 암시를 주시네요. 하지만 한 가지만 말해 줘요. 랠프는 지금 어디 있나요? 그걸 알 사람은 당신뿐이에요."

플로라가 물었다.

"하지만 전 몰라요. 그래요, 모른다고요."

어슐러가 거의 울먹이며 외쳤다.

"그는 리버풀에서 붙잡히지 않았나요? 신문에 그렇게 났던데요."

레이먼드가 물었다.

"그는 리버풀에 있지 않습니다."

푸아로가 짤막하게 대답했다.

"사실은 그가 어디 있는지 아무도 모릅니다."

내가 한마디 했다.

"에르퀼 푸아로만 빼고 말이지요, 예?"

레이먼드가 말했다.

푸아로가 그의 농담에 진지하게 대답했다.

"저는 모든 걸 알고 있습니다. 그 점을 잊지 마십시오."

제프리 레이먼드가 눈썹을 치켜 올렸다. 그가 휘파람을 불었다.

"모든 걸 아신다는 걸 잊지 말라고요? 휴! 그것 참 어려운 주문이군요."

"그 말은 선생님께서 정말 랠프가 숨어 있는 곳을 짐작하고 계신단 뜻입니까?"

내가 못 미더워하며 물었다.

"선생님은 짐작이라고 하셨죠. 전 알고 있답니다, 친구 양반."

"크랜체스터인가요?"

내가 혹시 하고 물었다.

"아니요, 크랜체스터에 있진 않습니다."

푸아로가 진지하게 대답했다.

그는 더 이상 말을 하지 않고 손짓으로 모두를 자리에 앉게 했다. 사람들이 자리에 앉는 동안 문이 다시 열리고 두 사람이 더 들어와 문 쪽에 앉았다. 파커와 관리인이었다.

"이제 모두 모였군요. 다 온 셈입니다."

푸아로가 말했다.

그의 목소리에는 만족의 울림이 깃들어 있었다. 그의 말이 울려 퍼지는 순간, 반대쪽에 앉은 사람들 얼굴에 불안 같은 것이 스쳐 지나가는 것을 나는 보았다. 이 모든 것 속에는 어떤 함정…… 출구가 닫힌 함정에 대한 암시가 깃들어 있었던 것이다.

푸아로는 조금 거드름을 피우며 명단을 읽어 내려갔다.

"애크로이드 부인, 플로라 애크로이드 양, 블런트 소령, 제프리 레이먼드 씨, 랠프 페이턴 부인, 존 파커 집사, 엘리자베스 러셀 양."

그는 종이를 탁자에 내려놓았다.

"이 모든 게 무슨 뜻입니까?"

레이먼드가 입을 열었다.

"제가 방금 읽은 것은 용의자들의 명단입니다. 여기 모인 여러분은 모두 애크로이드 씨를 죽일 기회가 있었습니다……."

애크로이드 부인이 비명을 지르며 벌떡 일어났다. 그녀의 목이 실룩거렸다.

"이런 건 싫어요. 싫단 말이에요. 집에 가는 게 낫겠어요."

그녀가 울부짖었다.

"집에 가실 수 없습니다, 마담, 제가 말하는 걸 다 듣기 전에는 말입니다."

푸아로가 단호하게 말했다.

그는 잠시 말을 멈추었다가 다시 목소리를 가다듬었다.

"처음부터 말씀드리겠습니다. 이 사건을 조사해 달라는 애크로이드 양의 부탁을 받고, 저는 친애하는 셰퍼드 선생님과 함께 펀리 파크로 갔습니다. 저는 선생님과 함께 테라스를 따라 걷다가 창틀에 나 있는 발자국을 보았습니다. 거기에서 래글런 경위는 저를 데리고 차도로 통하는 오솔길로 가더군요. 작은 정자가 눈에 띄어서 저는 그곳을 샅샅이 조사했습니다. 두 가지 물건, 곧 풀 먹인 천 조각과 속이 빈 거위 깃털이 나오더군요. 그 천 조각을 보자마자 제 머릿속에는 하녀의 앞치마가 떠올랐지요. 래글런 경위가 집안 사람들의 명단을 보여 주었을 때, 나는 즉각 심부름하는 하녀 어슐러 본에게 알리바이가 없다는 걸 알았습니다. 그녀는 9시 30분에서 10시까지 자기 방에 있었다고 말했습니다. 그녀가 방에 있었던 게 아니라 정자에 있었다면? 그렇다면 그녀는 누군가를 만나러 그곳에 간 게 분명합니다. 그런데 우리는 셰퍼드 선생님의 말을 통해 그날 밤 실제로 외부에서 그 저택으로 온 누군가가 있다는 사실을 알고 있습니다. 선생님이 대문 바로 옆에서 만난 사람 말입니다. 얼핏 보기에 이 문제는 해결된 것 같았습니다. 그 낯선 자가 어슐러 본을 만나러 정자로 간 거라고 생각했지요. 거위 깃털로 보아 그 사람이 정자로 간 것은 분명합니다. 거위 깃털은 제게 즉각 마약 중독자, 그것도 코카인을 코로 들이마시는 것이 여기보다 훨씬 더 일반화된 대서양 저편의 습관을 지닌 사람을 떠오르게 했습니다. 셰퍼드 선생님이 만난 사람에게 미국식 억양이 있었다는 사실은 이러한 추리에 맞아떨어지는 셈이었습니다.

그런데 한 가지 사실에 걸리고 말았습니다. 시간이 맞지 않는 겁니다. 어슐러 본은 9시 30분 이전에는 정자에 갈 수 없었습니다. 하지만 그 남자는 9시 조금 지난 시각에 이미 정자에 도착해 있었으리라는 겁니다. 물론 그 남자가 거기서 30분쯤 기다렸을 수도 있습니다. 유일한 대안은 그날 밤 정자에서 두 건의 별개의 만남이 있었다고 가정하는 것이었습니다. 저는 러셀 양이 그날 아침 셰퍼드 선생님을 찾아왔고, 마약 중독자의 치료 방법에 대해 특별한 관심을 보였다는 사실을 알아냈습니다. 그 사실을 거위 깃털과 관련 짓자, 문제의 그 남자는 어슐러 본이 아니라 러셀 양을 만나러 펀리 파크에 왔을지도 모른다는 생각이 들었습니다. 그렇다면 어슐러 본은 도대체 누구와 약속이 있었던 걸까요? 의문은 곧 풀렸습니다. 먼저 나는 'R로부터'라는 글귀와 날짜가 새겨진 반지, 곧 결혼반지를 찾아냈습니다. 그 다음에는 랠프 페이턴이 9시 25분에 정자로 통하는 오솔길을 걸어가는 것이 목격되었다는 사실을 알았습니다. 그리고 그날 오후 마을 근처의 숲속에서 랠프와 어떤 미지의 여자가 이야기를 했다는 말을 들었습니다. 비밀 결혼, 비극 당일 발표된 약혼, 숲속에서의 말다툼, 그리고 그날 밤 정자에서의 만남. 이것은 저에게 한 가지 사실을 증명해 주었습니다. 랠프 페이턴이나 어슐러 본, 그러니까 어슐러 페이턴은 둘 다 애크로이드 씨를 없앨 아주 강력한 동기를 지니고 있다는 사실입니다. 그런데 뜻밖에도 또 다른 한 가지 사항 역시 분명해졌습니다. 9시 30분에 서재에서 애크로이드 씨와 함께 있었던 사람은 랠프 페이턴일 수가 없다는 사실입니다.

우리는 이제 이 범죄의 가장 흥미로운 국면에 접어들게 됩니다. 9시 30분에 애크로이드 씨와 함께 그 방에 있었던 사람은 누구일까요? 랠프 페이턴은 아닙니다. 그는 정자에서 자기 아내와 함께 있었습니다. 이미 그곳을 떠난 찰스 켄트도 아닙니다. 그렇다면 누구일까요? 저는 가장 예리하고도 대담한 의문을 제기했습니다. 누가 그와 함께 있었던 것일까?"

푸아로는 몸을 앞으로 기울이고 의기양양하게 마지막 말을 던지고는, 결정타를 날린 사람 같은 태도로 몸을 뒤로 젖혔다. 하지만 레이먼드는 그다지 감명을 받지 않은 듯 오히려 부드럽게 항의했다.

"저를 거짓말쟁이로 만드시려는 건지는 모르겠습니다만, 푸아로 씨, 그 문제에 대해 증언한 사람은 저 혼자가 아닙니다. 정확하게 어떤 말이 오갔는가 하는 거라면 혹시 모르지만요. 잊지 마십시오. 블런트 소령님 역시 애크로이드 씨가 누군가에게 얘기하는 걸 들으셨습니다. 소령님은 바깥 테라스에 계셨으므로 내용을 분명히 알아듣지는 못했지만 목소리를 들은 것만은 분명합니다."

푸아로가 고개를 끄덕였다.

"잊지 않고 있습니다. 하지만 블런트 소령님은 애크로이드 씨가 이야기하는 상대가 바로 당신인 줄 아셨다고 했지요."

그가 차분히 말했다.

레이먼드는 잠시 움찔하는 듯했다. 그는 이내 정신을 수습했다.

"하지만 블런트 소령님은 자신이 잘못 알아들었다고도 말씀하셨는데요."

"맞습니다."

그 나이 든 사내가 맞장구쳤다.

푸아로가 생각에 잠긴 채 말했다.

"하지만 소령님이 그렇게 생각한 데는 어떤 이유가 있었을 겁니다. 오! 아닙니다."

그가 손을 들어 말을 막았다.

"어떤 이유를 대려는지 압니다. 하지만 그것으론 충분치 않습니다. 다른 이유를 찾아봐야 합니다. 이렇게 생각해 보지요. 사건 처음부터 저는 한 가지 이상한 점에 부딪혔습니다. 레이먼드 씨가 들었다는 그 대화의 말투 말입니다. 아무도 그걸 지적하지 않는다는 게 제게는 오히려 놀라웠지요. 그 말투에는 뭔가 이상한 것이 있었습니다."

그는 잠시 말을 멈추었다가 부드러운 어조로 그 대화를 인용했다.

"'……최근에는 지갑을 열 일이 무척 많았지. 그래서 그 요청을 들어주는 게 불가능할 것 같네…….'라는 말입니다. 뭔가 이상하다는 느낌이 들지 않으십니까?"

"저로서는 이상하지 않습니다. 애크로이드 씨가 제게 편지를 받아쓰게 할 때 그와 거의 똑같은 말투를 쓰셨으니까요."

레이먼드가 대답했다.

"바로 그렇습니다. 제가 알고 싶었던 게 바로 그것이었습니다. 직접 대화를 할 때 누가 그런 말투를 쓰겠습니까? 그 문장은 실제로 벌어진 대화의 부분일 수는 없습니다. 자, 그가 편지를 받아쓰게 하고 있었다면……."

"선생님 말씀은 애크로이드 씨가 편지를 소리 내어 읽고 계셨다는 건가요? 그렇다고 해도 누군가 듣고 있는 사람이 있었겠지요."

레이먼드가 천천히 말했다.

"어째서요? 그 방에 애크로이드 씨 외에 다른 사람이 있었다는 증거가 없습니다. 애크로이드 씨의 목소리만이 들려왔습니다. 잊지 마세요."

"그런 식의 편지를 혼자 소리 내어 읽을 사람은 없습니다. 정신이 이상한 사람이 아니라면 말입니다."

푸아로가 부드럽게 말했다.

"모두들 잊고 계신 게 한 가지 있습니다. 그전 주 수요일에 편리를 방문한 낯선 사람 말입니다."

모두들 그를 물끄러미 바라보았다.

"그래요, 수요일입니다. 찾아왔던 청년 자체는 중요하지 않습니다. 하지만 그가 무슨 회사 직원이었는가 하는 사실은 무척 흥미롭더군요."

푸아로가 고개를 끄덕이며 말했다.

레이먼드가 놀라 헉 하고 숨을 멈추었다.

"구술용 녹음기 회사였습니다. 이제 알겠습니다. 녹음기군요. 선생님께서 생각하시는 게 바로 그거죠?"

푸아로가 고개를 끄덕였다.

"기억하다시피 애크로이드 씨는 구술용 녹음기를 하나 사기로 약속했습니다. 그 점에 관심이 끌린 저는 문제의 회사에 문의했지요. 애크로이드 씨가 자신들의 판매원을 통해 실제로 기계를 구입했다고 하더군요. 그가 왜 그 사실을 당신에게 말하지 않았는지는 저도 모르겠습니다."

"아마 저를 깜짝 놀라게 하시려는 거였겠지요. 그분은 아이처럼 사람을 놀라게 하기를 좋아했지요. 하루 이틀 두고 보실 생각이셨을 겁니다. 아마 새로운 장난감이 생긴 것처럼 그걸 사용해 보셨을 겁니다. 예, 이제 상황이 맞아떨어지는군요. 선생님 말씀이 맞습니다. 보통 대화에서 그런 말투를 쓰지는 않습니다."

레이먼드가 중얼거렸다.

"그럼으로써 또한 블런트 소령님이 왜 그때 서재에 있던 사람을 당신이라고 착각했는지도 설명됩니다. 구술하는 내용 중 일부가 들려왔기 때문에 소령님은 무의식적으로 애크로이드 씨가 당신과 함께 있는 모양이라고 생각하게 된 겁니다. 소령님의 의식은 전혀 다른 것에 쏠려 있었습니다. 뭔가 하얀 것을 얼핏 보았거든요. 소령님은 그것이 애크로이드 양이라고 생각했지요. 사실은 정자로 몰래 빠져나가는 어슐러 본의 하얀 앞치마였습니다."

레이먼드가 아까의 놀라움에서 벗어나 정신을 차린 모양이었다.

"선생님이 발견하신 이 사실이 놀랍긴 합니다. 저로서는 생각도 못 했을 게 분명하니까요. 하지만 근본적인 문제에는 변화가 없습니다. 애크로이드 씨는 9시 30분 당시에 살아 계셨습니다. 왜냐하면 그분은 녹음기에 녹음을 하고 계셨으니까요. 그때쯤 그 찰스 켄트란 사내는 이미 펀리 파크를 떠난 게 분명합니다. 그리고 랠프 페이턴은……?"

그는 어슐러를 쳐다보며 머뭇거렸다.

어슐러는 얼굴이 빨개졌지만 차분하게 대답했다.

"랠프와 저는 9시 45분이 조금 못 되어 헤어졌어요. 그는 결코 집

가까이 가지 않았다고 확신해요. 그는 그럴 생각이 없었어요. 자기 양아버지를 만나는 것이야말로 그가 가장 바라지 않는 일이었으니까요. 그는 그 일을 무척 겁냈을 거예요."

레이몬드가 설명했다.

"한순간이라도 당신 이야기를 의심하는 건 아닙니다. 전 줄곧 페이턴 대위가 결백하다고 확신해 왔습니다. 하지만 법정이나 거기에서 제기될 질문들을 생각하지 않을 수 없습니다. 그는 아주 불리한 입장에 처해 있어요. 하지만 만일 그가 나타나서……."

푸아로가 그의 말허리를 잘랐다.

"그게 당신의 충고인가요, 예? 랠프가 나타나야 한다고요?"

"물론입니다. 선생님께서 그가 어디 있는지 아신다면……."

"당신은 제가 알고 있다는 사실을 믿지 않으시는군요. 하지만 조금 전에도 저는 모든 걸 알고 있다고 당신에게 말했습니다. 그 전화, 창틀의 발자국, 랠프 페이턴이 숨어 있는 곳 등 모든 걸 말입니다."

"그는 어디 있습니까?"

블런트가 날카롭게 물었다.

"그리 멀리 않은 곳에 있지요."

푸아로가 미소를 지으며 대답했다.

"크랜체스터에 있나요?"

내가 물었다.

푸아로가 나를 돌아보며 말했다.

"언제나 그렇게 물으시는군요. 크랜체스터가 선생님의 이데 픽스

(고정 관념)가 된 것 같네요. 아니요, 그는 크랜체스터에 없습니다. 그는…… 저기 있습니다!"

그가 극적인 몸짓으로 검지를 들어 방향을 가리켰다. 모두들 그 쪽으로 고개를 돌렸다.

랠프 페이턴이 문간에 서 있었다.

내게는 무척이나 불편한 순간이었다. 이어 무슨 일이 벌어졌는지 나로서는 제대로 알아차릴 수 없었지만, 감탄사와 놀라서 외치는 소리가 들렸던 것 같다. 이윽고 무슨 일이 벌어지고 있는지 알 수 있을 정도로 정신을 수습한 나는 랠프 페이턴이 자기 아내 곁에 서서 그녀의 손을 쥔 채 나를 향해 미소를 짓고 있는 것을 보았다.

푸아로 역시 미소를 지으면서 검지를 설득력 있게 흔들고 있었다. 그가 말했다.

"에르퀼 푸아로에게는 아무리 숨겨도 소용 없다는 말을 수없이 하지 않았습니까? 반드시 알아낸다고 했지요?"

그가 다른 이들에게 몸을 돌렸다.

"언젠가 우리가 탁자에 둘러앉아 작은 모임을 가졌던 걸 기억하실 겁니다. 그때도 바로 우리 여섯이었지요. 저는 다섯 사람 모두 저에게 뭔가를 숨기고 있다고 비난했지요. 그중 네 사람은 속내를 털어놓았지만, 셰퍼드 선생님만은 그러지 않으셨습니다. 하지만 저는 줄곧 의심을 품고 있었습니다. 셰퍼드 선생님은 그날 밤 랠프를 찾을 생각으로 스리 보어스 여관에 갔습니다. 거기서 선생님은 랠프를 만나지 못했습니다. 하지만 혹시 집으로 돌아가는 길에 만났다면 하는 생각이 들더군요. 셰퍼드 선생님은 페이턴 대위의 친구이고, 사건 현장에서 돌아오는 길이었습니다. 그는 사태가 랠프에게 무척 불리하다는 걸 잘 알고 있었습니다. 어쩌면 다른 이들보다 더 많은 걸 알고 있었을 수도……."

내가 유감스럽다는 듯이 입을 열었다.

"그랬습니다. 이제 사실대로 털어놓는 게 좋을 것 같군요. 그날 오후 저는 랠프를 만나러 갔습니다. 처음 랠프는 사정 이야기를 하려 들지 않았지만, 결국에는 자신이 결혼한 것과 현재 곤경에 처해 있다는 이야기를 하더군요. 살인 사건이 발견되자마자 저는 그런 사실들이 알려지면 랠프에게 혐의가 돌아가지 않을 수 없으리라는 것을 깨달았습니다. 랠프가 아니라면 적어도 그가 사랑하는 여자에게 그런 일이 벌어지리라고 말입니다. 그날 밤 저는 그런 이야기를 솔직하게 털어놓았습니다. 아내의 유죄를 증명하는 증거를 제시해야 할지도 모른다는 생각에 랠프는 어떻게든, 그러니까…… 그러니까……."

내가 머뭇거리자 랠프가 말을 이었다.

"도망을 치기로 한 겁니다. 아시다시피 어슐러는 저와 헤어져서 저택으로 돌아갔습니다. 어슐러가 제 양아버지를 다시 만나려고 했을지도 모른다는 생각이 들더군요. 양아버지는 그날 오후 이미 어슐러에게 몹시 거칠게 대했습니다. 혹시 양아버지가 도저히 용서할 수 없는 태도로 어슐러를 모욕했을지도 모른다는 생각이 머릿속에 떠오르더군요. 그래서 어슐러가 자신이 무슨 짓을 하는지도 모른 채 그만……."

그가 말을 멈추었다. 어슐러는 그의 손에서 자기의 손을 빼내고는 한 걸음 뒤로 물러섰다.

"그렇게 생각했다니, 랠프! 정말 내가 그런 짓을 저질렀을 거라고 생각했단 말이에요?"

"이제 셰퍼드 선생님의 비난받을 만한 행동으로 다시 돌아갑시다. 셰퍼드 선생님은 힘자라는 데까지 랠프를 도와 주겠다고 약속하셨습니다. 선생님은 경찰의 눈을 피해 랠프를 숨기는 데 성공했습니다."

푸아로가 건조한 어조로 말했다.

"어디에다요? 선생님 집에다요?"

레이먼드가 물었다.

"오! 물론 아닙니다. 제가 그랬던 것처럼 스스로에게 질문을 던져 보십시오. 유능한 의사가 그 청년을 숨긴다면, 어디를 택할까요? 반드시 가까운 곳이어야 합니다. 저는 크랜체스터를 생각했습니다. 호텔일까? 아니죠. 하숙집일까? 더더구나 아닙니다. 그렇다면 어디일까? 아! 저는 깨달았지요. 요양소였습니다. 정신질환자를 위한 곳 말입니다. 저는 제 추론을 시험해 보았습니다. 조카애에게 정신적인 문제가 있다고 꾸며 댔지요. 그리고 마드무아젤 셰퍼드께 적당한 요양소를 물어보았지요. 그녀가 자기 동생이 환자들을 보내는 크랜체스터 근처의 요양소 두 곳을 알려 주더군요. 저는 조사를 해 보았습니다. 그렇습니다. 그중 한 곳에 선생님은 토요일 아침 일찍 환자 하나를 데려갔더군요. 그 환자는 다른 이름을 쓰고 있었지만 저는 어렵지 않게 그가 바로 페이턴 대위라는 사실을 확인할 수 있었습니다. 필요한 몇 가지 절차를 밟은 후, 저는 그를 데리고 나올 수 있었습니다. 그는 어제 아침 일찍 우리 집에 왔습니다."

나는 유감스러워하는 눈빛으로 그를 쳐다보았다.

"누나는 내무부의 전문가라고 했는데. 그런 줄은 꿈에도 생각하지 못했으니!"

내가 중얼거렸다.

"제가 왜 선생님이 원고에서 말을 아꼈다고 했는지 이제 아실 겁니다. 그 원고는 아주 엄정하게 사실을 언급했지만, 완전한 사실을 말한 건 아니었지요. 예, 친구 양반?"

푸아로가 나지막하게 물었다.

나는 너무 창피해서 뭐라 말할 수가 없었다.

"셰퍼드 선생님은 줄곧 신의를 지켜 주셨습니다. 언제나 변함 없이 저를 도와 주셨죠. 선생님은 최선이라고 생각되는 방법을 택하셨지요. 이제 푸아로 씨의 말을 듣고 보니 그게 반드시 최선의 방법은 아니었다는 걸 알겠네요. 저는 당당히 앞에 나서서 어려움에 직면해야 했습니다. 아시겠지만, 요양소에서는 신문을 보지 않습니다.

그래서 일이 어떻게 돌아가고 있는지 전혀 몰랐던 겁니다."

랠프가 말했다.

"셰퍼드 선생님은 정말 모범적인 신중함을 보여 주셨습니다. 하지만 저는 아무리 사소한 비밀이라도 알아냅니다. 그게 제 일이니까요."

푸아로가 건조한 어조로 말했다.

"이제 그날 밤 무슨 일이 있었는지 알 수 있겠군요."

레이먼드가 조바심을 내며 물었다.

"이미 알고 계시는 대로입니다. 저로서는 별로 덧붙일 게 없습니다. 9시 45분경 저는 정자에서 나와 앞으로 어떻게 해야 할지 생각하며 오솔길을 걸었습니다. 저에게 알리바이가 없다는 건 인정합니다. 하지만 맹세코 서재에는 가지 않았고 살아 계신 모습이든 돌아가신 모습이든 양아버지를 본 적이 없습니다. 세상 사람들이 뭐라고 해도 여러분들만은 제 말을 믿어 주시기 바랍니다."

"알리바이가 없다니 정말 안됐군요. 나는 물론 당신 말을 믿지만…… 상황이 좋지 않은걸요."

레이먼드가 중얼거렸다.

"하지만 그 덕분에 사태는 아주 간단해집니다. 아주 간단해지고 말고요."

푸아로가 즐거운 목소리로 말했다.

우리 모두 물끄러미 그를 쳐다보았다.

"제 말을 이해하시겠습니까? 못 하신다고요? 이런 겁니다. 페이턴 대위를 구하려면 진범이 자백을 해야 합니다."

그가 우리 모두를 둘러보며 환하게 웃었다.

"그래요……. 말 그대롭니다. 자, 보세요, 전 래글런 경위를 이 자리에 참석시키지 않았습니다. 거기에는 이유가 있습니다. 제가 알고 있는 모든 것을 그에게 말하고 싶지 않았거든요. 적어도 오늘 밤에는 그러고 싶지 않았습니다."

그는 몸을 앞으로 기울였다. 갑자기 그의 목소리와 분위기 전체가 바뀌었다. 그는 돌연 위협적이 되었다.

"이런 말을 하고 있는 저는, 지금 이 방 안에 있는 사람 중에 애크로이드 씨의 살인범이 있다는 사실을 알고 있습니다. 이제 살인범에게 말합니다. 내일이면 사실이 래글런 경위에게 통보될 겁니다. 아시겠습니까?"

긴장된 침묵이 흘렀다. 그 정적 한가운데로 브르타뉴 풍의 모자를 쓴 나이 든 하녀가 쟁반에 전보 한 통을 받쳐 들고 들어왔다. 푸아로가 봉투를 찢었다.

블런트 소령의 목소리가 갑자기 울려 퍼졌다.

"우리 가운데 살인자가 있다고요? 그리고 당신은…… 누군지 아십니까?"

푸아로가 전보 읽기를 마쳤다. 그는 손으로 전보 용지를 구겼다.

"압니다……. 이제는요."

그가 돌돌 말린 전보 용지를 톡톡 두드렸다.

"그건 뭡니까?"

레이먼드가 날카롭게 물었다.

"무선 전보입니다. 미국으로 가고 있는 증기선에서 온 거랍니다."

숨소리 하나 들리지 않는 침묵이 흘렀다. 푸아로가 인사를 하며 자리에서 일어섰다.

"신사 숙녀 여러분, 이 모임은 이것으로 끝을 맺겠습니다. 기억해 두십시오. 내일 아침이면 래글런 경위가 사실을 알게 된다는 것을 말입니다."

사건의 전말

푸아로가 손짓으로 내게 남아 있어 줄 것을 청했다. 그의 말대로 뒤에 남은 나는 벽난로 앞으로 가서 생각에 잠긴 채 장화의 앞코로 난로 속의 두툼한 장작들을 찼다.

나는 당황하고 있었다. 이 정도로 푸아로의 말뜻을 짐작조차 할 수 없는 것은 이번이 처음이었다. 한동안 나는 방금 목격한 장면이 푸아로의 요란한 허풍에 불과하다고, 그가 자신을 흥미롭고 대단한 인물로 보이게 하려는 목적에서 이른바 '연극'을 벌인 것이라고 생각하려 애썼다. 하지만 그런 노력과는 상관없이 나는 그 밑에 깔린 현실을 받아들이지 않을 수 없었다. 그의 말 속에는 진짜 위협, 반박의 여지가 없는 진지함이 깃들어 있었다. 하지만 나는 여전히 그를 완전히 잘못 판단하고 있었다.

마지막 손님이 나가고 문이 닫히자 그가 불 가로 다가왔다.

"자, 친구 양반, 이 모든 것에 대해 어떻게 생각하십니까?"

그가 차분히 물었다.

"어떻게 생각해야 할지 모르겠군요. 요점이 뭡니까? 범인에게 이렇게 애써 경고를 보내기보다는 래글런 경위에게 곧장 가서 사실을 말하는 게 낫지 않습니까?"

내가 솔직히 말했다.

푸아로는 자리에 앉더니 작은 러시아 담뱃갑을 꺼냈다. 그는 잠시 말없이 담배를 피웠다. 이윽고 그가 입을 열었다.

"선생님의 회색 뇌세포를 사용해 보십시오. 제 행동 뒤에는 항상 이유가 있습니다."

나는 잠시 머뭇거리다가 천천히 말을 시작했다.

"첫 번째로 생각나는 것은, 선생님이 범인이 누구인지는 몰라도 오늘 밤 여기 모인 이들 중에 있다고 여기신다는 겁니다. 그러니까 선생님이 그렇게 말한 것은 그 미지의 살인범으로부터 자백을 끌어내기 위한 것이겠죠?"

푸아로가 그럴 수도 있겠다는 듯 고개를 끄덕였다.

"날카로운 생각입니다만 진실은 아닙니다."

"어쩌면 선생님이 알고 있다고 범인이 믿도록 함으로써 그로 하여금 자신의 정체를 나타내도록 하려는 건지도 모르죠. 반드시 자백은 아니라도 말입니다. 그자는 애크로이드의 입을 막은 것처럼 선생님의 입도 막으려 들지 모르니까요. 내일 아침 선생님이 행동으로 옮기기 전에 말입니다."

"저 자신을 미끼로 한 덫이라고요! 메르시, 모 나미.(고맙습니다, 친구 양반.) 하지만 저는 그 정도로 영웅적이진 않습니다."

"그렇다면 이해가 가지 않는군요. 이런 경고로 살인자가 도망이라도 치면 어쩌려고 그러십니까?"

푸아로가 고개를 저었다. 그가 심각하게 말했다.

"그는 도망갈 수 없습니다. 길은 오직 한 가지뿐인데, 그것도 자유로 통하는 길이 아닙니다."

"선생님은 정말 오늘 밤에 모인 이들 가운데 범인이 있다고 생각합니까?"

내가 못 믿겠다는 듯이 물었다.

"그렇습니다, 친구 양반."

"누굽니까?"

한동안 침묵이 흘렀다.

이윽고 푸아로는 담배 꽁초를 벽난로에 던져 넣고는 지난 일을 회상하는 듯한 차분한 어조로 말을 시작했다.

"제가 밟아 온 길로 선생님을 인도하지요. 한 걸음 한 걸음 저를 따라오시면, 모든 사실들이 반박의 여지 없이 한 사람을 가리키고 있다는 걸 알게 되실 겁니다. 자, 우선 제 관심을 끈 두 가지 사실과 시간상의 작은 차이를 말씀드리지요. 첫 번째 사실은 전화였습니다. 랠프 페이턴이 진짜 범인이라면, 그 전화는 전혀 의미도 없고 합리적일 수도 없습니다. 그래서 전 랠프 페이턴은 범인이 아니라고 생각했습니다.

그 저택에 있던 사람 중 누구도 그 전화를 걸 수 없었다고 생각했지만 저는 여전히 사건이 있었던 날 밤 그 집에 있었던 사람들 중에서 범인을 찾아야 한다고 믿었습니다. 그러므로 그 전화는 공범이 건 것이라고 결론 지었지요. 물론 그런 추론이 썩 마음에 들지는 않았지만 일단 그렇게 생각하기로 했습니다.

그 다음 저는 전화를 걸어 온 동기를 조사했습니다. 아주 어려운 일이었지요. 그 '결과'를 따져 보고서야 비로소 알아낼 수 있었습니다. 모든 가능성으로 미루어 다음 날 아침 발견되었을 살인 사건이 그 전화 때문에 그날 밤에 발견되었다는 겁니다. 그 점에는 동의하십니까?"

"그렇……군요. 그렇습니다. 선생님 말대로 애크로이드가 방해하지 말라고 지시했으므로 그날 밤 아무도 서재에 가지 않았을 겁니다."

내가 인정했다.

"트레 비엥.(아주 좋습니다.) 진행이 순조롭지 않습니까? 하지만 여전히 모호한 점이 있었습니다. 그 범죄가 다음 날 아침이 아니라 그날 밤에 발견됨으로써 무슨 이득이 있을까요? 제가 해낼 수 있는 유일한 생각은, 그 범행이 특정 시각에 발견되리라는 것을 알고 있음으로써 범인은 문이 부서졌을 때나 그 직후에 현장에 있을 수 있었다는 것뿐이었습니다. 이제 두 번째 사실로 들어갑시다. 의자 하나가 앞으로 끌어당겨져 있었습니다. 래글런 경위는 그 점을 전혀 중요하게 보지 않았지요. 하지만 저는 그것을 아주 중요하게 여기고 있었습니다.

선생님은 원고에다 서재의 도면을 깔끔하게 그려 놓으셨더군요. 지금 그 도면을 갖고 계시다면, 아실 수 있을 겁니다. 파커가 말한 위치에 의자를 끌어당겨 놓으면, 그 의자는 문과 창문을 잇는 직선상에 놓이게 됩니다."

"창문이라고요!"

내가 재빨리 말했다.

"선생님 역시 처음에 제가 했던 생각을 하시는군요. 저는 문을 통해 들어오는 사람들로 하여금 창문과 관련된 무엇인가를 보지 못하게 하기 위해 의자가 끌어당겨진 것이라고 생각했지요. 하지만 이내 그런 가정을 버렸습니다. 왜냐하면 등받이가 높은 안락의자이긴 했지만 그 의자는 창문을 거의 가려 주지 못했기 때문입니다. 그저 창틀과 바닥 사이만을 겨우 가릴 뿐이었습니다. 창문이 아닙니다, 모 나미(친구 양반). 하지만 창문 바로 앞에 책과 잡지들이 놓인 탁자가 있었던 걸 기억하실 겁니다. 의자를 당겨 놓으면 바로 그 탁자가 완전히 가려집니다. 그 순간 저는 처음으로 어렴풋하게나마 진실을 짐작할 수 있었습니다.

그 탁자 위에 눈에 띄지 말아야 할 무엇인가가 놓여 있었다면? 살인자가 그곳에 뭔가를 놓아 두었다면? 그때까지 저는 그게 무엇인지 짐작조차 할 수 없었습니다. 다만 그것에 관해 무척 흥미로운 사실은 알고 있었죠. 예를 들자면 그것은 살인자가 범행을 저지른 당시에는 가져갈 수 없었던 물건인 동시에 사건이 발견되는 즉시 반드시 치워 버려야 할 물건이었으리라는 겁니다. 그래서 전화가 걸려 와야 했던 겁니다. 시체가 발견될 때 살인자가 현장에 있을 수 있도록 말입니다.

경찰이 도착하기 전 사건 현장에는 네 사람이 있었습니다. 선생님과 파커, 블런트 소령, 레이먼드 씨였지요. 전 파커를 처음부터 제외시켰습니다. 범행이 언제 발견되든 반드시 현장에 있을 수 있는 유일한 사람이었으니까요. 또한 의자가 당겨져 있었다는 사실을 말해 준 것도 그였습니다. 그래서 파커는 혐의를 벗었습니다.(살인에 관한 건 말입니다. 하지만 저는 여전히 그가 페러스 부인의 협박범일지도 모른다고 생각하고 있었습니다.) 하지만 레이먼드와 블런트는 여전히 의심스러웠지요. 만일 범행이 아침 일찍 발견된다면, 그들이 현장에 도착했을 때에는 탁자 위의 물건이 이미 다른 사람의 눈에 띄고 난 다음이었을 테니까요.

이제 그 물건이 무엇이었을까요? 서재 밖으로 들려온 몇 마디 말에 대해 아까 제가 한 말을 들으셨지요? 녹음기 회사의 판매원이 다녀갔다는 얘기를 듣자마자 그 구술용 녹음기에 대한 생각이 제 머릿속에 자리 잡았습니다. 30분 전에 제가 이 방에서 한 말을 들으셨겠죠? 모두들 제 생각에 동의했지만 한 가지 중요한 사실을 놓치는 것 같더군요. 그날 밤 애크로이드 씨가 녹음기를 사용했다면, 그 녹음기는 왜 발견되지 않은 걸까요?"

"그 점은 생각해 본 적이 없습니다."

"우리는 애크로이드 씨에게 녹음기가 배달되었다는 사실을 알고 있습니다. 하지만 그의 소지품 가운데 녹음기는 발견되지 않았습니다. 탁자 위에서 치워진 물건이 녹음기가 아니란 법이 있을까요? 하지만 그것을 치우는 일은 분명 어려웠을 겁니다. 물론 모든 이들의 관심은 살해된 사람에게 집중되어 있었습니다. 그래서 누구든 방 안의 다른 사람 모르게 탁자 쪽으로 갈 수 있었을 겁니다. 하지만 녹음기는 부피가 꽤 나가는 물건입니다. 주머니 속에 집어넣을 수는 없습니다. 그것이 들어갈 만큼 커다란 용기가 있었던 게 분명합니다. 제가 무슨 말을 하려는지 아시겠지요? 살인자의 윤곽이 드러나고 있습니다. 그날 범행이 발견된 현장에 즉각 나타난 인물, 하지만 범행이 다음 날 아침에 발견되었더라면 그럴 수 없었을 인물, 녹음기가 들어갈 만한 어떤 물건을 갖고 다니는 인물……."

내가 그의 말을 가로챘다.

"하지만 그 구술용 녹음기를 왜 치웠을까요? 도대체 뭐 때문에 그랬을까요?"

"선생님도 레이먼드 씨와 같은 생각을 하시는군요. 선생님은 9시 30분에 들렸다는 애크로이드 씨의 음성이 녹음기에 대고 녹음을 하던 그의 실제 음성이라고 생각하시는군요. 하지만 이 편리한 기계에 대고 녹음을 하잖습니까? 그리고 얼마 후에 비서나 타이피스트가 기계를 틀면 녹음된 목소리가 다시 흘러나온답니다."

"그러니까 선생님 말씀은……."

내가 헉 하고 숨을 멈추었다.

푸아로가 고개를 끄덕였다.

"예, 제 말이 바로 그겁니다. 9시 30분에 애크로이드 씨는 이미 죽어 있었습니다. 그 목소리는 애크로이드 씨가 녹음기에 대고 말하는 소리가 아니라, 이미 녹음된 녹음기에서 흘러 나오는 소리였습니다."

"살인자가 녹음기를 틀었겠군요. 그렇다면 그는 그 시각에 서재에 있었겠네요."

"그럴 수도 있습니다. 하지만 어떤 기계 장치를 부착시켰을 가능성도 배제할 순 없습니다. 타이머라든지 간단한 자명종의 원리를 본뜬 것 말입니다. 그럴 경우 우리가 상상하는 살인자의 초상에는 두 가지 자질이 더해져야 합니다. 애크로이드 씨가 녹음기를 구입한 것을 알고 있는 동시에, 그에 필요한 기계적 지식을 갖춘 인물이어야 한다는 겁니다.

제가 마음속으로 그런 정도까지 생각하고 있을 때 우리는 창가의 발자국을 보게 되었지요. 거기에서 세 가지 결론을 내릴 수 있었습니다. 첫째, 진짜 랠프 페이턴의 발자국일 수 있습니다. 그는 그날 밤 펀리 파크에 왔으므로, 서재로 기어 들어가 죽어 있는 애크로이드 씨를 발견했을지도 모릅니다. 이것이 한 가지 가설입니다. 둘째, 그 발자국은 우연히 같은 종류의 징이 박힌 구두를 신은 다른 누군가의 것일 수 있습니다. 하지만 집안 사람들은 모두 주름진 크레이프 고무창을 댄 구두를 신고 있었고, 누군가 외부 사람이 랠프 페이턴과 똑같은 구두를 신었을 가능성은 거의 없다고 보지 않을 수 없었지요. '도그 앤드 휘슬' 바의 여급 말처럼 찰스 켄트는 '다 떨어져 가는 장화'를 신고 있었습니다. 셋째, 그 발자국은 누군가 일부러 랠프에게 혐의를 덮어씌우기 위해 만든 것일 수 있습니다. 이 마지막 결론을 시험하기 위해 몇 가지 사실을 확인할 필요가 있었습니다. 경찰은 스리 보어스 여관에서 랠프의 구두 한 켤레를 입수했습니다. 랠프든 다른 사람이든 간에 그날 밤에는 그 구두를 신을 수 없었습니다. 왜냐하면 그 구두는 닦기 위해 아래층에 내려가 있었기 때문입니다. 경찰의 추론에 따르면, 랠프는 그와 똑같은 종류의 구두를 신고 있었습니다. 나는 실제로 그가 똑같은 구두를 두 켤레 가지고 있다는 사실을 알아냈습니다. 이런 내 추리가 들어맞는다면, 살인자는 그날 저녁 랠프의 구두를 신고 있어야 했습니다. 그럴 경우 랠프는 '제3의' 신발을 신고 있었음에 분명합니다. 그가 똑같은 구두를 세 켤레나 갖고 있으리라고는 생각할 수 없습니다. 제3의 신발은 장화일 가능성이 높았습니다. 그래서 선생님의 누님께 그 점을 알아봐 달라고 했지요. 솔직히 말씀드리자면, 그때 장화의 색깔에 비중을 둔 것은 제가 물어보는 진짜 이유를 감추기 위해서였습니다. 선생님은 누님의 조사 결과를 알고 계실 겁니다. 랠프 페이턴에겐 장화가 있었습니다. 어제 아침 그가 우리 집에 왔을 때 제가 제일 먼저 물은 것은 사건이 일어난 날 밤 어떤 신발을 신고 있었느냐 하는 것이었습니다. 그는 즉각 장화를 신고 있었다고 대답하더군요. 실제로 여분의 신발이 없었던 그는 그때까지 줄곧 그 장화를 신고 있었습니다. 그러므로 이제 살인자의 윤곽이 더더욱 드러납니다. 그날 스리 보어스에서 랠프 페이턴의 구두를 갖고 올 기회가 있었던 인물이죠."

그는 잠시 말을 멈추었다가 조금 높아진 목소리로 말을 이었다.

"한 가지 사항이 더 있습니다. 살인자는 은제 탁자에서 문제의 단검을 훔칠 기회가 있었던 인물입니다. 선생님은 그 집안에 있는 모든 이들이 그럴 수 있었다고 반박하실지 모르지만, 플로라 애크로이드가 그 은제 탁자 안을 살펴보았을 때 단검이 거기에 없었던 게 분명하다고 말했던 걸 환기시켜 드리지요."

그는 다시 말을 멈추었다.

"다시 정리를 해 보지요. 이제 모든 것이 밝혀졌으니 말입니다. 그러니까 범인은 그날 오후 스리 보어스에 갔던 인물, 애크로이드가 녹음기를 구입했다는 사실을 알 만큼 그와 친했던 인물, 기계를 잘 아는 인물, 플로라 양이 내려오기 전에 은제 탁자에서 단검을 꺼낼 기회가 있었던 인물, 녹음기를 숨기기에 적당한 용기, 말하자면 검은색 가방 같은 것을 가지고 다니는 인물, 범행이 발견된 후 파커가 경찰에 전화하러 간 사이에 혼자서 몇 분 간 서재에 남아 있었던 인물입니다. 다름 아닌…… 셰퍼드 선생님입니다!"

한순간 숨소리조차 들리지 않는 완벽한 침묵이 흘렀다.

이윽고 내가 웃음을 터뜨렸다.

"당신, 미쳤군요."

"아니, 전 미치지 않았습니다. 제가 처음부터 선생님을 주목한 것은 사소한 시간차 때문이었습니다."

"시간차요?"

내가 무슨 말인지 알아듣지 못하고 물었다.

"그렇습니다. 선생님 자신을 포함해 모든 이들이 수위실에서 저택까지 걸어서 5분 걸린다는 것에 동의했던 것 기억나실 겁니다. 테라스로 난 지름길로 가면 그보다 더 적게 걸리지요. 선생님은 8시 50분에 현관을 나섰습니다. 이것은 선생님 자신과 파커 둘 다 증언한 사실입니다. 그런데 수위실 옆 대문을 지나갈 때의 시각이 9시였습니다. 그날 밤은 추웠습니다. 느릿하게 산책을 할 만한 날씨가 아니었지요. 5분 거리를 걷는 데 왜 10분이 걸렸을까요? 서재의 창문이 줄곧 잠겨 있었다는 것을 증명해 주는 것은 선생님 자신의 말뿐임을 나는 줄곧 의식하고 있었습니다. 애크로이드는 선생님에게 창문을 잠갔느냐고 물었을 뿐 직접 확인하지는 않았으니까요. 서재 창문이 잠겨 있지 않았다면? 그 10분 동안 선생님이 저택 바깥쪽으로 달려가 구두를 바꿔 신고, 창문으로 기어 들어가 애크로이드를 죽이고 9시에 대문에 도착할 수 있었을까? 저는 그런 일은 불가능하다고 결론 내렸습니다. 왜냐하면 그날 밤 그처럼 신경이 예민했던 애크로이드 씨가 선생이 기어 들어오는 소리를 듣지 못했을 리 없기 때문입니다. 그랬다면 한바탕 몸싸움이 일어났을 겁니다. 하지만 선생님이 그 방을 나서기 전에 이미 애크로이드를 죽였다면? 그가 앉아 있던 의자 옆에 섰을 때 말입니다. 그런 다음 현관문을 나가 정자로 뛰어가 가져온 가방에서 랠프의 구두를 꺼내 신고 진흙길을 걸어가 창틀에 발자국을 남기고, 창문으로 기어 들어가 서재 문을 안에서 잠근 다음, 다시 정자로 달려가 구두를 갈아 신고 대문으로 달려간 겁니다. 전에 선생님이 애크로이드 부인을 만나러 간 동안 실제로 같은 동작을 해 보았더니, 꼭 10분이 걸리더군요. 그런 다음 선생님은 집으로 돌아갑니다. 알리바이를 만들기 위해섭니다. 선생님이 녹음기를 9시 30분에 작동되도록 맞춰 놓았으니까요."

스스로의 귀에도 이상하고 부자연스럽게 들리는 목소리로 내가 말했다.

"푸아로 선생님, 이 사건에 대해 너무 오래 고심한 모양이군요. 애크로이드를 죽이는 게 저에게 무슨 이득이 되겠습니까?"

"신변의 안전입니다. 페러스 부인을 협박한 사람은 바로 선생님이었습니다. 페러스 씨가 죽은 원인을 그를 진찰한 의사보다 더 잘 아는 사람이 어디 있겠습니까? 우리가 처음 뜰에서 만났을 때 선생님은 1년쯤 전에 유산을 받았다는 이야기를 하셨지요. 조사해 보았지만 저는 선생님이 누구에게서든 유산을 받았다는 사실을 찾아낼 수 없었습니다. 선생님은 페러스 부인에게서 뜯어낸 2만 파운드를 두고 그런 말을 꾸며 댄 겁니다. 그 돈은 선생님에게 크게 도움이 되지 못했죠. 위험한 데 투자해 다 잃고 말았으니까요. 그러자 선생님은 페러스 부인을 지나치게 압박했고, 부인은 선생님의 예상을 뛰어넘는 탈출구를 택하고 말았습니다. 만약 애크로이드가 그런 사실을 알았다면 선생님을 결코 용서하지 않았을 겁니다. 그렇게 되면 선생님에겐 영원한 파멸만이 남았겠죠."

"그렇다면 그 전화는요?"

내가 사태를 만회하려 안간힘을 쓰며 물었다.

"고백하는데, 킹스 애벗 역에서 선생님 집으로 실제로 전화가 걸려 왔다는 사실을 알았을 때야말로 제가 가장 갈피를 잡기 어려운 순간이었습니다. 처음에 저는 선생님이 그냥 꾸며낸 얘기라고 생각했거든요. 아주 정교한 방법을 쓰셨더군요. 선생님은 펀리 파크에 가서 시신을 발견하고 선생님의 알리바이를 만들어 준 문제의 녹음기를 가져올 기회를 갖기 위해 어떤 구실이 필요했습니다. 첫날 선생님 누님을 찾아가 금요일 아침 선생님이 진찰한 환자들에 대해 알아보면서 저는 어떻게 그런 일이 일어났는지 어렴풋하게 알 수 있었습니다. 그때 전 러셀 양에게는 전혀 관심이 없었습니다. 그녀가 방문했던 것은 저로서는 행운이었죠. 제 질문의 진짜 목적을 선생님이 눈치 채지 못하게 해 주었으니까요. 저는 찾고 있던 사실을 발견했습니다. 그날 아침 환자들 중 미국 여객선의 선원 하나가 있더군요. 그날 밤 기차 편으로 리버풀로 갈 예정이었던 그 사람보다 이 목적에 더 적합한 인물이 어디 있겠습니까? 게다가 그 후로는 대양으로 나갈 테니 문제가 되지도 않을 터였습니다. 저는 '오리온' 호가 토요일에 출항했다는 사실과 그 선원의 이름을 알아내 몇 가지 질문을 담은 전보를 보냈습니다. 이것이 제가 방금 받은 그의 답신입니다."

그가 전보를 나에게 내밀었다. 그것은 다음과 같은 내용이었다.

문의하신 대로입니다. 셰퍼드 선생님은 제게 어떤 환자 집에 전갈을 전해 달라고 부탁하시더군요. 저는 역에서 그분께 전화를 걸어 대답을 전해 주기로 했습니다. 저는 선생님께 환자가 '부재 중'이라고 말씀드렸습니다.

"정말 탁월한 아이디어였습니다. 전화는 실제로 걸려 왔습니다. 선생님 누님께서는 선생님이 전화를 받는 걸 보았습니다. 하지만 진짜 전화 내용을 아는 사람은 단 한 사람, 선생님뿐이지요."

내가 하품을 했다.

"이 모든 얘기가 정말 재미있군요. 하지만 실제로 일어났다고는 믿기 어렵습니다."

"그렇게 생각하십니까? 제가 한 말을 명심하세요. 내일 아침이면 래글런 경위는 모든 사실을 알게 됩니다. 하지만 당신의 착한 누님을 위해 기꺼이 다른 탈출구를 알려 드리겠습니다. 예를 들어 수면제 과용 같은 것도 있을 수 있지요. 제 말 아시겠습니까? 하지만 랠프 페이턴 대위의 혐의는 벗겨져야 합니다. 사 바 상 디르.(두말 할 필요도 없지요.) 선생님의 그 흥미로운 원고를 완성하는 것이 좋을 것 같습니다. 하지만 지금까지처럼 말을 아껴서는 안 되겠지요."

"제안이 너무 여러 가지인 것 같군요. 이제 모두 끝났습니까?"

"그렇게 말씀하시니 한 가지가 더 남아 있다는 게 생각나는군요. 애크로이드 씨의 입을 막은 것처럼 제 입을 막으려 한다면 아주 어리석은 짓이 될 겁니다. 아시다시피 에르퀼 푸아로에게는 그런 방법이 통하지 않습니다."

"푸아로 선생님, 다른 건 몰라도 전 바보는 아닙니다."

나는 살짝 미소를 지으며 말한 뒤 자리에서 일어섰다.

"자, 자, 이젠 가 봐야겠습니다. 덕분에 아주 흥미롭고 교훈적인 저녁을 보냈습니다."

내가 가볍게 하품을 하며 말했다.

푸아로 역시 자리에서 일어나 방을 나가는 나에게 평소처럼 예의 바른 태도로 인사했다.

해명

새벽 5시, 무척 피곤하다. 하지만 내 일을 마무리 지었다. 글을 쓰느라 한쪽 팔이 아프다.

이 원고는 끝이 이상해져 버렸다. 언젠가 이 글을 푸아로의 실패담으로 출판하려 하지 않았던가! 하지만 사태가 정말이지 이상해지고 말았다.

랠프 페이턴과 페러스 부인이 고개를 맞대고 있는 것을 보았을 때부터 나는 줄곧 재난이 닥칠 것 같은 예감을 떨칠 수 없었다. 당시 나는 그녀가 랠프에게 비밀을 털어놓고 있다고 여겼다. 그건 내가 잘못 생각한 것으로 밝혀졌지만, 그날 밤 애크로이드의 서재에 가서 그에게 사실을 들을 때까지 나는 줄곧 그 생각에 사로잡혀 있었다.

가엾은 애크로이드. 그에게 기회를 주었다는 사실이 내게 줄곧 위안이 되어 주었다. 나는 그에게 너무 늦기 전에 그 편지를 읽으라고 강권하지 않았던가. 이런, 솔직해지자. 그 친구처럼 고집 센 사람에게는 그렇게 하는 것이 바로 편지를 읽지 못하도록 하는 최선의 방법이라는 것을 나는 무의식적으로 느끼고 있지 않았던가? 그날 밤 그가 신경이 곤두섰던 것은 심리학적으로 무척 흥미로운 일이었다. 그는 위험이 가까이 와 있다는 사실을 알고 있었다. 하지만 나를 의심할 생각은 꿈에도 하지 않았다.

그 단검은 나중에 떠오른 생각이었다. 나는 아주 작고 편리한 나만의 무기를 갖고 갔지만, 은제 탁자 안에 있던 그 단검을 보자마자 추적의 손길이 미치지 않을 무기를 사용하는 것이 낫겠다는 생각이 들었다.

나는 줄곧 그 친구를 살해할 의도를 갖고 있었던 것 같다. 페러스 부인이 죽었다는 소식을 듣자마자 나는 그녀가 죽기 전 애크로이드에게 모든 것을 털어놓았을 것이라고 확신했다. 그를 만났을 때 나는 그가 몹시 흥분하고 있는 걸 보고, 그가 사실을 알고 있지만 도저히 믿을 수가 없어서 내게 반박할 기회를 주려는 것이라고 생각했다.

그래서 나는 집으로 가서 필요한 준비를 했다. 그가 의논하려는 문제가 랠프와 관련된 것일 뿐이라면, 그렇다면 아무런 나쁜 일도 일어나지 않을 터였다. 그 녹음기는 애크로이드가 이틀 전 나더러 수리를 부탁한 것이었다. 작동에 좀 문제가 있어 반품하려는 것을 내가 한번 고쳐 보겠다고 그 친구를 설득했던 것이다. 나는 거기에 필요한 장치를 부착해, 그날 밤 왕진 가방에 넣어 갔다.

나는 작가로서 나 자신에게 그런대로 만족한다. 예를 들어 이런 대목은 너무나도 교묘하지 않은가.

> 그 편지는 8시 40분에 그에게 전달되었다. 내가 그를 떠난 것은 정확히 8시 50분이었고, 편지는 여전히 읽히지 않은 채였다. 나는 문 손잡이를 잡은 채 잠시 망설이며 무슨 잊은 일은 없나 하고 뒤를 돌아보았다.

보다시피 모두 사실이다. 하지만 첫 번째 문장 다음에 별을 잔뜩 그려 넣었다면 어땠을까! 그랬다면 누군가 그 10분의 공백 동안 정확히 무슨 일이 일어났는지 의아하게 여겼을까?

문간에서 방 안을 돌아보았을 때 나는 무척 만족했다. 빠뜨린 것은 없었다. 녹음기는 9시 30분에 작동되도록 맞춰진 채 창가의 탁자 위에 놓여 있었고,(장치는 자명종의 원리를 응용한 것으로 제법 교묘한 것이었다.) 문 쪽에서 그것이 보이지 않도록 안락의자가 끌어당겨져 있었다.

문 밖을 나가는 순간 파커와 맞닥뜨렸을 때는 정말 놀랐다고 인정한다. 그 상황도 충실히 기록해 두었다.

후에 시신이 발견되고, 경찰에 전화를 하라고 파커를 내보낸 부분에서 "나는 필요한 한두 가지 조치를 취했다!"라고 쓴 것은 얼마나 분별 있는 표현인가. 정말 약간의 조치를 취했을 뿐이었다. 그저 녹음기를 가방에 넣고 의자를 원래대로 벽에 붙여 놓는 것으로 충분했다. 의자의 위치가 달라졌다는 것을 파커가 눈치 채리라고는 꿈에도 생각하지 못했다. 논리적으로 볼 때 그는 시신을 보고 흥분한 나머지 다른 것은 전혀 보지 못했어야 했다. 하지만 나는 숙련된 하인의 강박관념을 계산하지 못했던 것이다.

플로라가 9시 45분에 살아 있는 자기 큰아버지를 만났다는 거짓말을 할 줄 미리 알았더라면 얼마나 좋았을까. 그 일로 나는 몹시 당황했다. 실제로 이 사건이 진행되는 내내 몇 가지 일들이 나를 대책 없이 당혹스럽게 했다. 모두들 사건에 어느 정도 연관되어 있는 듯했다.

내가 가장 두려웠던 것은 캐롤라인 누이였다. 누이가 알아차릴지도 모른다고 생각했던 것이다. 그날 누이가 내 '나약한 기질'에 대해 말하던 태도는 정말이지 이상했다.

하지만 누이는 영원히 진실을 알지 못하리라. 푸아로가 말한 대로 한 가지 출구가 있으니…….

그는 믿을 수 있는 사람이다. 그와 래글런 경위가 이 일을 잘 처리해 줄 것이다. 누이에게 사실을 알리고 싶지는 않다. 누이는 나를 아끼고, 나아가 자랑스럽게까지 여기고 있는데……. 내가 죽으면 누이는 무척 슬퍼하겠지만 슬픔이란 지나가는 법…….

이 글을 마치고 나면 나는 이 원고 전체를 봉투에 넣어 푸아로에게 우편으로 보낼 것이다.

그런 다음…… 무엇으로 할까? 수면제 베로날로 할까? 그러니까

'인과응보' 같은 것이 되는 셈이다. 하지만 나는 페러스 부인의 죽음이 내 책임이라고 생각지 않는다. 그것은 스스로의 행동이 불러온 직접적인 결과였다. 나는 그녀에게 조금의 연민도 느끼지 않는다.

나 자신에 대해서도 전혀 연민을 느낄 수 없다.

그러니 베로날로 하자.

그런데 은퇴한 에르퀼 푸아로가 이곳에 와서 호박을 기르고 있지 않았다면 얼마나 좋았을까.

〈끝〉

옮긴이 | 김남주

김남주는 서울에서 태어나 이대 불문과를 졸업하고 주로 프랑스 문학과 인문학 책들을 우리말로 옮겨왔다. 옮긴 책으로 프랑수아즈 사강의 『브람스를 좋아하세요』, 로맹 가리의 『새들은 페루에 가서 죽다』와 『가면의 생』, 엑토르 비앙시오티의 『밤이 낮에게 하는 이야기』와 『아주 느린 사랑의 발걸음』, 아멜르 노통브의 『사랑의 파괴』와 『오후 네 시』와 『로베르』, 필립 솔레르스의 『모차르트 평전』, 레몽 장의 『세잔 졸라를 만나다』, 로버트 래드포드의 『달리』, 도미니크 보나의 『세 예술가의 연인』, 그리고 황금가지판 크리스티 전집 1, 2, 5, 12, 13, 15, 20, 44권 등이 있다.

애거서 크리스티 에디터스 초이스
애크로이드 살인 사건

1판 1쇄 펴냄 2013년 12월 31일
1판 18쇄 펴냄 2024년 1월 24일

지은이 | 애거서 크리스티
옮긴이 | 김남주
발행인 | 박근섭
편집인 | 김준혁
펴낸곳 | 황금가지

출판등록 | 2009. 10. 8 (제2009-000273호)
주소 | 06027 서울 강남구 도산대로 1길 62 강남출판문화센터 5층
전화 | **영업부** 515-2000 **편집부** 3446-8774 **팩시밀리** 515-2007
홈페이지 | www.goldenbough.co.kr

도서 파본 등의 이유로 반송이 필요할 경우에는 구매처에서 교환하시고
출판사 교환이 필요할 경우에는 아래 주소로 반송 사유를 적어 도서와 함께 보내주세요.
06027 서울 강남구 도산대로 1길 62 강남출판문화센터 6층 민음인 마케팅부

ISBN 978-89-6017-778-9 04840
ISBN 978-89-8273-108-2 04840 (set)

㈜민음인은 민음사 출판 그룹의 자회사입니다.
황금가지는 ㈜민음인의 픽션 전문 출간 브랜드입니다.